WAR-TIME DIARY

战时日记

〔英〕乔治·奥威尔 著
孙宜学 译

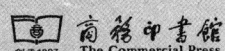

中译本选译自 *War-time Diary, The Collected Essays, Journalism and Letters of George Orwell* (Four Volumes), Penguin Books, 1970

涵芬楼文化 出品

译　序

以俄乌战争为背景，读乔治·奥威尔在第二次世界大战期间的这些日记和通信，有种历史重演的感觉。换句话说，所有的战争，都会出现奥威尔所思考、所困惑、所斗争的那些问题。因为战争发生的原因、所经历的过程和所导致的结果，都相同或相似。

乔治·奥威尔（George Orwell，1903—1950）是20世纪英国著名作家、记者、批评家，他的名字在中国已不陌生，他的散文、小说已有很多译成了中文，影响也越来越大。奥威尔的价值，不纯粹在于他的文学价值，还在于他的思想和社会活动，特别是对人类的和平、对道德、对人性的持久关注。

奥威尔1903年6月25日出生于印度孟加拉邦的莫蒂哈里，原名埃里克·阿瑟·布莱尔，父亲是英国在印度的下层文职官员，奥威尔认为自己家属于"上层中产阶级偏下，即没有钱的中产阶级家庭"。1904年，奥威尔随母亲回英国居住。1914年，第一次世界大战爆发，11岁的奥威尔首次在当地报纸上发表了一首题为《醒来吧，英国青年！》的诗歌作品。1917年，他因获得奖学金，进入英国著名的贵族学校——伊顿公学，接受了四年的系统教育，并开始在校刊上发表作品。1921年，从伊顿公学毕业后，因成绩不好，未获得大学的奖学金，家庭的经济能力又不足以供他上大学，无奈之下只好投考公务员，并于1922年到印度皇家警察驻缅甸部队任职。在缅甸的五年时间里，奥威尔亲眼看见了帝国主义对殖民地的血腥统治及其给殖民地人民带来的灾难，萌发了反对殖民统治的思想，并因身为英国人而深感内疚。1927年，他辞职离开了缅甸。

回国后的奥威尔决心以写作为自己毕生的事业。他认识到，要写出真正的文学作品，必须抛弃当时文坛上那种无病呻吟的浮夸文风，要反映出人民的疾苦和呼声。于是，从1928年起，为了体验人民苦难和收集创作素材，他在巴黎和伦敦底层过了一段困顿流离的生活。他在巴黎的旅馆里打过杂儿，还在英国的农村当过帮工。后来他根据这段生活经历写出了《巴黎伦敦落魄记》，于1933年出版，并第一次使用乔治·奥威尔这一笔名。

1933年起，奥威尔根据自己在缅甸的生活经历写作《缅甸岁月》，但写成之后，却没有一家英国出版商愿意出版，无奈之下，他只好将这本书在美国出版。小说描写了正直敏感而情感孤独的个人与不诚实的、令人压抑的社会现实之间不可调和的矛盾，奠定了其日后小说的基本模式。

这段时间内，由于经济方面的原因，奥威尔写过不少卖文糊口的作品，后来奥威尔谈及此事，每每羞愧不已。

1936年西班牙内战爆发后，奥威尔以战地记者身份奔赴西班牙，加入了保卫共和国的国际志愿军部队，同法西斯军队进行浴血奋战，并两次身负重伤。1937年，他因反对西班牙共产党镇压

译　序

政治反对派,愤而回到英国,同年出版反映英国工人阶级生活状况的《通往威根码头之路》。1938年,他出版了根据自己在西班牙内战中的亲身经历写成的《向加泰罗尼亚致敬》,披露了国际志愿军内部的斗争,并标志着他的思想倾向发生了变化。1939年,他出版了第一次为他赢得良好声誉的小说《上来透口气》,小说以保守主义的态度,检讨了英国所犯下的错误,并表达了对战争的恐惧。这部小说标志着奥威尔的小说开始从贫困题材转向政治题材。

二战爆发后,奥威尔多次报名参军,但都因体检不合格而被拒绝。1940年,他出版散文集《在鲸腹中》。1941年,他开始为英国广播公司(BBC)主持对印度广播,并出版散文集《狮子与独角兽——社会主义与英国天才》,其中包括《英国,你的英国》这篇著名散文,对英国的文化特征及民族性格进行了深刻的分析。1943年,他担任了工党刊物《论坛报》文学编辑,开设专栏《只要你高兴》。11月起,开始创作《动物农场》。1945年,他开始担任《观察家报》驻欧洲特派记者,在法国采访。同年,《动物农场》出版。书出版后赢得了很大反响,很快风行各国,被翻译成二十多种文字。该书的出版收入也使奥威尔开始摆脱困顿生活,也使他有时间和精力着手写作自己最重要的小说《一九八四》。该书于1948年完稿。《一九八四》的书名只是把该年"48"倒了过来,而小说实际上是跨越年代的预言小说,也被称为反乌托邦小说。1950年,在散文集《猎象记》出版后不久,奥威尔因肺病去世。

奥威尔作品文风朴实、简洁、明快。他主张运用最普通最常见的词汇，表达最质朴的道理。他反对运用陈词滥调，强调论由己出、词由己出，能用短句就不用长句，能少用一个词就不多用一个词；总而言之，越简单越好，越直露越好，因为语言的含混必然导致思想的含混。奥威尔以这种貌似平淡的文风，将英国的朴实文风又大大地向前推进了一大步，不仅当时风靡欧美各国，而且直到今天都还有大量的模仿者和推崇者。

该书包括两部分："战时日记"和"战时通信"。"战时日记"是奥威尔在二战开始的最初三年里所写的一部独特的日记，也是奥威尔任BBC电台东方部记者期间所写，共包括两本，从1940年5月28日到1941年8月28日为一本，从1942年3月14日到1942年11月15日为一本。两本日记都是手写本，但第一本日记已经丢失，本书所选日记是奥威尔自己从原日记中摘选并打印出来的。第二本日记直接摘自原手写本。"战时通信"是奥威尔在二战期间给报刊和朋友写的书信摘选。在这些日记和书信中，他以一个政治家的眼光和记者的身份，以自己独特的视角审视并记录了自己所经历的那个时代中的各种事件。他以高超的叙述技巧，在日记和书信中既抒发了对战争的反思，又批判了英法等国在战争来临时表现出的软弱；既细致地描写了战争期间普通人物质生活和精神生活的贫困，也对波兰、中国、印度等国家在战争中的命运进行了分析。作者在日记中披露了很多鲜为人知的战争内幕，对战争的残酷性、战争中普通人的命运与选择等都有独特的思考。作者文笔优美，识见独特而深刻，所以这些日记和书信不但具有很高的史料价值，而且具有不可替代的文学价值。

奥威尔的最大特点是他的卓尔不群和独立思考。他超脱、率

译 序

真、敏感，这使他在任何政治制度下都将无所适从。他无疑是一个政治作家，他以自己独特的目光审视并记录了所经历的那个时代中的各种事件。他被称作能与任何小说家和天才相媲美的叙述高手，既善于自我展示，又善于自我掩饰，在"平实"的风格下掩藏着一种"自负和纤巧"。

对文学和历史感兴趣的读者，特别是对奥威尔的文学及二战感兴趣的读者，不可不读这本书。

孙宜学

2022年5月，同济大学

目 录

序　我为什么写作　　　　　　　　　　　　001

第一编　战时日记

1940年　　　　　　　　　　　　　　　　013
1941年　　　　　　　　　　　　　　　　073
1942年　　　　　　　　　　　　　　　　113

第二编　战时通信

1940年1月8日	致维克多·戈兰茨	171
1940年1月10日	致杰弗利·高尔勒	173
1940年3月8日	致 D. H. 汤姆森	175
1940年4月3日	致杰弗利·高尔勒	176
1940年4月11日	致勒南·海本斯托尔	179
1940年4月16日	致勒南·海本斯托尔	181
1940年6月10日	致约翰·莱曼	183
1940年6月	致《时代与潮流》编辑	185
1940年7月16日	致吉姆斯·拉弗林	188
1941年1月3日	致《党派评论》	190

1941年4月8日	致德艾尔沃斯·琼斯	199
1941年4月15日	致《党派评论》	202
1941年6月20日	致多萝西·普劳曼	217
1941年7—8月（？）	致《党派评论》：艺术和宣传前线	219
1941年8月17日	致《党派评论》	225
1942年1月1日	致《党派评论》	237
1942年5月8日	致《党派评论》：英国的危机	249
1942年8月29日	致《党派评论》	260
1942年10月12日	致《泰晤士报》编辑	268
1942年12月2日	致乔治·沃德柯克	270
1943年1月3日	致《党派评论》	272
1943年5月下旬（？）	致《党派评论》	280
1943年7月11日（？）	致阿莱克斯·康福特	288
1943年8月24日	致勒南·海本斯托尔	291
1943年9月24日	致拉什布鲁克·威廉姆斯	293
1943年10月14日	致菲利普·拉夫	295
1943年12月9日	致菲利普·拉夫	298
1944年1月15日	致《党派评论》	300
1944年3月7日	致罗伊·福勒	310
1944年5月1日	致菲利普·拉夫	311
1944年5月18日	致H. J.威尔莫特	314
1944年6月28日	致T. S.艾略特	317
1944年7月14日	致约翰·弥德尔顿·莫利	318

目　录

1944年7月17日	致勒南·海本斯托尔	320
1944年7月18日	致利奥纳德·摩尔	322
1944年7月21日	致约翰·弥德尔顿·莫利	323
1944年7月24日	致《党派评论》	325
1944年8月5日	致约翰·弥德尔顿·莫利	331
1944年8月11日	致约翰·弥德尔顿·莫利	334
1944年12月15日	致弗兰克·巴博	336
1944年12月	致《党派评论》	338
1945年1月5日	致《党派评论》	346
1945年3月17日	致罗杰·赛恩赫斯	353
1945年4月13日	致安东尼·鲍威尔	354
1945年5月11日	致莉迪娅·杰克逊	356
1945年6月13日	致F. J. 沃伯格	358
1945年6月	致《论坛报》编辑	360
1945年7月3日	致利奥纳德·摩尔	363
1945年8月15日（？）	致《党派评论》	366
1945年8月18日	致赫伯特·里德	374
1945年11月15日	致安索尔女公爵	376

序　我为什么写作

从很小的时候，或许从五六岁开始吧，我就知道自己长大后应成为一名作家。大约在17岁和24岁之间，我曾试图放弃这一想法，但这样做的结果只使我意识到我在伤害自己真实的本性，而且我迟早会安顿下来开始写书。

我们家有三个孩子，我排行老二，但距上距下各差5岁。8岁前，我很少见到父亲。由于这样或那样的原因，我有一些孤单，我很快养成了坏脾气，这使我在整个学校生活中都很不受欢迎。我有孤独孩子的习惯：编故事，与假想的人谈话。我从一开始就认识到，我的文学抱负与被孤立和不被重视的感觉是混合在一起的。我知道，我有灵活运用词语的能力，以及敢于面对令人不舒服的事实的能力，我觉得这为我创造了一个私人世界，在这个世界里，我才能从日常生活的失败中找回自己。然而，我整个童年和少年时期一直在创作的这种严肃的，也就是说有严肃目的的作品，充其量还没写满半打纸。我在四五岁的时候写了人生第一首诗，母亲把它记下来。关于这首诗我已经记不起什么了，只记得它好像写的是一只老虎，一只牙齿如同椅子一样的老虎——一个多好的词语，但我想这首诗抄袭了布莱克的《老虎，老虎》。11岁时，1914—1918年战争爆发，我写了一首爱国诗，发表在当地的报纸上，两年后，基奇纳[1]死了，我又写了第二首诗。当我年龄稍长一点后，时不时地，我以乔治亚风格写了一些很糟糕的，而且经常是没有完成的"自然诗"。大概有两次，我曾尝试着写一篇短小的故事，最后也可怕地失败了。这就是我在那几年真正坐下来可能很认真写的全部作品。

然而，在这段时间里，我在某种程度上也积极投身于文学活动。刚开始，我可以非常容易、非常快地"生产"出一些作品，可对自己来说，也没有太大的乐趣。除了学校的功课，我写了很多"即兴诗"，那都是一些半喜剧性的诗，我能用现在看来似乎惊人的速度完成这些……14岁时，我模仿阿里斯托芬在一周内写了一整部韵律剧。同时我还帮助编辑学校的杂志，印刷品或手写稿都编。这些杂志是你所能想象出的最让人同情的滑稽剧材料，对付它们比我现在对付最低劣的报章还轻松自如。但日日与这些东西相伴，而且长达15年之久，我实际上是在进行一种完全不同的文学练习，即编造以自己为主人公的连续"故事"，一种只存在于自己思想中的日记。我相信这是儿童和少年共有的一种习惯。当我仍是少年时，我常常把自己想象成罗宾汉，把自己描绘成激动人心的探险故事中的英雄，但很快，我的"故事"就不再是一种原始的自我陶醉，而是越来越变成对我所做和所看到的东

---

[1] 基奇纳（Kitchener, 1850—1916），英国陆军元帅，击败苏丹，残酷镇压南非布尔人，第一次世界大战时任陆军大臣，因所乘巡洋舰触雷沉没而溺死。——译者

序 我为什么写作

西的单纯描述。有时这种东西会一连几分钟冲过我的脑海:"他推开门,走进了房间。一束黄色的光线漏过棉布窗帘,斜照在桌子上。一个火柴盒半开着,还有一个墨水瓶。他右手插在裤兜里走到窗前。窗下的街上,一只有龟甲壳花纹的猫在追逐一片干枯的叶子。"等等。这种习惯一直持续到我24岁,伴随着我度过了非文学的时光。虽然我不得不寻找,并且必须寻找合适的词语,但在外力的强迫下,我似乎把这种描述尝试变成了违背我意愿的事。"故事",我想,一定反映了我在不同时期所崇拜的不同作家的风格,但就我所能想起的,它总有相同的、精确的描述性。

大约16岁时,我突然发现了纯粹词汇的乐趣,也就是词语的声调和它们相互之间的联系。下面是摘自《失乐园》中的几句诗:

因此,他(hee)艰难而辛苦地
前行:他(hee)艰难而辛苦。

这些现在对我来说已不那样美妙了,不再使我的后背一阵发麻了,将"hee"拼写成"he"是一种附加的乐趣。至于描述事物的需要,我已经对此完全了解了。因此我很清楚自己将来要写什么样的书,想写哪种类型的书。我想写大量的小说,这些小说都有不幸的结局,充满详细的描述和引人注意的微笑,也充满着华而不实的段落,在这些段落中,我使用词语是因为它们的声音。事实上,我第一部完整的小说《缅甸时日》虽然是我30岁时写成的,但很早以前就开始计划了,它就是这种类型的书。

我之所以交代出所有这些背景信息,是因为我认为若不了解

战时日记

一个作家的早期发展情况,就不可能评价一个作家的动机。作家的主题决定于他所居住的年代——至少在像我们这种纷乱的、革命的年代,这种观点是正确的——但在他开始写作以前,他会带有某种感情态度,而他永远不能完全摆脱这种感情态度。毫无疑问,陶冶他的情操,避免在不成熟的阶段被伤害或被某种错误的情绪所控制,这些都是他的工作。但如果他能从早期的影响中完全逃离出来,他将扼杀自己的写作冲动。撇开谋生的需要不谈,我认为写作有四大动机,至少对写散文来讲是这样的。对每一个作家来讲,这些动机存在的程度是不同的,并且,在任何一个作家身上,它们的比例都是根据他们居住的环境而时时变化的。这四种动机是:

1. 纯粹的自我主义。你希望看起来聪明,希望被人谈论,希望死后仍被人们记起,在那些童年时代曾嘲笑过你、现在已长大成人的人们中找回自信等等。假装这不是你的动机,这显然是骗人的,它不但是,而且是一种很强的动机。作家、科学家、艺术家、政治家、律师、士兵、成功的商人——简单地说,整个人类社会的顶层阶级都拥有这种动机。大多数人都不是极端自私的。在大约30岁之后,他们就会抛弃自己的雄心壮志——实际上,在很多情况下,他们几乎完全抛弃了自己作为独立个人的意识——而主要是为他人活着,或只是在苦役下被压得喘不过气来。但也有极小一部分有天赋、固执的人,他们则决定一生都过自己的生活。作家就属于这一小部分。严肃的作家,应当说在总体上比报纸撰稿人更自负、更以自我为中心,然而对于金钱却没多大兴趣。

2. 审美热情。对外部世界之美的感知,或从另一方面说,即

序　我为什么写作

对词语及其正确搭配的感知。请在这种影响下聆听一下散文中的刚毅片段及诗歌中的美妙旋律。希望与别人交流一下自己认为很宝贵的、不应当错过的感觉和经验。在众多作家身上，审美的动机是非常微弱的，然而，即使一个时事评论家或一个教科书作者都会用自己满意的、非功利性的词或句子；或者说，他们对印刷体、对页边的宽度等情有独钟。在这种层次上，没有一本书会没有审美考虑。

3. 历史的冲动。渴望看到事物的本来面目，希望发现真正的事实，并且将它们储存起来为子孙后代所用。

4. 政治的目的——从尽可能宽泛的意义上使用"政治的"这个词。渴望沿着某个方向推进这个世界，希望去改变人们对于自己应努力追求的那种社会的观念。再说一遍，没有哪本书会真正摆脱政治偏见。认为"艺术应当与政治无关"的观点本身就是一种政治态度。

人们可以看到这些不同的冲动是怎样彼此冲突、斗争的，看到它们是怎样从一个人到另一个人，从这个时间到那个时间变动不定的。通过本性——使你的"本性"处于你第一次变成熟时所达到的那种状态——我是这样一种人，在我身上，前三种动力胜过第四种。在和平年代，我可能只写华丽的或纯粹描述性的书，可能完全意识不到自己的政治倾向。实际上，我一直被迫变为一名时事评论家。首先，我在一个自己并不适合的职位上花掉了五年时间（在位于缅甸的印度皇家警察局），接着我又经受了贫穷和失败感。这增加了我对强权的天生仇恨，并且使我第一次完全意识到工人阶级的存在。在缅甸的工作使我了解了帝国主义的本

战时日记

质：但这些经历还不足以给我一个准确的政治倾向。接着是希特勒上台，西班牙内战等，直到1935年年底，我仍旧没有获得坚定的倾向。我记得当时写了一首小诗，正好表达了我当时进退两难的心情：

> 两百年前，
> 也许我是一名快乐的牧师，
> 宣讲着永恒的命运
> 并且看着自己的孩子们成长；
>
> 但是，哎，生在一个罪恶的时代，
> 我错过了那个舒适的避风港，
> 因为我上唇胡须已经滋长
> 而牧师都要刮得精光。
>
> 后来的时代依然静好，
> 我们又那么容易满足，
> 我们在树的胸膛上，哄睡
> 令人烦心的思想。
>
> 懵懵懂懂，我们敢去拥有
> 我们现在需掩饰的快乐：
> 苹果树枝头上的夜莺
> 可以使我的敌人颤抖。

序 我为什么写作

但姑娘的腹部和杏树,
树荫下小溪里的鱼,
黄昏的飞马和野鸭,
所有这一切都只是一场梦。

这样的梦,不会再来;
我们摧残快乐,或将其掩藏;
马都用铝钢做成,
很少有胖人去骑。

我是一条从不转向的小虫,
没有王妃的国王;
在牧师与神甫中间
我走路就像尤金·阿兰;

神甫在晓谕我的命运,
收音机正在播音,
而牧师许诺买辆奥斯汀七型,
因为付账的,总是达吉。

我梦见住在大理石宫殿,
醒来发现梦即真;
我非为这样的时代而生;
是史密斯?是约翰?还是你?

战时日记

1936—1937年间发生的西班牙战争和其他事件改变了我的态度，而且自那之后我就明白了我的立场。1936年以来，我所写的每一行严肃的文字都直接或间接地支持我所理解的民主社会主义而反对极权主义。在我看来，在我们这样一个时代，认为人们可以回避以这种主题写作毫无意义。人人都在写这些主题，只不过都在以这种或那种方式虚饰而已。简单地说，这只是作家站在什么立场，从属于哪一党派的问题。一个人越是意识到自己的政治偏见，他就越有机会在不牺牲审美与才智的统一的基础上宣扬自己的政治观点。

在过去的整整十年中，我最想做的，是将政治写作变成一种艺术。我最初的观念总是有点党派性，有一种不公正意识。当我坐下写一本书时，我并不对自己说："我将要出版一件艺术品。"我写作只是因为我想揭穿一些谎言，一些我想让人们注意到的事实，我起初关注的只是让人们听到我的声音。假如缺乏美的感受，我就不能写任何书，甚至连长篇杂志文章也写不成。任何想检查我作品的人都将发现，即使它是直率的宣传作品，也依然包含着职业政治家会认为与政治毫无关系的东西。我不能，也不想完全放弃我在童年时代形成的世界观。只要我还活着，我将继续坚定地坚持我的散文风格，去爱世界的表面，去从稳固和无用的信息中得到快乐。试图压抑我的这一方面毫无用处。我的工作就是让我根深蒂固的喜怒哀乐与公众融合在一起，在这个时代，没有任何个人的行动可以制约所有人。

这很不容易。它带来了各种语言或结构上的问题，它还以新的方式提出了真实性问题。请允许我仅仅举出它所产生的一个

序 我为什么写作

比较粗陋的例子。我那一部写西班牙内战的作品——《向加泰罗尼亚致敬》,当然是一部实实在在的关于政治的作品,但总的来说,它对政治的关注不如对形式的关注多。在这部作品里,我的的确确在努力讲真相,而又没有违反我的文学本性。但在这部作品里,有很长一章全部引用了新闻报纸上的报道,以及诸如此类的东西,并为那些被指控与佛朗哥[1]有勾结的托洛茨基分子进行了辩护。显然,这样的章节在一两年后就提不起一般读者的兴趣了,它一定会毁了这部作品。我很尊敬的一位评论家给我读了一篇关于这部作品的讲稿。"为什么你要说这些废话?"他说,"你把一部本来会很好的作品变成了新闻杂志。"他说的是事实,但我别无他法。我恰好知道,而在英国只有极少数人或许知道,无辜的人们正受到诬告。如果我对此不感到愤怒的话,我永远也不会写那部作品。

这个问题总是以这种或那种形式重新出现。语言问题更为敏感,需要花很多时间进行讨论。我只说说最近几年的事,即我一直尽力少写一些虚饰的作品,而多写一些真实的。无论如何,我发现,一旦你完善了某种写作风格,你就已经超越了这种风格。《动物农场》是我第一部试图将政治目的和艺术目的融为一体的作品,而且我一直非常清楚地意识到自己正在做什么。我已经七年没写小说了,但是我希望不久再写一本好作品。它一定又会失败,每一部作品都是失败,但我清楚地知道我想写什么样的作品。

---

[1] 弗朗西斯科·佛朗哥(Francisco Franco,1892—1975),西班牙独裁者,长枪党领袖,发动反共和政府的叛乱,夺取政权后任元首兼大元帅,二战中支持德、意法西斯的侵略战争。——译者

战时日记

　　回过头来看看上面写的一两页，我明白，我已经非常清楚地表明，我写作的动机似乎完全是出于公众精神。我不想让人将此作为对我小说的最后印象。所有作家都是自负、自私、懒惰的，他们的动机深处都隐藏着不可告人的秘密。写一部作品就是进行一场可怕的、令人筋疲力尽的战斗，就像与某种可怕的病魔进行长期的战争。如果人不是被某种他既不能反抗又不理解的魔鬼所驱使，他是不会做这种事的。尽管人们知道魔鬼只是类似于婴儿那种以哇哇哭叫来引人注意的本能。然而，同样真实的是：除非一个人一直努力去忘却自己的本性，否则他就写不出可以阅读的文章来。好的散文就像窗户玻璃。我不能确切地说我的哪一种动机是最强的，但我知道其中一些动机是值得追随的。回顾我的作品，我总发现这样一种情况：那些没有政治目的的作品，也是我写得最没有生机的作品，总是一些华而不实的段落、没有意义的句子、修饰性的词语和骗人的鬼话。

1946 年

第一编 战时日记

1940年

5月28日

这是报纸投递员明确不用上班的第一天……早期的《晨星报》[1]头版用了一半篇幅报道了比利时人投降的消息;另一半则报道了比利时人和国王正在同一条战线上坚持作战。这可能是因为纸张缺乏。然而,早期的《晨星报》共八版,其中六版用来报道赛马。

很多天以来,报纸上都没有真实的新闻了,或是不太能推断正在发生了什么事。似乎可能发生的事是:(1)法国人已经准备从南方反攻了;(2)法国人希望能够如此,但德国的轰炸机使他们的军队几乎集结不到一起;(3)北方的力量确信可以控制住局势,他们认为现在最好不要反击德国,而是等到德国人的攻击自动消耗得差不多时再进攻;或者(4)北方的局势实际上已经毫无希望,当地的军事力量只能向南突围,或投降,或被完全摧毁,或是逃到沿海一带,在逃亡途中损失惨重。现在,只有第四种选择看起来是可能的。法国的公报上说,要稳定索姆河和亚辛河沿线的战线,就好像北方被切断的军事力量根本不存在一样。虽然这很可怕,我还是希望英国远征军[2]被消灭而不是主动投降。

---

[1] 当时伦敦的一家晚报。[未特别标明的注释均为原注,为原书编者索尼娅·布劳内尔·奥威尔所写,后不另注。]

[2] 即法国陷落后在法国的英国军队。

人们开始谈论一些有关战争的事了,但是谈论得还是很少。至今仍是这样,在酒馆等公共场合几乎听不到人们对战争的评论。昨晚我和夫人艾琳去酒馆听九点新闻。但是显然没人关心这个,如果我们不让女服务员打开收音机,她们是不会打开的。

5月29日

任何重要新闻人们现在都不得不通过感觉和暗示来收集。昨晚产生轰动的新闻是在九点新闻之前穿插了达夫·库珀[1]一番令人振奋的谈话(非常好)。他谈到糖衣炮弹,谈到丘吉尔在演讲中说他将在下周初的某个时候对形势再做进一步的评述,议院自身必须为"黑暗和沉重的潮流"做好准备。这可能意味着他们准备退却,但是否"黑暗的潮流"意味着巨大的灾难,或是英国远征军中有一部分人投降了,还是其他什么东西,没人知道。我在火炬剧院里观看一出多少有点文学色彩的戏剧的间隙听到了这个消息。在这个地方,听众们远比在酒馆更关注这个消息。

艾琳说那些和她一起在检查部门工作的人把许多"红色"报纸捆成一堆一堆的,将《社会周刊》[2]看成和《工人日报》[3]完全一样的

---

[1] 阿尔弗雷德·达夫·库珀(Alfred Duff Cooper,1890—1954),保守党政治家、外交家和作家,他因为与张伯伦在慕尼黑问题上意见不合辞去海军部部长之职,自那之后,他成为爱国右派的领袖。1940年5月,丘吉尔任命他为自己政府的情报部部长。他一直支持法国,在战争快结束的时候,他成为驻法大使,并被授予诺威奇子爵爵位。

[2] 社会主义者主办的一份周刊,当时由雷蒙·坡斯特盖特主编。

[3] 英国法西斯主义者联盟的一份杂志。

杂志。最近，当《工人日报》和《行动》[1]杂志被禁止输出国外时，她的一位同事问她："你知道《工人日报》这份报纸和《行动》这份杂志吗？"

流行的谣言是：比弗布鲁克[2]自获得任命以来，他通过消除生产中的不利因素，已为英国空军增加了两千架飞机。德军可能对伦敦发动的空袭将在两天后开始。希特勒入侵英国时计划用成千上万可穿越布雷区的快速舰船。德国人的步枪有一个严重的缺陷（这有好几种原因）。前线上的普通德国士兵士气极其低落。挪威战事开始以来，战争指挥部的消息来源不畅，他们甚至不知道挪威的夜很短，甚至想当然地以为，不得不在光天化日之下登陆的盟国军队借助夜幕掩护。

5月30日

英国远征军正在敦刻尔克撤退。我们不但不可能猜出有多少军队可以撤出，甚至于不知道到底有多少军队在那里。昨天晚上，一位刚从比利时回来的陆军上校发表演讲，不幸的是我没去听，但从艾琳的描述中，我知道其中加入了播音员自己的话，目的是让听众知道军队已经失败，(a)或是因为法国人不反攻，(b)或是因为待在家里的军事权威造成的，他们给士兵配备的装备太差。在报纸上

---

1 英国法西斯主义者联盟的杂志。
2 比弗布鲁克（Beaverbrook, 1879—1964），英国报业巨头之一，两次世界大战期间均为英国内阁成员，是保守党决策人之一。1940年5月，他被丘吉尔任命为飞机生产部部长。

找不到任何反对法国的消息,哪怕只是只言片语,两天前达夫·库珀在广播中特别警告的就是这一点……从今天的地图来看,好像法国在比利时的军队在牺牲自己以保证英国远征军撤出。

博克瑙[1]说,英国现在显然正处于革命的第一阶段。在对此进行评论时,康诺利[2]说,最近从法国北部开来一艘满载着难民和一些普通乘客的船,这些难民大部分是孩子,他们都被机关枪射中,正处在可怕的状态之中,等等。在这些乘客中,有一位女士,她试图挤到长长的队伍前头上船,当她被命令回去排队时,她气愤地说:"你知道我是谁吗?"乘务员回答道:"我才不管你是谁,你这个该死的贱女人!你可以到队伍里去排队。"如果真有这事,倒真有趣极了。

战争中仍没有任何有趣的事。然而,选举以及男人所关注的人们对选举的反应,倒能表明人们此时在想什么。对他们来说,似乎根本不可能理解自己正身处危险之中,人们似乎非常不可能理解到他们正处于危险之中,虽然种种迹象都清楚地表明,德国人几天内就会入侵英国,所有的报纸也都在报道这一点。看来只有等炸弹落下来时他们才会理解这一点。康诺利说到时候他们就会惊慌失措了,但我不这么认为。

---

[1] 弗朗茨·博克瑙(Franz Borkenau),从希特勒德国逃出的难民,也是一名作家,著有《西班牙战场》和《国际共产主义者》。

[2] 西里尔·康诺利(Cyril Connolly),1903年生,作家,批评家,奥威尔的终生好友,1940—1950年间担任《地平线》的主编。

第一编　战时日记

5月31日

　　昨天晚上我观看了丹尼斯·奥格登的剧本《和平小屋》。这是一部最可怕的作品。最有趣的是：虽然这个剧本创作于1940年，但是它根本没直接或间接提到这场战争。

　　现在甚至被号召起来举行罢工的人也越来越少了。一般来说，环顾街道，你都不可能看到一件制服……很多战略要点上都布置上了带刺的铁丝网，等等，在特拉法加广场，我像雕塑般伫立在查理一世像旁边……因为已经听到关于武器短缺的各种消息，我相信这肯定是真的。

6月1日

　　昨晚我去滑铁卢和维多利亚看了一下能否得到埃里克[1]的消息。当然，这几乎是不可能的。被撤退回国的人接到命令不准与平民交谈，并且将被尽可能迅速地从火车站转移走。实际上，我很少见英国士兵，也就是说英国远征军的士兵，大多是比利时和法国的难民，以及一些比利时或法国士兵，还有一些水手，包括一些海军士兵。难民看起来大多数是小老板、职员这一类的普通人，都衣着整洁，带着一些私人财物。有一个家庭甚至带着一个很大的鸟笼，里面是只鹦鹉。一位逃难的妇女在哭喊着，或几乎要哭了，但

---

[1] 劳伦斯·埃里克·奥肖内西（Lawrence Eric O'Shaughnessy），艾琳·布莱尔非常喜爱的哥哥，著名的心脏和胸腔外科医生，皇家医疗部队少校，在从敦刻尔克等待撤退的过程中在弗兰德斯被杀。他的死亡通报出现在1940年6月8日的《时代》上。

大多数难民看起来只是被人群和普遍的陌生环境搞得晕头转向了。很多人在维多利亚围观，警察不得不阻挡住他们，以使难民和其他人能走到街上。难民受到了默默的欢迎，但佩戴标志的水兵则受到了狂热的欢呼。一个海军军官，穿着一件曾在海水里浸泡过的制服，还携带着部分士兵装备，朝一辆公共汽车赶去，女人们向他欢呼，拍打他的肩膀，他一边笑着，一边向两边的人群敬礼。

我看到一个舰队的水兵通过车站上火车去查塔姆。他们体格强壮，容光焕发，沉重的靴子整齐地跺着地，军官则乘着华丽的马车，这一切都令我大为惊奇，把我带回到了1914年，当时所有的士兵对我而言都是巨人。

今天早晨的报纸有的说已经有五分之四，有的说已经有四分之三的英国远征军已经转移了。一些照片，很可能是挑选出来的或伪装好的，显示士兵衣着整齐，装备齐全，完整无损。

6月2日

我不可能说清楚有多少英国远征军真地撤回国了，但根据各种各样报纸的报道，这些士兵大约是15万人，而当初出征比利时的军队大约是30万人。没有任何迹象表明有多少法国军队和他们在一起。有几份报纸暗示说，他们可能只是按计划在敦刻尔克等一段时间，而不是完全撤回来。若不派遣大批飞机到这一区域，这就似乎非常不可能。

但如果15万人真转移了，那么，可以推测，一定会转移更多的人。人们预测，在6月4日之后，意大利随时可以加入这场战争，

第一编　战时日记

并可能以保护和平为借口……人们普遍期望英国只会受到一些攻击，而且也许仅仅是声东击西，德国和意大利的目的是要竭力消灭法国……许多人，包括德瓦莱拉[1]都显然相信德国可能从爱尔兰登陆。直到最近几天人们才提到这个观点，虽然从一开始这就是显而易见的。

一个普通的星期天，人群来来往往，如潮涌动，摇篮车、骑车俱乐部、驯狗、成群结队的年轻人在街头巷角闲逛，在任何一张脸上，或人们偶尔听到的任何消息中，都没有一点迹象表明：人们已意识到很可能几周内就会遭到侵略，虽然今天所有的周日发行的报纸都告诉了他们这一点。从伦敦疏散儿童的呼吁再次响起，但应者寥寥。很明显，人们是这样推理的：上次空袭没有发生，因此这次也将不会发生，然而，当这一刻来临时，这些人将会采取勇敢的行动，只要告诉他们该做什么。

粗略分析一下今天这期《人民周报》[2]的广告主题：

报纸共有12版，共84个专栏。这些专栏中大约只有26.5个专栏（超过四分之一）是广告。这些广告可分成以下几类：

食物和饮料：5.75个专栏

专利药物：9.33个专栏

香烟：1个专栏

博彩：2.33个专栏

1　埃蒙·德瓦莱拉（Eamon de Valera, 1882—1975）爱尔兰革命者，1918年成为新芬党主席，1924年创立共和党，1937年使爱尔兰脱离英联邦成为主权国家，改名为爱尔兰。二战中保持中立。战后成为爱尔兰共和国总统（1959—1973）。——译者

2　一家流行的周日报纸。——译者

服装：1.5个专栏

其他：6.75个专栏

在9条食物和饮料广告中，6条是不必要的奢侈品。在29条药物广告中，有19条或者是欺骗性的（根本不可能治病等），多多少少是有害的，或者是打着敲诈性的幌子（"你孩子的胃需要——"）人们怀疑有些药物是获许赢利的。在14条其他广告中，有4条是关于肥皂的，1条是关于化妆品的，1条是关于假日旅游胜地的，2条是政府广告，包括一长条关于全国节约的广告。只有3条广告与战争有关。

6月3日

牛津伯爵夫人[1]发往《每日电信报》的一封信中，谈到了战时经济问题：

> 因为许多伦敦家庭被遗弃，所以几乎没什么娱乐……无论如何，许多人不得不离开家去住旅馆。

显然，没有什么东西能教会这些人知道：还有另外99%的人存在。

---

[1] 即玛戈·阿斯奎思（Margot Asquith，1864—1945），赫伯特·亨利·阿斯奎思的遗孀，亨利·阿斯奎思1908—1916年间为英国首相，1925年被封为牛津伯爵。

第一编　战时日记

6月6日

　　博克瑙和我都认为希特勒下一轮攻击的目标将是法国，而不是英国。结果证明，我们是对的。博克瑙认为，敦刻尔克行动已经彻底证明了：如果战舰拥有自备飞机，那么飞机永远无法击败战舰。在从敦刻尔克撤回的35万人中，我们得到的数字是：6艘驱逐舰被摧毁，其他类型的军舰只有25艘失踪。撤回人员的数字也许是真实的。而且，如果考虑到环境对飞机飞行非常有利的话，那么，即使损失两倍的船只，相对于这项艰巨的任务而言，都算不上是很大的损失。

　　博克瑙认为，希特勒的计划是打败法国，然后作为和平条约的一部分，得到法国的舰队。然后，就可以利用海中的舰队侵略英国。

　　公共汽车的车厢外两边写着巨大的广告：

　　　　战时保健康，战时增力量，战时要坚强，请先嚼嚼箭牌口香糖。

6月7日

　　虽然报纸海报现在都被禁止了，但人们还是时常看见卖报者在兜售海报。这似乎表明，过去的海报又复活了，又为人所用了，上面的标题诸如"皇家空军空袭德国"或者"德国损失惨重"等，几乎任何时候都能用。

6月8日

在可怕的战争期间，我想每天都有成千上万的人被杀死，而这在人们的印象中已经不是什么新闻了。晚报内容与晨报一样，而早上的又和晚上的一样。电台又重复着报纸上的报道。然而，至于新闻的真实性，可能更多的是隐瞒事实真相而不是说谎。博克瑙认为电台的影响使战争相对真实了，而迄今为止唯一一次大规模的撒谎也就是德国所宣布的英国船只被击沉的数目。这些一定是夸张的。最近有一份晚报曾摘要报道了德国的通告，称德国在10天内击沉了23艘旗舰等，这比我们实际拥有的舰艇数目还多出了10艘。

斯蒂芬·斯彭德最近问我："在过去的10年中，你有没有感觉到，你任何时候对战争的预言，都比内阁的预言还准？"我不得不同意这一说法。部分原因是：这一问题没有被阶级利益所蒙蔽。任何不从金钱利益角度考虑问题的人，一眼就能看出，让德国和意大利占领西班牙从战略上看对英国是很大的危险。而许多右翼分子，甚至是职业军人，都不能明白这一再明显不过的现实。但是，我之所以认为，像我们这样的人能比所谓的专家更能理解当前形势，并不是因为我们有什么特殊的预言功能，而是因为我们有能力理解我们正生活在一个什么样的世界。无论如何，我从大约1931年起（斯彭德说他从1929年起）就已经知道未来一定是灾难性的。我不能准确说出会发生什么样的战争和革命，但是，当它们来临时，我从未感到惊讶。自1934年起，我就知道英德战争即将来临，1936年我已经完全肯定了。我能在我的胃中感觉到。和平主义者喋喋不休的演讲，前线居民假装害怕英国备战苏联，这些都欺骗不了我。同样，诸如苏联清洗这类行为也不使我吃惊，因为我已经感觉到了……虽然不精确。我从他们的文学作品中能感觉到这一点……谁又能在七年前就相信温斯顿·丘吉尔有什么政治前途呢？一年前，克里普斯[1]还是工党中一个淘气男孩，他被工党驱逐，工党甚至拒绝听他的辩护。另一方面，从保守的观点看，他还是个危险的激进分子。可现在他是驻莫斯科大使。比弗布鲁克的报纸发起了对其任命的讨论。然而我们不能肯定他是不是恰当的人选。如果苏联站在我们这一边，那他就是合适的人选，如果苏联仍对我们抱敌对态度，那我们最好派一个不赞成苏联政体的人去莫斯科。

6月10日

刚刚听说，虽然不是从报纸上，意大利已经宣战了……盟军部队从挪威撤退了，理由是：军队另有他用，而且德军占领纳尔维克对他们一点好处也没有。但事实上，纳尔维克直到冬天才对他们有用，当挪威不再保持中立时，无论如何它都不会有多大作用，而且我并不认为盟军在挪威保留足够的驻军会有多大的作用。真正的原因或许是：这样我们就不至于浪费战舰了。

今天下午，我回忆起了1936年在巴黎与出租车司机之间发生的故事，这些事情历历在目。我打算在这则日记中就此事写点什么。

---

[1] 斯塔福德·克里普斯（Stafford Cripps，1889—1952）。刚开始是一名成功的律师，1931年成为英国工党议员，不久即在20世纪30年代与工党领导层发生矛盾，他被认为有出色的理论头脑，而他个人对社会主义的严肃和坚定的态度则使他赢得广泛的尊重——而不是爱。1940—1942年为驻莫斯科大使，随后于1942年2月以掌玺大臣和众议院议长的身份加入战时内阁。同年3—4月以特使身份赴印度。同年10月任飞机生产部部长。在战后的工党政府里，他于1947—1950年间任财政大臣。

但我现在感到非常悲伤，所以什么也写不了。一切都令人失望，在这种时刻我连书评都写不成，而更令我生气的是，这种时间的浪费竟然仍在持续。如果我够聪明，我就应该装病骗过医生。参加战争指挥部的访谈，说不准会得到一点有用的东西。如果此时我身在军营，我就会知道，通过与西班牙战争的对比，我已不再对公共事务感兴趣。我现在的感觉就如1936年的一样，那时正值法西斯分子猖獗之时，只不过现在比那时情况更坏而已。但将来我要写一写出租车司机的故事。

6月12日

昨天夜里，我和艾琳穿过苏豪区，想了解一下意大利商店是否真像报道的那样受到严重损坏。但就我们看到的情况看，报纸上的报道似乎有点夸张，我想只有三家商店的窗户被炸坏了。许多大商店已经快马加鞭为自己的商品贴上了"英国造"商标。热纳里店，一家意大利百货商店，到处贴着印制的海报，海报上写着"地道英国货"的字样。一家专营意大利食品的意式面馆改名为"英国饭店"。另一家商店自称瑞士店，甚至有一家法国餐馆也自称英国餐馆。一个有趣的现象是：这些海报很显然都是早就准备好的，而且肯定是即用即拿的。

……尽管对无辜的意大利店主来说这种攻击令人憎恶，但这却是一个有趣的现象，因为英国人，那种喜欢抢劫商店的英国人，一般对外国的政治不会自发产生兴趣。我想在阿比西尼亚战争中绝没有发生过类似现象；西班牙战争也没有伤及大量无辜的人民。在过去的一两个月之前，英国也没有出现大规模的针对居住在英国的德国人的驱逐运动。此时墨索里尼卑鄙、冷血的宣战行为给人们留下很深的印象，甚至那些很少读报纸的人也忘不了这件事。

6月13日

昨天参加了"地方自卫队"（后来变成了"国民自卫军"）的集会，地点是位于伦敦大板球场的委员会会议室[1]……我上一次在大板球场的时间大致在1921年，那时我还不是MCC[2]的成员，因此只把开会当作一种休息，就像在祭坛上撒尿一样。多年之后，我模模糊糊地意识到，若自己受到起诉，可进行合法的反抗。

我注意到一张正招募新会员的海报，海报上画着一只脚踩着纳粹德国的标志，旁边写着：打倒法西斯。这是一张政府海报，模仿的是西班牙战争中的政府海报形式。当然与前者相比更生动有趣了。当然，海报是粗俗的、喜剧性的，但从表面上看，政府无论如何开始愿意学习了。

通过选举产生的共和党候选人[3]获得了500张选票，这是一个新的前所未有的纪录，尽管右翼党总是占少数。这次选举之所以引人注目，是因为兰斯伯里获得了席位，因此人们预测其中包括许多和平主义者。然而，在对他们的民意测验中，人们的满意度很低。

---

1 一家板球俱乐部，位于伦敦大板球场。
2 伦敦东区的一个工人组织。
3 即乔治·兰斯伯里（George Lansbury，1859—1940），工党议员，1931—1935年间为工党领袖，热情拥护和平主义。

6月14日

德国人比预定的期限早一天到达巴黎。能够肯定的是：希特勒将去凡尔赛。为什么他们不在那里埋设地雷，等他到时就把他炸死呢？西班牙军队占领了丹吉尔，显然是想把那里作为意大利的一个根据地。到这个时候，从法属摩洛哥占领西班牙属摩洛哥就轻而易举了。若做到了这一点，那么，在西班牙的其他殖民地，内格林[1]或他这样的人会被选为临时政府领导人，而这对法国来说将是一个沉重的打击。但即使现在的英国政府也从未考虑过这样做。他们甚至想都想不到联合政府可以先采取这一行动。

我穿过地下车站时，经常会看到令人作呕的广告，那些愚蠢的脸、刺眼的色彩、凶恶的争斗，这一切都无非在引诱人们将自己的劳动和钱财浪费在毫无用处的奢侈品和有害的药物上。如果我们能熬过这个夏天，不知这场战争能清除多少垃圾。战争只是文明生活的倒退；它的座右铭就是：恶就是善。现代生活中的很多所谓的善实际上都是邪恶的，以至于我们怀疑战争也会产生同等的损害。

6月15日

我刚才在想，巴黎的灭亡是否意味着信天翁图书社[2]也寿终正寝，在我看来是这样的。如若真是这样，我将损失30英镑。令人难

---

1 胡安·内格林（Juan Negrin，1894—1956），西班牙内战后期的政府总理，后来建立了西班牙流亡政府。

2 巴黎最早的出版社之一，主要出版英文书籍，在欧洲大陆销售。它出版了许多当时堪称最有趣的书，其中一些在西班牙属于禁书。

以置信的是，在这种情况下，人们对于长期合同，股票和股份，保险政策或诸如此类的东西仍抱有浓厚的兴趣。现在最明智的做法就是到处去借钱，去买坚固的东西。不久，艾琳了解了有关分期付款购买播种机的条款，并且发现他们同意延长两年半的时间偿还。

P. W.[1] 说尤妮蒂·米特福德[2]就要生孩子了，虽然她在德国时还打算自杀。一个小个子，满脸都是皱纹的人，他的名字我忘了，大叫道："元首不会做这种事。"

6月16日

今天早晨的报纸令人信服地澄清了：在美国总统选举之前，美国无论如何不会有什么行动，也就是说，美国不会宣战，这实际上才是最重要的。因为，假如美国没有实际参加战争，就不会有足够的经济和劳动能力来加快武器装备生产。在第一次世界大战中，即使美国是交战国，情况还是一样。

在德国占领英国的情况下，我们甚至没有办法决定到底该怎么做。只有一件事我不会做：那就是撤退到苏格兰，即使这样可行我也不会做。假如舰队完好无损且战火看起来会烧到美国和英国本

---

1 维克多·威廉·沃森（Victor William Watson，1908—1956），一个富有的年轻人，他在经过长期旅行后，大约在1939年，决定毕生献身于艺术。他与朋友西里尔·康诺利一起创立了《地平线》杂志，由他自己出资，并为艺术活动提供一切材料。1948年，他参与创办了当代艺术研究院。他一直很欣赏奥威尔的作品。

2 尤妮蒂·瓦尔基里·米特福德（Unity Valkyrie Mitford，1914—1948），德斯达拉伯爵二世的第四个女儿。1934年，她第一次遇到希特勒时，她还是希特勒的崇拜者。1940年1月，她因头部枪伤而被从德国带回英国。之后就退休了。

土，那么，如果可能，我们必须在战区的核心地带保持住一支有生命力的军队。如果美国也同样被敌人征服的话，那就只有停战了。但是首先必须有一方先结束战斗，并对以前的杀戮进行补偿。

昨天和地方自卫队组织中的一个犹太人成员M谈话，我说一旦目前的危机发生，就会发生一场保守党反对丘吉尔的叛乱。他说，在那种情况下就会有变革发生，至少他希望如此。M是一个生产商，我想他很有钱。

6月17日

法国已经投降了！这从昨晚的无线电广播中已可预见，实际上，早在巴黎保卫战——这是一座最后有可能挡住德国进攻的城市——的失败中就已经可以预见到这一结局了。现在，从战略角度讲，一切转折都发生在法国舰队身上，而至今仍没有传来舰队的消息……

今天，法国的投降引发了相当大的骚动，人们到处都在讨论这件事。大家普遍认为，应感谢上帝我们还有一支海军。一位喝得微醺的苏格兰人，胸前挂着一战时期的勋章，在一列地铁的车厢里进行了一场爱国演讲，其他乘客似乎相当喜欢他的演讲。这样的冲击也带动了晚报的畅销，我试了四次才买到一张报纸。

如今，当我写评论时，我都是坐在打字机前直接打出来。最近，实际上直到六个月前，我从来没有这样做过，并且应该也说过我绝不会这么做。事实上，我的所有作品都至少写两遍，而我的书整整改了三次。许多段落甚至写了五到十次。这并不是说我写作能力提高了,其实只是因为我不在乎了。只要作品能通过检查,能给我带来一点点钱,这是战争直接造成的人的堕落。

数量可观的一批人停留在加拿大大使馆,我前去采访,他们都和G[1]一样,正打算将孩子送到加拿大。除了母亲之外,他们不允许任何16岁到60岁之间的人离开。他们显然害怕恐慌会引起骚乱。

6月20日

去国防部——看他们决定采用什么路线来保护家园。C[2]正大声抗议"全民皆兵"路线,他说,这样做危险大,弊远大于利。如果德军入侵迫使平民都参加战斗,我们将会犯下惨无人道的大罪,将会使人民都受到惊吓,从而导致人人都急于投降。他说指望普通老百姓勇敢善战是危险的。他还列举了格拉斯哥发生的动乱:当坦克绕着城开过来的时候,每个人都以最卑怯的方式躲避了起来。然而,实际上,当时的情况和现在不一样,因为当时的人赤手空拳,而且因为总是内斗不断,他们意识到若战斗就等于吊死自己。C认为丘吉尔虽然适合担当重任,虽然他也很优秀,但他仍然不可能一定能使这场战争转化为革命战争。他还以同样的理由劝说内阁大臣们不要把整个国家都投入到这场战争中去。当然,我并不认为丘吉尔对这件事的看法和我们完全一样,但我也认为,在任何障碍(如收入平等,印度的独立等等)面前,他无论如何都不会停步不前,

---

1 格温·奥肖内斯(Gwen O'Shaughnessy),艾琳的哥哥劳伦斯·埃里克的遗孀。
2 此人身份不明,原日记中如此。——译者

因为他认为这对赢得战争是必要的。当然，今天的秘密会议有可能会使张伯伦及其同伙永远离开。我问C这到底有多大希望，他说毫无希望。但我记住了英国从纳姆索斯[1]开始撤退的日子。我问刚从议院回来的巴万[2]和施特劳斯[3]，有没有希望就此事使内阁大臣辞职，他们也说没有。然而，一周之后，新政府成立了。

现在人们普遍相信，高层的命令常常被直接背叛，若达到相当的程度，则会导致危险……从我个人来说，我相信目前这种有意识的背叛不仅仅发生在支持法西斯主义的上流阶级中，而且还存在于军队之中。当然，导致我们处于这种境地的蓄意破坏的愚蠢行为——如对意大利和西班牙问题的处理简直就像白痴——是另一回事。雷纳·赫彭斯托尔说，他曾和从敦刻尔克撤回国的一些士兵交谈过，这些士兵没有一个不抱怨长官的行为，他们说，长官都是坐在汽车里，把他们甩在了后面，等等。每次溃退之后，总有这类事情被人谈起，这或许真实或许不真实。人们可以研究一下意外事件列表来求证，如果这一列表完全公开的话。但人们谈论这种事并不总是坏事，只要不引起一些意想不到的恐慌就好，因为我们绝对需要使整件事获得一个新的阶级基础。在新的军队中，中产阶级的

---

1 1940年4—5月，英国在并不成功的挪威战役中占领的一个挪威海港。
2 安奈林·巴万（Aneurin Bevan，1897—1960），议院工党议员，在战后工党政府中任卫生部部长。英国最伟大的演说家之一，为左翼所爱、右翼所怕和恨。因政见不同，他在1951年退出工党内阁，但仍是工党党员和社会主义事业的象征。作为《论坛报》的董事，他允许奥威尔完全按照自己的意愿自由写作，甚至可以写文章反对当时的工党路线，例如，奥威尔在苏联英国商会战争行动的关键时刻，公开指责苏维埃政体，他也都允许。1949年，奥威尔对一个朋友说："要是我能成为巴万阁下，我们很快就能使这个国家恢复生气。"
3 G. R. 施特劳斯（G. R. Strauss），工党议员，与安奈林·巴万同为《论坛报》董事。

第一编 战时日记

人应占军官的主流，例如，在西班牙的民兵部队中就都已经这样做了，但这是激进的问题。地方自卫队组织中也是一样。在紧急事件的压迫下，如果我们有时间，我们就要激进，时间就是一切。

昨天，我突然想到：像英国这样一个拥有世界上最少的军队，又有许多退休陆军上校的国家该怎么办呢？

我注意到，我接触到的所有左翼知识分子都相信：如果希特勒占领了这里，他会设法射杀我们这样的人，并且手里还会有一个冗长的不受欢迎者的名单。西里尔·康诺利说，有人在筹划发起一次示威游行，要求销毁我们在警察局的档案资料（毫无疑问，我们在警察局都有案底）。希望乍现了！如果这些警察确信希特勒将最终获胜，他们肯定会投到希特勒一边去。好吧，如果我们能坚持几个月，最多一年，我们就能看到红色军团进驻到里兹。对我来说，即使看到丘吉尔或者劳合·乔治率领他们，我也不会感到特别吃惊。

我总是想起我在赫布里底群岛的小岛，我想自己可能再也不会拥有它了，甚至连见也见不上一面了。康普顿·麦肯齐说，现在大多数岛屿都没人住了（总共有500座这样的小岛，在正常情况下，也只有大约10%的岛屿有人居住），大多数岛屿上都有淡水和小块能耕作的土地，上面生活着山羊。按照雷纳·赫彭斯托尔的说法，一位女士在赫布里底群岛租了一个小岛躲避空袭，她却成了战争时期第一次空袭意外事故的牺牲者，英国皇家空军在那里误投了一枚炸弹。要真是误投就好了。

前天晚上的空袭造成了很严重的后果，有14人丧命。官方宣称击落了7架德国飞机。一家报纸上刊登了3架被击落的德国飞机的照片，所以可能官方声明属实。

6月21日

没有什么真正的新闻,我在昨天的报纸上看到恰佩[1]当选为巴黎市议会议长,可以想象,这一定是迫于德国人的压力。还有诸如宣称希特勒是工人阶级的朋友,大资本家的敌人等,都是这样。

昨天我们的地方自卫队进行了第一次操练,他们很令人敬佩,整个队列中只有三四个人(全队大约六个人)不是老兵。一些本来带着嘲笑的态度去看他们操练的军官们,我想也一定深受感动。

6月22日

仍没有德国和法国和谈的真实消息。据说这一过程过于复杂,因此需要长时间的讨论。我想人们可以这样想:真正发生的事情是德国人坐在谈判桌的这一边,贝当[2]元帅的政府坐在另一边,他们正试图敲定一种方案,以使法国殖民地及海军指挥官也同意投降。其实希特勒确实没有力量来控制法国那么多地区,除非通过法国政府。我想我们大都太轻率地认为希特勒现在就会入侵英国。事实上,每个人都能从这件事情上推断出希特勒不会这么做……如果我是希特勒,我会在3月穿越西班牙,攻占直布罗陀,然后横扫北非和埃及。如果英国真像他们所说的那样,有一支大约25万人的机动

---

[1] 恰佩(Chiappe,1878—1940),1927—1934年间任巴黎警察局局长,亲法西斯分子,采取严厉措施镇压左翼运动。

[2] 亨利·菲利浦·贝当(Henri Philippe Pétain,1856—1951),法国元帅,第一次世界大战时曾指挥凡尔登战役,二战时任亲纳粹政府元首,战后因通敌罪被法国法庭判处死刑,后改判无期徒刑。——译者

部队,那么现在最该做的,是将他们运送到法属摩洛哥,然后突袭西班牙所属的摩洛哥,再举起共和制的大旗。这样,再扫荡其他的西班牙殖民地将不费吹灰之力。哎,这一切都不可能发生。

共产主义者似乎已经重新活跃在反纳粹阵营。今天早上,我见到一张传单,公然抨击贝当政府的叛国行为,虽然仅仅在一两周之前,这些人几乎还公开赞成德国。

6月24日

德国人的停战协议比预想的更过分。整个事件中,有趣的是在多大程度上人们抛弃了传统的忠诚和荣誉。充满讽刺意味的是,贝当"决不容忍"这个反法西斯口号的始作俑者。20年前,签订这种和平协议的法国人要么是极端左翼分子,要么是极端和平主义者,即使在当时这也让人心生疑虑。现在,那些实际上在战争中改变立场的人都是职业爱国主义者。对贝当,拉瓦尔[1],弗兰丁以及他们的政府来说,当你真正的敌人正等着狠狠揍你一顿的时候,整个战争看上去一定就像一场疯狂的、两败俱伤的战争……因此,实际上可以肯定的是:英国有影响力的高层人士也预备来一次类似的背叛,没有迹象表明他们不会成功,就算德国没有入侵英国,也是这样。整个事件中唯一的好消息,是彻底剥下了希特勒宣称他是穷人的朋友这一伪善面具。事实上愿意为他效力的人是银行家、将军、

---

[1] 皮埃尔·拉瓦尔(Piérre Laval, 1883—1945),曾为法国总理,出卖法国给纳粹德国的主要策划者,1940年后先后任维希政府副总理、总理,战后以叛国罪被处决。——译者

贵族、大工业家、大资本家等,希特勒本人实际上是庞大的资产阶级反动力量的领导者,这一阶级本身形成了一个巨大的公司,这样做虽然使其失去了一些特权,但对工人阶级仍然拥有巨大的权力。当要抵制目前这种攻击时,任何一个资本家都会成为叛徒或者准叛徒,他们宁愿吞下可怕的屈辱,也不愿进行一场真正的战争……无论从哪个方面看,无论是从更宽泛的战略方面看还是从局部地区的防备细节问题来看,人们都会看到任何真正的斗争都意味着革命。丘吉尔很明显看不到或者不愿意接受这个事实,所以他只能走人。但他是否能带领英国人民摆脱被征服的困境,要取决于广大的人民能多快理解到事情的关键之所在。我所担心的是,当他们意识到这一点时,已经太晚了。

从战略角度讲,一切转折都取决于冬天。到那时,到处都是庞大的占领军,食物短缺,并且难以命令占领区的人们为他们工作,希特勒此时将会处于尴尬的境地。看看他在法国北部是否会改善同法国共产党的关系,并利用他们对付工人阶级,就像他当初用贝当来对付顽固保守分子一样,这将会是一件有趣的事。

如果德国入侵英国并且失败,那样就一切完美,我们将会有一个态度明确的左翼政府,以及一个有意识地对抗统治阶级的运动。

地方自卫队接到命令,所有左轮手枪都必须交给警察,因为军队也需要这些武器。当德国人拥有冲锋枪时,我们的军队却死抱着无用的左轮手枪不放,这是英国军队的典型特点,但我相信,下这道命令的战争原因是要防止这些武器掌握在错误者的手中。

如果情况糟糕得无法收拾,为了活命和继续进行自己的宣传,艾琳和格温两人都坚持让我去加拿大。如果我到那里有点用的话,

第一编　战时日记

例如，如果政府迁移到加拿大，而且我也有工作做，但绝不是以流亡者或被驱逐出境的新闻工作者的身份去，而我被驱逐只是为了能在一定的安全距离外发出自己的声音。目前已经有太多这样被放逐的反法西斯主义者。如果必要，我宁愿去死，而且从宣传的作用上看，一个人的死亡或许比去国外和多少靠别人施舍苟且过活要有用得多。但这并不是说我很想死，我还有这么多值得继续活下去的理由，尽管我的健康状况很差，而且没有子女。

今天早晨，另一份政府传单谈到如何处理空袭伤亡人员。传单的语气和用语变得越来越好了，同时广播也更好了，尤其是达夫·库珀的广播，对于生活水平维持在每周5英镑的人来说，他的广播事实上是完美的。尽管如此，现在仍没有真正通俗的演讲，没有什么能真正感动那些更贫穷的工人阶级的广播，或者可以让他们很好理解的东西。绝大多数受过教育的人只是没有意识到抽象概念给一般人留下的印象是多么微弱。当阿克兰[1]四处散发他那愚蠢的《普通人宣言》（由他本人所写，封面虚线上签满了他挑选的普通人的名字）时，他告诉我，他让《群众观察家》审阅了他的第一稿，后者试验了一下该宣言对工人阶级的作用，发现工人阶级对此产生

---

[1] 理查德·阿克兰爵士（Sir Richard Acland，1906—1990），英国最有影响的演说家，1935年加入自由党，战争一开始他就宣布自己转向了社会主义。1942年7月，他创立了一个新党，即共和党。这一党派的观点是乌托邦社会主义的观点，但它支持政府为战争所做的努力，除了反战的独立工党之外，它是唯一一个有组织地反对政治休战和丘吉尔政府的社会主义政党。作为一个政党，它在战争中赢得了选举候补权，但是在1945年大选中，它的23位候选人，包括阿克兰在内，因工党的反对都落选了。之后，阿克兰及这一组织的大多数领导都加入了工党，而"共和"（虽然还存在）则从政治浪头里消失了。

了最令人不解的误解……英国真正在发生变化,第一个迹象就是:那种可怕的、令人讨厌的声音从广播中消失了。我在酒吧中发现,只有当广播中插入一些通俗易懂的话时,工人才会注意。然而,艾琳声称——我认为她的话有点道理——那些没有受过教育的人常常会被演讲中那些庄严的语言所感动,但他们并不真正理解那些话,而是觉得那些话能给他们留下深刻印象,例如,A女士[1]就被丘吉尔的演讲深深感动了,尽管她一个字也不理解。

6月25日

昨日凌晨一点左右有空袭警报。这次警报人们误以为是伦敦空袭警报,但空袭的目标显然是在别处。我们起床穿好衣服,但不愿费事进地下室。实际上,每个人都是这样做的,起床,然后站着谈话,这看起来很愚蠢。但听到警报就起床似乎是很自然的,然后,在没有炮火和其他惊险事发生的情况下,人们羞于躲进地下室。

在昨天的一张报纸上,我看到美国已经在发放防毒面具了,虽然人们不得不为此付费。防毒面具对英国市民来说可能没用,而且在美国几乎也肯定会一样。发放它们只是国家团结的象征,是将来穿制服的第一步……战争刚一开始,戴不戴防毒面具具有一种社会和政治意义。在刚开始的几天里,那些像我这样拒绝戴防毒面具的人往往被人注视,人们一般还认为不戴面具的人是"左翼"分子。随后,这一习惯慢慢改变了,这时则认为戴上面具的人是极其胆小

---

[1] 此人身份不明,原日记中如此。——译者

的人，属于农村纳税人那种类型。随着坏消息越来越多，这一习惯又恢复了，我想应该有20%的人戴着防毒面具，但是，如果你戴着面具却没穿着制服，这同样也会惹人注意。直到发生了大规模的空袭，人们才理解到德国实际上并没有毒气，戴防毒面具者的多少在一定程度上可能非常准确地表明战争消息在给大众造成什么印象。

今天下午去了征兵办公室登记参加"英国服务军"，周五还得去进行医疗体检，但因为这次征募的对象是年龄在30岁到50岁之间的男性，所以我觉得标准应该很低。给我登记的那个人是个很平常的傻瓜，是一个戴着上次世界大战军功章的老兵，几乎连字都不会写。在写大写字母时，实际上他不止一次把字母写颠倒了。

6月27日

前天晚上，在空袭警报期间，整个伦敦有很多人都被解除警报的信号惊醒了，都以为是警报，所以躲进了防空洞，并一直在那里待到早上，等着解除警报。这发生在战争爆发十个月之后，只有上帝才知道预防空袭有多少种解释。

事实上，政府此时尚无必要开展征募活动，这一事实减轻了宣传的作用……一个显而易见的现象是：缺乏任何一种普通形式的宣传海报，用来对抗法西斯。要是有人能展示出英国新闻部在西班牙内战期间的那种海报，甚至只是佛朗哥的画像，那该多好啊！但当这些人本身都倾向于成为亲法西斯主义者，甚至在意大利参战时都几乎仍在歌颂墨索里尼，他们又怎能激起国家反法西斯的热情呢？

战时日记

巴特勒[1]在回答有关西班牙占领丹吉尔的有关问题时说，英国皇家政府已经接受了西班牙政府的说法，即西班牙人只是为了保持丹吉尔的中立才这样做的——这是在佛朗哥分子为了庆祝"征服丹吉尔"而在马德里举行游行之后发生的……今天早上的报纸发表了一份声明，"否定"霍尔[2]在马德里正在过问有关停战的问题。换句话说，他本人也在这么做。问题只有一个：我们能不能在以后的几周内，在事态发展到不可收拾的地步之前摆脱掉那些人呢？

在一场实际上是阶级战争的战争中，英国统治阶级无意识暴露出的虚伪太明显了，所以根本不值一提，难以回答的问题是：在其虚伪中包含了多少"蓄意"的成分……L. M.[3]，作为一个曾经认识或至少接触过这个人群的人说：除了丘吉尔这样的人是例外，英国的统治阶级已经完全腐化，连最起码的爱国情感都没有，事实上他们只关心维护自己的生活标准。他说他们也有强烈的阶级意识，并且明确认识到他们的利益团体与其他地方的富人的利益是一致的。他说，墨索里尼可能倒台的想法对他们来说始终就像一场噩梦。从目前情况看，梅耶在战争开始之日对战争的预言始终正确。他说整个冬季都不会发生什么事，意大利将受到我们极大的尊敬，但接着他们就会突然反对我们，德国的目的是迫使英国成立一个傀儡

---

[1] R. A. 巴特勒（R. A. Butler, 1902—1982），保守党政治家，1938—1941年间为国家外交事务方面的副部长，英国财政大臣，之后于1951—1964年间担任保守派政府的外交部部长。

[2] 赛缪尔·霍尔（Samuel Hoare, 1880—1959），持极右翼观点的政治家和律师，当时的英国驻西班牙大使。1935年，他作为国家外交事务的部长，去绥靖处于意大利—埃塞俄比亚战争中的意大利，策划了"霍尔—拉瓦尔协定"，不顾现存的国际公约，强行将埃塞俄比亚划归意大利。——译者

[3] L. H. 梅耶（L. H. Myers, 1881—1944），小说家，《远和近》的作者。

政府，通过这个政府，希特勒可以在大多数英国人尚不知发生何事时就能统治英国。梅耶的所有预言中，后来证实只有一个错了：他像我一样，也预言苏联将继续和德国勾结在一起，这在现在看来似乎完全不可能了。但随后苏联可能不希望法国这么突然倒台。如果他们能够成功做到这一点，贝当和他的国家将会不遗余力地和苏联人作对，就像以前苏联人对待英国人那样。有趣的是：当《苏德条约》签署的时候，几乎每个人都认为该条约是完全对苏联人有利的，斯大林已经以某种方式"遏制了"德国人，虽然只要在地图上看一看，就能看到根本不是这样……无权无势的人只有靠假装相信自己已经以某种方式控制了局势而安慰自己。从共产主义的角度看，只要他们能劝说自己相信苏联的无上强大，一切便不成问题。现在似乎令人怀疑的是：除了得到一个喘息机会之外，苏联人是否还从这个协约中得到了更多的东西，虽然苏联人对这件事的处理比我们对慕尼黑事件的处理要好得多。

或许英国和苏联会因局势所迫而尽弃前嫌结为盟友，这是现实利益压倒最强烈的意识形态仇恨的一个很有趣的例子。

《新读者》[1]现在正谈论着贝当及其政府的"背叛"以及"工人"阶级反抗希特勒的斗争。如果希特勒入侵英国，他们可能会支持"工人"的抵抗。那么，工人用什么抵抗呢？当然用武器。然而，独立工党同时却吵嚷着要破坏兵工厂。这些人几乎完全生活在自欺欺人的幻想之中，但受制于这样的事实，即他们说的和做的对事件毫无影响，甚至连一只小贝壳都撼动不了。

---

[1] 独立工党的喉舌。

6月28日

事情正变得令人极端失望。今天早上我去看了一下自己的体检结果。我被拒绝了,我的等级是C等,他们现在不会让这种等级的人加入任何军队。一个身体不如常人,但至少还不至于无用的人,却找不到用武之地,这样毫无想象力的体制多么可怕呀!部队有大量的文案工作,其中的大部分工作都是由那些身体绝对健康的半文盲来做的……人们可以原谅政府雇不到得力的知识分子,因为如果他们正试图动员整个国家的人力资源,使人们从奢侈品贸易转向生产工作的话,这些人一般来说在政治上都不可靠。但这种事并没有发生,只要往大街上看一看就会明白这一点。

今天苏联人进驻了比萨拉比亚[1]。实际上人们对此并无多大兴趣,我听到的几声零星评论也都是婉转地表示支持,或至少不像苏联人当初侵占芬兰时那样激起民众强烈的愤恨。我认为,产生这两种截然不同结果的原因在于:人们认为芬兰和罗马尼亚属于不同的问题。也可能是因为我们自己那种因绝望而不惜冒险的本性,并认为这次行动可能会使希特勒陷入尴尬境地——我相信一定是这样,虽然希特勒明显认可过这一行动。

英国政府已经认可了戴高乐,但显然是以某种含糊的方式承认的,也就是说,它还没有声明不承认贝当政府。

但让我们充满希望的一点是:报纸还站在我们这一边,还保持着自己的独立性……但这其中包含的困难是:报纸的"自由"真

---

[1] 苏联东南部一地区。——译者

正意味着它依赖于投资利益，主要是（通过广告）依赖于奢侈品贸易。当抵制直接欺骗的报纸要靠着巧克力广告和丝袜广告维持经营时，它们就不能坚决要求削减奢侈品了。

6月30日

今天下午，在摄政公园举行了地方自卫队"全线阅兵"活动，也就是说，按标准编制的12个排（大约60人为一排，实际上在目前的压力下人数要少一些）。这些人主要是老兵，还包括一些身穿便服、面貌可怖的人，也许其中25%是工人阶级。如果当时在摄政公园中是这个比例，那么在其他地方的比例一定更高。我到目前为止仍然不知道，在比较贫穷的地区，当大方向仍是掌握在劳动阶级手里时，人们是否倾向于避免组建地方自卫队小分队。目前，整个组织处于一种异常的混乱状态，任何事情都可能发生。人们已经自发组成了地方保卫分队，手榴弹等武器很可能就是由这些"业余爱好者"制造出来的。上层阶级显然完全被这些倾向吓坏了……视察这次阅兵的将军实际上都是一些年老体衰心智低下的人，他们的演说是我所听过的最没有鼓舞作用的演讲。然而，人们却是准备接受鼓舞的。当听说武器终于到了时，全场响起了高声欢呼。

昨天，当我和康诺利及M. S.[1]一起走在大街上时，听到了巴尔博[2]

---

1 此人身份不明，原日记中如此。——译者
2 马歇尔·巴尔博（Marshall Balbo，1896—1940），1935—1936年间意大利—埃塞俄比亚战争期间负责轰炸阿比西尼亚的意大利空军司令。

的死讯。康诺利和我都非常高兴。康诺利谈到巴尔博和他的朋友如何在飞机上抓住塞努西教徒[1]的首领,并把他从飞机上扔了下去,甚至M. S.也不是不高兴(除了纯粹的和平主义者,人人都高兴),我想艾琳也会高兴的。晚上很晚的时候(我在克罗姆山庄住了一晚)[2],我们发现一只老鼠掉进了阴沟,爬不上来了。我们费了好大劲儿用肥皂盒子做了个梯子,有了这个梯子,老鼠就能爬上来了,但现在它战战兢兢,躲在阴沟边缘的管道下动也不敢动,即使我们不管它,过了半个小时还是这样。最后,艾琳轻轻用手指把它挑出来,放它走了。这样的事算不了什么……但是每当我想起"西蒂斯号"[3]大灾难就让我心烦意乱,实际上甚至达到了影响我食欲的程度,我认为,人们实际上喜欢听到敌军的潜艇沉入海底的消息,这对战争不会产生可怕的影响。

7月1日

……今天的报纸都在谣传,说巴尔博实际上是被他自己的人杀死的,就像冯·弗里奇将军[4]事件一样。如今,任何名人在战场上被杀,都必然会出现这种说法。在西班牙战争中,这样的例子就有

---

1 塞努西教是北非一个伊斯兰教派别,积极提倡"圣战"。——译者

2 在格林尼治,是格温·奥肖内斯的房子。

3 1939年6月,英国潜艇"西蒂斯号"在第一次潜水后就没能浮出海面。所有船员都被淹死。

4 维尔纳·冯·弗里奇(Werner von Fritsch,1880—1939),德国的一位老将军,他从不掩饰自己对希特勒的轻蔑。他在1939年的一次行动中去世,人们都认为是希特勒策划的。

第一编　战时日记

杜鲁提[1]事件，莫拉将军[2]事件。关于巴尔博的谣言源于英国皇家空军的一段话，他们说对据说导致巴尔博之死的空战一无所知。如果这是个谎言——因为这很可能是谎言——那么这将是英国政治宣传完成的第一次真正优秀的工作。

7月4日

在有思想的人当中，到处都弥漫着一种接近于绝望的感觉，这是因为政府没有采取行动，继续坚持陈腐的观念，让亲法西斯分子掌权。人们逐渐意识到，唯有靠一次不成功的侵略才能扭转整个形势。与此相伴的是人们越来越害怕希特勒根本不对英国发动侵略，而是可能转向非洲和近东。

7月5日

在奥兰进行的英军和法国军舰的作战中，英军几乎没有任何伤亡，这非常清楚地表明，法国水兵一定是拒绝拿起武器作战，或者说即使拿起了枪也一定毫无战斗激情……尽管报上盛传"法国舰队退出了战争"等，但从实际的船只名单来看，似乎有一半的法国海

---

[1] 杜鲁提（Durruti，1896—1936），西班牙内战爆发时的西班牙无政府主义者的领袖，一位后来成为将军和民众领袖的歹徒。他在马德里保卫战中被杀，可能是共产主义者干的。他的葬礼引发了一场大规模的民众游行。

[2] 莫拉（Mola，1887—1937），曾和佛朗哥是同级战友，在西班牙内战的早期阶段，即在和佛朗哥争夺位问题传出出现之前被杀。

军没有被计算在内,而且肯定有一半以上的潜艇没被算进去。但到底有多少落入了德国或意大利人手中,又到底有多少还在海上,这在报上都无从晓得……德国广播导致的愤怒大爆发[1]表明采取这种行动是多么正确。

7月10日

英军已经摧毁了停泊在达喀尔海湾的法国主力舰"黎塞留号"。但英军没有进一步采取行动去攻占法国在西非的任何港口,而这些地方的防备无疑也不强……根据弗农·巴特利特[2]的报道,德军准备沿线筑防御工程,这我早就预料到了,即英国将退出欧盟,但仍保留帝国身份,而且丘吉尔政府会被赶下台并被一个希特勒可以接受的政权取代。有人猜想在英国存在着这样一个急于同意这一点的派别,而且无疑已悄悄组成了一个内阁。几乎让人难以置信的是,竟有人以为人民大众会容忍这样一种安排,除非他们一开始就被打败。……温莎公爵已经被任命为巴哈马群岛的都督,坐船上任去了,这实际上是一种流亡惩罚……科兰兹的书已经出版,名为《罪人》,是对慕尼黑群氓的司空见惯的控告,现在正像新出炉的面包一样热销。根据《时代周刊》的报道,美国共产党正和当地纳粹携手阻止美国军队进入英国。他不能肯定美国共产党有多大的行动自由。一直到最近,他们都似乎没有任何自由。然而在最近,

---

[1] 如果德国电台的报道正确,实际上会促使英国人将丘吉尔吊死在特拉法加广场。

[2] 弗农·巴特利特(Vernon Bartlett,1894—1983),著名的自由主义政治新闻记者,多年在《新闻记事报》工作,报道与希特勒、墨索里尼和远东有关的整个世界的危机。

第一编　战时日记

他们有时会追随不同国家相互矛盾的政策。当严格依赖"路线"意味着灭亡时,他们就有可能放弃"路线"。

7月16日

有好些日子没有真实的消息了,除了英国政府向日本半投降这条消息之外,即英国同意在固定时期内停止沿缅甸路运送军用物资。然而,以后的政府会不会取消这个规定,目前还不明确。F[1]认为,姑息日本是英国政府所做的最后努力(也即在香港等地有投资者的最后努力),然后他们就将被迫明确支持中国。也许是这样。但他们是怎样做这些事的呀——从没采取过体面的行动,都是被驱赶着去做,全世界都不再相信你们的动机可能是诚实的。

W[2]说,伦敦左翼知识分子现在成了彻底的失败主义者,他们把形势看得一点希望都没有,而且只希望投降。人们应该非常容易就能预见到,在人民阵线的咆哮之下,当真正的表演开始时,他们就会崩溃。

7月22日

过去的几天没有什么真正的新闻。这一时期的主要事件是泛美会议现在刚刚开始,苏联加入到波罗的海国家联盟,而这一定是针

1　此人身份不明,原日记中如此。——译者
2　同上。——译者

对德国的。克里普斯的妻子和女儿们将去莫斯科，很明显，他期望长驻下去。据说西班牙在大量进口石油，显然是给德国人用的，而我们却没有阻止此事。今天早上的《记事新闻报》有很多关于佛朗哥的报道，说他希望继续不卷入战争，在努力还击德国的影响，等等。……这正如我所说，佛朗哥假装赞成英国，这成为英国应温和对待西班牙问题的理由，并允许西班牙大量进口石油，佛朗哥最终将站在德国一边。

7月25日

没有什么新闻，真没有……将孩子送到加拿大的各色人等已经为此而后悔了……上个月在空袭中受伤或死亡的人数已公布出来了，大约是340人。如果这是真的，这个数字实际上比同一时期死在马路上的人数要少……地方自卫队现在据说壮大到130万人了，且已停止招新兵，并将重新被命名为国民自卫军。也有传言说，那些行为举止像非正规军军人的人将被正规军军人代替。这似乎表明，要么是官方开始认真对待地方自卫队，将之看作一种战斗力量，要么表明官方害怕它。

现在有传闻说，劳合·乔治就是英国潜在的贝当……意大利的报纸也这样说，并且说劳合·乔治的沉默证明这是真的。当然，很容易想象得出，劳合·乔治纯粹是出于恶意和妒忌才扮演这一角色的，因为他至今尚未得到工作，但人们不容易想到，他与事实上会支持这项计划的保守党小集团是携手合作的。

当我沿街漫步时，我发现自己经常抬头看窗，看看哪一扇窗户适合用作机枪掩体。D[1]说他也和我一样。

7月28日

今天晚上,我看到苍鹭飞过贝克街。但这已不像我一两周前看到的事情那样不可能了,当时在大板球场的中央,一只隼杀死了一只麻雀。我想可能是因为战争,也可能是因为路上行人稀少,才导致伦敦市区内鸟类多起来了。

有个小个子男人,我总是记不住他的名字,但他认识乔伊斯[2],乔伊斯是分裂出的法西斯党成员,一直被人称作"哈哈"先生。他说乔伊斯仇恨莫斯利[3],因此用非常不适合刊登在报纸上的语言谈论他。莫斯利是希特勒在英国的主要支持者,有趣的是,他重用乔伊斯而不是他自己的人。这证实了博克璐所说的话,也就是说,希特勒不希望英国存在着一个太强大的法西斯政党。显然,其动机就是分裂,甚至分裂分裂者自己。德国报纸正在攻击贝当政府,动机何在尚不绝对明确,被德国人控制的法国报纸也在这样

---

[1] 此人身份不明,原日记中如此。——译者
[2] 威廉·乔伊斯(William Joyce,1906—1946),被称作"哈哈"先生,这个绰号大概源于他的说话方式。他是一位美国人,从未获得英国国籍,虽然他大部分时间待在英国,并且是一个疯狂的民族主义者。对他来说,因为奥斯瓦尔德·莫斯利爵士的路线太温和了,他就成了法西斯主义者。1939年8月,他去了德国,并于1940年加入了德国籍。在战争的整个早期阶段,他负责德国的对英广播宣传。战争结束时被英国人处死。
[3] 奥斯瓦尔德·莫斯利(Oswald Mosley,1896—1980),准男爵,政治家,在议会中依次是保守党、独立党和工党成员。1931年,他脱离工党,组成新党。后来,他成为狂热的亲希特勒分子,并将他的党变成了英国法西斯主义者联盟。

做。在这方面多里奥[1]最为突出。当《周日时代报》也说巴黎的德国人正在利用贝热里[2]时,我真是大吃一惊。但我是谨慎接受这些消息的,因为我知道,这些持不同政见的左派小集团总是被右翼,还有官方左派谎言连篇累牍地说三道四。

8月8日

意大利开始攻击埃及了,或者更确切地说,是攻击英国的索马里兰。虽然还没有确切的消息,但报纸暗示说,我们在那儿的军队无法固守索马里兰。其中最关键的要地是丕林岛[3]。失去该岛实际上等于关闭了红海的大门。

H. G. 威尔斯很了解丘吉尔,说他是个好人,既不是唯利是图者,也不是野心家。他的生活起居就像"一位苏联的部长","只用摩托车"等,但他从不关心钱。据说丘吉尔有某种对事实视而不见的能力,另外还有一个缺点,那就是他从不让私人朋友失望,这就解释了为什么人人都有事做——但这也造成了大量迫害难民的情况。他认为一切迫害的中心是战争指挥部。他相信监禁反法西斯的难民完全是一种有意识的迫害行为,因为他知道其中一些人与欧洲的地下运动有联系,说不定在某些时候就能发动一场"布尔

---

[1] 雅克·多里奥(Jacques Doriot, 1898—1945),原是一个共产主义者,后来成为一位法西斯领导人,与德国积极协作。

[2] 加斯顿·贝热里(Gaston Bergery),法国人的代表,知识分子,曾从极端左派变成极端右派,法国陷落后成为与德国合作者。

[3] 在也门西南部,位于红海入海处曼德海峡中,是战略要地。——译者

什维克"革命,而从统治阶级的角度看,这比失败更糟糕。他说,S勋爵[1]是最应该受到责备的人。我问他是不是认为这是对某某勋爵……集团的一次蓄意行动,这总是最难决定的事情。他说他相信某某勋爵——完全清楚他在做什么。

今晚一位参加过敦刻尔克战役的军官利用幻灯片做了一次演讲。非常糟糕的演讲。他说比利时人打得好,说他们在没有任何警告的情况下就投降了并不符合现实(事实上他们进行了三天的警告)。但在谈到法国人时就不那么客气了。他放映了一张轻步兵联队抢劫居民后全速逃跑的照片,其中有一个人醉死了,躺在街上。

8月9日

钱的情况正变得令人完全无法忍受……我给税收所的人写了一封长信,指出这场战争实际上断了我的生计,与此同时政府却又拒绝给我提供任何工作。与作家真正有关的事实是:随着噩梦的继续,写书已不可能了,而这一事实对官方来说无足轻重……对政府我没有什么顾忌,只要可能就逃税。然而,如果我认为有必要,我会很乐意为英国献出自己的生命。在纳税方面没人是爱国的。

过去的几天并没有什么真正的新闻。只有空战,如果报道属实,在空战中英国人总是遭重创。我希望能和英国皇家空军军官谈谈,以了解这些报道是否属实。

---

1 此人身份不明,原日记中如此。——译者

8月16日

　　索马里兰的形势正在明显恶化，这是埃及攻击战的侧翼行动。海峡上空发生大规模空战，而且，如果报道比较接近真实的话，可以说德国遭受了惊人的损失，例如，据报道昨天有大约145架德机被击落……伦敦市民经受了一次真正的空袭，就学会了如何应付空袭。目前，每个人的举止都极端愚蠢，除了交通被控制外，没采取任何警戒措施。警报刚开始的15秒真是极度恐慌，口哨声，喊孩子进屋的声音，接着人们开始沿街聚集，期待地盯着天空。白天人们显然羞于躲进防空洞，直到听到爆炸声为止。

　　沃灵顿[1]度过了周一周二这两个灿烂的日子。没有报纸，也没人提到战争。村民们在收割燕麦。这两天我们带着马克斯[2]出去追野兔，马克斯跑得出奇得快。这些情景把我带回到童年时代，也许这将是我曾经拥有的最难忘的生活片段。

8月19日

　　空袭的特征是：几乎每个人都极易轻信它对远处造成了很大的灾难。最近乔治·M.从纽卡斯尔来到此地，人们普遍相信纽卡斯尔受到了严重的破坏，而他告诉我们那里受到的破坏不值一提。另一方面，他到伦敦本以为这里已被炸得支离破碎，他到后的第一个问题就是问我们是否经受了一段非常艰难的时光。这就容易明白了，

---

[1] 赫特福德郡附近的一个小村庄，1936年后奥威尔就住在这儿。
[2] 奥威尔的狗。

那些远在美国的人，是如何相信了伦敦正处于硝烟之中，英国人正饥寒交迫，等等等等。而与此同时，所有这些都更坚定了人们的推测：我们对德国西部的空袭所造成的破坏远比实际报道的要小得多。

8月20日

报纸在尽可能对索马里兰撤退事件进行粉饰性的报道，尽管这是一次惨痛的失败，是几个世纪以来英国人第一次丧失自己的领土……这些报纸（至少是《记事新闻报》，这是我今天看到的唯一一家报纸）煞费苦心处理新闻，真是可惜。因为这也许会成为另一场骚乱的导火线，而这则会使它从政府那里获得更大的好处。

国民自卫军现在正抱怨空袭日趋频繁，因为卫兵们没有钢盔。麦克纳马拉将军向我们解释说：正规军尚缺30万顶钢盔——而战争已经进行了近一年。

8月22日

与我在其他报纸上看到的头版重要新闻相比，《比弗布鲁克报》似乎对苏联国家政治保卫局谋杀托洛茨基这一说法不屑一顾。事实上，今天的《标准晚报》上的几篇关于托洛茨基的分标题报道并没有提到这种说法。毫无疑问，他们仍然在关注着苏联，准备不惜任何代价去平息苏联人民的不满，尽管创作了政治漫画对此予以讽刺。但在这种表面的行动之下，或许还隐藏着更多更为微妙的计划。那些应对《标准晚报》目前的亲苏政策负责的人，无疑足够精明，他们应该知道，人民阵线的路线并不真是保证苏联联盟的途径。但他们也知道，在英国，大多数左翼观点仍理所当然地认为，一个完整的反法西斯政策能使苏联站到我们这边来。因此瓦解苏联就是推动公众舆论"左"倾的一种手段。奇怪的是，我总是把这些阴险的动机归咎于别人，我这种不会耍诈的人发现很难采取间接的方法，即使我知道需要采取这种方法时也是如此。

8月23日

今天凌晨三点，空袭警报又响了起来。起床，看了一下时间，接着觉得没事可做，很快就又去睡觉了。他们正在讨论重新安装警报系统，如果他们不想让每次警报都花掉几千英镑，又浪费时间，又不能睡觉等，他们必须这样做。德国飞机本只在某一个地方轰炸时，目前的警报声却响遍很广大的地域，这个事实不仅意味着人们没有必要被惊醒或离开工作岗位，而且给人们造成的普遍印象是：空袭警报总是出错，这显然是很危险的。

两个半月后，我领到了国民自卫军的军服。

昨晚去听一位将军的演讲——他现在正指挥着大约25万人。他说他已经在军队里待了41年。参加过弗兰德斯战役，无疑表现得不称职。他说国民自卫军是一种稳定的自卫力量，他以相当明显的方式轻蔑地说，他认为我们目前进行的这种练习，如翻滚、匍匐前进等——在奥斯特利公园训练学校[1]显然还被视为成功的举措——是

---

[1] 国民自卫军的训练中心，由汤姆·温特林厄姆和休·斯莱特共同创立和管理。他们根据自己在西班牙内战期间的国际纵队获得的经验，训练学员进行游击战和街巷战。

没用的。我们的工作,他说,就是战死沙场。他认为刺刀练习也是很伟大的事,并且暗示说正规军衔、致敬等规范不久就要实施——这些恶劣的极端顽固而傲慢的保守分子,明显是那么愚蠢,那么衰老。他们除了肉体的勇气尚值得同情外,其他的一切方面都是那么腐朽,如果他们现在不像磨石一样缠绕着我们的脖子,人们真觉得他们相当可悲。士兵对这些精神训话的态度——他们本是急切地渴望从演讲中获得激情,时刻准备着欢呼,听笑话而笑的,然而在演讲过程中总是模模糊糊地感到什么东西不对头——总是让我觉得同情。现在几乎已经到了这样一个时刻,即只需要一个人跳上高台,告诉他们,他们如何在被浪费,战争如何在失利,是谁造成了战争的失败,从而让他们行动起来,将那些顽固而傲慢的保守分子扔进垃圾箱。当我眼看着他们在听这些愚蠢的谈话时,我总是想起塞缪尔·巴特勒的《笔记本》中的一段话,这段话写的是一头小牛,有一次他看见它在吃粪便。这头小牛还不可能知道自己到底喜欢不喜欢那种东西,它所需要的只是某头饱经沧桑的老牛用角抵抵它,在这之后它就会终生记得粪便不好吃。

昨天我忽然想到,要是没有托洛茨基,苏联将怎么办?或者说其他地方的共产主义者将怎么办?他们可能会被迫再发明一个替代品。

8月26日

(格林尼治)据我所知,24日发生的空袭是对伦敦的第一次真正的空袭,也就是说,我是第一次可以听到爆炸声。当东印度公司的码头被击中时，我们正在前门观看。周日的报纸上没有提到码头被击中的事，他们显然是在隐藏这一事实，而当重要目标被击中时他们总是这样……这次爆炸声音极大，但并不让人害怕，地面也没感觉到震动，显然他们投下的不是非常大的炸弹。我记得，我在蒙弗洛里特医院时，维斯卡附近落了两个大炸弹。相距四公里之远，我听到第一颗炸弹发出一阵非常恐怖的轰鸣声，把房子都摇动了，把我们吓得都从床上逃掉了。也许那是一颗重达2000磅的炸弹，而现在投下的炸弹可能只有500磅……

8月29日

　　前三个晚上的空袭警报时间加起来总共有16小时到18小时之久……非常清楚，这些夜间空袭主要是想制造麻烦，只要想当然地认为一听到警报每个人都会钻进防空洞，希特勒就只需一次派半打飞机让伦敦人在一定程度上无法工作、无法睡眠就行了。虽然这样造成的影响尚不明确，然而，这种想法已经见了成效……在20年内，我第一次无意中听到公共汽车驾驶员大发脾气，对乘客无礼。例如，一天晚上，我听到黑暗中传来一种声音："谁开这辆公共汽车，女士，我还是你？"这把我直接带回到了上一次大战结束时的情景。

　　……艾琳和我根本不关心空袭，我真正留下了这样的印象，即除了他们造成的混乱外，他们根本不担心我。今天早上，我像往常一样从警备岗位回家睡了两小时，还做了一个非常不愉快的梦，一颗炸弹落在我附近，使我惊慌失措，这也是我在快离开西班牙时经常做的梦，躺卧在一个没有遮蔽的草岸上，炮弹壳在我周围坠落。

第一编　战时日记

8月31日

空袭警告，现在每24小时有6小时左右的空袭警报时间，这真变成了一件非常令人讨厌的事。人们到处在说，不要把空袭当回事，除非知道落下的是大炸弹，而且就在自己所在的区域之内。在摄政公园漫步的人中，应该说至少有一半没在意空袭警报……昨天晚上，就在我们快要上床睡觉时，响起了一声沉重的爆炸声。深夜我们又被一声巨大的坠毁声吵醒，据说是梅达谷中一颗炸弹引起的。艾琳和我只是评论了一下响声的大小，就又熟睡了。睡梦中，我模模糊糊记得有防空炮开火的声音，并发现自己的心绪又回到了西班牙战争，在其中的某个夜晚，你刚搞到一堆好稻草准备睡觉，脚也干干的，几个小时的休息在前面等着你，远处的炮弹爆炸声成了催眠曲。

9月1日

最近买了一顶便帽……好像七码以上的便帽是一件伟大的珍奇之物。他们显然以为所有军人都是小脑袋。这个尺寸标准是理查德·里斯在巴黎想参军时某位上司对他说的："仁慈的上帝，你不认为我们前线需要聪明人吗？"所有国民自卫军制服的领口都做成20英寸……各处的商店都开始在国民自卫军身上投资，黄卡其布衬衫等的价格简直荒唐，上面还标着"适合国民自卫军"的字样。就像在巴塞罗那，这种衣服最早就是在民兵中流行起来的。

9月3日

　　昨天与最近刚从卡迪夫回来的C太太谈话。那里的袭击几乎持续不断，最后，政府决定，无论空袭与否，码头上的工作都一定要继续。几乎就在德国人的飞机设法把一颗炸弹笔直地投入船货舱之后，工人们就又立刻开始了工作。根据C太太的描述，七个在那里工作的人"不得不在桶中生活"。在码头被击中之后，他们不得不立刻回去继续练习如何掩蔽。这种事都没在报纸上报道。现在各个方面的人都在说，在最近空袭中伤亡的人数，如拉姆斯盖特的空袭，已经被官方减到最少，这大大激怒了当地人，当100人被炸死时，他们不喜欢读到什么"损失微不足道"等字眼。看一看这个月，即8月的伤亡人数的数字，人们将会有兴趣。应该说，只有这个数字达到每月2000人时，他们才会说实话，但他们会遮掩这个数字，而代之以更大的数字。

　　迈克尔估计，他的服装工厂——显然是一家私有小厂——上周在空袭中遗失的时间值350英镑。

9月7日

　　空袭警报现在更加频繁了，持续的时间也更长了，因此人们已习惯性地忘记了当时是警报在响，还是解除警报在响。炸弹和炮火制造的噪声，除了非常接近（可能意味着在两英里之内），现在已被人们当成睡觉或交谈的正常背景而接受的，我仍没有听到那种会使你觉得也被击中了的炸弹爆炸的巨响。

第一编 战时日记

在丘吉尔的演讲中,他给出的在8月空袭中丧生的人数是1075人。即使这个数字可信,可能也远远低于实际伤亡人数,因为它只包括了市民的死亡人数……官方对空袭的轻描淡写是极其惊人的。今天的报纸报道说,一颗炸弹落在了伦敦中央的广场上。不可能找出是哪个广场,虽然数以千计的人一定知道。

9月10日

没有记下过去几天发生的疯狂行为。轰炸现在并不比诸如交通混乱,经常性的电话故障,无论什么时候有空袭都随时关门的商店等更让人担心。人们必须从事自己的日常工作,还要穿戴整齐出门,并将生活变成一个不断抢回失去的时间的过程……

没有爆炸的炸弹是一件大麻烦事,但其中大部分的位置似乎都能被成功锁定,附近的居民都会被疏散出去,直到炸弹爆炸。在整个伦敦南区,一小群面有绝望之色的人拖着箱子走来走去,他们或者是刚刚才变得无家可归的人,或者在大多数情况下是因为一颗未爆炸的炸弹而被官方疏散出来的人。

昨晚基本上是在防空洞过的,是被不断出现的哨声和不远处每隔大约15分钟就响起一次的炸弹爆炸声赶到那儿去的。因为人过于拥挤,所以极其不舒服,所幸防空洞里的设施还不错,有电灯和风扇。人,主要是年老的工人,激烈地抱怨座位太硬,抱怨长夜漫漫,但没有什么失败主义的谈论……

每天晚上,大约在傍晚,都能看到人们拿着被褥在防空洞门前排队。先到的人抢到铺有地板的地方,这就可能度过一个相当不错的夜晚。除了白天的空袭外，晚上空袭的时间非常有规律，都是从晚上八点到凌晨四点半，也就是说，从傍晚到黎明到来之前。

我以为，像前四个晚上那样密集的空袭若延续三个月，一定会摧毁每一个人的精神士气。但值得怀疑的是是否有人能一连三个月都保持这样的攻击态势，尤其是当他自己也在经受着同样的打击的时候。

9月12日

空袭一变得严重起来，就会发现人们比以前更愿意和大街上的陌生人交谈……今天早晨遇到了一个大约20岁的年轻人，他穿着肮脏的工作服，或许是一名汽车修理工。他在伦敦南区看到的破坏景象使他感到恐惧，所以他对战争极度憎恨，对战争持一种失败主义的观点。他说丘吉尔已经视察过艾勒芬公园附近遭到轰炸的地方，那里有22幢房子，其中有20幢被炸毁了，丘吉尔在现场说："这不算太坏。"年轻人说："如果他那样对我说，我会扭断他的短脖子。"他对战争很悲观，认为希特勒肯定会赢，并会将伦敦变成华沙那样的首府。他谈到伦敦南区被迫无家可归的人们时心情很沉痛，而当我说伦敦西区的房子应该被征用过来给他们住时，他急切地表示赞同我的观点。他认为一切战争都是为了有钱人的利益而战的，但他同意我的观点，即这场战争可能最终以一场革命而告终。通过所有这些可以看出，他并非没有爱国心。他抱怨的另一点是：在过去的六个月里，他曾四次要求加入空军，但总是被拒之门外。

今晚及昨晚，他们一直尝试采用一种新的、保持连续的空对空

第一编　战时日记

火力网的装置，但只是盲目地或只是凭声音来发射，尽管我建议采用一种声音探测器，能计算出炸弹爆炸的高度……噪声震天，几乎是连绵不绝，但我并不介意，因为我感到这声音是我方的。昨夜在斯蒂芬·斯彭德广场与一支驻扎在那里的炮兵连一起过了一夜，这个炮兵连整个晚上都在不停地开炮，间隔时间很短。整个晚上在安然的睡眠中度过，在那个地方听不见炮弹爆炸的声音。

综合所有的报道看，伦敦东区和南区陷入了非常可怕的混乱……在昨晚的演讲中，丘吉尔非常严肃地提到，英国正面临着即将到来的被侵略的危险。如果德国真的入侵，那它就不是假象了。这一计划或者可能是摧毁我们沿南海岸的空军基地，这样之后就可以肆意轰炸我们的地面防御工事了，同时又可以给伦敦及其与南方的交流造成极大的混乱；或者是在发动对苏格兰也可能是爱尔兰的攻击之前，尽可能吸引住我们南方的防御力量。

与此同时，在三个半月之后，我们的国民自卫军一排人中每六个人有一支步枪，除了燃烧弹之外就再无其他武器了，而且或许每四个人才有一套制服。但他们毕竟已经站出来反对私人将枪带回家。这些武器都被集中放在一个地方，任何晚上的任何一颗炸弹都能将它们全部炸毁。

9月14日

在实施弹幕计划的第一个晚上，也是最厉害的一个晚上，据说他们共发射了50万发炮弹，也就是说，以每发炮弹平均5英镑算，他们一晚上"放"掉了250万英镑。但物有所值，这可鼓舞士气。

9月15日

今天早上，我第一次看到一架飞机被击落。它从云层里慢慢坠落下来，头朝下，就像在高空中被击中的沙鸠。观看的人群中发出巨大的欢呼声，中间不时有人问："那肯定是德国飞机吗？"因为人们手指的方向太令人迷惑不解了，空中有那么多种飞机，没有一个人知道哪架飞机是我们自己的，哪架飞机是德国的。我唯一的判断标准是：如果看到轰炸机在伦敦上空，那它肯定是德国的飞机，而战斗机很可能是我们的。

9月17日

昨晚这个地区遭受了猛烈的轰炸，一直持续到晚上11点……我正在这所房子的走廊里与两个年轻人及与他们在一起的一位姑娘谈话。这三个人的心理态度都很有趣。他们毫不遮掩地、毫无羞耻地感到害怕，谈着他们的膝盖是怎样碰到一起的等等。然而，与此同时，他们却又很兴奋和好奇，在轰炸的间隙躲躲闪闪地到门外去看发生了什么事，并拣一些弹片。后来，在C夫人[1]楼下那个加固的小房间里，C夫人、她的女儿、女仆和三个也住在这里的年轻姑娘在一起。每次炸弹滑过的时候，所有的女人，除了女仆，都紧拥在一起，把脸藏起来，一起大声尖叫。但在轰炸的间隙，她们仍很快乐和正常，继续着热闹的交谈。狗温顺起来，显然是被吓坏了，知道一定有什么事不对劲。在空袭期间，马克斯也是这样，也就是说

---

[1] 此人身份不明，原日记中如此。——译者

第一编　战时日记

变得沉默而不安。一些狗在轰炸中变疯了、变野了，最后不得不杀掉它们。她们说这里就是这样。艾琳说格林尼治也是如此，现在公园里所有的狗一听到警报声，就都往家里跑。

昨天，我在城里理发时，问理发师在轰炸期间是否继续营业。他说："是的。"即使他正在给别人刮胡子，仍然继续吗？我说。哦，是的，他仍然一如既往地继续。一天，一枚炸弹在很近的地方爆炸，把他吓得跳了起来，差点把客人半边脸切去。

后来，当我在等公共汽车的时候，与一位男士搭讪，我想他应该是那种商业旅行者，脸形不太好看。他开始漫谈，谈他如何将自己和妻子弄出伦敦，他的神经是如何紊乱，他如何承受着胃病的折磨，等等等等。我不知道他有多少这样的事情……当然，这里一直有大批来自伦敦东区的人，每晚像集体移民似的移居到那些有足够避难住所的地方。买张二手票在深藏地下的一个地铁车站里过一夜的人越来越多，比如在皮卡迪利大街车站……每个与我交谈过的人都一致认为，城西区那些装修好的空房子应该提供给无家可归的人住，但我认为那些有钱的猪仍有足够的力量来制止这一切发生。有一天，50个从城东区来的人，在一些自治镇市议员的带领下开进萨沃伊，要求使用防空洞。管理人员想将他们撵出去，但没有成功，直至空袭结束，他们才自愿离开。当你看到，在一场明显正变成革命战争的战争中，富人们仍是如何表现时，你会想到1916年的圣彼得堡。

（夜晚）在可怕的喧闹声中几乎无法写作。（刚刚停电，幸好我有几根蜡烛）这个地区的许多街道（灯又亮了）都因为没有爆炸的炸弹被绳子围了起来，结果从贝克大街回家，也就只300码的路，却像在找通向迷宫中心的路一样。

战时日记

9月21日

因为没有爆炸的炸弹，临近街区的三四家文具店，除了一家外都被封锁了，弄得我一连好几天买不到笔记本继续写日记。

此时常见的情景是：被整齐地扫成一堆的玻璃、碎石头、碎石片，泄漏出的煤气味儿，成群地等在封锁线后的旁观者。

昨天，在离这儿很近的一条街的入口处聚集了一小群人，他们中有一个戴着黑铁盔的防空警察，他们都在等着什么。一声惊天动地的巨响，卷起一大片烟雾等。戴着黑铁盔的男人向防空警察总部跑去，在那里，另一个戴着白铁盔，嘴里塞满面包和黄油的人出现了。

戴黑铁盔者："多塞特（Dorset）广场，长官。"

戴白铁盔者："好的。"（在本子上做了个记号。）

无以名状的人们四处游荡着，他们都是因为延迟爆炸的炸弹被从家中疏散出来的。昨天，两个女孩子在大街上叫住了我，她们长得很漂亮，只是脸上很脏："先生，你能不能告诉我们，我们在哪儿？"

此外，伦敦大部分地区基本正常，白天每个人都很高兴，似乎从没想过将要到来的夜晚，就像不能预测未来的动物一样，只要在阳光下有一点食物，有栖身之地，就满足了。

9月24日

昨天，在牛津大街，从牛津广场一直到大理石拱门，街上完全断绝了交通，只有几个行人。傍晚的阳光笔直地照射在空荡荡的马路上，在无数碎玻璃片上闪闪发光。在约翰·刘易斯店外，有一堆石膏服装模特儿，非常鲜活、栩栩如生，看起来那么像一堆尸体，从稍远处看，真会使人误以为那就是一堆尸体。这就如在巴塞罗那看到的景象一样，只不过那里堆放的是被亵渎了的教堂里的石膏圣人像。

人们更多谈论的是你是否听到过一颗笔直冲向你的炸弹的声音（即炸弹的呼啸声），一切都归结于炸弹落下的速度是否比声音快……这个问题我已经弄清楚了。我满意地认为，炸弹降落的位置离你越远，你听到的呼啸声越长。因此，听到短促的、飕飕掠过的声音，你应该躲到掩蔽物里去。我认为这确是人们躲避炮弹的一条规则，但人们似乎是用一种本能来感知的。

飞机去了又来，来了又去，每隔几分钟一个来回。这就像在一个东方国家，你以为已经打死了进到蚊帐里的最后一只蚊子，可每当你一关灯，就又有一只开始嗡嗡叫了。

9月27日

今天的《记事新闻报》明显持失败主义观点，也可能是在昨天报道过达喀尔[1]的新闻之后才这样的。但我有一种感觉，当似乎合理的和平条约即将到来时，《记事新闻报》无论如何都必定要成为失败主义者，并且会很快走到前面。这些人没有明确的政治方向，

---

1 1940年9月，在戴高乐将军的指挥下，一支英国远征军协同自由法国军试图从维希政府手里重新夺回西非的达喀尔港，英国远征军失利。

没有责任感，除了传统的对英国统治阶级的厌恶之外，可以说一无所有，这归根结底取决于他们不遵守规范的潜意识。他们只会制造麻烦，就像《新政治家》等一样。当战争形势变得让人无法忍受时，所有这些人都会如人所料的那样崩溃。

昨晚，又倾倒了许多炸弹，尽管我想没有一颗掉在距这所房子半英里的范围内。只是炸弹掠空而过时发出的声音造成的骚乱就够令人吃惊的了。整座房子都在摇，桌子上的东西嘎嘎作响。为什么在炸弹快落下来时熄灯，似乎没有人知道。当然，他们现在投的是一颗颗巨大的炸弹。在摄政公园，一颗未爆炸的炸弹据说有"邮筒那么大"。几乎每个晚上灯都会至少熄灭一次，并且不是断电时的那种突然熄灭，而是逐渐熄灭的，常常过五分钟左右就会又亮起来。

10月15日

在沃灵顿写这则日记。因为手臂中毒，病了差不多两周。没有多少新闻……也就是说，只有具有世界意义的事件，没有什么对我个人产生影响。

现在沃灵顿有11个被疏散出来的孩子（本来一共来了12个，但有一个跑掉了，结果不得不将他送回了家。）。他们来自伦敦东区。一个来自斯特普尼的小女孩说，她的祖父曾被炸出来过七次。他们看起来都是好孩子，并且住得很好。然而，在某些地区还是出现了常见的对他们的抱怨，比如说，有人说跟某某女士住在一起的一个7岁小男孩是"小邋遢鬼，他肯定是。他尿床，常把屁股弄得很脏。如果我负责照顾他，我会擦干净他的鼻子，这个小脏鬼"。

第一编 战时日记

还有人抱怨鲍多克的犹太人太多——他们说躲藏在地铁车站中的人大多数是犹太人。必须调查并且查清此事。

尽管天气很干旱,但今年的马铃薯长得一如往常地好。

10月19日

每天早晨用一年前的旧报纸点火,在它们变成灰烬的瞬间,看看上面那些乐观的标题,真有一种说不出的沮丧。

10月21日

谈一谈地铁车站里的广告——"做个男人"(就是呼吁那些身体好的男人不要躲在里面,而是为妇女、儿童腾出地方)。D[1] 说整个伦敦都在流传着一个笑话,即认为用英文印这些广告是个误会。

普里斯特利[2] 周日晚上的广播从实质上说等于是社会主义的宣传,现在,明显是在保守党的一再坚持下,已经从空中消失了……看来马杰森[3] 派很可能又要重新登台了。

---

1 此人身份不明,原日记中如此。——译者
2 普里斯特利(Priestley,1894—1984),是多产流行小说家、戏剧家和文学家,1940—1941年间,他在电台主持每周一次的一系列著名的谈话节目,呼吁全国人民齐心协力、团结一致,抵抗希特勒的侵略,以使国家更加民主和平等。
3 D. R. 马杰森(D. R. Margesson,1890—1965),1924—1942年间为拉格比保守党议员,1931—1940年间为政府组织秘书长,顽固地忠诚于每一个自己所效力的首相,先是支持张伯伦,直到后者于1940年5月从首相位子上倒台。在丘吉尔上台后,他继续任联合政府的组织秘书,六个月后,被任命为陆军大臣。同年秋天,他被丘吉尔解除了职务,之后被授予马杰森子爵的称号。

10月25日

又用一个晚上调查了躲藏在律政街、牛津广场和贝克街车站的人群。不全是犹太人，但我认为犹太人的比例超出了在一般人群中所能看到的数目。对犹太人不利的一点是：他们不仅与众不同，而且还特意这样做。一份喜剧漫画期刊上画了一个可怕的犹太女人，在牛津广场车站奋力挤着下车，谁挡她的路，她就劈头一拳。这将我带回到在巴黎地铁时的旧时光。

惊奇地发现了D，他的观点明显"左"倾，他也和很多人一样反感犹太人。他说商业圈子里的犹太人正变成亲希特勒分子，或者准备变成这种人。这听起来几乎令人难以置信，但据D说，他们总是钦佩那些踢他们的人。我的真实感受是：犹太人，也就是说欧洲的犹太人，如果不是希特勒碰巧迫害他们的话，他们宁愿选择希特勒式的社会体制而不是我们的。几乎每一个中欧人也都是这样，也就是那些难民。他们只是利用英国，将之作为一个避难所，但他们忍不住对英国流露出最大的蔑视，即使他们没有直接说出来，你也可以从他们的眼睛里看到这些。事实上，岛上的人和大陆上的人是完全无法和谐相处的。

根据F[1]的说法，在空袭期间，外国人比英国人更害怕，这非常正确。这不是他们的战争，因此他们没有什么东西保护自己。我想这也许解释了这样一个事实——我实际上相信这是事实，虽然没必要提到这一点——工人阶级比中产阶级更害怕战争。

对即将到来的事件，在法国、非洲、叙利亚、西班牙遍布着同

---

[1] 此人身份不明，原日记中如此。——译者

第一编　战时日记

一种绝望感……这是那种预感到将要发生什么，却又无能为力的感觉，我绝对相信，英国政府不会傻到做使自己第一个受到打击的事。

11月16日

我从未想过自己会厌烦炮火的声音，但我确实是这样。

11月23日

前天我和H. P.[1]共进了午餐。H. P. 对战争相当悲观。他认为新秩序是没有答案的，也就是说，这个政府没有能力给出任何答案，并且这里的人民和美国人都很容易就能接受这一点。我问人们是否肯定不会将根据这些路线得到的任何和平都视作一种陷阱。H. P. 说："即使是地狱的钟声，我也能把它包装起来，使他们认为这是世界历史上最伟大的胜利。我能让他们吃了它。"当然，这是事实。一切都取决于将它交给人时的形式。只要我们自己的报纸不刊登，他们就会对欧洲的呼吁漠然置之。然而，H. P. 相信——政府现在所做的是背叛。现在的情况似乎是：虽然报纸不接受新闻审查，但所有的报纸都被警告不准登载对政府的西班牙政策的任何解释。几周后，达夫·库珀回来召集报社记者，并以"他的名誉"保证"西班牙的事情处理得非常好"（人们最常说的话是：库珀的名誉比霍

1　一个编辑，此人身份不明，原日记中如此。——译者

尔的更值钱)。

　　H. P. 说，法国政府倒台时，曾召开过一次内阁会议决定是继续战争呢，还是寻求和解。除了一个人投弃权票外，两种选择的得票实际上各占一半。按照 H. P. 的说法，投弃权票的是张伯伦。如果这是真的，我想知道将来这是否会被公开。这是可怜的老张伯伦的最后一次公开行动，就像人们所说的，一个可怜的老人。

　　在冬天，最典型的战时声音：就像雨点打在钢盔上发出的叮当声。

11月28日

　　昨天和《法兰西》的编辑 C[1] 共进午餐……令我惊奇的是，他精神状态很好，没有任何牢骚。我本以为法国难民会无休止地抱怨食物等等。然而，C 非常了解英国，他以前曾在这儿住过。

　　他说，在法国，不管是在被占领区，还是在没被占领的地方，法国人的抵抗比这里的人所能了解到的要多得多。报纸对此做了低调处理，无疑是因为我们与维希（二战时期法国贝当政府的所在地）政府还继续保持着联系。他说，法国失败时，没有一个欧洲人会认为英国还会继续作战，一般来说，美国也不会。他明显有点亲英倾向，他认为君主制对英国大有好处。在他看来，这一直是阻止英国建立法西斯主义的一个主要因素……事实上，一般来说，英国的反法西斯观点是亲爱德华的，但 C 显然在重复欧洲大陆上的流行

1　皮埃尔·克蒙特（Pierre Comert），法国记者和编外外交官，1940年停战后来到英国。

观点。

C曾是拉瓦尔政府的新闻部部长。1935年，拉瓦尔对他说"英国的强大现在只是一个表象"，意大利才是一个真正强大的国家，因此，法国必须与英国断交，与意大利建交。签完法德协约回到法国后他还说，斯大林是欧洲最强大的人。总的看来，拉瓦尔的预言似乎错了，虽然他是个聪明人。

目击者对考文垂市受到损害的描述是完全矛盾的。从远处不可能了解到有关爆炸的真实情况。当我们拥有了安静夜晚时，我发现很多人心里有些不安，因为他们确信自己在工业城市过得越来越糟。在每个人的脑海深处想的都是：我们现在对此已麻木不仁，而其他地方的士气也不那么可靠。

12月1日

残忍的恰佩是个冷血动物，巴尔博死的时候，每个人都很高兴。无论如何，这场战争正在消灭一些法西斯主义者。

12月8日

前天晚上进行了广播……在那里遇到波尔，他最近刚通过自己不会公开的地下秘密途径从波兰逃回来……他说，在围攻华沙时，95%的房子都被损坏了，其中大约有25%被夷为平地。电、水和一切服务等都中断了；到最后，人们毫无办法来反击飞机了，更糟糕的是，连对大炮也无计可施了。他描述说，人们冲出去，从被

战时日记

炮火炸死的马身上切下一块肉,接着又被新来的炮弹逼回来,然后再冲出去……当华沙被彻底切断与外界的联系时,支撑着他们的信念是:英国人会来帮助他们,并一直在传言一支英国军队正在丹齐克[1],等等等等。

在可怕的轰炸期间,每个人都处于半疯狂状态——这种状态不是来自轰炸本身,而是因为断断续续的睡眠,中断的电话,交流的困难等等。我发现脑海里尽是些无意义的诗歌碎片,它们一般不超过一两行,而当轰炸停止时,这些诗思也就趋于停止了,但也留下了一些例子,如:

> 一个罗马尼亚的老农民
> 曾生活在莫宁顿新月站。

又如:

> 钥匙插不进锁孔,钟也不响,
> 但我们都等待着神来救国王。

还有

> 镇检察官已经栖息在,
> 他的杆,他的柱子,或他的栖木上。

---

1 波兰北部城市。——译者

12月29日

摘自报纸有关空袭的报道(非讽刺性的):"炸弹就像天赐之物。"

1941年

1月2日

右翼分子活动频繁，马杰森进入内阁无疑是蓄意利用韦弗尔在埃及的胜利。极其滑稽的是，就在西迪·巴拉尼胜利的消息传来时，我自己几个月前写的有关《韦弗尔在艾伦比的生活》的评论文章刊登在了《地平线》上。我在评论里说，因为韦弗尔拥有这么重要的权势，所以这本书的主要兴趣在于解释他自己的才智，并且让人们以为我对此没多做思考。因此人们开始嘲笑我——虽然，天知道，我很高兴自己错了。

"闪电战"这个词现在处处被用来表示任何一种攻击，就像上一次战争中的"扫射"一样。"闪电战"现在还没被用作动词，我希望会。

1月22日

（某某）相信——也许是对的——人民代表大会[1]中的争吵的危

---

[1] 英国共产党于1941年1月组建，表面上，这一组织声称自己的宗旨是维护人民权利，为人民争取提高工资，呼吁建设更好的防空设施，加强与苏联的友谊等，但实际上，这一组织的真正目的是煽动阻止为战争做准备，一些历史学家已经指出了这一点。1941年7月苏联卷入战争后，这一组织马上更名为第二前线。1942年，该组织的活动终止。

险被远远低估了,人们必须进行反击,而不是忽视这一切。他说,成千上万个头脑简单的人被人民代表大会的求援计划欺骗了,他们没有意识到,这是失败主义者企图帮助希特勒的行动。他引用了坎特伯雷教堂主教[1]的一封信,信中说"我希望你们理解我是一心希望打赢这场战争的,我相信在战争结束之前,温斯顿·丘吉尔是我们唯一可能的领袖"(或诸如此类的话),然而他却会支持人民代表大会组织。而这样的组织似乎有成千上万个。

有关事实表明——也就是说,不管怎样,人民代表大会组织已经设法筹集到了大批的钱款,这毋庸置疑。现在,该组织的大幅广告到处可见,而且在《工人日报》上还有一些新海报。已经发布的广告费用还没有清算,但即使这样只印刷费也需要一大笔钱。昨天,我从墙上撕下了很多这样的广告,这是我第一次干这样的事。相比之下,我自己也曾经在某个夏天在墙上用粉笔写过"打倒张伯伦"之类的话。还有,在巴塞罗那,甚至在法西斯政府颁布了镇压令后,我还勇敢地用粉笔写出"打倒法西斯政府"的口号。而现在连我自己都不敢相信我会做出这种违反我本能的事,因为我从来都反对在墙上写字或干涉其他任何人写的任何东西!

如今,市场上洋葱严重短缺,这使得大家对洋葱的味道极其敏感。连一点点碎洋葱的味道似乎都特别强烈。有一天,当我吻艾琳时,她能很敏感地知道我吃了洋葱,并且说我是在大约六个小时以前吃的。

---

[1] 维里·雷夫·休利特·约翰逊(Very Rev Hewlett Johnson,1874—1966),1931—1963年间任坎特伯雷教堂主教,他的作品包括《世界第六个社会主义者》《苏维埃的力量和基督徒及共产主义》,他因亲苏而被称作"红色主教"。

第一编　战时日记

商品市场上那种物非所值的欺诈行为依然在蔓延，要是哪一种商品的价格没有受到控制，那它的价格很快就会变成天价。就拿闹钟这种小玩意儿来说吧，现在最便宜的是15先令，而且是那种德国造的垃圾货，过去常常只卖3先令。而那种法国造的锡壶，也由5先令暴涨到了18先令。其他商品也都相应提高了价格。真是不可思议。

现在的《每日评论》已经直接把"闪电战"当作一个动词用了。

今天早晨的新闻——托布鲁克[1]防线已被击溃，《工人日报》被查封。我只对后者感到非常满意。

1月16日

以下是本周《新政治家》版面的分配情况：

托布鲁克陷落（两万人做了俘虏）——2行。

《工人日报》和《周刊》[2]被查禁——108行。

……一切有思想的人都对战争趋于尾声时的沉闷感到不安，他们确信某种新的计划正在酝酿。而大众的乐观主义可能又增长了，空袭哪怕只中止几天也会有危险的。有一天我无意间听到有人在电话中交谈——就像如今因为电话串线人们总是要做的那样——我听到两个女人在说"这不会再持续多久了"等等。第二天早上，我去

---

[1]　利比亚东北部港口城市。——译者

[2]　一份私人订阅的英国共产党报纸，由克劳德·科伯恩编辑。

J太太商店，我不小心说了句：这场战争可能还会持续三年之久！她又惊又怕。"噢，你不要胡思乱想！噢，这绝对不可能！你知道为什么？现在，我们的军队正在驱逐他们。我们已经占领了巴尔迪亚，从那里，我们的军队就能进攻意大利了，而且，那里也是进入德国的途径，是不是？"听完这一番话，我只能承认她是一个非常聪明而且很有主见的女人，然而，她可能没有意识到非洲位于地中海对岸。

2月7日

我们是在和纳粹战斗呢，还是在和德国人战斗？关于这一点，现在人们有各种不同的意见——这个问题其实一开始就已经存在，只是人们最近才意识到。这个问题与另一个问题密切相关，即英国是否应该宣布自己的战争目标，或者说，它究竟有没有什么战争目标。一切可敬的观点都归结到一点，那就是反对赋予战争任何意义（"我们的工作是打败德国佬——这是唯一值得谈论的战争目标"），这也可能注定要成为官方的政策。范西塔特[1]的小册子《仇恨德意志》，据说像热狗一样畅销。

法国方面没有任何明确的消息，显然，贝当将要放弃将拉瓦尔拉入内阁。要是这样，军队要通过未被占领的法国和非洲的军事基地等，就将是一种新的骚乱，是另一次"坚定的抵抗"，接着是更

---

1 尼古拉斯·范西塔特（Nicholas Vansittart，1881—1957），外交家、作家，1938—1941年间担任英国外交大臣首席外交顾问。二战之前及战争期间，他以对德国和德国人大胆坦率的批评而闻名于世。

多的放弃。一切都取决于时间因素,也就是说,取决于德国是否能在意大利军队在非洲最终崩溃之前在那儿得到一个立足点。或许下一步就是将枪口转向西班牙了,我们将会被告知,佛朗哥正在进行"坚定的抵抗",而这就能表明,在佛朗哥放弃抵抗而进攻直布罗陀海峡或允许德国军队穿过他的领土之前,英国政府对西班牙采取联合的态度是多么正确。还有,拉瓦尔大权在握的时候,他或许会在短期内抵制德国人的更极端的要求,随后他就会从一个恶棍突然转变成一位正在"坚决抵抗"的爱国者,就像现在的贝当一样。英国保守党不会明白的一件事是:右派力量本身并无力量,它的存在只是为了被打倒。

2月12日

阿瑟·凯斯特勒[1]本周应召将要加入先锋队,可是军队的其他部门却向他关上了大门,就像对待一个德国人那样。这是一个多么可怕的愚蠢呀!当你知道有一个才华出众的年轻人,一个不知道会说多少种语言,而且对欧洲确实有所了解,特别是对欧洲的政治运动有所了解的年轻人,却除了搬砖头之外什么作用也起不了时,你不认为这是愚蠢的吗?

今天人们都被圣保罗教堂周围的毁坏情况惊呆了,这是我以前从未见到过的毁坏。圣保罗教堂几乎毫发未损,像一块岩石一样矗

---

1 阿瑟·凯斯特勒(Arthur Koestler,1905—1983),匈牙利裔英国小说家、新闻记者,20世纪30年代曾为共产党员,被关进法西斯集中营,代表作为小说《中午的黑暗》。——译者

立着。我第一次深深感到，教堂房顶上的十字架是这样华丽，这很令我伤心。它应该是一支朴实无华的十字架，要像一把利刃，锋利无比！

非常奇怪的是，现在听人谈到那个老傻瓜艾恩赛德[1]接受了"阿尔及尔的艾恩赛德爵士"称号时，似乎也没有什么反应了。这真是一种极其厚颜无耻的事情，一种被用来抵制人们对苏联政体的任何观点的事情。

3月1日

几周前才到伦敦，并且从未见识过闪电战的B. S.[2]，说他发现伦敦人发生了很大变化，每个人都近乎歇斯底里，谈话的声音很大等等。如果真是这样，那也是逐渐发生的事情，而在这个变化过程中，人们是意识不到的，就像孩子的成长一样。空袭开始后，我唯一明确注意到的变化，是人们越来越愿意与大街上的陌生人交谈……地铁车站现在也不再肮脏发臭了，新的金属铺位很不错，那里的人们觉得这些设施很适合睡觉，并且看上去很满意和平静——但正是这一点使我很不安。看到人们一天又一天、一月又一月地连续过着这种非人的生活，包括有时一周或更长的时间没有敌机飞临伦敦，你会怎么想？……看到孩子们仍待在地铁站，并且对这一切都觉得心安理得，还开心地在里面一圈圈地骑车玩乐，真令人震

---

1 菲尔德·马歇尔·劳德·艾恩赛德（Field Marshall Lord Ironside, 1880—1959），1939—1940年间任英国总参谋部部长，1940年任国民自卫军领袖。1918年艾恩赛德是阿尔及尔反对布尔什维克联军的总司令，这使他选择"阿尔及尔"作为自己贵族爵位的称号。

2 此人身份不明，原日记中如此。——译者

惊。几天前，D. J.[1]从切尔特纳姆来伦敦途中，看到火车上有一位年轻的母亲和她的两个孩子，孩子们曾被疏散到西方国家的某个地方，她现在正带他们回来。当火车靠近伦敦时，空袭开始了，女人在余下的旅程里一直惊慌不安。事实上，促使她回来的是：那时伦敦已经一周多没有空袭了，因此，她得出了结论，"现在一切都好了"。对有这种心理状态的人，我们该怎么想？

3月3日

昨晚和G[2]一起去看格林尼治教堂下的地下室防空洞。里面都是常见的那种木质和麻袋铺位，很脏（天变热时肯定会有很多虱子），光线很不好，味道难闻，但在今天这个特别的夜晚，却不是很拥挤。地下室只是地窖间一系列狭窄的通道，在通道上面，写着埋葬在里面的人所属家族的名字，最晚的时间大约是1800年……G和其他人都坚持认为我还没有看到最坏的情况，因为在最拥挤的晚上（大约250人），臭气据说几乎令人难以忍受。然而，我坚持认为，虽然其他人没有一个赞同，对孩子们来说，在充满死尸的地下室里四处玩耍比忍受一些活人的气味要糟糕得多。

3月4日

在沃灵顿。番红花到处开放，有些墙花刚绽开蓓蕾，而雪莲花

---

[1] 此人身份不明，原日记中如此。
[2] 同上。——译者

却开得正盛。成双成对的野兔蹲在冬小麦地里互相注视着。在这场战争中,每隔数月,你不时会有机会将鼻子探出水面一会儿,发现地球仍在绕着太阳转。

3月14日

最近几天谣言四起,报纸也暗示说,巴尔干将会"发生某种事件",也就是说,我们将派遣一支远征军去希腊。如果是这样,那被派去的可能一定是现在驻扎在利比亚的军队,或其主力。我一个月前曾听说梅塔克萨斯[1]在死前问我们要十个师,我们给了四个师。把任何一支军队派驻到英吉利海峡以西,似乎都非常危险。要对这样一场战役的部署获得任何有价值的意见,你就不得不知道韦弗尔派去了多少人,而要守住利比亚又需要多少人,运输舰艇现在在什么位置,从保加利亚到希腊的通信线路情况如何,德国人准备派遣多少装甲军队横穿欧洲,谁能有效控制住西西里岛和的黎波里之间的海面。如果我们的主力被困在萨洛尼卡,而德国人又成功地从西西里岛穿过海面,并夺回了已经失去的意大利领土,那将是一场可怕的灾难。每个思考这一问题的人都必须在这两条道路之间做出痛苦的抉择。将一支军队放在希腊是一个极大的冒险,而且收益甚微,好处只有一个,那就是土耳其一旦参战,我们的战舰就可以进入黑海;另一方面,如果我们坐视希腊灭亡,那我们就等于证明

---

[1] 扬尼斯·梅塔克萨斯(Yanis Metaxas,1871—1941),希腊将军、反对共和政府的保皇派首要人物,王政复辟(1935)后任首相,停止实行宪法,建立独裁统治。——译者

第一编 战时日记

了我们不能,也不愿帮助任何欧洲国家保持独立。我最害怕的是半心半意的调停和惨重的失败,就像在挪威那样。我赞成将所有的鸡蛋放在同一个篮子里而冒一次大险,因为我认为任何狭隘的、军事意义上的胜利或失败并不比表现出我们是站在弱者一边反对强者的态度更重要。

问题是我们越来越难以理解欧洲人民的反应了,就像他们似乎也无法理解我们一样。我接触到的许多德国人都说我们在战争开始时没有迅速轰炸柏林,而只是散发一些愚蠢的传单是一个重大错误。然而,我相信所有英国人都对自己政府采取的这种行动感到高兴(即使我们当时知道传单上说的是什么乱七八糟的东西,我们仍会如此),因为这说明我们和广大德国人民之间并无什么矛盾。另一方面,在哈夫纳[1]刚出版的一本书中,作者说我们让爱尔兰人控制至关重要的基地是愚蠢的,我们应毫不慌张地收回这些基地。他说,我们纵容爱尔兰这样一个伪独立国家公然反抗我们只会令整个欧洲都嘲笑我们。那里的人长得像欧洲人,却不理解英语国家的人。实际上,如果我们不事先进行长期的宣传而贸然用武力夺回爱尔兰的基地,那么,这对公众舆论的影响,不仅在美国,就是在英国本土也将是一场灾难。

我不喜欢官方谈论阿比西尼亚时的腔调。他们说什么要在皇帝复位时将它变成英国的"居民",就像对印度王公那样。如果我们更花言巧语地说我们正在攻打阿比西尼亚,那结果可能更可怕。如

---

[1] 塞巴斯蒂安·哈夫纳(Sebastian Haffner,1907—1999),反希特勒的德国记者,《观察家报》的德国事务方面的通讯员。1941年年初,奥威尔和T. R.法伊弗尔曾在他们的系列丛书"寻找光明"中出版了哈夫纳的《攻击德国》。

果意大利人被赶走,我们就有机会采取更堂皇的姿态,无可争辩地表明我们并不只是在为自己而战。这将引起全世界的回应。但他们会有勇气或优雅的风度去这样做吗?我们不知道。人们可以预见的是这将引起一场虚伪的争论,即为我们自己的利益占领阿比西尼亚呀,奴隶制的腐朽呀等等。

前几夜击落了相当多的德国飞机,可能是因为晚上的视野好,有利于炮手射击,但人们也兴高采烈地在说英国投入使用了一种"秘密武器"。人们纷纷传言说这种秘密武器是一种金属丝做成的网,若将这种网射到空中,就会将飞机缠住。

3月20日

昨晚又是几次狂轰滥炸,但只有一架飞机被打了下来,所以,关于"秘密武器"的传言无疑是胡说八道。

格林尼治落了许多炸弹,其中一颗炸弹就在我和艾琳通电话的时候落了下来。我们的谈话突然中止了,响起一阵叮叮当当的声音:

我说:"怎么回事?"

艾琳说:"只是窗户掉进来了。"

炸弹掉进了房子对面的公园里,穿破了气球阻塞幕的电缆,炸伤了一位负责气球阻塞幕的人员和一位国民自卫军士兵。格林尼治教堂着火了,人们仍躲在教堂的地下室里,头上烈火熊熊,脚下水流潺潺,就这样一动也不动,直到民防队员来到为止。

德国领事在丹吉尔(1914年以来的第一次)。似乎是为了表示尊重美国的意见,我们将允许更多的粮食进入法国。即使为此建立

第一编　战时日记

了一些中立机构来监督这种行为，这对法国人也不会有任何好处。德国人只允许法国人保存我们送过去的小麦，并在其他地方也保存相应的数量。甚至当我们准备允许运粮船进境时，政府也没有任何强索回报的迹象，例如，要求将德国代理人从北非驱逐出去。适当的步骤是：等到法国处于饥饿的边缘，贝当政府随后就会开始动摇，然后就真正交出大量的食物用来换取某种实质性的让步，例如换取法国舰队的重要组成部分的投降。当然，目前任何这种政策都是完全无法想象的，但愿人们能确定这些人是真正的卖国贼呢，还是单纯的傻瓜。

回过头来看看这本日记，我看到近来我写日记的间隔时间越来越长了，而且也不像我刚开始写日记时那样更关心公共事件了。绝望感在每个人心中滋长，人们感到，思想所特有的那种必要的摇摆不定现在不会再发生了，除非以另一个灾难为代价，而这是我们负担不起的，因此人们不敢对此抱有希望。最坏的情况是：现在出现的危机将是一场饥饿的危机，而这种危机是英国人没有真正经历过的。用不了多久，它就会变成另一个问题，即是进口军队还是进口粮食。最糟糕的时期发生在夏季还算走运，但是，当就像他们看到的那样战争没有任何目的，当富人仍像以前那样生活，并且仍将继续这样生活下去时，要让人民面对饥饿是极其困难的，除非强迫他们这样做。当面临外敌强行入侵时，没有战争目的并不重要，因为从一般人的角度看，把入侵者赶出英国就已经是一个充分的战争目标了。但是，当他们得知目前没有什么东西能表明在非洲，或在欧洲的战斗与保卫英国有任何关系时，你怎么能要求他们为了生产在非洲作战的坦克而让自己的孩子挨饿呢？

083

在伦敦南区的一堵墙上,某个右翼党员用粉笔写着:"要奶酪,不要丘吉尔。"多么愚蠢的标语。它总结了这些人心理上的无知,他们甚至到现在还没有理解:有人愿意为丘吉尔而死,却没人愿意为奶酪而死。

3月23日

昨天为了参加全国祈祷日,参加了一次多少有点义务性的国民自卫军游行。参加游行的还有辅助战地服务分队、空军编队、妇女空军辅助队等等。整件事所表现出来的极端爱国主义和自以为是让人害怕。……教堂对战争的宽恕并不令我吃惊,许多人也都坦言这一点——我注意到,这些人几乎都不是宗教信仰者。如果你接受了政府,就接受了战争,如果你接受了战争,在许多情况下你就一定渴望这一方或那一方赢。我从不会对为各军团祝福的主教产生厌恶之感。所有这些事都基于一种伤感的思想,即战斗与爱你的敌人是无法谐和的。实际上,如果你愿意在某些特殊的环境下杀死你的敌人,你就只能爱你的敌人。但所有这些服务的令人厌恶之处是缺乏任何一种自我批判。显然,上帝只会在我们战胜德国人时才会帮助我们。在祈祷仪式上,祈祷者要求上帝"转变我们敌人的心,并帮助我们原谅他们;让他们为自己的罪行忏悔,并想法子弥补"。却没有让敌人原谅我们的祈祷词。在我看来,基督徒的态度似乎是:我们并不比我们的敌人好多少——我们都是可怜的罪人,但这样的事如此频繁发生,以致人们认为只要我们的事业成功,一切就都是好的,因而为此祈祷也就合情合理了……我认为人们的想法是:让人们认识到敌人也有自己的道理,对士气肯定不利,虽然在我看来这是一种心理错误。但他们或许并没有认真去想一想这对参加服务者的影响,而只是从他们在全国范围内的祈祷活动中寻找直接的结果。

3月24日

关于德国重型巡洋舰在大西洋的报道,在某种程度上导致人们纷纷传言说,它们抢掠了英国商船。那可能被认为是入侵的前奏。对入侵的期望已经逐渐冷却,因为人们普遍感到希特勒目前没有任何力量可以用来征服英国,除非英国的海、空力量在这之前已经大大受挫。我猜想可能是这样,并且希特勒在其他地方取得重大胜利之前不会采取侵略英国的步骤,因为侵略本身看起来就像是一种失败,是需要借某种东西发泄一下。但我认为,不成功的入侵意味着损失大约10万人,甚至50万人来为他做这个工作,因为这可能造成工业和国内食物供给的瘫痪。如果几十万人可以登陆,并且可以坚持至少三周,他们造成的损害将会比数千次空袭还要多,但这样做的效果不会立竿见影,因此希特勒只可能在事情对他似乎明显有利的情况下试一试而已。

显然,国民自卫军的装备,也即武器,严重缺乏……而另一方面,据说在非洲缴获的战利品非常多,甚至正准备派专家去为这些武器整理一份清单。图纸也将画出来,新武器将根据这些特殊规格制造出来,而缴获的武器足以作为整个新型装备序列的核心。

4月7日

贝尔格莱德昨天遭到轰炸,今天早上的首次官方消息说:希腊有一支英国军队——15万人,他们是这样说的。因此,在利比亚的英国军队去了哪里,这一秘密终于揭晓了,虽然英国军队从班加西[1]撤退时,他们的去向就已非常明显了。然而,还不能说南斯拉夫与苏联的友好盟约是否有什么意义或毫无意义,但很难相信这不预示苏德关系的恶化。当阿比西尼亚的皇帝复位时,或者说如果阿比西尼亚的皇帝复位了,人们会再次从中领悟到苏联人的态度,也就是说,苏联政府是否会承认他并派去大使。

……劳动力的缺乏越来越明显,而像纺织品和家具这种东西的价格升到了惊人的程度……在经历了多年的萧条之后,二手家具交易突然兴隆起来……显然,叫卖现在已被有意识地当成了一种推销不受欢迎的产品的手段了。记者保留职位的最低年龄已被提高到41岁——这不会为报业增加几百个人,却可以随时用来针对个人,只要他们愿意。如果在十个月前因健康原因而被拒绝参军之后,却突然发现自己的健康状况刚好符合一名先遣兵士兵的要求,那真是有点可笑。

……一直想着我们在希腊的部队,以及它所冒的孤注一掷的危险,因为他们可能会被赶入大海。人们可以想象得出,利德尔·哈特[2]这类战略专家是怎样举手表决通过这项鲁莽行动的。然而,如果人们展望一下未来的两到三年,就会承认,从政治角度看,这

---

[1] 利比亚东北部港口城市。——译者
[2] 利德尔·哈特(Liddell Hart, 1895—1970),军事专家,写了许多关于战争的书。

是正确的。可以说,最好的决策是那种即使只从狭隘的战略意义来考虑也能提供某种成功希望的决策,否则有关的将军可能会拒绝执行。人们很难感觉到希特勒已经延误了战机达一个月之久。阿比西尼亚无论如何已经失去了,意大利海军的灾难几乎还难以预测。还有,如果巴尔干半岛上的战争哪怕只持续三个月,这对德军在秋天的粮食供应的影响也一定是严重的。

4月8日

刚读完M. O. I.[1]最畅销的《英国之战》(该书发行量极大,有几天甚至都脱销了)。据说此书是由惊险小说家弗朗西丝·贝丁编译的。我想它还不至于像人想的那样坏,但既然它已经被翻译成了多种文字,无疑全世界的人都会读到它——这是官方第一次,至少在英国是这样——对历史上第一次空战进行描述,只是遗憾他们没有有意识地完全避免宣传的倾向。这本小册子里充满着"英雄主义""光辉的业绩"等字眼,而对德国人的描述则多少有点轻视。为什么他们不能对事实进行一种冷漠、精确的描述,而事实本身毕竟已经非常有利于英国了?为了使这本小册子能在英国受欢迎,他们放弃了创作一部伟大著作的机会,那就是使其成为全世界都能将其作为一种标准的权威著作来接受,并可用来反击德国谎言的作品。

但在读《英国之战》并查阅这本日记中相应日期时,给我印象

---

[1] 此人身份不明,原日记中如此。——译者

最为深刻的,是其用来描述"史诗"事件时所采用的方法在当时却看似并不重要。实际上,我对德军冲破防线并向码头开火的那一天仍记忆犹新(我想一定是9月7日),但主要都是琐碎之事。首先是乘公共汽车去与康诺利一起喝茶,坐在我前面的两个女人坚持认为空中炸开的东西是降落伞,我费了很大劲儿才忍住没插话纠正她们。随后是躲在皮卡迪利大街的门洞下躲避落下的炸弹碎片,就像躲避暴风雨一样。然后是一长列德军飞机飞过天空,一些非常年轻的皇家空军战士和海军官员从一家酒店里跑出来,挨个儿传递着一副战地眼镜。随后,我坐在康诺利的顶层公寓里,看着圣保罗教堂远处的熊熊烈火,一股股浓烟从河下游的油罐里冒出来。休·斯莱特[1]坐在窗前说:"这就像马德里——非常令人怀旧。"康诺利是此时唯一保持清醒头脑的人,他把我们带上屋顶,在凝视了一会儿大火之后说:"这是资本主义的末日,是对我们的宣判。"我并不这么认为,我主要是惊诧于火焰的猛烈和美丽。那天晚上,我被爆炸声惊醒,于是走到大街上去看看大火是不是还在燃烧——实事求是地说,火势几乎和白天一样大,甚至在西北区也一样——但我仍然没有觉得似乎在发生着任何重要的历史性事件。再后来,当想利用空袭征服英国的企图明显被放弃之后,我对法伊弗尔说:"那是特拉

---

[1] 休·汉弗莱·斯莱特(Hugh Humfrey Slater,1906—1958),画家、作家,原是共产党员,后被开除。30年代初期,曾在柏林参加过反纳粹的政治活动,后来以政治记者身份前往西班牙,并且参加了保卫共和国的战斗。1936—1938年间,他担任国际纵队作战总指挥。1940年,他协助汤姆·温特林厄姆创办了英国地方军的训练基地——奥斯特利公园培训中心。1945—1947年间,他担任《辩论》———本关于哲学、心理学和美国学的杂志——的编辑,奥威尔曾向该刊投过五篇较长的稿件。

第一编　战时日记

法加角[1], 现在则有奥斯特利茨。"但我当时并没看出这种类似性。

《记事新闻报》又表现出极端的失败论,对放弃班加西表示强烈抗议,并暗示说,在战事顺利时,我们应当去的黎波里,而不是撤回军队派往希腊。如果我们征服意大利并让希腊陷入一片混乱,提出强烈非议的,一定也就是这些评论者。

4月9日

由于政府预算问题,巴尔干战役问题几乎从新闻中消失了。我听见人们到处都在谈论财政预算问题,而不是巴尔干战役。

今天晚上的新闻似乎很差,希腊当局发表了一项声明,说塞尔维亚军队已经撤军,并放弃了其左翼防御。这一声明的价值在于,人们并不是像这样以官方的方式谈这种事情——实际上,这个声明表明塞尔维亚已经让希腊失望了——除非他们感到事态将急剧恶化。

国民自卫军现在已有汤姆枪了,大体上是每团两支。从我们将要被装配上猎枪那天起,我们就一直在呼吁这样——只是猎枪也没有。我当时提出一个问题,就是我们是否希望得到一些机枪,结果被嘲笑为痴心妄想。

4月11日

昨天的新闻报道说,英国正安排借款250万给西班牙——我想

---

[1] 西班牙西南部,在直布罗陀海峡西端。——译者

这是作为对西班牙攻占丹吉尔的回报。这是一个非常不好的征兆。在整个战争期间一直是这样，那就是，当我们处在极其绝望的困境时，我们就开始对较小的极权力量让步。

4月12日

德国军队，或一部分德国军队通过法国轮船或法国的非洲领土到达了利比亚，每个听到这个消息的人都很快接受了这一想法。然而，报纸上绝对没有提及任何这样的可能性。或许它们仍被告知，要低调处理对法国维希政府的批评。

前天，看到一家鱼店在出售鲜鱼。一年前，英国人，也就是说城市人，根本碰不到这种东西。

4月13日

根本没有什么关于希腊和利比亚的新消息……在我今天能看到的两份报纸中，《周日画报》是彻底的失败论观点，《周日快报》差不多也持同样的论调。昨天的《标准晚报》发表了题为《我们的军事通讯员》的一篇文章……也是同样的论调，甚至更厉害。所有这些都表明报纸或许接到了它们不被允许发表的坏消息……上帝知道这都是一团糟。有件事或许有点鼓舞人心：所有军事专家都相信，我们介入希腊是灾难性的，军事专家总是错的。

当近东的战役以这种或那种方式确定下来时，当局势在一定程度上稳定下来后，我就不再写这本日记了。它包括了从1940年希特

第一编 战时日记

勒发动春季战役和1941年之间这段时间。在随后的一两个月内的某段时间内，一定会开始一个新的军事和政治阶段。这本日记的前六个月记的是法国灾难之后的准革命时期发生的事。现在，我们显然处于灾难的另一个时期，但属于一种不同的时期，常人很难理解，而且是一个并不必然会导致相应的政治改革的时期。回过头来看看日期的前部分，我看到了自己的政治预言是怎样出错的，我期望的革命变化似乎正在发生，但动作缓慢。我看到，我一开始暗示说，私人广告在一年之内就会从墙上消失。当然，它们没有消失——那种令人厌恶的"止咳浆"的广告仍处处可见，但已经越来越少了，而政府的广告则越来越多了。康诺利有一次说到，知识分子对事物发展方向的把握是正确的，但对其发展进度的预测总是错的，这话很对。

周六为38人登记，我惊讶地发现他们的个子是那么矮小。看到这样一群只是凭生日挑选出来的人，你不由得会震惊工人阶级老得多么快。然而，他们并不比中产阶级活的时间短，或者也只短那么几年。但他们的中年跨度很大，从30岁一直到60岁都算是他们的中年。

4月14日

今天的新闻令人胆寒。德国人已出现在埃及前线，在托布鲁克的一支英国军队有可能被切断，虽然来自开罗的消息已否定了这一点。观点分成两类，一是德国人在利比亚是否真有一支势不可挡的军队，或者说，他们是否只有一支人数相对少的军队，而我们实际上连一兵一卒都没有，我们的大部分军队和战车在我们刚攻占班加西时就撤到其他前线上去了。我认为后者更有可能，或许也可能我们只派遣欧洲部队去希腊，而主要把印度人和黑人放在埃及。D[1]根据他对南非的了解说，自从班加西被占领，军队的调防主要不是为了在希腊作战，而是为了尽快结束阿比西尼亚战役，这样做是出于政治动机，是为了给那些或多或少对我们抱有敌意的南非人一个胜利，从而让他们的性情平和一些。如果我们能留在埃及，那么，哪怕只是为了扫清红海地区，为美国船只打通整条航线，我们所做的一切也都很值得。但是我们得到的必要补偿，就是法属西非的一些港口，而我们本来在一年前就可以几乎不费吹灰之力就拿下这些港口。

日苏互不侵犯条约发布了，其条款极其模棱两可，但据我推测，日苏之间一定有一个秘密协定，根据这一协定，苏联同意放弃中国，但肯定是逐步放弃，并且决不承认正在发生的事情，就像在西班牙事件上那样。否则很难明白这个条约有什么意义。

希腊方面没有任何真实的消息。"英武装巡逻车，震惊德国佬"这条愚蠢的新闻已经重复三天了。

4月15日

昨晚去酒吧听九点新闻，迟到了几分钟，于是就向女老板打听都有些什么新闻。"哦，我们从来不开收音机。你知道，没人会听。

---

[1] 此人身份不明，原日记中如此。——译者

第一编　战时日记

另外一家酒吧在听钢琴演奏,他们也不会因为听新闻而放弃钢琴曲的。"此时正是苏伊士运河面临着致命威胁的时刻。在敦刻尔克战役最糟糕的时刻,如果我不叫女服务员将收音机调到新闻频道,她是不会那样做的……还有,在1936年德国人再次攻占莱茵河的时候,我当时在巴恩斯利。就在这条消息刚播出后,我走进了一家酒吧,随便说了一句"德军已经过了莱茵河"。我只模模糊糊记得有人咕哝了一句什么,就再也没有其他反应了……从1931年以来,每逢有危机发生,情况总是这样。每逢这种时刻,你总是觉得自己在踢一面无法穿透的愚蠢之墙,而它却无动于衷。但是,他们的愚蠢行为有时当然能让他们处于有利的地位。任何欧洲国家如果处于我们的位置,早就尖叫着呼吁和平了。

4月17日

昨夜空袭非常厉害,很有可能是几个月来最猛烈的一次,伦敦安危堪忧……大板球场发生了一起爆炸(今早学生们一如往常在球网边进行晨间锻炼,离爆炸中心只有几码远),圣约翰·伍德墓地也被炸了。所幸的是,炸弹没有像我一直害怕的那样被扔进坟墓之间……今天早经过汉普斯特德的一条只有一座房子的小巷,发现这里已被炸成一堆废墟了——但这样的情景已变得如此稀松平常,所以几乎没人注意这些。那条街已被封锁,挖掘工人一直在忙碌,一排救护车随时待命。在一大堆乱砖碎石下,横七竖八地堆着残缺不全的尸体,其中可能还有活的。

机枪几乎整夜都在射击……今天我发现所有人都说昨晚没睡,

艾琳也这么说。人们众口一词："我昨晚一刻也没合眼。"我相信这是在胡说八道。当然，在这样嘈杂的环境下肯定很难睡着。但我和艾琳肯定睡了大半夜。

4月22日

在沃灵顿已经待了两三天了。在那里，在周六晚上，很容易听到闪电战发生在45英里之外。

在沃灵顿种了40磅或50磅土豆，根据季节不同，能收获200磅到600磅。很奇怪的是——我希望不是这样，但很有可能是——如果当秋天到来的时候，那些土豆看起来是比所有文章、广播等更重要的成就，那我今年就口腹无虞了。

希腊和英国的防线似乎已经南移了，以珍尼那为基点，直指雅典北部不远处。如果报纸的报道属实，他们已经穿越了塞萨利平原，而且没受到多大损失。使人人惶惶不安的，而且显然将要在澳大利亚引起一场风暴的，是缺乏真实的消息。丘吉尔在他的演讲中说，甚至政府都很难从希腊得到确切的消息。而最困扰我的是不断重复的报道：我们正在遭受重大伤亡，德军以密集编队行进，采取地毯式杀人法等等。这和法国之战中所说的一模一样……很明显，对直布罗陀的袭击，或至少西班牙的反抗运动，很快就要爆发了。丘吉尔的演讲听起来开始像张伯伦了——回避问题等等。

英国部队两天前开进了伊拉克。关于他们是否在做分内事，是否在清理德国间谍等等，至今尚无消息。人们到处都在说："即使希特勒到了摩苏尔，对他也没有什么好处。英国人很快就会炸毁油井。"他们会吗？我怀疑。当有可乘之机时，他们炸毁罗马尼亚的油井了吗？在这场战争中，最令人沮丧的不是我们在这个阶段一定会遭受的劫难，而是我们在被弱者牵着鼻子走这个事实……就好像你的生活取决于一场棋局，而你必须坐下静观，尽管看到几乎每步棋都是最愚蠢的，你却无力阻止。

4月23日

希腊人似乎在打点行装。显而易见，他们将在澳大利亚过地狱般的日子。只要这能促使对希腊战役重新评价，澳大利亚在帝国中的普通席位就会被确定，也许战争的行为会稍微民主化一些，这对大家都有好处。

4月24日

希腊方面还没有确切的消息。人们所知道的只是一支希腊军队，或一部分希腊军队或可能是整个希腊军队，已经投降了。没有迹象表明我们在那里有多少人，他们现在处于什么地位，是否还能继续留在那里，如果能，将留在哪儿等等。《每日快报》暗示说，我们在那里实际上已经没有飞机了。意大利人拟定的停战协定，目标显然是为了以后用希腊的俘虏作人质。目的是敲诈英国放弃克里特岛和其他岛屿。

不知道苏联对此的态度。德国人现在正接近达达尼尔海峡，显然下一步就是进攻土耳其了。苏联人到时将不得不明确决定是反对德国，向土耳其施加压力，不让抵抗，并且或许将伊朗作为此举的代价，还是依然坐山观虎斗，眼看着整个黑海南岸落入德国人手中。在我看来，他们将采取第二种方式，不可能有第三种，在任何一种情况下，都会有民众自以为是地狂欢。

4月25日

C[1]，我在国民自卫军中的战友，以前是个家禽贩，现在则是什么肉食生意都做。他昨天在动物园买了20匹斑马。可能只是做狗食，不是给人吃。这似乎是个极大的浪费……据说英国仍有2000匹赛马，每匹马每天要吃掉10—15磅的谷物，也就是说，这些畜生每天吃掉的东西，与军队的师级单位的面包配给量是相等的。

4月28日

丘吉尔昨天晚上的演讲非常好，作为演讲是好的。但却不可能从中挖掘出什么信息。我能从中推理出的唯一一个肯定的事实是：当他决定在利比亚采取行动时，韦弗尔最多只能聚集起两个师，也就是说，只有三万人。在国民自卫军的哨位上听了这番演讲。人们被这次演讲打动了，实际上是被感动了。但我认为在那里听演讲的人中只有两个人生活水平维持在每周5英镑之下。丘吉尔的口才真是很好，演讲方式则是老式的，虽然我不喜欢他的演讲技术。他既

---

[1] 此人身份不明，原日记中如此。——译者

第一编　战时日记

不能，或者说也不想，甚至可以说也不被允许说一些明确的东西，这是多大的遗憾呀！

昨天早晨一个从某某地方来的人为我们做扶手椅的封套。他是那种常见的布商，矮小、整洁，有一种女性特征，全身都是布套。他告诉我，这是他今天做的第一件家政工作。他几乎一直是在做枪套，因为枪套和椅子套的做法几乎完全一样。他说某某地主要就是靠做这个为生的。

5月3日

从希腊撤退回来的人数现在估计已达41 000—43 000人，但据说我们在希腊的人数比预计的要少得多，可能只55 000人左右。伤亡人数估计是3000人，被俘人数可能是7000人或8000人，这和德国通报的人数相符。据说丧失了8000辆车，我想其中包括各种各样的车。没有提到军舰的损失情况，虽然肯定会有所损失。澳大利亚的一位部长斯彭德公开说："步枪对付坦克就像弓箭一样毫无用处。"这无论如何是前进了一步。

伊拉克显然也发生了战争一类的事情。这至多又是一场灾难……我们绝不可能处理好与所谓的伊拉克军队的关系，而后者无疑在几个小时内就会被炸成碎片。或者我们会与伊拉克签订某种协议，放弃在那里的一切，等待着同类事情再次发生；或者你将听到伊拉克政府控制着所有的油井，但这并不重要，因为他们已经同意给我们提供一切必要的设备等等，之后不久，你就会听说德国专家正乘飞机或经土耳其前往伊拉克；或者我们将采取防御立场，束手待援，直到德国设法空运来一支军队，那时我们的战斗将处于不利的地位。无论你什么时候思考英国政府的政策，你都会发现自1931年以来都始终是这样，没有片刻不是这样，当你踩在只靠一个汽缸发动的汽车加速器上时，也有这样的感觉，一种令人窒息的软弱感。人们无法事先确切知道他们将做什么，但人们可以肯定地知道他们绝不可能取胜，或可能及时采取行动。……奇怪的是，当这只是纯粹的战斗问题时，人的感觉会那么相对自信，而当成为一种战略或外交问题时，人又会感到多么绝望。人们可以事先知道英国保守党政府的战略一定会失败，因为他们没有取胜的意愿。他们对攻击中立国的犹豫——在目前的战争中，这是我们和德国在战略方面的主要区别——只表明他们潜意识中渴望失败。当人们在为自己相信的事业战斗时，他们不会有丝毫犹豫。

5月6日

土耳其已经介入调停伊拉克事件，这可能不是一个好征兆。伊拉克发布了动员令。美国政府停止往苏联船运军事物资，这本身是件好事，但可能是另一个不好的征兆。

深夜穿过地铁车站时，眼前看到的一切令人震惊。最引人注目的是现在到处都是清爽、正常和舒适的空气。特别是年轻的新婚夫妇，那种喜欢居家小心过日子的夫妻，现在可能正在一家建筑协会买房子。人们不时会看到一些大家庭，父亲、母亲、几个孩子睡成一排，就像兔子窝里的兔子。在明亮的灯光下，他们睡得那么平静。平躺着的小孩儿粉红的小脸颊就像蜡玩具，都睡得沉沉的。

第一编　战时日记

5月11日

　　前几天内最重要的新闻是：苏联已经宣布不再承认挪威和比利时政府。根据昨天的报纸，苏联人也不再承认南斯拉夫了。这是斯大林做总书记以来的第一次外交行动，这等于宣布苏联现在默认了任何侵略行动。这一定是迫于德国的压力才这样做的，同时伴随着莫洛托夫的撤军，这一切都一定表明了苏联的政策明确偏向于德国，这需要斯大林的个人权威来推行这种政策。用不了多久，他们一定会对土耳其或伊拉克，或同时对这两个国家采取某种敌意的行动。

　　昨晚发生了大规模的空袭。一枚炸弹给这座房子造成了轻微的损坏。在我以前住的房子中从没发生过这样的事。那时大概是深夜两点，在习以为常的枪声和远处的爆炸声中忽然响起令人十分震惊的轰隆巨响。我们都被惊醒了，但发现窗户并没有坏，也没感觉到房子在震动。艾琳起床走到窗前，听到窗外有人在喊，说我们的房子被炮弹击中了。我们赶快跑到外面的大街上，发现房子正冒着浓烟，中间夹杂着一股橡胶味。我们来到屋顶，看见周围许多地方都燃着大火。在西边大约好几英里外的地方正升腾起很大的火焰，一定是个装满易燃物的仓库着火了。烟在屋顶愈积愈多，但我们最后弄清了不是我们的公寓被击中了。我们又下楼，却被告知被击中的就是我们这幢楼，但是每个人都还待在里面。此时，烟大得已经看不清路了。很快我们听见有人在喊："是，是！111号还有人。"看门人呼喊着叫我们出来。我们匆匆穿上衣服，迅速抓起几件东西就跑了出来，此时我们想房子可能着火很严重，我们可能回不去了，在这样的时候，每个人带的都应该是他觉得最重要的东西。我后来才注意到我带的不是什么打字机或什么文件,而是我的手枪和一只装满食物的袋子等,那是早就准备好的。事实上,所发生的一切只不过是炸弹把车库炸着了火,并烧毁了里面所有的车。我们来到 D[1] 的家,他给我们送来茶,我们吃着已经节省了几个月的巧克力。随后我谈起艾琳的黑脸,而她却对我说:你认为你自己会怎样呢?我照了照镜子,结果发现自己更黑。我直到这时才发现事情竟是这样的。

5月13日

我对赫斯[2]为什么到苏格兰绝对没有任何评论。这是完全令人迷惑不解的事。我所知道的只是:如果还存在着避免这种宣传机会的可能,英国政府就会找到它。

5月18日

伊拉克、叙利亚、摩洛哥、西班牙,达兰[3]、斯大林、拉希

---

1 此人身份不明,原日记中如此。——译者
2 鲁道夫·赫斯(Rudolf Hess,1894—1987),德国纳粹,是继戈林之后的希特勒的第二接班人,1941年5月飞到苏格兰,向汉密尔顿公爵传达和平建议。之后他作为战犯被拘押在英国。1946年被国际法庭判为终身监禁,1987年在监狱中自杀身亡。
3 阿德米拉尔·达兰(Admiral Darlan,1881—1942),法国海军军官和政治家,在1940年5月法国陷落之前,他一直指挥着全部法国海军。在贝当政府时期,他被任命为海军部部长,被认为是贝当的接班人物。在1942年11月的入侵行动中,他正在北非,后来转而支持同盟国,并被任命为北非国家总代表,但引起广泛的争议。1942年11月,他在阿尔及尔被一位年轻的法国反法西斯主义者暗杀。

德·阿里、佛朗哥——都给人一种彻底无助的感觉。如果还有什么错误没犯,那肯定不久就会犯。人们已经开始相信这似乎就是自然的法则。

昨天或者是前天的报纸公告栏报道:纳粹正在使用叙利亚的空军基地。报纸还指出,这个消息在英国国会中宣布时,议员们都感到很可耻。很明显还有人对停战协定被撕毁和法国被纳粹利用而吃惊。并且现在也只有像我这样的纯粹的局外人才能够明白法国退出战争是迟早要发生的事。

很明显,我们已失去了任何赢得这场战争的机会。丘吉尔和保守党的计划显然是放弃一切,随后再用美国的飞机和血流成河来把这些东西赢回来。他们当然不能胜利。整个世界都会起来反抗纳粹,美国可能也会加入。在两年之内,我们或者被征服,或者依靠秘密警察力量和一半人民的饿死来换取一个为生存而战斗的社会主义共和国。英国的工人阶级如果不能走进达喀尔、加那利群岛、丹吉尔和叙利亚,而实际上又存在着这样的机会,那他们会恨死自己的。

5月21日

所有的目光都注视着克里特这个小岛,每个人都在谈论着同一件事——那就是这件事可能预示着纳粹也许会用这种或那种方式入侵英国。这很有可能,如果我们能够了解更多相关的事实。比如说,我们在那里有多少驻军,他们的装备怎么样?如果我们仅有一到两万人,而且只是步兵,德国人即使不能借助坦克登陆,也可以纯粹凭人数来取胜。平心而论，克里特岛的形势比英国对德国人更有利。如果对克里特的攻击只是一次试演的话，那很有可能也是对攻击直布罗陀海峡而进行的试演。

5月24日

从克里特传来的消息表面上都很好。但是表面之下都是明显的悲观气息。从伊拉克和叙利亚方面没有传来任何消息，而这正是最坏的预兆。戴高乐已宣布，说他不会交出法国舰队。凭借着这种明显的谎言，无疑会发生更多的战斗。

5月25日

我私下里了解到，我们在撤离克里特的过程中已经损失了三艘巡洋舰。报纸上找了很多借口，解释我们在那里为什么没有战斗机。没有人能够解释德国登陆艇为什么能够轻而易举地在克里特岛登陆，也没有人能解释，我们为什么到最后才想到要武装与克里特人进行战斗。

5月31日

阿比西尼亚方面没有什么值得高兴的事情。今天看到报纸在连篇累牍地报道南非军队进入亚的斯亚贝巴。在皇宫（或不管是什么建筑），首先升起了英国国旗，随后升起的是阿比西尼亚的旗帜。

第一编　战时日记

6月1日

我们正在撤出克里特岛。13 000人已被撤离，还没提到有关的总共是多少人。如果我们只撤离英国军队，而留下希腊人不管，那将会产生最可怕的印象，尽管从一个冷血军人的角度来看这种做法也许是正确的。

英国人现在在巴格达，若能听到他们在大马士革，感觉会更好些。人们事先就知道我们不应该与伊拉克人签订那么严格的协议，换言之，不应该为了占有油井而同意他们休战。赫斯在过去几天里只是逃避新闻报道。在议会中回答有关他的问题时也是闪烁其词，并否认汉密尔顿公爵曾收到过他的来信，同时声明这个消息是"错误"发布的。但当整个议会都在问是谁错误地传播了这一消息，为什么误传，他却明显回答不出来。这样的事情太不光彩了，以至于诱惑着我要去查看英国议会议事录里的辩论，并要找出报纸上的报道是否没经过新闻检察官的检查。

在长达三周没发生一次空袭后，防空警报再度响起。

6月3日

现在撤离克里特岛的行动已经完成，有消息说20 000人已经转移。因此，显而易见，在报纸报道这个消息之前很久，他们一定已经开始撤离了，而沉没的船只很可能就是在这次行动中损失的。这次行动损失的总人数据推测大约是10 000人，七艘战舰（三艘巡洋舰，四艘驱逐舰），可能还有一些商船，大量A. A. 枪和一些坦克、飞机。所有这些都绝对不算什么……报纸的批判比它们迄今为止所做的都大胆。一份澳大利亚的报纸公开说，若我们不对叙利亚采取行动，想保卫塞浦路斯是没用的。显然还没有这样的迹象。今天早晨的报道说，德国人的装甲部队已经登上了拉塔基亚。这一切都模糊地暗示了英国人"可以"侵略叙利亚。若迟几天，就太晚了，因为我们已经迟了不止六个月了。

6月8日

英军今天早晨进入了叙利亚。

6月14日

苏、德之间发生的各种事态完全笼罩着一种神秘色彩，对此谁也得不到任何真实的新闻。甚至连自克里普斯回来后见过他的人也都联系不上。人们仅能根据一般的可能性来判断，在我看来，有两个基本事实是：一、斯大林不会加入与德军的战争，如果他还有其他躲避自杀的方法的话；二、不让斯大林丢脸只会对希特勒有利，因为后者一直在利用斯大林来对抗全世界的工人阶级。因此，德国不可能直接攻击苏联，也不会签订任何明显对苏联不利的协议，这是对两国结盟的明显让步，或许还会通过攻击伊朗或土耳其来掩盖这一切。随后你会听说两国"互换技术人员"云云，而在巴库[1]似乎有相当多的德国工程师。但很可能所有这一切表面的现象都只是

---

1 苏联加盟共和国阿塞拜疆首都。——译者

第一编　战时日记

为了掩盖某些即将在其他地方展开的行动，也许是入侵英国，现在人们已经注意到了这种可能性。

6月19日

德国与土耳其签订了互不侵犯条约。这是对我们没有尽快扫荡叙利亚的报应。从现在开始，叙利亚的新闻界将转而反对我们了，这对阿拉伯人民也会有影响。

德比[1]大赛昨天进行了，地点在新市场，显然有很多人参加。甚至连《每日快报》都嘲笑这一点。《标准晚报》一直宣称希特勒必定会在80天内侵入大不列颠，并暗示东欧的军事演习可能就是为了掩饰这一行动——不过，我认为，这种想法只会使惊恐的人们更努力工作而已。

英国政府已停止签发去佩萨莫的运输护照，并阻止了三条芬兰船，因为现今芬兰已完全是敌占区了。这是苏、德之间确实发生过什么事的最明确的暗示。

6月20日

我们都在一种半感伤的状态下度过了过去的几天。这使我深深感到这场战争的一个小小的好处是：这已打破了报纸的一个愚蠢习惯，那就是用大字标题标出昨天的天气。

1　始于1870年的英国传统赛马会之一。——译者

6月22日

　　今天早晨德国侵入了苏联。每个人都非常兴奋。人们一般认为这种发展对我们有利。然而，如果苏联人确实准备反击，并且能够进行一系列的反抗，这才真对我们有利。如果苏联人的力量不足以抵挡德军，那至少可以耗尽德国的空中力量和海军。很明显，德军的直接目标既不是领土也不是石油，而仅仅是为了消灭苏联的空中力量，从而消除他们最终对付英国时的后顾之忧。无法猜测出苏联会进行怎样的反抗。最坏的可能是：德国若不能取得胜利，或迅速结束这次进攻，他们或许就不会对苏联进行攻击了。

6月23日

　　丘吉尔的演说在我看来非常好。它不会让左派满意，但他们忘了他必须对全世界演说，如对中西部美国人、空军士兵和海军军官、心怀不满的店主与农民，同样还有苏联人，以及左翼政党。他在提到共产主义时的敌意是完全正确的，而且仅仅强调了这一事实，即对苏联提供的帮助是真诚的。人们可以想象，通过《新政治家》等报纸记者的宣传，对这一切的抱怨声会越来越大。如果斯大林站起来宣布"我一直坚定地支持资本主义"，他们会有何感想？
　　无法想象希特勒的这次行动会在美国产生什么样的影响。认为它将立刻在英国产生一个亲纳粹的政党的想法是完全错误的。毫无疑问，有富人希望看到希特勒摧毁苏维埃政权，但他们只是少数人。天主教徒肯定属于这一阵营，但他们也许会采取精明的策略，即等到苏联的抵抗开始崩溃才表明自己的立场。与国民自卫军的士兵谈话,其中包括老军人、非常富有的商人,我发觉每个人都是彻底的亲苏派,虽然就苏联的抵抗能力方面意见有分歧。我尽己所能记下了当时典型的谈话,记录如下:

家禽批发贩说:"好,我希望苏联人将他们打得死无葬身之地。"

服装制造商(犹太人)说:"他们不会胜利的。他们会四分五裂,就像上次那样。你们将看到这个结果。"

医生(某种外国人,可能是难民)说:"你们完全错了。每个人都低估了苏联的力量。他们将把纳粹分子打得一败涂地。"

杂货批发商说:"该死!他们有两亿不怕流血的人民。"

服装制造商说:"对,但他们没有组织起来。"等等,等等。

这些都是无知的谈话,但表明了大众的态度。三年前,大多数一年有1000英镑以上,或每周有大约6英镑收入的人都会站在德国人这边去对抗苏联人。然而,此时他们对德国人的仇恨使他们忘了其他的一切。

实际上,所有的一切都取决于苏联和英国是否准备真正合作,他们都不会企图挤垮或打败另一方。目前,英国的共产主义者已经发表宣言,呼吁成立人民政府等等。只要莫斯科的声明一到,他们就会改变论调。如果苏联人真的在抵抗,英国有一个软弱的政府,或在这里产生颠覆性的影响对他们也没什么好处。在十天之内,共产主义者们毫无疑问会高度爱国——他们的口号可能是"一切权力归丘吉尔"——但是完全被忽视。如果两国之间的联盟是名副其实的,并且都有一定程度的互相让步,那么国际政治对两边的影响就应该都是最好的。使苏联的军事援助在西班牙产生不良影响的那种特殊情况在这里不存在。

每个人都在预测自由的苏联人是多么苦恼。据广播上说，他们就像白俄罗斯人一样。人们幻想斯大林正在帕特尼的一个小商店里卖茶炊、跳高加索舞……

6月30日

没有关于苏德战争的确实消息。在整整一周内，双方都在夸张地宣扬被摧毁的敌军坦克的数量等等。人们真正相信的只是被攻占的城镇的数量，德国公布的数字迄今为止还不算太大。他们已经攻占了利沃夫，而且看来也已占领了立陶宛，并且还宣称已越过了明斯克，虽然苏联人声称已经阻挡了他们的进攻。不管怎样，还没有什么突破。每个人都过于乐观了。"德国人已经吞下了超过他们咀嚼能力的东西。如果希特勒不能在下周突破苏联的防线，那他就完了。"没有几个人想一想德国人都是优秀的士兵，若事先没有权衡一下成功的机会，他们是不会发动这场战役的。最冷静的估计应该是这样的："如果到10月仍还有一支苏联军队和希特勒作战的话，希特勒很可能到冬天就完了。"无法确信苏联政府为什么采取没收所有敌人无线电的行动。这可以有几种解释。

关于我们与苏联联盟的性质，尚无任何明确的解释。昨天晚上每个人都高兴地等着听在其他同盟国的国歌演奏之后是否会演奏《国际歌》。当然，没这回事。然而，在阿比西尼亚的国歌演奏之前有很长一段时间。他们最终不得不演奏其他乐曲以代表苏联，但选择这首曲调是一件微妙的事。

第一编 战时日记

7月3日

斯大林的广播演讲是对人民阵线的直接反击，是对民主阵线的捍卫，而且实际上这与他的追随者在过去的两年间说过的一切是完全矛盾的。然而，这是一次辉煌的战争演讲，就像是丘吉尔演讲的翻版，而且它清楚表明苏联决不妥协，至少当前不会。演讲中的一些段落好像在暗示苏联无论如何是要考虑大撤退的。斯大林在提到英国和美国时语气是友好的，并且好像大家多少都是同盟国一样，虽然至今显然还没什么正式的联盟存在。他称里宾特洛甫[1]及其同伙是"野蛮人"，《真理报》也一直这样称呼他们。显然，翻译过来的俄文中之所以经常有一些奇怪的措辞，原因之一就是俄文中有大量的脏话，而英文中没有与之相对应的词。

我们现在都多少成了亲斯大林分子了，没有什么事实能比这个例子更好地说明了我们时代在道德和情感上的肤浅。斯大林暂时站在我们这一边了，而清洗等都突然被忘得一干二净了。对斯大林最真实的说法可能是：他个人可能是真诚的，而他的追随者就做不到这一点，因为他无休止的变化至少都是他自己的决定。这正是"上帝回头，我们也回头"的例证，而上帝可能回头了，因为他们的精神感动了他。

7月6日

因为我们没有更多地帮助苏联，很多报纸逐渐变得难以控制

---

[1] 里宾特洛甫（Ribbentrop，1893—1946），纳粹德国战犯、外交部部长，曾任驻英大使，赴莫斯科签订苏德互不侵犯条约，战后被纽伦堡国际军事法庭判处绞刑。——译者

了。我不知道除了空袭之外还会不会采取其他行动，但是，如果我们什么都不想做的话，除了可能造成的政治和军事后果外，这还将是一个令人不安的征兆。因为如果我们现在不趁着德军有150个师被困在苏联时发起地面进攻，那我们到底还能做什么？我没有听到任何关于调动军队的传闻，显而易见，没有从英国派遣远征军的可能。唯一的新进展是比弗布鲁克开始为坦克设计大驱动器了，和他去年为飞机设计的驱动器类似。但在数月之内这不会有结果，而且这些坦克将在哪儿用也没人知道。我不相信它们会被用来抵御德军的侵略。如果德军已准备将大批装甲车运到这儿，也就是说他们完全拥有制空权、制海权，那我们就已经等于战败了。

没有任何与苏联正式结盟的相关报道，事实上，除了双方或多或少的友好发言外，没有任何东西能证明我们之间的关系。当然，在确定他们与我们建立了坚固的联盟，也就是说，在确定他们即使已经成功地打败了入侵者也仍将继续战斗之前，我们不能冒任何风险。

没有前线来的确切消息。德军正在穿越普鲁特河[1]，但至于他们是否正在穿越别列津纳河，似乎还存在着争论。双方所公布的对方的损失情况显然不真实。苏方声称德方伤亡人数已达70万，即大约是希特勒全军的10%。

翻看了许多天主教的报纸和一些《真理报》[2]，想看一看他们对我们与苏联准联盟的态度。天主教的报纸不赞成纳粹党，也许将来

---

1 位于欧洲东南部，多瑙河下游支流，二战时起成为罗马尼亚与苏联的界河。——译者
2 极右派的一份报纸。

也不会赞成。他们的"路线"明显是：客观地说，苏联是站在我们这一边的，因此必须支持它，但一定要在没有明确联盟的条件下。反对丘吉尔的《真理报》也采取了非常一致的路线，但只是为了掩饰自己更反苏联的态度，或许是这样。很多爱尔兰的天主教报纸现在已经毫不避讳自己的亲纳粹态度。如果真是这样，那在美国将会有相似的回应。有趣的是，我们将看到被迫"中立"的情况，也就是说被禁止对任何交战国发表任何评论的爱尔兰报纸，在苏联事件上是否会被强制保持"中立"，因为苏联已经参战。

人民代表大会已经投票全力支持政府，并要求"彻底有力地进行战斗"——这距他们以前要求"人民和平"只有两周。流行的说法是：当希特勒进攻苏联的消息传到纽约的一个咖啡馆时，许多共产主义者正在里面谈话，其中一个人去洗手间回来时发现，在他不在的这段时间内，"党的路线"已经改变了。

8月28日

现在我已经是BBC的正式雇员了。

东部前线，如果说有这条战线的话，现在大致是这样的：塔林、斯摩棱斯克、基辅、第聂伯彼得罗夫斯克、赫尔松。德军已经占领了一定比德国本土还大的区域，但还没有摧毁苏军。英国和苏联军队三天前侵入伊朗，伊朗人已经投降。没有关于谁能领导军队在这个国家的行动的传言。他们现在只有大约一个月的时间来对欧洲大陆采取某种行动，但我不相信他们打算这样做。在丘吉尔—罗斯福宣言的字里行间，人们可以品味出，由于苏联的入侵，美国人反希特勒的热情已经开始下降。另一方面，也没有迹象表明美国人因为这件事而更加愿意在这个国家忍受牺牲。由于我们对苏联的帮助还不够，所以人民仍普遍有一些抱怨，但所占比例很小。我觉得，如果希特勒今年冬天不能突破高加索和中东，苏联战役就可以视作已经结束，但希特勒不会崩溃，可他的所得远远低于所失。现在还看不到胜利的曙光。我们陷入了漫长的、忧郁的、使人筋疲力尽的战争，在此期间人们越来越贫穷。我以前预计的新阶段已经提前开始了，随着敦刻尔克大撤退而开始的准革命时期已经结束，因此我的日记也该结束了，我准备在新阶段开始时再记日记。

1942年

3月14日

隔了大约六个月后，我又重新开始写这本日记，因为战争已经进入一个新阶段了。

克里普斯赴印度的确切日期还没公布，但很可能他此时已经去了[1]。在这里，人民对他此去的后果普遍表示悲观。经常见到的评论是——"他们这样做是为了不让他挡道"（德国无线电广播也宣称这是一个原因）。这很愚蠢，也反映了认识不到印度的重要性的英国人的固有观念。消息灵通人士都很悲观，因为不公布政府与印度的条约几乎肯定表明这不会是个好条约。我们不可能知道克里普斯得到了什么权力，了解一些内情的人也不会泄露什么，人们只能通过间接的方式从他们那得到一些提示。例如，因为已经被授意给克里普斯制造舆论，我在我的新闻报道[2]中就建议将克里普斯锻炼成一个政治极端分子。这篇稿件招致的警告是："不要在那个方向走得太远。"由此可以推断，上层阶级不希望给印度完全的独立。

---

1 克里普斯是3月22日飞往印度的，目的是安排印度国大党和印度独立党达成妥协协议，以确保战争期间印度各党派之间能保持合作，并在战后逐渐实现独立。由于尼赫鲁和国大党只接受印度的完全独立，而克里普斯又没有权力承诺这些，4月10日，谈判破裂，克里普斯无功而返。

2 英国广播公司对印度广播中使用的稿件。

各种谣言满天飞,许多人似乎怀疑今年苏联与德国将达成单独和平协议。通过研究德国和苏联的无线广播,我得出的结论是:关于苏军胜利的报道大多是假的——虽然——战役当然一直没有按照德国的计划进行。我认为苏联仅仅是赢了如同我们在英国战役中赢得的那种胜利,那就是暂时被打败,但却决定不了什么事。我不认为有单独的和平,除非苏联明确被打败,因为我看不出苏联或德国怎么能同意放弃乌克兰。另一方面,一些人认为(比如,我是从艾布拉姆斯那里听来的这个消息,他是波罗的海的苏联人,是斯大林派的强烈同情者,虽然他可能不是共产党),如果苏联能将德国赶出他们的土地,他们就能实现一种不公开的和平,此后就只继续进行虚假的战斗。

有关比弗布鲁克辞职[1]的传言有:

一、克里普斯坚持以此作为自己加入政府的条件。

二、比弗布鲁克之所以被抛弃,是因为据说他与戈林[2]秘密联系,想达成一个妥协的和平。

三、军队坚持让比弗布鲁克辞职,因为他把所有的飞机等都送给了苏联,而不是送到利比亚和远东地区。

我现在在BBC大约已经待了六个月,并且如果我所预料的政治变革成功,我会继续留在这里,否则可能离开。这里的氛围介于

---

[1] 比弗布鲁克以身体健康为由,辞去了军工生产部部长的职位,离开了政府。这一变动的真正政治原因仍然是个谜。

[2] 赫尔曼·戈林(Hermann Goring,1893—1946),纳粹德国元帅,希特勒上台后曾任空军部部长、普鲁士总理等职,负责扩充军队,发展秘密警察(盖世太保),战后被纽伦堡法庭判处死刑,刑前自杀。——译者

第一编　战时日记

女子学校和精神病院之间,而且我们现在所做的一切都是无用功,或者甚至比无用还要稍稍糟糕一些。我们的广播政策比我们的军事政策还要无用。然而,人在这里可以迅速发展成为有宣传头脑并狡猾多端的人,则是前所未有的。比如,我在自己所有的新闻通信里都宣称日本密谋攻击苏联。我不相信会有这种事发生,但我是经过精打细算的:

如果日本真攻击苏联,我们就能说:"我已经跟你们说过了。"

如果苏联首先发动攻击,因为我们事先已经逐渐描述出了日本计划的全貌,所以我们就可以假装是日本先发动了战争。

如果根本没爆发什么战争,我们就可以说那是因为日本太怕苏联了。

所有的宣传都是撒谎,甚至当一个人在说真话的时候也是这样。我认为,只要人知道自己在干什么和为什么这么干,说谎并不重要……

1942年3月11日,我开始对三个不同的人发布了一个谣言,即啤酒将会限量供应。我将饶有兴趣地看看这个谣言何时会再返回到我这里。(1942年5月30日,谣言未回,所以这无法说明谣言产生的途径。)

还有一天,我略略谈了一下刚刚从美国回来的"威廉·希基"[1]。他说那里的士气令人震惊,生产都停止了,各种反英情绪很强烈,还有天主教徒煽动起来的反苏情绪。

---

[1]《威廉·希基》(William Hickey)是《每日快报》上的社会日记,在过去的35年里一直在,由不同的人编辑。此时的编辑是其创始者,汤姆·德赖伯格,一位左翼政治家编辑,后来成为工党党员。

3月15日

今天上午大约十一点半有短时间的空袭警报，但没有爆炸也没有枪声。这是我十个月内第一次听到这种声音。我心里很害怕，其他每个人显然内心也都很恐惧，虽然都努力装作不在意，并且也不去谈在空袭警报解除之前仍可能有空袭这一事实。

3月22日

恩普森[1]告诉我，外交部有严令，禁止提到任何有关日本攻击苏联的消息。因此，这个话题在远东广播站被刻意回避了，与此同时对印度广播却越发热火朝天。他们还不知道我们正在说的这样一个事实：我们并未被警告过，而且官方也不知道这一禁令，在这期间，我们正在充分利用自己的机会。在宣传阵线到处都是同样的混乱。比如，《地平线》因为刊登了我论吉卜林的文章，几乎被禁止发行对外增刊（在最后一刻化险为夷，因为哈罗德·尼科尔森和达夫·库珀出面干预了），而与此同时，BBC却要求我根据这篇文章写一篇特稿。

德国的宣传也是相当矛盾的，但与我们的方式不同，也就是说，他们是故意那样做的，而且十分无耻地答应为所有人提供所有的东西，给印度自由，给西班牙人一个殖民帝国，解放卡菲尔人，严格对待布尔人的种族法律等等。从宣传的角度讲，在我看来，看

---

[1] 威廉·恩普森（William Empson，1906—1984），诗人、批评家。此时在BBC对中国广播的东方部工作。

第一编 战时日记

到大多数人在政治上那么无知，看到他们除了自己的直接利益外对什么都毫无兴趣，对前后矛盾那么无动于衷，那么，一切宣传就都是非常正确的了。几周以前，"新英国"广播电台[1]实际上在攻击"工人挑战"电台[2]，警告人们不要听后者的节目，理由是后者受"莫斯科资助"。

墨西哥的共产主义者再次驱逐维克多·瑟奇[3]和其他从法国到那里避难的托洛茨基分子，要求他们离境等等。西班牙的策略也是如此。看到这些古代的阴谋死灰复燃，真令人极其失望，这还不是因为他们在道德上令人厌恶，而是因为以下这种考虑：20年来，第三国际一直在用这些方法，但无论在哪里，都总是被法西斯打败，因此，我们作为同盟国与他们绑在一起，也将和他们一起被打败。

有人怀疑苏联企图制造单独的和平，现在这种怀疑似乎已广为流传了。二者之中，苏联可能更容易放弃乌克兰，从地理和心理方面看都是这样，但他们显然不会连一仗都不打就放弃高加索山脉的油田。一个可能的发展是：希特勒和斯大林之间会有一个秘密协定，希特勒保持他侵占的苏联领土，或其中的一部分，但从此之后不再进一步进攻，而是把侵略的矛头往南掉转，即朝着伊拉克和伊朗的油田。苏联和德国同时又保持一种虚假的战争状态。在我看来，假如我们今年攻击欧洲大陆，单独的和平就将明显更加可能，

---

1 德国的对英英语广播站。
2 德国另一家对英英语广播站。
3 维克多·瑟奇（Victor Serge，1890—1947），祖籍苏联，法国国籍，是最彻底的苏联革命者之一，1933年被作为托洛茨基派分子流放到西伯利亚。被释放后于西班牙内战期间在巴黎做了记者。1941年定居墨西哥，后贫困至死。

因为如果我们成功地阻碍德国人并且吸引住他们一大部分兵力,苏联人立即就会处于非常有利的地位,夺回被侵占领土,并和德国讨价还价。我还是认为,如果我们的舰队可以驶到,我们就应该侵入欧洲大陆。有一件事可以阻止这种卑鄙欺骗,那就是我们和苏联之间建立更坚定的联盟,并详细宣布战争目标。在现在政府的统治下,或者说如果斯大林仍掌握着政权,这都是不可能的;只有当我们成立一个与此不同的政府,并且随后找到一种越过斯大林向苏联人民讲话的方法,这才至少是可能的。

现在的感觉就和在法国战场上一样——没有什么消息。这主要是因为天天不停地读报纸。因为要写我的时事通讯,除了每日监听报告外,我现在每天要读四到五份早报和晚报的几个版面。人们读的每一张报纸上堪称新闻的消息如此之少,以至于人们竟有一种什么事情也没发生的普遍印象。除此以外,当情况变糟时,人们可以预知一切。在过去的几周内,唯一一件令我吃惊的事,是克里普斯赴印度的使命。

3月27日

与克里普斯带到印度去的条款有关的消息明天料想会引起爆炸性的反应。同时,传闻——看似都合情合理,却又相互矛盾——最可靠的说法是:印度将被赋予一种和埃及相似的条约。K.S.谢尔万卡尔[1],我们非常憎恨的敌人,认为如果印度能被给予国防部、

---

[1] K.S.谢尔万卡尔(K. S. Shelvankar),印度作家、记者,战争期间在英国,是印度报纸的记者。——译者

第一编　战时日记

财政部和内务部，就可以接受这个条约。在度过沮丧的一两周后，所有在这里的印度人都更乐观了，好像已经莫名其妙嗅到了（或许是通过研究印度官方的长脸意识到的）这些条款毕竟不是那么坏。

议会围绕"《每日镜报》事件"[1]展开激烈的辩论。A. 贝万读了大量莫里森[2]从战争伊始就开始在《每日镜报》上发表的一些文章的摘录，来取悦反《每日镜报》的保守党，但却无法抵制两位社会主义者相互猛烈抨击的局面。卡桑德拉[3]宣布他将辞职去参军，并且预言他将在三个月后重新回到新闻界。但三个月内我们究竟会到哪里呢？

政府候选人在格兰瑟姆的候补选举中败北。我认为这是自战争开始后第一次发生这样的事情。

一两周以前，国民自卫军突然集合，很让人吃惊。我们用了四个半小时集合起来和分发弹药，并且可能再用一个小时使他们进入战斗位置。这主要是因为拒绝分发武器，却让每个人到总部待命所引起的麻烦。就此事给汤姆·琼斯博士送了一份备忘录，他加了前言后直接呈送给了詹姆斯·格里格爵士[4]。在我所在的部队，即使是军队的指挥官，也无法得到这样一份备忘录，或者至少无法参与

1　一家流行的左派日报，曾因采取丘吉尔所谓的失败主义者路线，也就是说批评政府对战争的处理不当，而被丘吉尔要求依法行事。在经过议会的一场著名辩论后，此事最终以失败告终。

2　莫里森（Morrison，1896—1980），英国法西斯主义者同盟发起人。——译者

3　威廉·康纳（William Connor，1909—1967）的假名，著名的激进记者，他在《每日镜报》开设了一个个人专栏。

4　詹姆斯·格里格（James Grigg，1890—1964）巴斯高级勋位爵士，1939—1942年间任永久副国务大臣，1942—1945年间任国务大臣。

此事。

番红花现正怒放。透过战争消息的薄雾，人们好像模模糊糊地看到了它们。

还有其他的事情。H. G. 威尔斯给我寄来一封信，信上写着"你是狗屎"，诸如此类。

梵蒂冈正与东京交换外交代表。我认为梵蒂冈现在与所有轴心国的成员都有外交关系，而与同盟国的任何国家都无外交关系。这不是一个好征兆，但在某种意义上也是一个好征兆，因为这最后的一步意味着他们现在明确是轴心国，是他们而不是我们代表着更反动的政策。

克里普斯明显有辱使命，这使人极其沮丧。大部分印度人口头上似乎也对此感到失望。我认为，甚至憎恨英国的人也希望解决此事。可是，我相信，尽管我们的政府开始时面临"把它拿过来或放弃它"的抉择，或许最后为了回应压力，条款实际上必须加以修改。有人认为，苏联人是这一计划的幕后指使者，这就解释了克里普斯为什么对明显不受欢迎的计划却那么信心十足。既然苏联人没有参与对日战争，他们对印度事务就不可能有什么官方态度，但可以向自己的追随者发出指示，并由此使其他亲苏国家也都接受。可是没有多少印度人是可靠的亲苏者。到目前为止，英国共产党没有表现出任何的迹象，他们的行为或许可能提供了关于苏联人态度的线索。正是基于这种猜测，我们必须制订我们的宣传计划，虽然上方没有向我们发出明确而有用的指示。

昨天康诺利想在他的广播里引用《向加泰罗尼亚致敬》中的一段。我翻开书，看到了这些句子：

第一编　战时日记

战争最可怕的特征之一是：所有的战争宣传，所有的尖叫、谎言和仇恨总是来自那些不战斗的人。所有的战争都是一样；士兵去战斗，记者来呐喊。除了最短暂的宣传旅行外，没有一个真正的爱国者曾接近前线的战壕。有时想到飞机正在改变战争的局势，我就感到些许安慰。或许，当下一次世界大战来临时，我们就可以看到历史上前所未有的景象：每个侵略者身上都有一个弹孔。

自写下那些话后，我在BBC已经工作了差不多五年。我认为我们每个人迟早都会写下自己的墓志铭。

4月3日

克里普斯决定在印度再多停留一周，这被认为是一个好兆头。不然就没多大希望了。甘地故意制造麻烦，一会儿说接到博斯[1]死亡的报告，所以向博斯的家庭发去唁电，就博斯之死表示哀悼，接着又发电报表示祝贺，说他接到的报告不准确；他还要求印度人在印度遭到侵略时不要采取焦土政策，不知道他到底在演什么戏。那些反甘地者声称在甘地身后有最坏的资本家（印度的）在支持他，事实上，他似乎经常待在一些百万富翁或其他人的大厦内。但这与

1　苏巴斯·钱德拉·博斯（Subhash Chandra Bose，1897—约1945），印度民族主义领袖、议会左翼成员。他有强烈的反英倾向，当日本进攻美国时，他开始为日本服务，组织了一支印度革命军，并领导了一次针对印度的军事战役。他的死至今仍是一个谜，而且始终没有得到证实。

他声称自己是圣人并不一定不相容。然而，他的和平主义可能也是真正的和平主义。在1940年的黑暗时期，他仍奉劝英国人在英国遇到侵略时，也要采取不抵抗主义。我不知道甘地或世界道德重整运动是否最接近于我们时代的拉斯普京[1]。

安纳德说，这里的流亡印度人精神萎靡。他们仍然倾向于认为日本对印度没有邪恶的企图，印度能与日本保持单方面的和平。他们一再宣称对苏联和中国忠诚。我对他说，对几乎所有的印度知识分子来说，一个基本的事实是：他们并不期盼独立，无法想象独立，并且从内心里不愿意独立。他们宁愿长期生活在反抗、忍受不痛苦的殉难之中，他们愚蠢地幻想自己能像和英国做学生游戏那样也与日本或德国玩同样的游戏。使我有点惊奇的是，他竟然同意我的观点。他说反抗精神在他们中间是普遍存在的，尤其是在英国共产党人中间。克里希纳·梅农[2]正"盼望着谈判破裂的那一刻"。与此同时，他们正漠然地谈着为获得自己的单方面和平而背叛中国，他们叫喊着：在缅甸的中国军队没有得到适当的空中支持。我说这种想法是幼稚的。安纳德说："你不会高估的，乔治，他们的幼稚程度深不可测。"问题是，这里的印度人对印度知识分子的观点能有多深的思考。他们远离危险，或许，像我们这些剩下的人一样，

---

[1] 拉斯普京（Rasputin，约1872—1916），苏联西伯利亚农民"神医"，因医治了于子的病而成为沙皇尼古拉二世和皇后的宠臣，其行为淫荡，后因干预朝政而被保皇派谋杀。——译者

[2] 克里希纳·梅农（Krishna Menon，1897—1974），印度政治家、律师、作家和记者。此时他正生活在英国，是英国左翼政治中的活跃分子。在印度争取独立的斗争运动期间，他也是印度国大党在英国的发言人。1947年，印度获得独立时，他被任命为印度最高代表。

第一编 战时日记

可能已被十个月来的和平气氛所感染，但另一方面，几乎所有长期留在这里的人都被西方社会主义者的看法感染了，因此，印度可敬的知识分子可能更糟糕，安纳德自己没沾染这些恶习，他是真正的反法西斯者，而且通过支持英国加深了他的感情，可能还增强了他的荣誉感，因为他认识到英国客观上是站在反法西斯一边的。

4月6日

昨天去看了看正在修建中的乌克斯桥与德纳姆之间的道路。工程力度之大令人惊讶。乌克斯桥的西部是科尔恩大峡谷，峡谷上方就是高架砖桥和水泥柱子，我想高架桥有四分之一英里长。在那之后是一个缓缓高起的路基，每根柱子有20英尺高或大约15英尺高，10英尺宽，大约每隔15码左右有两根柱子。我敢说每根柱子可能用了四万块砖，还不包括柱基，不包括柱子上面的水泥路面，每一码路面肯定用掉了数吨钢和水泥。数量惊人的钢（为了加固）铺在上面，还有巨大的花岗岩。建造这座高架桥本身就一定工程浩大，所耗用的劳动力总数堪与建造一艘大型战舰所需的劳动力相等。这条道路很可能到战争结束后也没什么用，即使到那时能建成。与此同时，到处都缺乏劳动力。显然卖砖的人是万能的。（那些形式上的避难所毫无用处，甚至在刚开始建造时，就有对建筑略懂一二的人这样说。另外，对无人居住的私宅的修复正在伦敦遍地开花，这也是毫无必要的，但都要买砖。）很明显，当丑闻大到一定程度时，别人就看不到了。

在德纳姆看到一个衣着非常整洁的人驾着一辆单匹马拉的马车。

4月10日

　　英国海军在过去的三四天里损失了两艘巡洋舰，一架运输机沉入海底，一艘驱逐舰失事，轴心国损失了一艘巡洋舰。

　　摘自尼赫鲁今天的演讲："如果印度活下来了，谁会灭亡？"左翼分子对这句话的印象会是多么深刻呀！——他们会怎样嘲笑"如果英国活下来，谁会灭亡？"这句话呀！

4月11日

　　克里普斯的使命毕竟失败了。但我认为这还没有最后结束。
　　听过从德里传来的克里普斯的演讲，我们现在又对英国重播了，这些我们偶尔听到的德里转送过来的广播，是供我们了解自己的广播在印度反响如何的唯一线索。这些广播总的来说质量很差，而且还有在录制时不可能处理掉的许多背景杂音。我认为，演讲的前半段很好，演讲虽平易，却足以触怒不少人；在演讲的后半部分，则变成了快活的风格。一个奇怪的事实是，在自己演讲中较高潮的段落，克里普斯似乎学到了丘吉尔的一些声调变化。这可能表明了这样的事实——这也解释了他为什么在明明知道只能给印度提供这样一种并不好的条约的情况下，还接受这一使命——他现在正处于丘吉尔的个人影响之下。

4月18日

　　无疑，克里普斯的演讲已经引起了很大的愤怒，也就是说，在

第一编　战时日记

印度引起了反感。我怀疑在印度是否还会有很多人责备英国政府的失败。目前的一个麻烦是美国人毫无策略的言论，数年来他们一直无聊地喊着"印度自由"或英国帝国主义，现在突然睁开了他们的眼睛，认识到这样的事实，即印度的知识分子并不需要独立，也就是说不需要什么责任。尼赫鲁正在进行挑衅性的演讲，大意是所有的英国人都一样，无论他属于哪一个党派等等，他还声称美国已经结束了一切真正意义上的战斗，通过这种态度，他试图在英美之间制造矛盾。与此同时，他还不时重申，他不亲日，国大党将始终保卫印度。BBC广播电台接着从他的演讲中选出这些内容，并在没有提及演讲中的反英内容的前提下，广播了这些段落，以致尼赫鲁（很公平地）埋怨自己的观点已被误传了。一道最近的命令告知我们，当他的一个演讲同时包括反英内容和反日本内容时，我们最好全部装作不知。所有这些真是一团糟啊！但我觉得，公平地讲，克里普斯的使命完成得很好，因为不可否认，克里普斯在这个国家的威信（就像预料的一样）使这场争论明朗化了。不论官方怎么说，整个世界将得出这样的结论：一、英国统治阶层不想放弃；而且——二、印度也不想独立，因此也不会获得独立，而不管战争的结果如何。

与温特林厄姆[1]谈论苏联对克里普斯谈判可能的态度（当然，因为没与日本开战，他们不可能有一个官方的态度）。我说，如果

---

[1] 托马斯·亨利（汤姆）·温特林厄姆（Thomas Henry〔Tom〕Wintringham, 1898—1949），作家、战士，1916—1918年间在法国空军服役；1936年以战地记者身份前往西班牙；1937年成为英国国际旅部队的指挥员。他为国民自卫军创建了奥斯特利公园训练中心，出版作品有《战争新路》《胜利的政治》《人民战争》。

以后尽可能多派苏联人到印度任军事指挥官,那可能会使事情更顺利些。一个可能的结果是:印度将最终被苏联占领,虽然我从不相信苏联人在印度做得会比我们好,但他们可能做得与我们不同,因为我们的经济制度不同。温特林厄姆说,甚至在西班牙时,就有一些苏联代表倾向于将西班牙人看作"本国人",他们在印度无疑也将做同样的事。他们很难不这样做,因为实际上大多数印度人比欧洲人低劣,人们忍不住会这样想,并且过不了多久就会做出相应的行动。

美国的观点将会很快转向,并且会因为印度的形势而将一切责任都推给英国,就像从前一样。很明显,从目前美国的报纸来看,我们可以看出美国的反英情绪正是最高涨的时候,所有的孤立主义者,在短暂的休整之后,已经带着和以前一样的计划,喊着同样的口号重新出山了。然而,库格林神父[1]的报纸刚被禁止邮寄发行。美国人的反英情绪一直使我感到害怕的是其可怕的无知,英国人的反美情绪可能也是一样。

4月19日

东京昨天被轰炸了,或者假定昨天被轰炸了。迄今为止,这条消息仅来自日本和德国。现在人们想当然地认为每个人都在撒谎,以至于像这种消息要一直等到被双方证实以后才有人相信。甚至连敌人承认自己的首都被炸可能也会因这种或那种原因是一条假

---

[1] 美国牧师,带有明显的法西斯倾向的煽动家,1942年被教廷高层人士怀疑。

第一编　战时日记

消息。

艾琳说，昨天安纳德对她说，英国今年将制造单方面的和平，这似乎是铁板钉钉的事，而且当她表示抗议时，他似乎有点吃惊。当然，印度人不得不这样说，而且从1940年到现在就一直在这样说，因为如果必要，这就给他们提供了一条反对战争的理由，也是因为如果他们允许自己把英国人想得好一点，不管他们有什么样的心理防线，都将被摧毁。法伊弗尔告诉我，1940年，在张伯伦仍在政府部门的时候，他是怎样参加了一次普里特[1]和各种各样的印度人都出席了的会议。印度人一直在用自己的伪马克思主义方式说："当然，丘吉尔—张伯伦政府将会实现一种妥协的和平。"而普里特告诉他们，丘吉尔绝不会讲和，英国当时存在的唯一分歧，就是丘吉尔和张伯伦之间的分歧。

关于入侵欧洲的话题越谈越多——如此之多，以至于让人以为这种事肯定即将发生，否则报纸不会冒险大谈特谈这些会引起失望的话题了。这种谈话中的许多不切实际的地方简直让人吃惊。几乎每个人似乎仍以为感激是权力政治中的一个因素。所有左派报纸经常习惯性提及的两个假设是：一、开辟第二战场是为了抵制苏联制造单方面和平；二、我们作战越多，在最后的和平谈判问题上就越有发言权。几乎很少有人去想：如果入侵欧洲的目的是为了将正进攻苏联的德军吸引过来，斯大林将不会有继续战斗的强大动力，这

---

[1] 丹尼斯·普里特（Denis Pritt, 1887—1972），英国皇家法律顾问，1935—1940年间以工党代表身份担任国会议员，后因与工党持不同政见而被开除出党，自此一直到1950年，他始终以无党派的社会主义者身份担任国会议员。他以出庭律师的身份，以及热情支持左翼事业和苏联而闻名。

种背信弃义也将和苏德条约，以及苏联显然已和日本开始协商的苏日协定非常一致了。至于第二种说法，许多人都似乎觉得，打赢战争后，决策权就是对在战争中战绩突出的报酬。虽然，能实际支配事务的人是那些拥有最强大的军事力量的人，也就是上次战争结束时的美国。

同时，还有两个措施可以改善当前的形势。一、与苏联缔结盟约，并且发表关于战争目标的联合声明（要非常详细）；二、进攻西班牙，在当前政府的领导下，这实际上是很不可能的。

4月25日

空袭日军后在苏联领土上强行着陆的美国飞行员已被扣押。据日本无线电台报道，苏联正促使日本商人取道瑞士（以后从德国）经苏联尽快回国。如果事情属实，那么这倒是一个新发展，因为在德国进攻苏联时，这种交通途径已经被终止了。

苏巴斯·钱德拉·博斯在何处，这仍是一个秘密。我们仅知道以下几个基本事实：

1. 当他失踪时，英国政府声明他已经去了柏林。

2. 可以确定他在德国"自由印度"电台发表过广播讲话。

3. 意大利电台声明博斯至少在日本出现过一次。

4. 这儿的印度人一般认为他在日本。

5. 逃往日本实际上比逃往其他方向要容易，尽管后者也不是不可能的。

6. 维希政府宣布他在曼谷和东京之间的飞机事故中丧生了，尽管几乎肯定是弄错了，这似乎暗示了维希地区的人想当然地认为他在日本。

7. 据技师们说，把他的声音改变频率从东京传到柏林，并在那儿恢复原频率重播并不是不可能的。

还有无数其他的想法和无休止的传闻。最难回答的两个问题是：如果博斯确实在日本，那为什么要这样精心策划出他在柏林的假象呢？他在柏林相对来说并没有什么影响力。如果柏斯在德国，那他是怎么到那儿的？当然，推究起来他很可能是在苏联人的默许下到那儿的。然后就又产生了一个问题，如果苏联人以前放博斯过去了，那么以后当他们站在我们一边参战时，他们是否会向我们透露这一点？知道了这个问题的答案，就等于给了我们一个有用的线索，可以探明他们对我们的态度。当然，对这里发生的各种问题没人能知道答案。我们只能在什么都不了解的情况下做我们的宣传工作，谨慎地暗中破坏着那些看起来比平常更愚蠢的政治导向。

从他们的无线电来判断，德国人相信自己即将遭到来自法国或挪威的入侵。这是我们多好的一个进攻西班牙的机会啊！然而，因为他们已经确定了日期（5月1日），他们可能只是在讨论入侵的可能性，以便在入侵不成功时好嘲笑一番。这里没有任何为入侵做准备的迹象——没有关于部队或船只集结，列车时刻表重新调整之类的传闻。最肯定的迹象是比弗布鲁克在美国所发表的支持入侵的演讲。

好像再没有什么消息了。报纸没东西可报道，这种情况肯定已有好几个月了。

人们不时在大街上看到一些体格羸弱、面容可怜、憔悴的美国兵，这令人震惊。但军官们通常要比士兵好一点。

4月27日

出现了很多对希特勒昨天演讲的意义的猜想。他的演讲总体上给人一种悲观主义的印象。比弗布鲁克的入侵演讲，其表面价值也被做了各种各样的解释：有人说是给美国人鼓劲打气，有人说是为了劝说苏联人相信在艰难的进程中我们不会抛下他们，也有人说是袭击丘吉尔（他可能被迫反对入侵行动）的开始。现在，无论说什么或做什么，人们都能立刻看出隐藏的动机，认为这些话所表达的绝不是字面上的意思，而除此之外可能意味着任何东西。

我们都被淹没在污秽之中了。当我与人谈话或读任何有生杀予夺大权之人的文章时，我感觉思想的诚实和公正的判断都从地球表面消失了。每个人的思想都是法庭式的，每个人都只是通过蓄意压制对手的观点而提出自己的"案例"，而且，更有甚者，他们除了对自己和朋友的痛苦有所关心外，对其他任何痛苦都完全漠然。印度的民族主义者沉湎于自我怜悯和仇恨英国的情绪之中，对中国的灾难却完全漠不关心；英国的和平主义者把自己逐渐引入对"人之岛"集中营的疯狂关注之中，而忘了那些德国的集中营等等。人们似乎只在自己不赞成的人身上，如法西斯分子、和平主义者，注意到这一点，但实际上每个人都一样，至少每个有明确观点的人都一样。每个人都是不诚实的，每个人对那些在自己的利益圈和同情圈之外的人都是无情的。最让人震惊的是，人的同情可以像水龙头一样根据政治利益或关或开。所有左翼分子,或大部分左翼分子,那些在战争爆发之前愤怒地来回奔走于反纳粹暴行的斗争中的人,一旦战争开始令他们厌烦,他们就忘掉了所有这些暴行,并且明显失去了对犹太人的同情。仇恨苏联人的人也是这样,他们在1941年6月22日之前将苏联视为毒药,而当苏联开始参战时,他们随后就突然忘记了清洗、国家政治保卫局等。我并不认为这是出于政治目的的谎言,而是出于主观感觉的实际变化。但真不存在既有坚定的信念又有公正的观点的人吗?实际上有很多这样的人,但他们没有权力。所有权力都掌握在那些偏执狂手里。

4月29日

昨天到议会去听关于印度的辩论。拙劣的表演,只有克里普斯的演讲除外。他们现在正坐在上议院。在克里普斯演讲期间,给人的印象是议院里坐满了人,但数了数人数之后,我发现只有200—250人,这已足以坐满大部分座位了。一切看上去都有点芜秽。凳子上的红色坐垫——我可以发誓,它们过去曾是用红色绸布做成的。引座员的衬衫前领也很脏。当我看着这个可厌的垃圾走来走去时,或当我后来读到国会或印度政治家滑稽地、无休止地变换着什么诸如前线、阵容、民主、揭发、抗议和亲善等言论时,我总是想到罗马的参议院在后来的帝国中依然存在。这是议会民主的黄昏。这些人只是蜷缩在某个角落里叽里咕噜谈话的幽灵,而真正的事情却发生在别处。

5月6日

人们似乎不像喜欢叙利亚[1]那样喜欢马达加斯加[2],可能是没能同样深刻地领会其战略意义,但我认为更主要是因为人们对在这之前已经逐步完备的宣传知之甚少。就叙利亚而言,明显的危险,关于德国渗透的连续不断的传言,以及政府是否能采取行动的长期不确定性,都给人们造成这样的印象:迫使政府做出决定的是公共舆论。就我所知,在一定程度上确实如此。在这件事上没有类似的准备。我认为,只要新加坡处于危险之中的局势明朗化,我们或许就不得不占领马达加斯加,并最好开始在我们的印度时事报道中增加相关内容。当时我甚至有点窒息。几周前,我们接到一条命令,我估计来自外交部,命令不许提及马达加斯加。提出的理由是(在英军登陆之后才给)"为了不泄露这场行动的秘密"。结果,占领马达加斯加在整个亚洲都成为一种帝国主义霸权的象征。

今天看见两位妇女坐着一辆旧式的女式马车。一两周前,见过两个男人坐着一辆四轮马车,其中一个人居然戴着灰色的圆顶礼帽。

5月8日

据沃伯格说,一个真正的英苏联盟将要签订,苏联代表团已经

---

[1] 1941年,德国人似乎要占领叙利亚作为空军基地。同盟国军队从维希法国夺回了叙利亚,并且成功地将之一直控制到战争结束。

[2] 同盟国军队此时已经进攻并占领了马达加斯加岛,从战略上讲,这是一个非常重要的支持贝当的法国殖民地。

第一编 战时日记

在伦敦了。我不相信。

土耳其电台（在过去一段时间里，我一直认为这是最可靠的信息来源）声称德苏两国在即将到来的战斗中都将使用毒气。

珊瑚海正在进行大规模的海战。双方公布的沉船数都大得令人难以置信。但从日本电台愿意谈论这次战斗（他们已将其命名为珊瑚海海战）可以推测，他们是想客观报道的。

5月11日

昨晚又一个毒气警告（在丘吉尔的演讲中）。我想我们使用了许多周的煤气将要没有了。

一条日本的广播："为了公平对待朝鲜人的爱国精神，日本政府已决定在朝鲜实行强制性的军事措施。"

据传德军入侵英国的日期是5月25日。

5月15日

周三，我遇到了克里普斯，这是我第一次真正和他交谈。留下相当好的印象。他比我想象的更平易近人、易于相处，总是乐意回答一些问题。虽然已经53岁了，可他某些举止还带有孩子气。另一方面，他无疑有个红鼻子。我是在靠近上议院的一个接待室——或无论人们叫它什么名字——里见他的。墙上挂着一些很有趣的旧版画，椅子和烟灰缸上都有饰带，但一切都显露出一种颓败的迹象，而一切议会机构现在都有这种迹象。一队毫无特征的人在等着见克里普斯。在我正等着和他的秘书讲话时，想起了一句我在这种场合下常常想起的话："在前厅里颤抖"。在18世纪的自传里，你总是能读到诸如人们等着见自己的保护神，"在前厅里颤抖"这样的话。这就像"千方百计"一样，是挂在嘴边上的话。然而，只要你一靠近政治，或更宽泛意义上的新闻，这句话就是多么正确呀！

克里普斯认为博斯在德国境内。他说，据说博斯是通过阿富汗出走的。我问他对博斯（他一向非常了解）的看法，他形容他是个"彻头彻尾的坏蛋"。我说，若说他主观上亲法西斯主义，那是存疑的。克里普斯说："他是个亲苏巴斯者。那才是他真正关心的。只要对他的前途有利，他任何事都会去做的。"

以博斯的广播为证，我不相信博斯是这样的人。我说，我认为只有极少数的印度人是可靠的反法西斯主义者。克里普斯不以为然，认为年轻一代不是这样的。他说，年轻的共产主义者和左翼社会主义者都是全心全意的反法西斯主义者，他们有西方的社会主义和国际主义观点。但愿如此。

5月19日

阿特利只使我想起一条刚刚死掉的、尚未僵硬的鱼。

5月21日

据说莫洛托夫在伦敦，我不信。

第一编　战时日记

5月22日

　　据说莫洛托夫不仅已在伦敦了，而且新英苏条约已经签订。然而这是听沃伯格说的，他的情绪总是在过度乐观或过度悲观之间变来变去——至少他总是相信立刻会发生巨大的戏剧性变化。如果这是事实，这真是充实我的新闻报道的天赐之物。现在很少有大事发生，结果，除了苏联前线的消息外，其他新闻越来越难找。不管是来自德国还是苏联的新闻，假新闻都越来越多。我希望能花上一周，把过去一年间苏联和德国的广播浏览一遍。把各种各样的说法综合起来。我要说的是，德国人已经杀死了1000万人，苏联人一定已经在某些地方取得了优势，比如在大西洋……

5月22日

　　更多人传言莫洛托夫在伦敦。报纸上还出现了一些神秘的预言，说这可能是真的（当然，未提及姓名）。

5月30日

　　几乎每天都能在上摄政街附近看到一个面黄肌瘦的日本老人缓缓而行，他的脸像痛苦的猴子，身边走着一个魁梧的警察。有一天，他们进行了一次严肃的谈话。我想他是一位大使馆工作人员。但警察在他身边是为了防止他蓄意破坏呢，还是保护他免受愤怒人群的袭击，就不得而知了。

　　关于莫洛托夫的传言似乎渐渐被人淡忘了。深信不疑地接受莫洛托夫故事的沃伯格现在也忘了这回事，又满嘴讲一个故事了，即加温[1]为什么被《观察家报》解雇，是由于他拒绝攻击丘吉尔。阿斯特家族决定摆脱丘吉尔，因为他是亲苏派，而《观察家报》的转变就是这一计划的一部分。《观察家报》将领导对丘吉尔的攻击，并同时引导那些倾向于赋予这场战争一种革命意义的优秀年轻记者，使他们将精力全用在一些空洞无用的事情上，直到他们再无用处。这大概是天性使然吧。另一方面，我不相信大卫·阿斯特，他的行为使他就像一头作为诱饵的大象，并且有意识地参与任何这样的事情。看到不仅比弗布鲁克的报纸——它并不是像苏联所说的那样是不彻底的保皇派——甚至商业联盟的周报《北方劳动者之声》也都突然发现，加温这位因过激观点而被解雇的编辑，却是一位著名的反法西斯主义者，这很有趣。一件使人印象深刻的事是：如今几乎每一个人都似乎变得易于忘却。德斯蒙德·霍金斯[2]不久前告诉我一件事，他说他最近买了一些炸鱼，包炸鱼的报纸是1940年的，其中一个版面上有一篇文章，证明苏联红军怎样怎样不好，而另外一版上，又有一篇文章，则是赞颂英勇的水兵和著名的亲英美派人物，海军上将阿德米拉尔·达兰……

---

[1] J. L. 加温（J. L. Garvin, 1868—1947），右翼记者，1908—1942年间为《观察家报》编辑，战争开始时，他年事已高，在丘吉尔是否适合同时兼任总统和国防部部长问题上，他与报纸所有人阿斯特勋爵意见不合——阿斯特勋爵认为这不合理。阿斯特勋爵让他的二儿子——大卫·阿斯特做了报纸的小股东，虽然大卫·阿斯特在海军服役，但在报纸的事务方面却有发言权。在战争结束时，《观察家报》成为报业托拉斯。1946年，大卫·阿斯特成为其外务编辑，从1948年起，他一直做该报的编辑。他在战争开始的时候结识了奥威尔，两人的友谊一直持续到奥威尔去世。

[2] 德斯蒙德·霍金斯（Desmond Hawkins, 1908—1999），小说家、文学批评家、播音员，战争期间他和BBC的对印度广播节目有很多自由合作。

第一编　战时日记

6月4日

　　天气很热。一切都正常得令人吃惊——人们没有了往日的紧张，穿制服的人很少，从人们的外表上大都看不出战争的迹象，街上行人优哉游哉地走着，广场上有推着童车的，有漫步欣赏山楂丛的。尽管如此，汽车明显要比往日少了许多。不时有一辆尾部带着燃料转换器的汽车，看起来有点像老式的送奶车。显然，这里毕竟没有多少非法供应的汽油。

6月6日

　　关于莫洛托夫的传言仍在继续。据说他在这儿协商谈判事宜，但现在已经回去了。然而，没有任何一家报纸报道此事。
　　据说，在《新政治家》内部就第二战场问题颇多分歧。在呼吁立即开辟第二战场达一年之久之后，金斯利·马丁[1]现在已经失去了信心。他说军队不可信，士兵会在背后开枪打死他们的长官等——这种种事情贯穿于整个战争之中，使士兵们无法信任他们的长官。与此同时，我现在认为，开辟第二战场的计划已经很明确，无论情况如何，只要能凑足足够的舰船，这一计划就会实行。

6月7日

　　《周日快报》在"第二战场"问题上也变得冷淡起来。官方的

---

[1] 金斯利·马丁（Kingsley Martin，1897—1969），左翼记者，1931—1960年间为《新政治家》编辑。

观点现在似乎是：我们的空袭就是第二战场。很明显，政府已经给报界打过招呼，让停止这方面的报道。如果政府只是希望阻止它们转播可能误导人的传闻，那么奇怪的是，为什么政府以前没有阻止它们这样做。唯一的可能是：进攻计划现在已经明确制订出来了，而新闻界被告知要走反对第二战场路线，以实现麻痹敌人的目的。我们生活在如此错综复杂的谎言当中，以至于那些最明显的东西往往不为人所信。大卫·阿斯特讲过一则两个德国犹太人在火车上相遇的故事：

第一个犹太人："你到哪儿去？"

第二个犹太人："柏林。"

第一个犹太人："骗子！你说这话就是为了骗我。你知道，如果你说去柏林，我会认为你要去莱比锡，你这肮脏的骗子，你真是要去柏林！"

上周二，我花了整整一个傍晚和克里普斯在一起（他曾表示想见一见文学方面的朋友），在场的还有恩普森、杰克·康芒、大卫·欧文、诺曼·卡梅伦、盖伊·伯吉斯[1]和另一位我不知姓名的官员，会谈大约进行了两个半小时，没有任何喝的东西，是通常的那种没有结论的讨论。然而，克里普斯还是很通情达理、很心甘情

---

[1] 杰克·康芒（Jack Common），工人阶级作家、编辑，奥威尔的朋友；大卫·欧文（David Owen），克里普斯的秘书；诺曼·卡梅伦（Norman Comeron，1905—1953），诗人，主要作品有《冬天的房子》，他是罗伯特·格雷夫斯的朋友和学生；盖伊·伯吉斯（Guy Burgess，1911—1963），曾在剑桥三一学院受教育，忠诚的共产主义者，其天才出众，充满智慧和魅力。曾在英国安全部和与外交部有关的BBC工作，之后加入了外交部。他的亲苏活动一直到1951年5月才为人察觉，这一年，他突然到了莫斯科，并在那里度过余生。

愿地听着。最能成功打动克里普斯的是杰克·康芒。克里普斯所谈的几件事使我吃了一惊，并让我有点害怕。其中一件事是说，有些人坚信战争将在10月之前结束——也就是说，到那时德国将被荡平——他们的意见很值得考虑。当我说，我应该把这看成一种纯粹而简单的灾难时（因为假如真能那样轻易地赢得战争，现在这儿就不会有什么真正的动乱了，而且美国的百万富翁们现在肯定还在袖手旁观），他看上去好像并不理解我的话。他说，一旦赢得了战争的胜利，那些幸存的超级大国无论如何也要支配整个世界，他似乎并未感到，超级大国是资本主义的还是社会主义的，两者有很大区别。大卫·欧文和那个我不知道姓名的人都支持他的观点。我看出我与官方的观点是背道而驰的，后者将一切都看作是管理问题，并不理解在某种角度上，也就是说，当某种经济利益受到威胁时，社会精神也会荡然无存。这些人一般认为，每个人都希望世界稳步发展，并会为此竭尽全力。他们没有意识到，大部分有权力的人并不理会整个世界的咒骂，而单只是忙着装饰自己的巢穴。

我不禁强烈地感到，克里普斯已经被贿赂了，当然不是被钱或其他这类东西——甚至不是被别人的奉承和权力感贿赂，他完全可能对此真不在意——而只是被一种责任感贿赂了，这是一种能自然而然让人胆怯的东西。另外，一旦你拥有了权力，你的视野就会变窄。也许一只鸟的视野会像人的视野一样被扭曲。

6月10日

人们只能在早晨六点到八点之间听到BBC广播电台有人在唱

歌。这是女佣工作的时间。大批女佣都在同一时刻到来,她们坐在接待大厅里等待分发扫帚,弄得整个大厅犹如鹦鹉房一样嘈杂不堪。然后她们一边清扫道路,一边齐声歌唱,好像精彩的合唱团。此时,这个地方出现了一天当中最与众不同的气氛。

6月11日

德国人通过无线电广播宣布:捷克一位名叫切赫的小镇的居民(大约1200人)因为窝藏暗杀海德里希的罪犯而被认为有罪,他们将所有男人在镇上处决了,将所有的女人送去了集中营,将所有的孩子送去"感化"。他们还铲平了整个小镇,并给它改了名。我从BBC的监听录音机里录下了这份声明。

我并不特别惊讶那些人做这种事情,甚至他们宣布自己在做这种事情也不让我震惊,然而,使我感到震惊的,是这种事情仅仅根据当时的政治方式来处理时其他人的反应。因此,在战争以前,左翼分子相信任何一个从德国或是中国传出来的恐怖故事。而现在左翼分子不再相信德国人或是日本人的暴行,并自然而然地将一切的恐怖都写成是"宣传"。有时,当你表示切赫镇事件可能实有其事时,你还会遭到讥笑。但是事实如此,这是由德国人自己宣布的,而且已被录进了留声机的碟片里,而这碟片无疑还能找到。从1941年以来已经出现了一系列的罪行:德国人在比利时犯下的罪行、土耳其人的暴行、美国人在尼加拉瓜犯下的罪行、纳粹的罪行、意大利人在阿比西尼亚和昔兰尼加[1]犯下的罪行、西班牙的"红与白"

---

1 利比亚东部一地区。——译者

第一编　战时日记

暴行、日本在中国的暴行——就这每一种人们都只根据政治导向相信或不相信的事件来说，人们对事实毫无兴趣，完全愿意只根据政治环境的改变而改变自己的信仰。

罪行录（自1918年起）

年份	右翼相信的	左翼相信的
1920	土耳其（士麦那） 新芬党[1]罪行	土耳其罪行（士麦那） 黑衫党和褐衫党的罪行 英国在印度犯下的罪行（阿姆利则）
1923		法国的罪行（鲁尔）
1928		美国的罪行（尼加拉瓜？）
1934—1939		纳粹罪行
1935		意大利罪行（阿比西尼亚和昔兰尼加）
1936—1939	西班牙的"红色"罪行	西班牙的法西斯分子罪行
1937		日本罪行（南京）
1939	德国罪行	英国罪行
1941	日本罪行	

6月13日

关于莫洛托夫的来访，最让人难忘的事就是：德国人对此一无

---

[1] 1905年建立的爱尔兰政党，旨在联合拥护爱尔兰独立的资产阶级和小资产阶级。——译者

所知。虽然德国电台一直在叫嚷着英国布尔什维克化了，但直到官方公布了条约的签名，德国电台对莫洛托夫出现在伦敦仍只字未提。很明显，如果他们真知道的话，他们肯定会揭露。联系其他事件来看（例如，去年逮捕了两个空投的非常外行的间谍，他们身上带着便携式无线电发报机，从他们的手提箱里找到了大量的德国腊肠），这说明这个城市中的德国间谍系统并不能非常胜任……

6月15日

摘自BBC监听录音：

布拉格（捷克国家电台），德国的保护国，1962年6月10日。

海德里希的复仇：村庄被毁，所有男人被杀。

声 明

官方报道：对谋杀海德里希的凶手的搜捕和调查已经获得无懈可击的证据［原文如此］。在科兰多附近的切赫的居民支持并援助正在追踪的犯罪者的同伙。尽管审问了当地居民，但还是没有从他们那里得到关键的线索。居民们对暴行的态度是如此明显，他们其他反对德国的行为也强调了这一点。在这里发现了许多反对德国的宣传品，还有大量的武器和枪支，非法的无线电发报机以及大量被控制的商品。此外，当地的居民积极援助境外的敌人也是事实。这个镇的居民［原文如此］用他们的行为和对杀害海德里希凶手的援助，犯下了不可饶恕的罪

第一编　战时日记

行，成年男人都被射杀，女人都被送到了集中营，孩子都被送到了感化院。当地的房子都被夷为平地，村庄的名字也被消除了。

（备注：完全复制于捷克布拉格下午五点发布的德文声明，接收效果很差。）

现在第二战场已经决定开辟，这是毫无疑问的了，所有的报纸都在议论这件事情，就像一件已经确定的事情一样，而且在莫斯科也在广泛宣传着。当然，这是否真有可能，仍有待走着看。

6月21日

BBC使人留下深刻印象的——在其他各种各样的部门显然也是如此——并不是道德的污秽和我们正在做的终究无用的事情，而是一种失败感，我们不可能做成任何事，甚至一点点卑鄙行径都做不成。我们的政策如此不明不白，到处是混乱一片，计划总是变来变去，到处弥漫着对"新闻"的恐惧和憎恨，以至于没有人可以计划任何形式的无线电战役。当有人计划一系列的谈话节目，并且多少有一点明确宣传的目的时，他先是被告知可以开始进行，然后又被阻止，理由是这是或那是"不明智的""不成熟的"，接着又被告知要进行下去，然后又被通知把一切都冲淡，并且要删去所有那些可能已经到处在传说的明白的叙述，然后还要进行一系列的修改，直至失去其原始意思。然后，到了最后时刻，整个计划突然被上面的某个神秘的禁令取消了，计划者也被通知临时去做另一个人们非常感兴趣却绝无任何明确思想的系列即席演讲。人们不断将一些纯粹的垃圾在空中传播，因为那些听起来太明智的演讲都在最后关头被取消了。另外，这里的工作人员过剩，以至于很多人几乎没什么事情可做。但是，即使当有人努力想广播一些相当不错的东西时，他凭经验又担心这些知识根本没人听。我想，除了在欧洲，BBC在其他地方根本没人听，这是每一个关心海外广播的人都知道的事实。我们已在美国做了一次听众情况调查，最后结果是：在整个美国，大概有30万人听BBC，而在印度和澳大利亚，无论如何达不到这个数字。最近调查结果出来了（帝国服务开通两年之后）：很多有短波收音机的印度人甚至不知道BBC有对印度广播。

我参加的其他唯一一个公共团体——国民自卫军，情况也是一样。在两年内，没有任何真正的训练，没有解决专门的战略问题，没有找到战场的位置，没有修好堡垒——所有这些都归因于无止境的计划变更以及对工作目标的完全模糊。组织的细节、战斗位置等频繁变换，以至于几乎没人知道在任何一个特定的时刻，当前的安排到底想达到什么目的。举个恰当的例子，在过去一年多的时间里，我所在的连队一直想在摄政公园里挖一个战壕系统，以备万一有空军在那里着陆。虽然挖了一次又一次，这些战壕却从来没有一次完成过，因为在挖到一半的时候，总是有计划改变和新的命令。每件事都是如此。无论人开始着手做什么，他开始时都有这样的想法：命令很快就会突然改变，然后是另一个改变等，一切都是不确定的。除了到处弥漫的、越来越大的失望情绪所造成的持续不断的慌乱之外，什么都不会发生。人们充其量只能希望在别的方面也是这样。

第一编　战时日记

6月24日

昨天晚上听"哈哈"先生的广播——不是乔伊斯，他显然已在电台消失了一段时间，而是一个在我听起来像南非人的人在广播，随后是一个带有很多伦敦口音的人广播。有很多关于曼谷的自由印度运动大会的消息。我很惊讶地注意到，所有印度名字的发音都错了，而且错得一塌糊涂，比如："拉斯·贝哈里·博斯"[1]被发成了"拉什·比里·博斯"。然而，从德国收听广播的印度人毕竟可以就这些方面提出建议。他们每天可能和"哈哈"先生出入同一座大厦。看到另一方也同样发生这种懒散的情况，真是相当受鼓舞。

6月26日

利比亚事件[2]之后，人人都成了失败主义者。一些报纸又开始怀疑第二战场了。汤姆·德赖伯格（"威廉·希基"）在莫尔登选举中获胜，票数是英国保守党候选人的两倍。这表明政府在最后的六次选举中，已失败了四次。

7月1日

在伍斯特郡的卡洛·恩德（居于一个农场里）。除了飞机、鸟

---

[1] 拉斯·贝哈里·博斯（Ras Behari Bose），印度民族主义者，从1911年开始从事印度独立运动。他负责某些极端主义运动组织，1915年赴日本，想发动亚洲支持已组成了印度国际军队的印度独立同盟。1943年，这支军队的指挥权交到了苏巴斯·钱德拉·博斯手里。

[2] 6月20日，托布鲁克落到德国人手中，标志着北非战役的大失败。

和割草机切割干草的声音，一切都静悄悄。人们除了提到那些在一些农场工作的意大利俘虏外，没人提到战争。这些意大利俘虏似乎被认为是不错的工人。从伍斯特郡来的城镇人更喜欢摘水果的工作，并称这项工作是"技术"工作。尽管饲养困难，这里还是饲养了很多猪、家禽、鹅和火鸡。在这个地方，每顿饭都可以吃到奶油。

巨大的轰炸机成天在头顶上飞来飞去。飞机也会做出一些惊人之举，比如说，用铁丝拖着其他飞机（可能是滑翔机？）或者在飞机背上托着小一点的飞机。

7月3日

选举的结果是474:472。这个数字意味着几乎没人缺席。故技重演——辩论变成要求对丘吉尔本人投信任票，这是不得不进行的，因为现在没人可以取代丘吉尔。政府一些主要攻击者，如霍尔·贝利沙[1]昭然若揭的不良动机使事情对政府来说变得更容易了。我不知道这出喜剧还可以演多久，但我知道不会很长。

丘吉尔的演讲里没有提到第二战场。

日本人显然将很快进攻苏联。他们似乎稳固地驻扎在阿留申群岛外围了，除了用以切断美苏联系外，这一行动不会再有其他

---

1 莱斯利·霍尔·贝利沙（Leslise Hore Belisha，1898—1957），1923—1942年间为英国国家自由党党员，1942—1945年间为独立党党员。1937年任战争部部长，1940年被张伯伦解职，丘吉尔也没在自己的政府里给他一官半职，在整个战争期间，他一直被排斥在政府之外。

意义。

左翼分子的恐慌程度是敦刻尔克以来从未有过的。《新政治家》的社论题目是"面对恐惧"。他们认为埃及陷落是理所当然的。天知道这会不会真的发生，但这些人在以前那么经常地预言埃及会陷落，以至于他们再这样做时，几乎足以说服别人相信：这不会发生。真奇怪为什么他们总是做一些德国人想要他们做的事——比如，在过去的某个时候，他们要求我们停止对德国的空袭，把我们的轰炸机送给埃及。不久前，又要求我们将轰炸机送给印度。在每一种情况下，德国的"自由"电台也都要求采取同样的行动。另一件让我难忘的事是：所有左翼分子在谈到我们对德国的空袭时表面上都表示轻视——说空袭没什么效果等等。这就是那些在德国对伦敦实行闪电战期间叫得最响的人……

7月10日

一两天前，来了几辆属于海军的卡车，带着一队皇家海军女兵[1]和水兵，他们刚干了几个小时的活儿，帮菲利普斯先生清除地里的芜菁。村里的女人们都对穿着蓝裤子白背心的水兵的出现感到高兴。"他们看上去真干净。我喜欢！我喜欢水兵。他们看上去总是那么干净。"水兵和海军女兵后来似乎也喜欢外出，在酒吧喝酒。他们似乎属于某个志愿组织，这个组织会在有人需要他们时派他们出去。菲利普斯太太解释道："这是马尔文来的志愿组织。他们有

---

1 英国皇家海军女子服务队。

时是 A. T. S.[1]，有时是水兵。当然，我们乐意得到他们的帮助。是的，这使你可以少依赖点你自己的劳工，这你明白。如今的劳工非常糟糕，一点也不肯多干。他们知道你不能没有他们，这你明白。如今你没法儿让一个女人干一点家务。要是村里没有画室，姑娘们就不会待在这里。我确实看见一个女人进来了，但你别指望她为你做任何工作。你若得到一些志愿人员，这对你会有些帮助的。这会让你更独立。如果你愿意。"

当你想到农业劳动一定不应该被忽视时，这是多么正确和恰当呀！城镇里的人也应该与土地发生一点儿联系，这也非常正确和合适。然而，这些志愿组织，加上水兵晒制干草的劳动等，以及意大利俘虏的劳动，都只是自愿做工者……

"蓝铃"酒吧由于啤酒短缺而关门了。每周狂饮滥喝四五天，然后酒都喝光了。然而，有时候，当酒吧关门时，有人看见地方长官在一间私人房间里喝酒，而普通士兵和劳工则被关在外面。邻村的"红狮"酒吧的经营系统与此不同，它的主人向我解释道："我不把所有的酒都给夏天来访者喝。我是说，如果啤酒短缺，我会让当地人先来。我一连好几天都把前门关上，而当地人知道怎样从后门进来。在地里劳动的男人需要啤酒，尤其是如今，他们要吃东西的时候。但我对他们限量供应。我对他们说：'现在瞧瞧这儿，你们希望啤酒常有，是吗？你们是愿意每天都喝一品脱，还是今天四品脱，下次三品脱。'对士兵也一样。我不愿意拒绝士兵喝啤酒，但第一次我只给他们一品脱。之后，我会说：'只能再来半品脱，孩子们。'像这样就能分配均匀些。"

---

[1] 本土辅助服务队，军队的女子分部。

第一编 战时日记

7月22日

选自艾哈迈德·阿里[1]写自印度的最后一封信：

这里是一些关于老德里的情况，你或许会感兴趣。

在一条繁忙的马路上，一个报童在用乌尔都语喊着："潘迪特·贾瓦哈拉尔用另一种方式念他的数珠了。"报童的意思是说，他已经改变了对政府的态度。有人问报童，他说："你永远不能相信他：他今天说要站在政府一边，协同战斗，明天就恰恰相反了。"他从我这里转过脸去，开始叫喊，还加上一句："贾瓦哈拉尔给了政府一个挑战。"而我在这份报纸上却找不到这个"挑战"。

其他卖乌尔都语报纸的报童说："德国人在第一轮进攻中就已击溃了苏联人。"不用说，我在今天早晨的英语报纸中只读到相反的内容。很显然，乌尔都语的报纸已经报道了柏林方面的言论。没人阻止报童喊出他们想喊的东西。

一天，我坐在一辆轻便双轮马车里，听见车夫对他那畏缩不前的马叫道："你为什么像我们的萨卡尔一样后退！像希特勒那样前进！"他诅咒着。

到市场里走走，听听人们的大声闲谈，是相当有趣的——当然，如果天气不是热得难以忍受的话。如果你感兴趣，我会不时多告诉你一些的。

---

[1] 艾哈迈德·阿里（Ahmed Ali，1910—1994），巴基斯坦作家，二战期间担任BBC听众和研究处处长及驻印度代表，印巴分治后，他加入了巴基斯坦外交使团。

7月23日

我现在写日记的次数比过去少多了，原因是我实在没有空闲时间。然而我现在做的都是些没用的事，而且因为我浪费了时间，所以也越来越没有东西好写了。所有人似乎都同我一样——一种最可怕的挫折感和自己不停在做蠢事的感觉，说这些事蠢并非因为它们是战争的一部分，战争本来就是愚蠢的，而是因为这些事实际上对战争的结果没有丝毫帮助或影响，而只是被我们都陷身其中的庞大官僚机器认为是必要的。BBC播出的大部分节目都发射进了同温层，没有人听到，负责这项工作的人也深知不会有人听到。为了这无用的工作，聚集起几百名技术人员，每年花掉国家成千上万的资金，而数千名实际上没有真正工作的人也挂在它的名下，他们为自己找到了一个安静的地方，坐在那儿假装在工作。到处都一样，尤其是在各部。

然而，人们扔在水上的面包有时会漂到奇怪的地方。我们做了六次系列谈话节目，话题涉及英国文学，格调很高雅，我相信在印度完全没有听众。萧乾，一个中国学生，在《听众》上读了这些谈话内容后，被深深打动了，他开始用中文写一部关于现代西方文学的书，主要根据我们的谈话。因此，我们的对印宣传对印度人没起作用，反而偶然感动了中国人。或许影响印度的最好方式是对中国广播。

印度共产党及其出版物又合法了。我要说的是，在这之后，他们将不得不解禁《工人日报》，否则，情况就太荒唐了。

这使我想起了大卫·欧文告诉我的那个故事，我相信那则故事还没写进这本日记。克里普斯一到印度就要求总督释放被监禁的共产党员。总督同意了（我相信其中绝大多数人自那以后都被释放了），但在最后时刻，他却退却了，并且紧张地说："但你怎能确定他们真是共产党员？"

我们打算增加20%的土豆消费，据说是这样。部分原因是为了节约面包，另一部分原因则是为了处理过剩的土豆。

7月26日

昨天与今天，参加国民自卫军的训练，经过树林时看到很多小兵营以及无线电定位器站等等。士兵的外貌，他们强壮的体魄，野性的表情令人难忘。所有士兵都年轻而清新，他们有强健的四肢，红润而清秀的脸，漂亮整洁的皮肤。但都有阴沉及野性的表情——但绝不是疯狂的或邪恶的，而只是厌倦、孤单、不满，永无止境的疲倦和纯粹的身体健康已使他们麻木了。

7月27日

今天，我与一个马耳他的广播员苏丹那聊天儿，他说，他能与马耳他保持良好的关系，那里的条件非常糟。"今天早上我收到的最后一封信就像——你是怎么说的？——（打着手势）像个筛子。你知道，被新闻审查官删得千疮百孔。但我还是琢磨出来了信的意思。"他接着还告诉了我其他事情。他说，一磅土豆现在价钱等同于8先令。他认为最近两艘想要到马耳他的护卫舰中有一艘来自英国，它成功地到达目的地，船上是军火；另一艘来自埃及，没能成功到达，船上装的是食品。我说："他们为什么不用飞机送脱水食品呢？"他耸耸肩，似乎本能地感到英国政府决不会为马耳他费那么大的麻烦。然而，马耳他人似乎是坚定的亲英派，无疑是因为墨索里尼。

德国的广播正声称伏罗希洛夫在伦敦，这不太可能，而且这里也没有关于此事的传言。这可能是暗枪，以弥补他们最近在莫洛托夫事件上的失败，所以推测某位苏联高级军事代表此时可能已经在这里了。如果这个故事证明确有此事，我将不得不修正我对这个国家的德国秘密人员的看法。

昨日，聚集在特拉法加广场参加第二战场集会的群众，据右翼报纸估计是40 000人，据左翼报纸估计则是60 000人。也许实际上是50 000人。我的间谍报道，尽管目前英国共产党的路线是"一切权力给丘吉尔"，而实际上，英国共产党的发言人对政府的攻击非常猛烈。

7月28日

今天，我读的报纸比平时少，但我看过的报纸对第二战场问题已经冷淡下来了，只有《记事新闻报》除外。《晚间新闻报》在自己的第一版发表了一篇反对第二战场的论文，作者是布朗里格将军。我将这个问题对赫伯特·里德讲了，他黯然说道："政府已告诉他们对此事要闭口不谈。"如果他们正打算开始做他们似乎否认的事，那也是理所当然。里德说他认为苏联处境非常危险，并且似乎对此事非常不安，虽然在过去他一直比我更反对斯大林。我对

第一编　战时日记

他说:"当苏联现在处于危险之中时,你对苏联的态度是否很不同了呢?"他同意。因为这个原因,当我看到英国陷入困境时,我对它的感觉也是十分不同的。回过头去看,我看到,苏联在军事和政治方面看起来非常强大的年代,也就是在1933—1941年间,我曾是个反苏联分子(或更确切地说是一个反斯大林者)。在那之前和以后,我拥护苏联。这个问题可以有许多解释。

昨晚伦敦郊区发生了小规模的空袭,新型火箭筒——国民自卫军现在也装备了这种武器——参加了行动,并且据说击落了一些飞机(一共击落了八架飞机)。这可以说是国民自卫军成立两年多以来第一次正式参加行动。

德国人从不承认军事目标方面的损失,但在我们的大规模空袭后,他们承认民众的伤亡。在两夜前的汉堡空袭中,他们说自己损失惨重。这儿的报纸很自豪地转载了这条报道。两年前,一想到伤害了市民,我们就都表示反对。我记得在闪电战期间,当皇家空军在竭尽全力进行反击时,我曾对某个人说:"一年后你将会在《每日快报》上看到这样的标题:'空袭柏林孤儿院成功,孩子被烧死。'"现在还没到那个程度,不过我们已朝这个方向前进了。

8月1日

如果我得到的数字正确,德国在过去的每次空袭中都损失了大约10%的力量,据彼得·曼斯菲尔德[1]说,这与新机枪毫无关系,

---

[1] 彼得·曼斯菲尔德(Peter Mansfield, 1914—2006), 1940—1943年间为《周日时代报》的空军通讯员, 1943—1945年间为比弗布鲁克的私人顾问, 此时是英国空军局的主席。

都是夜间战斗机的功劳。他还告诉我，根据记录，F. W. 190战斗机在实际行动中比我们现在所拥有的其他任何战斗机都要好得多。一个与他一起广播的名叫鲍耶的飞机制造商也同意他的观点。奥利弗·斯图尔特[1]认为，德军最近的空袭是进攻侦察，他们准备不久开始再一次大规模的闪电攻击，至少如果他们能从苏联腾出手来的话，他们会这样做的。

在法定银行假日周末，没什么事可做。每次临时造鸡窝时，都很忙。现在做这种事需要极大的技巧，因为材料非常难找。做这种事时我没有任何罪恶感或浪费时间的感觉——相反，只有一种模糊的感觉，即任何神志清楚的工作一定是有用的，或至少说是合情合理的。

8月3日

大卫·阿斯特说丘吉尔在莫斯科，他还说不会有什么第二战场。然而，如果真准备开辟第二战场的话，政府一定会尽其所能事先传播相反的言论，大卫·阿斯特可能就是传播谣言的人之一。

大卫·阿斯特说突击队登陆时，德国人从不迎战，而总是立刻撤退。无疑他们是获命这样做的。这个事实是不允许公开发表的——可能的理由是：为了避免公众变得过分自信。

根据大卫·阿斯特的说法，克里普斯确实想辞去政府中的职

---

[1] 奥利弗·斯图尔特（Oliver Stewart），空军少校、飞机专家、记者和广播员，《曼彻斯特卫兵报》的空军记者。

务，并且已经准备好了对应政策。当然，他不能公开说这种事，但将私下这样做。然而，我听说与克里普斯常在一起的约翰·麦克默里最近也无法从他嘴里套出任何政治意图。

8月4日

土耳其电台（以及其他电台）也说丘吉尔在莫斯科。

8月5日

印度政府发表了警察袭击国大党总部时缴获的文件，人们对这一粗暴行为普遍表示失望。[1] 与平常一样，至关重要的文献，可以做出不止一种解释，由此导致的争吵只会将国大党内部的不确定因素转变为反英因素。这份文件的发表在美国，或许还有在苏联和中国引起的反甘地情绪，最终对我们也不会有任何好处。

苏联政府宣称发现了一个沙皇追随者的阴谋，是非常老套的阴谋。我情不自禁地感到，这与发现甘地和日本人的阴谋有某种联系。

8月7日

休·斯莱特对战争很失望。他说，根据苏军撤退的速度，铁

---

[1] 克里普斯印度之行失败之后，国大党已经越来越不妥协了。8月初，甘地开创了国内不合作运动。作为自己"保证秩序计划"的一部分，印度政府袭击了国大党总部，搜缴到了属于国大工人委员会的"印度独立提案"的原本草案，随后政府发表了这份提案。

木辛哥[1]不可能像报道的那样完好无损地撤退了自己的军队。他还说，莫斯科报纸和无线电的口气表明苏军的士气一定很低落。我所认识的人几乎都这样看——除了沃伯格，他认为不会有什么第二战场。每个人都可以从丘吉尔对莫斯科的访问得出这个结论。人们说："为什么他要到莫斯科，去告诉他们，我们要开辟第二战场吗？他一定是到那儿告诉他们：我们做不到这一点。"人人都同意我的看法，即如果丘吉尔在回来的途中沉海身亡，就像基奇纳那样，那倒是一个好事。当然，丘吉尔不在莫斯科的可能性也存在。

昨晚第一次把斯坦冲锋枪拆成零件，其中几乎没有什么东西可学。没有多余的部分。如果枪坏得很厉害，你可以扔掉另换一支。不带弹夹时这种枪重5.5磅——汤姆冲锋枪则重达12—15磅。估计它的价格不是50美元，而是正如我所想的，是18美元。我能看到一两百万支这种枪，每支枪带55发子弹和一本使用说明书，附带在小降落伞上飘落到整个欧洲。

8月9日

今天第一次用斯坦冲锋枪射击。没有反冲，没有震动，噪声很小，相当准确。射中大约2500环，两次脱靶，每一次都是因为废弹——只能用手拉动枪栓来处理。

---

[1] 铁木辛哥（Timoshenko，1895—1970），苏联元帅，历任苏联骑兵军军长、军区司令、方面军司令、苏联国防委员等职，二战期间指挥过多次重要战役。这里所说的是他成功地带兵渡过顿河，去保卫伏尔加格勒附近的伏尔加河。伏尔加格勒在当时名叫斯大林格勒。——译者

第一编　战时日记

8月10日

尼赫鲁、甘地、阿扎德[1]以及其他许多人都在监狱。印度到处是暴动,许多人死亡,无数人被逮捕。埃默里[2]发表了可怕的言论,把尼赫鲁和国大党说成是"邪恶之徒"、暴动分子等。这些话当然在帝国电台上广播了,并在全印度电台上重播了。最可笑的是,德国人竭尽全力想阻碍这件事,不幸的是没有成功。印度人中弥漫着普遍的失望情绪,所有人都同情印度。甚至连博哈里[3],一个穆斯林团体的成员,也几乎泪流满面,说要从BBC辞职。这很令人奇怪,但英国政府当前在印度的行为肯定比一次军事失败更让我感到不安。

8月12日

今天上午公布了关于印度事件的可怕政策。这些暴动无关紧要,形势仍在政府掌握之中,死亡人数不是很多,等等。至于学生参与暴动问题,给出的解释还是"孩子毕竟还是孩子"之类的话。"我们都知道各地的学生都非常喜欢参加各种形式的动乱",等等。几乎所有人都很反感。一些印度人听到这种言论时都变得脸色苍白,这真是奇怪的景象。

---

1 阿布·卡拉姆·阿扎德(Abul Kalam Azad,1888—1958),印度民族主义者、穆斯林领袖,在1945年的独立谈判中为国大党的发言人。

2 利奥·埃默里(Leo Amery,1873—1955),保守派政治家、议员,1940—1945年间为国家印度部部长。

3 祖尔法卡尔·阿里·博哈里(Zulfaqar Ali Bokhari),BBC东方部印度节目的组织者。

大多数报纸都采取强硬的路线，罗瑟米尔的报纸尤其如此，令人厌恶。即使对印度的这些镇压手段目前尚且算成功，但在英国产生的效果却非常坏。一切都似乎是为反动派的大反击做准备，一切几乎已经开始表明，在溃败时抛弃苏联是行动的一部分……

8月14日

霍拉宾[1]今天正在播音，我们一直将他介绍成威尔斯的《历史概论》和尼赫鲁的《世界历史一瞥》中画地图的那个人。这事先就已广为流传，霍拉宾和尼赫鲁的关系自然成了印度人的关注点。今天的报道中涉及尼赫鲁的部分都是从公告上摘取的——尼赫鲁在坐牢，因此情况很糟糕。

8月18日

乔治·柯普[2]从马赛寄来的最后一封信，在啰里啰唆地谈了一大通他的工程师工作之后，他说：

> 我即将开始工业规模的生产。但我根本不能肯定是否真

---

[1] J. F. 霍拉宾（J.F.Horrabin，1884—1962），记者、插图作家、工党左翼派分子，1929—1931年间为工党议员，他因编写教育地图和地图集而出名，这些地图将地理和历史事实联系起来，使人们能对世界经济问题有广泛的了解。

[2] 乔治·柯普（George Kopp）曾是马克思主义统一工人党（POUM）部队的指挥官，奥威尔在西班牙曾在这个部队服役。他们一直都是亲密的朋友，直到1951年柯普去世。1939年9月，他参加了法国外籍志愿兵团，1940年6月被德国人俘虏，后逃脱，在法国做了工程师和英国间谍，一直到1943年，他才被同盟军送回英国。

的要进行，因为我和公司有明确的合同，我担心，最近发展出的合作关系会大幅降低其独立性，最终将很可能是另一家公司受益于我的工作，这是我所厌恶的，因为对于后者我根本没有任何安排，暂时也不准备签什么字。如果我被迫停止，我真不知道还要做什么；我希望，我经常写信联系的一些非常亲密的朋友，不要像他们表面上那样冷淡被动。如果在这个领域没有前途，我在考虑利用我的另一个项目，与建桥有关，你也许记得，战前我在圣马特奥已成功运行了这一项目。

注："我担心法国将会和德国完全联盟。如果不马上开辟第二战场，我会尽快逃回英国。"

8月19日

今天对迪耶普进行了大规模的突然袭击。今晚袭击仍在进行。可以想象，这是入侵的第一步，或第一步的试验，虽然我不这么认为。对法国人播出的警告说，这只是一场袭击，让他们不要参加，这种警告在那种情况下只是虚张声势。

8月22日

大卫·阿斯特对迪耶普袭击事件非常失望，他是在附近的地方看到的，他说，除了重创德国的战斗机外，袭击几乎可以说完全失败了，而这并不在计划之内。他说新闻媒体对这个事件无疑误传了，现在，在给议员的报告中，也被误传了，而主要的事实是：大约5000人参加了这场袭击，其中至少2000人被杀或被俘。本来不准备在岸上停留那么长时间（从黎明一直到下午四点），但他们想破坏迪耶普的全部防线，结果这一计划完全失败了。事实上这只造成了相对不严重的破坏，比如一些炮台损坏了，而且三支主力军中只有一支真正达到了自己的目的。其他的部队都没能攻击很远，许多人在岸上就被炮火炸死了。敌人的防卫是可怕的，即使有炮火支援也难以对付，因为机枪都隐藏在悬崖下或庞大的水泥掩体下面。许多坦克登陆艇还没到岸就沉没了。只有大约20辆到30辆坦克登陆，但没有一辆能再回来。报纸上刊登的照片显示坦克显然正在运回英国，这是别有用心的误导。总的印象是：德国人好像事先已经知道要遭到袭击。几乎从袭击一开始他们就找人从离海岸很远的一个地方播报伪造的"目击者"陈述，而另一个人则用英语广播错误的命令。另一方面，德国人似乎对他们的空中支援力量感到惊讶。而一般情况下，他们都将战斗机停放在地面上以保存实力，只有在听到敌人坦克登陆的消息后，他们才会升空。据各种各样的估计，他们损失了大量飞机，但某位英国皇家空军的官员认为，德军飞机的损失高达270架。多亏了英国的制空力量，驱逐舰一整天都能够停泊在迪耶普外边。一艘沉没，但是被岸上的炮火击沉的。当接到命令攻击岸上的目标时，驱逐舰排成一列，在战斗机的空中支援下，冲到岸边用舰前的机枪射击。

大卫·阿斯特认为，这明显证明入侵欧洲是不可能的。当然，考虑到他的父母是谁，我们无法确定他不曾被灌输过这种思想。我禁不住想，在这样一个防备森严的海岸，既没有轰炸机的支援，也没有炮火的支援,更没有空中部队,只有驱逐舰的机枪(我估计是49毫米口径的),能登陆已经算是大获成功了。

8月25日

这里的印度人在传播各种谣言,其中一条说,尼赫鲁、甘地和其他一些人已被遣送到南非;这类事情是由新闻检查和查禁报纸等行为引起的。

8月27日

对《工人日报》的禁令消除了。该报将于9月7日重新与读者见面(与丘吉尔的议会演讲同一天)。

德国电台又声称苏巴斯·钱德拉·博斯在槟榔屿。但这里的迹象表明,这是在说拉斯·贝哈里博斯时说漏了嘴。

8月29日

酒吧里为提神药片——非那西汀或诸如此类的东西做的广告:

闪电战

医学权威倾力推荐

"闪电"

神奇的发现

数百万人服用

用于治疗

宿醉

战争神经质

流感

头痛

牙痛

神经痛

失眠

风湿病

抑郁,等等等等

不含阿司匹林

在印度人中流传着另一条有关尼赫鲁的传闻——他现在已经逃走了。

9月7日

显然,叙利亚有麻烦了。从今天早上的新闻中就可以感受到这一点——最大的不幸,而且违反了政府的意愿——戴高乐将军坚称叙利亚仍在法国控制之下,还不可能签订条约,就像伊拉克那样。戴高乐的态度被认为是最应受到谴责的,不过他毕竟是自由法国认可的领导人,而且他的合法地位还是很模糊的(这事本应由国际联盟决定,但很不幸,该组织已不存在),而政府又是无能的,等等。换句话说,叙利亚人不可能得到任何条约,这一切要归咎于我们的傀儡戴高乐,如果可能,我们将为了我们自己而猛击叙利亚人。今天早上,当我听到拉什布鲁克·威廉姆斯[1]口中吐出这些废话,而且我们还不得不听,还得保持严肃的表情时,我脑子中就出现了这样的想法。我不是很清楚为什么,哈代的《列王纪》中关于拿破仑在罗马加冕的那一段话跃入我的脑海:

> 在祝福那个只为赢得黄金宝座——
> 其他乞丐也曾坐热过的那个座位的人时,
> 神父的声音是不是越来越轻?
> 他唇边隐含的笑意是不是渐渐变形?

《工人日报》今天重新发行了——很温和,但他们主张:一、开辟第二战场;二、要在武器方面全力支持苏联;三、一项全面提高工资的煽动性计划。第三条与第一、二条完全不和谐。

9月10日

昨天晚上在兰贝思的莫利大学演讲。在小厅里,大约有100人参加,都是工人阶级中的知识分子(与"左翼图书俱乐部"[2]分部的观众同类)。在后来所提的问题中,不止六个人问:"演讲者不

---

[1] 他此时是BBC东方部的编导。
[2] 1936年由维克多·戈兰茨创办,此时仍坚持每月出一本以反法西斯或社会主义为主题的书,1942年中期恢复了成员聚会的习惯,共有50个分部。

认为解除《工人日报》的禁令是一个很大的错误吗?"他们的理由是:《工人日报》的忠诚是不可靠的,而且只是在浪费纸张。只有一位妇女为《工人日报》辩护,她很显然是一个共产党员,其中有一两个人表示出了对她的厌烦("噢,她总是那么说!)。这事发生在左翼组织不停地叫嚷要解除禁令的一年之后。人们总是产生判断的误差,因为人总是只听能说会道的少数派的意见,而忘掉其他的99%。在慕尼黑,当大部分人几乎完全赞成张伯伦的政策时,他们却在读着《新政治家》等等。你也许从未想过会这样。

9月15日

有一种可怕的无力感——印度事件,张伯伦的演讲,保守分子显然试图再次表现出他们自认为很顽强的一面,报纸用来误导整个事件的无耻手段,我也非常清楚群众对事实不可能知道得很清楚,也没有足够的兴趣去证实,这些都使我感到无奈,其中最后一点是最糟糕的症状——尽管我们自己对印度的漠不关心,实际上并不比印度知识分子对欧洲的反法西斯斗争毫无兴趣坏到哪里去。

9月21日

昨天第一次遇到利德尔·哈特……对轰炸吕贝克的野蛮行径极为忧虑。他认为,在最近几个世纪的战争中,英国因其残暴性和破坏性而声名狼藉。当然,他虽然强烈反对开辟第二战场,但也渴望我们放弃轰炸。他说这样做没有任何意义,因为这不会有任何收获,也不会削弱德国。另一方面,我们不应该首先发起(他坚持说是我们首先发起的)轰炸,因为那样只会给我们招致更残酷的报复。

奥斯伯特·西特韦尔也在那儿……他们两个对我们占有维希殖民地公开表示厌恶。西特韦尔说,我们的宗旨是:"当事情看起来要变坏时,就再夺回马达加斯加。"他说在康沃尔郡,在遇到侵略的情况下,国民自卫军接到命令射杀所有的艺术家。我说,在康沃尔郡这样做可能最好。西特韦尔说:"某种本能会引导他们向好的方向发展。"

9月22日

我们的斯坦冲锋枪所用的弹药大部分来自意大利,或不如说是德国为意大利人造的子弹。我想,这一定是英国军队所拥有的第一种以毫米而不是以英尺测量口径的冲锋枪。他们将要制造一种新的、廉价的自动武器,而且,因为手里拥有大量在阿比西尼亚缴获的弹药,他们就制造这种武器来适应弹药,而不是采用其他的方法。其优势在于这种冲锋枪可以适应大多数陆战冲锋枪的子弹。若能看到日本或德国也制造出能适应缴获的英国子弹的枪,那将是个有趣的现象。

9月28日

昨天在摄政公园举行露天宗教游行。这应是一个多么感人的场面呀:空旷广场上的队伍、乐队、人们都没戴帽子站着,美丽的秋日、薄薄的雾、没有一丝风，小孩子在游戏并尽全力唱着圣歌。但不幸的是，中间有一次沙文主义的布道，在这种场合这是常有的，每当我听到那种布道，我就产生一种赞美德国的冲动。还有一个为斯大林格勒的人举行的特殊的祈祷——犹大之吻。在这些情况下，一个使我失望的细节是牧师的白色法衣，这种衣服与军服毫不相称。乐队的职业作风吸引了我，特别是乐队的指挥，一个戴着黑色尖帽子的军官。每一个祈祷者接近乐队时，乐队都一阵骚动，他们从皮箱中拿出喇叭，指挥官也拿出了指挥棒，牧师一说"上帝，我们的主"，他们就赶紧说"阿门"，随后开始演奏。

10月5日

很快就要任命印度新总督了。至于是谁就任，没有任何线索。有人说是奥金莱克将军——据说他与印度的左翼分子相处得很好。

与布兰德[1]长谈，他刚刚结束六个月的印度之行。他得出的结论令人失望至极，以至于我都不忍心记下来。简单地说，印度的情况比这里的任何人所认识到的都更糟糕，形势实际上是可以扭转的，但因为政府决定不做出任何让步，所以形势将不可扭转。当（或如果）日本人入侵时，地狱之门将会打开，我们的宣传彻底没用，因为没人会听。然而，布兰德说印度人听BBC新闻，因为他们相信它比东京和柏林播发的新闻史可信。他认为我们应该只播放新闻和音乐。这也是我过去一段时间里一直在说的事。

---

1 劳伦斯·布兰德（Lawrence Brander），作家，战争之前曾在印度做过12次关于英国文学的演讲。1941—1944年间，他被BBC聘为东方部的情报官员。

第一编　战时日记

10月10日

今天，为了庆祝中国革命纪念日，广播大楼上升起了中国国旗，不幸的是升颠倒了。按照大卫·阿斯特的说法，克里普斯最近要辞职，借口是战争内阁是一个骗局，丘吉尔实际上是一手遮天。

10月11日

加拿大官方现在囚禁的德国战俘数目，与在德国关押的英国战俘数目相当。我们还会碰到什么样的厄运呢？

10月17日

昨晚在"演员剧院"的舞台上听到一个"犹太笑话"，一个很温和的笑话，是一个犹太人讲的，但仍有一种轻微的反犹太倾向。

更多关于第二战场的传言，这次给出的日期是10月20日，一个不太可能的日子，因为是周二。然而，可以非常肯定的是：在非洲的西部或西北部将会发生什么事情。

11月15日

今天早上，教堂的钟声响了——为了庆祝埃及的胜利。这是两年来我第一次听到钟声。

第二编 战时通信

致维克多·戈兰茨

赫特福德郡北鲍多克镇沃灵顿村，1940年1月8日

亲爱的戈兰茨先生：

此刻我无法借给你《北回归线》，因为我的这本书被查封了。当时我正在写一本书，两个警察依照公共检察官的命令，突然来到我的屋子，查封了我"通过邮寄收到的"所有书。我收到的一封信的寄出地址是奥比利斯克邮政信箱，这封信在邮寄过程中被开封检查了。警察是无辜的，他们只不过是在执行命令，他们的态度还是非常友好的，甚至连公共检察官本人也给我写信说，他能够理解，作为作家，或许需要保留某些非法图书。基于这些原因，他归还给我一些书，如《查泰莱夫人的情人》等。但这件事也表明米勒的书出版不久，就成了受人尊敬的书。我知道西里尔·康诺利也有一本《北回归线》，现在他正患感冒，等我下次与他取得联系时，我就借来这本书寄给你。

至于你对我的书[1]的评价，我非常高兴你能喜欢这本书。你认为我过于悲观了，或许你是对的。在一个实行集体化经济的社会中，或许还会存留着一些自由思想，但这要等到集体化经济在西方国家试验成功以后才能看清楚。在英国这样的国家中，普通老百姓

---

1 指《在鲸腹中》的手稿。《在鲸腹中》是奥威尔的一部散文集，内收《查尔斯·狄更斯》《儿童周报》《在鲸腹中》等散文。

能否准确地把握民主政治和专制政治的区别,以至于愿意去捍卫自己的自由,对这一问题的回答一直是不确定的,这也是我这段时间一直忧心忡忡的原因。只有当人们看到自己正受到一种非常明显的威胁时,他们才会真正弄清楚这一问题。现在的知识分子指出,民主和法西斯主义完全是一回事,这种说法让我感到非常压抑。尽管如此,当危急时刻真的到来时,普通老百姓或许会证明自己比那些聪明人更聪明。当然,我希望是这样。

你真诚的

埃里克·布莱尔[1]

---

1 乔治·奥威尔的本名。——译者

致杰弗利·高尔勒

赫特福德郡北鲍多克镇沃灵顿村，1940年1月10日

亲爱的高尔勒：

很久没看到你了，也很久没有听到关于你的消息了。我不知道现在你在地球的哪一半。但是，不管怎么样，我还是要把这封信寄到海戈特，我相信它最后还是可以转到你手中的。我大概在战争刚开始的时候给你打过电话，接电话的是你哥哥，他说你在美国。

我们是今年春天从摩洛哥回到英国的。我已经开始写我的另一部书[1]了。我非常遗憾地告诉你，我的父亲去世了。[2]大家都非常痛苦，都感到心烦意乱，但是当可怜的老人离去的时候，我还是有些高兴，因为他已经82岁了，并且在他生命的最后几个月里，他受了太多的罪。在那之后我又接着写我的书。但战争把我拖出了正常的轨道。因此，本来可以在四个月里完成的一本篇幅很短的书，却花了我六到七个月时间。这本书大概在3月出版，我想你可能会对其中的某些章节感兴趣。迄今为止，我已经完全失去了效忠女王陛下政府的本领，尽管我很愿意。在我看来，我们似乎已经卷入了可恶的战争之中，我们必须赢得这场战争，我希望能尽一点力。他们不会让我参军的，至少现在无论如何也不行，因为我的肺有毛病。艾

---

1 指《在鲸腹中》。——译者
2 奥威尔的父亲理查德·布莱尔于1939年6月28日去世。——译者

战时日记

琳在一个政府部门找到了工作,像往常一样,是通过熟人的熟人介绍的。我也想找个工作,因为我想暂时抛开一下写作,我觉得我已经把自己写光了,应该休息一段时间。从某种程度上讲,我正在酝酿一部长篇的小说,一部家族小说,我只是不想在完全做好准备之前开始写。出版商那辆生着翅膀的小马车随时都可能向我疾驰而来,对作者而言,这种感觉实在太糟糕了。你是否看到过一本新杂志《地平线》月刊[1]?它是西里尔·康诺利和斯蒂芬·斯彭德主办的,他们试图使自己的刊物摆脱讨厌的政治上的陈词滥调,现在这样做也许恰逢其时。最近,我见过一次戈兰茨,他正在生以前的英国共产党朋友的气,他说他们撒谎等等。因此,如果左翼图书俱乐部能够想法子生存下去的话,它或许会再次成为一种非常重要的力量。我相信,明年的某个时候将会出现一次严重的纸张匮乏,书籍的印数将会有所削减。尽管如此,出版商此时还是非常快活的,因为战争使人们需要阅读更多的东西。告诉我,你最近怎么样,现在是否在英国,或者什么时候会在英国,你能不能给我指出一条找到工作的路?当然,我会非常感激你的。如果艾琳在这里,她会向你致意的。

你的
埃里克

---

[1] 1940—1950年间发行,一份文学艺术杂志,由西里尔·康诺利编辑。奥威尔曾在上面发表过一些评论文章。

致 D. H. 汤姆森

赫特福德郡北鲍多克镇沃灵顿村，1940年3月8日

亲爱的汤姆森先生：

非常感谢你的来信。你能欣赏那篇文章[1]我很高兴。与儿童报纸有关的所有问题都挺棘手。我相信孩子们需要这种没有价值的东西，如果他们得不到它（若只从文学的观点看，我敢肯定，孩子们的生活从廉价惊险小说开始，要比从我们所谓的正经"好书"开始好得多），他们就会若有所失。但与此同时，由于英国管理出版业的特殊方式，使得儿童读物也从源头开始就不可避免地受到了污染。就这个问题我收到了大量的信件，这使我感受到有很多人在思考这个问题。像《新闻记事报》这样的报纸，会不会以更符合现代潮流的观念经营一份儿童或妇女报纸，我认为不应抱太大的希望。我敢肯定，这种报纸的读者群是存在的。像《图片邮报》《新闻评论报》这种报纸能够很快取得成功，就说明最近几年中出现了一些多少有些思想，但修养并不很高，同时还很左翼的读者。

因为你对这篇文章感兴趣，所以我想顺便提一下，或许你也会对收入这篇文章的书感兴趣。这本书周一就出版了，你肯定能从图书馆借到这本书。这篇文章将稍做删节后在《地平线》上发表。

你真诚的

乔治·奥威尔

---

1 指《儿童周报》。

致杰弗利·高尔勒

赫特福德郡北鲍多克镇沃灵顿村，1940年4月3日

亲爱的高尔勒：

收到了你的来信。知道你生活舒适、工作如意，真是非常高兴。在沃灵顿"前线"，一切都非常平静。像其他人一样，我也没有得到任何"战时工作"。但我正努力加入一个政府的训练中心，准备去学习机械制图技术。这一方面是因为我想找一个工作，另一方面是因为我觉得这可能会激发出我的兴趣，我猜想在大约一年的时间内，我们都会以这样或那样的形式为政府所征用，这样我就可以做一些或多或少带点技术性的工作；还有一部分原因是，我认为，学会了一种手艺以后，可以比较容易熬过战争时期。尽管如此，我的要求能否得到批准尚未可知。艾琳现仍在一个政府部门工作，但是，只要我们可以支付日常的开销，并且将我们自己的事情处理得差不多了，我就计划让她辞掉工作，因为这份工作除了使我们几乎不能在一起之外，也繁重得要把她累死。我想，如果我全力以赴地写作，我们也是可以勉强维持生活的，但我目前很想放慢工作节奏，并不急着写下一本书，因为到现在为止，我已经在八年里写了八本书了，这太多了。我想，你还没看到我几周前刚出的一本新书《在鲸腹中》。这本书里有一篇散文，你可能会感兴趣，因为这篇文章可能跟你的研究正好有关。也许你还记得几年前我给你说过的那些话，你应该去浏览一下那些通俗小说，我还举出爱德加·华莱士做例子。这篇散文最初稍稍删节之后,在西里尔·康诺利的《地平线》月刊上发表了。现在《吸铁石》——无疑你从童年时代就记得它——的编辑请求我抽出点时间写篇文章,他准备答复我的"指责"。我等着这件事,但也有点不自在,因为我的文章里肯定也有很多错误,但他的挑剔却给我一种暗示,就是这些报纸试图反复灌输欺上瞒下的伎俩。我手上没有这份杂志了,所以没法儿送给你,但你可以到图书馆找到它。还有一篇关于狄更斯的散文,你可能也会有兴趣。我发现这种准社会学的文学批评非常有意思,我想对很多其他作家进行这种研究,但不幸的是这挣不到钱。戈兰茨提前支付给我一本书的全部稿酬只有20英镑!至于小说,肯定更容易卖一点。我现在正构思一部真正宏大的小说,我指的是它的篇幅,在开始写这部小说之前,我想稍微"休息"一下。当然,谁知道将来有没有以写作为生的希望,天知道几年后我们会在何方。如果战争真的进行下去,人们最终都可能得到打仗的机会。到目前为止,我还不是很想参军。因为即使混过医生这一关,他们也把我们这些稍老一点的人编成轻工兵。这真可怕,这么快就变成"老一点"的人了。

英国没发生什么大事。根据我的猜测,人们对战争已经厌倦了,但厌倦情绪还不是十分强烈。除了诸如和平主义者这一小部分人之外,人们还是希望事情得到解决的。我想,如果他们认为牺牲会非常平均地降临到每一个人头上,他们愿意继续再打10年仗,这与现在政府的观点似乎不大相符。政府似乎在进行最愚蠢的宣传,而当人们发现打仗意味着上12小时白班时,政府就会面对极不愉快的事情了。新创刊的杂志《地平线》办得很好,每期大约可以销售6000份到7000份。戈兰茨留了小胡子,他跟自己的英国共产党朋友闹翻了,一方面是因为芬兰问题,另一方面是因为他最近刚刚意识到他们不诚实。我最近见到他的时候——这是近三年内我第一次见他——他问我,在西班牙内战期间,据说苏联国家政治保卫局十分活跃,这是不是真的。他还告诉我,当他1936年开始跟英国共产党建立起密切联系时,他除了知道人民阵线以外,对其他的英国共产党政策真是一无所知。一些如此无知的人却拥有这么大的影响力,这真是太可怕了。食物供应情况还相当不错,我认为定量供应(肉、糖、黄油)并不是非得如此,这只是为了给人们一个教训。我正忙着给我的花园翻土,我将努力把今年的土豆产量增加半吨,因为即使明年冬天食品短缺,我也不会觉得奇怪的。如果我觉得我将一直在这儿住下去,我还准备养很多母鸡,还想再喂些兔子。

如果艾琳在这里,她也会向你致意的。

你的

埃里克

致勒南·海本斯托尔

赫特福德郡北鲍多克镇沃灵顿村，1940年4月11日

亲爱的勒南：

那些照片还可以吗？如果可以，我想请你把那些看起来值得复制的寄给我，并且告诉我底片值多少钱等，这样我将非常感激。我最近刚收到美国的《文学名人录》[1]编辑部寄来的一个东西，说要把我的名字收进去，还要带照片。我想这也算是一种广告，所以我最好照办。

我希望你一切都好。我一个人在这里，艾琳只要有可能，每周都来这里度周末。在她工作的那个部门，他们拼命地使唤她。我想如果条件允许，就让她辞掉这一工作，但是现在恐怕还不行，因为我的工作还毫无着落呢。我还没有开始写我的小说[2]，而是整天忙于写那些可以使我们免于挨饿的书评。花园也够我忙的，目前春种正在如火如荼地进行。我的目标是让土豆增产六英担[3]，以应付我预料中的明年冬季的饥荒。你有没有机会参加在朗格海姆[4]举行的东部会议？他们请我在会议上讲话，我脱不开身，但我提交了一个

---

1 指1942年在纽约出版的《20世纪作家》。
2 奥威尔一直计划写一部家族小说，并计划分三部分，但始终没有认真开始动笔。
3 一种重量单位，在英国相当于112磅或50.8公斤。
4 指设在朗格海姆的《艾德菲》杂志中心，是《艾德菲》的一个分支机构，创办于1936年，目的是推动社会主义研究。此时该中心由马克斯·普劳曼和热情的和平主义者负责。

书面讲话稿，请人代我读一下。在这篇讲话稿中，我对和平主义者进行了激烈的攻击。我不知道他们是否喜欢这篇文章，我很想听到当时在那里的人讲讲有关情况。请代我问候玛格丽特[1]，希望她一切都好。

你的
埃里克

又及：最近我手上有一些自称"启示文学派"[2]的大傻瓜写的一些书需要写评论，我想利用这个机会好好吹捧一下迪伦·托马斯，我确实很喜欢他的作品。

---

1 勒南·海本斯托尔的妻子。
2 指以1940年出版的《新启示文学作品——诗歌、小说、评论选集》为标志的一些作家作品，实际上就是当时的新浪漫主义运动中出现的作品。

致勒南·海本斯托尔

赫特福德郡北鲍多克镇沃灵顿村，1940年4月16日

亲爱的勒南：

祝贺，一千次地祝贺，祝贺你孩子的降生。我希望并且相信是母女平安。把我最美好的祝福和最热烈的祝贺带给玛格丽特。能有个自己的孩子是多么令人激动的事啊！我也一直想要个孩子。但是，勒南，千万别用一个没人会拼写的凯尔特人式的名字来折磨这个小家伙儿。她长大以后或许会成为一个特别敏感的人。人长大成人后往往跟自己的名字很相似。我用了30年时间才消除了被叫作埃里克所造成的影响。我如果希望女孩子长大以后漂亮，就叫她伊丽莎白；如果我希望她诚实并且成为一个烹饪高手，我就会选择一些诸如玛丽、简之类的名字。现在的问题是：如果你叫她伊丽莎白，每个人都会想，你在模仿女王取名字，说不定她哪天真能成为女王。

非常感谢你寄来的那些照片，但你没告诉我底片等花了多少钱。我选了编号为三和五的照片寄给了《20世纪作家》编辑部。我认为三号最像，但我自然知道，我的脸从正面拍摄最像我本人。我希望这些照片能够达到预期的效果。我怕自己太缺少魅力了，因为我现在收到的诸多读者来信中，写信人大多目空一切地指出我所犯的错误，从来没有年轻的女人写信对我说我是一个美男子。有一次我收到一位助产士的几封信，信写得很美，我给她回了信，并且故意没告诉她我已经结婚了,但最后让艾琳高兴的是:这个女人竟然已经35岁了,而且已有了四个孩子。

  我不知道自己什么时候会到城里去。我被埋在那些老是需要评论的书下面了。不知道这些书是否已经被人评论过,也不知道两年后还有没有人出版小说。祝你一切都好!

你的
埃里克

致约翰·莱曼[1]

伦敦，1940年6月10日

亲爱的莱曼：

　　非常感谢你在同一信封里寄来的两封信。自答应了你的约稿后，我一直没有给你写任何东西，十分抱歉。就在我正准备写点什么的时候，战争的局势变得越发严峻起来，我再也无法静心写这类东西。除了书评之外，过去很长时间里我没写其他任何东西，并且我把时间都用在帮助地方自卫队组织做工作上了。在这种形势下，最讨厌的莫过于无所事事。政府不给我任何职位，甚至连一个办事员也不让我干，而我又因为得了肺病不能参军。我一方面开始觉得自己没有用了，可同时却看到到处是一些笨蛋和亲法西斯主义者占据着重要的工作岗位，这种事情太讨厌了。尽管如此，事情也正在发生一点儿变化。战争指挥部通知我，他们将不再坚持反对参加过西班牙内战者的看法。当然，如果你愿意，你可以继续发表关于大象[2]的随笔。你能给两个基尼[3]就说明你慷慨大方了。至于你另一封信里提到的照片，一定得是一张肖像画吗？快照不行吗？一般说

---

1 约翰·莱曼（John Lehmann，1907—1987），诗人、批评家、出版家，《新书店》杂志的创办者和编辑，该杂志从1936年一直延续到1946年，主要宣传反法西斯主义。莱曼后来还担任了《伦敦》杂志的首任编辑。
2 指《猎象记》。——译者
3 英国以前所用的一种金币。

来,我的照片没有好看的。随信寄去的是我身份证上用的照片,照得很像,但我不知道能不能放大。如果还要我再照一张更合适的,请通知我,至少下周前后我会到那里。我现在住在伦敦,因为我在帮《时代与潮流》写戏剧评论。

你的

埃里克·布莱尔

致《时代与潮流》编辑[1]

赫特福德郡北鲍多克镇沃灵顿村，1940年6月

尊敬的阁下：

几乎可以肯定地说，英国将会在今后的几天或几周内遭到侵略，而从海上发动大规模入侵的可能性非常大。此时，我们的口号应该是"武装人民"。我没有能力探讨如何抵抗入侵这种涉及面太广的问题。但是，我认为从法国的抵抗运动和最近的西班牙内战中可以看出，至少有两个事实是清楚的。第一个事实是：当人民没得到武器时，伞兵、摩托兵和零星的坦克都不仅会带来可怕的灾难，而且也会对本应抵抗敌军主力的正规军构成威胁；另一个事实（被西班牙内战所证实的）是：武装人民的好处远大于把武器交到坏人手里的危险。从战争爆发以来的选举可以看出，英国的普通老百姓中只有极少数人没有受到战争的影响，大多数人都已经登记在册，随时准备应征。

"武装人民"本身是一种含义不明的话，并且我当然不知道什么武器能够马上发给大家。但是有几件事现在——今后的三天内——是无论如何能够做，也应该做的：

第一，手榴弹。这是现代战争武器中唯一可以较为快速、较为容易生产的一种，也是很有用的一种武器。成千上万的英国人都习

---

[1] 这封信于1940年6月22日发表在《时代与潮流》上。

惯使用手榴弹，他们随时准备教会其他人使用。据说手榴弹对付坦克非常有效，而如果手持机关枪的敌方伞兵准备在我们的大城市着陆，手榴弹绝对是不可缺少的武器。我在前线观察过巴塞罗那1937年5月的巷战，观察的结果使我坚信，由于子弹连一堵普通的墙都不能穿透，因此人们都躲藏在自己家里，所以只需几百个手持机关枪的人，就可以使一个大城市处于瘫痪状态。可以用大炮轰走他们，但总是用枪去瞄准也不太可行。另一方面，西班牙最初的巷战说明，如果采取正确的策略，完全可以用手榴弹甚至掷弹筒把武装的敌人从石头建筑里赶出来。

第二，猎枪。有一种说法认为，应该给地方自卫队的小分队配备猎枪。如果所有的来复枪及布朗轻机枪都用来满足正规军的需要了，那么配备猎枪或许是需要的。如果真是这样，应该从现在就开始分发武器，并且应该立即从军械商店里征用所有的武器。据说几周前就这样做了，但事实上许多军械商店的橱窗里仍陈列着枪。这些枪摆放在那里不仅毫无用处，而且还是一种实实在在的危险，因为这些商店很容易遭到袭击，猎枪的功能及其局限（使用大号铅弹，在大约60码内才是致命的）应该通过广播向公众解释清楚。

第三，封锁开阔地以阻止飞机着陆。有很多人在说这件事，但目前只有极少数的地方在做，原因是这件事在靠人们自发去做，即那些没有足够的时间、没有征用物资权力的人在承担这一任务。在英国这样一个人口密集的小国，我们能够在几天内做到让飞机不可能在机场以外的地方降落，所需要的就是劳动力。当地政府应该因此有权力根据需要征用劳动力以及有关物资。

第四，涂掉地名。在路标方面这一点做得很好，但是到处都是商店店面、商人的大篷车等，上面都有他们所住地方的地名。地方政府应该有权力立刻强制性地涂掉这些地名。这还应该包括写在民房建筑上的酒商的名字。虽然这些东西大多被限制在很小的范围内，但德国人仍然可能有足够的办法弄清楚。

第五，收音机。每一个地方自卫队司令部都应该有一台收音机，这样，如果必要，可以通过电波来接受命令。在紧急时刻，完全依赖电话是致命的。至于武器，政府应该毫不迟疑地征用所有需要的东西。

所有这些都是可以在几天之内完成的。同时，让我们再次强调要"武装人民"，希望会有越来越多的声音接纳它。几年来，我们第一次有了一个富有创造力的政府[1]，他们至少有可能听取我们的声音。

受你重视的读者

乔治·奥威尔

---

[1] 1940年5月10日，张伯伦政府垮台，温斯顿·丘吉尔成为联合政府的首相。

致吉姆斯·拉弗林[1]

伦敦，1940年7月16日

亲爱的拉弗林先生：

我刚刚收到你的来信，非常感谢。是的，你当然可以重印亨利·米勒的散文[2]。我不太清楚我与出版商的合同何时到期，但我给他写过信，我知道他不会反对。我收到回信后，会再给你写信，再确认一下此事。我相信，无论哪一封信，都不会破坏你的计划。

我不清楚你是否知道亨利·米勒现在在哪儿。从大约1939年年初以来，他就音信全无了。这本书[3]出版时，他曾请英国国内的朋友让我按照某个美国地址，把这本书给他寄一本，我按他说的寄了，但始终不知道他是否收到了。他的朋友阿尔弗雷德·贝尔莱在这儿参加了英国军队。正如你所说，所有这些出书计划，都可能因为战争而灰飞烟灭。我有一本书要在巴黎重印，可就在之前的两三周，巴黎成了希特勒的。滑稽的是，几天后，我收到了一张税单，让我付重印版税收入的税。我现在只为报纸啊杂志啊写些稿子，除此之外，我实际上已经辍笔了。境况如此，我难以写作，几个月后，还会纸张奇缺，能出版的书少之又少。无论如何，我认为我们所谓的文学已经穷途末路。从目前的情况看，情况非常恶劣。我

---

[1] 美国的一位出版者、编辑和作家。
[2] 指收在《在鲸腹中》内的关于亨利·米勒的散文。
[3] 指《在鲸腹中》。——译者

们每个人都在积极备战，抵御可能的入侵，而入侵却可能并不会发生。我本人非常担心希特勒占领北非和近东后提出与英国讲和。实际上，我非常希望德国入侵英国本土。我们的军队斗志昂扬，如果英国遭到侵略，我们一定可以把给我们惹麻烦的来犯之敌彻底消灭。当然，你对欧洲战场上发生的事情了解得比我更多。过几天我再给你写信，对相关内容进行确认。谢谢你的来信。

你的

乔治·奥威尔

致《党派评论》[1]

伦敦，1941年1月3日

亲爱的编辑们：

当我写这封信回答你们中某个人的私人来信时，我或许最好一开始就引用你们所说的话，这样才能表明我正试图回答的问题。

有些事是新闻报道不会告诉我们的。比如，在政治行为表面下有什么事情在发生？在劳工群众中在发生什么？如果在作家、艺术家和知识分子中发生这种事，那么一般会引起怎样愤怒的情绪？他们的生活和当前的遭遇会有什么改变？

好的，就政治形势而言，我认为事实上我们目前仍还处于不会产生彻底变化的逆流之中。

反动分子们，这大致是指那些读了《时代》杂志的人，他们在夏天极度恐慌，但他们通过沉默拯救自己，现在他们正巩固自己的地位以对抗那些可能在春天才出现的新危机。夏季在伦敦出现了革命形势，虽然没有一个人来利用这种形势。在过了20年的丰衣足食的生活之后，整个国家突然认识到自己的统治者的真面目，随后全国人民就时刻准备着进行经济和社会变革，同时万众一心，坚决抵

---

[1] 《党派评论》是最有影响的美国左翼文学杂志。1934年由共产党的"约翰·里德俱乐部"创办。1937年大部分时间中断发行，同年年底复刊，成为文学性更浓且在政治上更加同情托洛茨基分子的杂志，1934年起由威廉·菲利普斯和菲利普·拉夫主编。从1941年3月起一直到1946年夏天，乔治·奥威尔定期从伦敦为这家杂志写稿。

抗侵略。我相信,这个时候有机会来孤立资产阶级,并制定政策,让最广大的人民加入到抵制希特勒政权及摧毁阶级特权的斗争中去。克莱门特·格林伯格[1]在《地平线》上的一篇文章中说:工人阶级是英国唯一一个准备认真抵抗希特勒的阶级,在我看来这句话不太真实。大多数中产阶级和工人阶级一样反对希特勒,而且他们的士气可能更高涨。社会主义者,尤其是当他们以旁观者的眼光看待英国社会阶层时所看到的我很少能理解的事实是:中产阶级的爱国主义是可以利用的一种东西。在《天佑女王》的乐曲中凝神静听的人会很快转向对社会主义政体表示忠诚,只要对他们略施小技就可以做到这一点。然而,在夏季,没人看到这样的机会,工党(可能只有贝文例外)允许自己被变成政府的一只温驯的猫,但当德国人的入侵没有成功,而且空袭比每个人所预想的要轻得多时,准革命情绪就降下去了。目前,右翼在反攻。马杰森进入内阁——他可能是坟墓中的张伯伦最好的代替者——这是韦弗尔在埃及取得胜利的最快回报——地中海战役尚未结束,但那里发生的事件已经证明保守党与左翼的对立,并且人们预料,在这场斗争中保守党将占上风。一两家左翼报纸在短期内将被禁止,这不是不可能的。据说内阁已经在讨论对《工人日报》的查禁了。这种从一个极端向另一个极端的摇摆并没有什么根本意义,除非你相信他,就像我不相信一样——我怀疑50岁以下的人是否也会相信这一点,即英国可以不经过革命而赢得这场战争,并且会直接恢复到1939年前的"正常状

---

1 克莱门特·格林伯格(Clement Greenberg,1909—1994),美国艺术评论家、编辑,1940—1943年间任《党派评论》编辑,1945—1957年间担任《当代评论》(后改名为《当代》)的编辑。

态"，只有300万失业人员等。

但目前，在"国王和国家"风格的爱国主义和亲希特勒之间，并不存在其他任何行之有效的政策。如果另一股反资本主义的感情潮流汹涌到来，当前只能导向一种失败论。与此同时，在英国还没有出现这样的迹象，虽然士气在工业城市比其他地方可能更低落。在伦敦，经过了几乎不停的四个月的轰炸之后，当战争中止时，士气比一年前高涨多了。公开表示失败论观点的唯有莫斯利的追随者，共产主义者和和平主义者。共产主义者在工厂仍有地位，说不准过段时间还会通过煽动工人对工作时间的不满而重新登上历史舞台。但要让他们的工人阶级追随者接受一种明确亲希特勒的政策，他们是有困难的，在夏季绝望的日子里，他们不得不安静下来。他们对普通大众的影响等于零，这从候补选举的选票数就可看出，他们在1935—1939年间对报纸的有力控制已完全被打破了。莫斯利的黑衫党[1]不再作为合法组织存在了，但他们比共产主义者可能更值得重视，因为他们的宣传格调更容易被陆军士兵、水兵和空军所接受。在英国，没有一个左翼组织能在空军中占有一席之地。当然，法西斯分子试图将战争以及空袭造成的痛苦的责任推到犹太人身上，并且在最猛烈的伦敦东区轰炸期间，他们确实成功地煽动起了一股反犹太人的情绪，虽然这种情绪很微弱。在反战前线，最让人感兴趣的发展始终是以法西斯思想，尤其是以反犹太论来解释和平主义运动。在迪克·谢泼德死后，英国的和平主义似乎经历了一场道德崩溃；它既没发表任何重要的言论，也没产生许多殉道者，和

---

[1] 意大利前法西斯组织。——译者

平主义者联盟的成员现在大约只有15%的人似乎还活动着。但剩下的大多数和平主义者现在发表的言论与黑衫党的言论根本无法区别（像"停止这场犹太战争"等等），和平主义者联盟的实际成员和英国法西斯主义者联盟[1]的成员在某种程度上是交叉重叠的。将各种各样的亲希特勒组织的成员加起来，也不会超过15万人，而且他们靠自己的努力也不会取得很大的成绩，但在一个贝当式的政府打算投降的时刻，他们却能起到很重要的作用。认为希特勒不希望莫斯利的组织发展得过分强大是有一定道理的。德国最著名的英语广播广播员"哈哈"先生一直被确信不疑地当作乔伊斯，一个已分裂了的法西斯党的成员，莫斯利的一个非常厉害的私敌。

你们还问到英国的思想生活，以及文学界各种各样的思想潮流等。我认为主流因素包括以下这些：

1. 因为苏德协约的签订，左翼反法西斯主义者过去五年的信仰完全破灭了；

2. 事实上，年龄在35岁以下、身体合格的人大多在军队，或希望不久会如此。

3. 对战争的厌倦导致图书销售量增加，与此同时，出版商不愿意出版不知名作家的作品。

4. 轰炸（不断发生——但我在这里要说的是，轰炸可能不像你想象中的那么可怕，更不如说它是一件麻烦事）。

苏德协约不仅将斯大林主义者和接近斯大林主义者的人引入亲希特勒的境地，而且还结束了左翼作家过去五年间一直热衷且获益

---

[1] 由莫斯利领导的法西斯组织。

非浅的诸如"我告诉过你这样"的游戏。根据《记事新闻报》《新政治家》和左翼图书俱乐部的解释,"反法西斯主义"一直依赖于这样的一个信仰——我相信这也是一种模糊的希望——没有任何一届英国政府能够抵挡希特勒。当张伯伦政府最后参战时,它比左翼分子抢先一步实行了左翼自身一直在要求实行的政策。在战争即将爆发的前几天,看看正统的人民阵线[1]的行为是极其有趣的,虽然过去的几个月已经清楚地表明战争不可避免,但他们仍在悲哀地宣称"这是另一个慕尼黑事件"[2]。这些人实际上是希望出现另一个"慕尼黑事件",这样就可以使他们不必面对现代战争而能继续扮演卡桑德拉[3]的角色。我最近很难在报纸上公开说1935—1939年间那些"最反法西斯"的人现在成了最大的失败论者。然而,我相信我的看法不仅对斯大林主义者来说是对的,而且总的来说也是对的。事实上,战争一开始,传统的反法西斯主义者就迸发出满腔怒火。所有关于法西斯罪恶的材料、张伯伦的公开犯罪等在和平时期的畅销杂志中完全不可能避免的内容突然消失了。左翼文人也停止了对德国难民涌入的评论,而转向抨击敌人的一切所作所为。在西班牙内战中,这些左翼文人曾觉得那是"他们"自己的战争,在某种程度上,他们对战争中的事件是有影响的。当他们期望发生对德

---

[1] 左派与中间派政党为反对法西斯等共同敌人或实现社会改革而建立的,通常是临时性的,尤指1936—1939年的法国人民阵线。——译者

[2] 1938年9月29—30日,英、法、德、意四国首脑在德国慕尼黑签订了关于捷克斯洛伐克割让领土苏台德给德国的协定,后来就将这种为自身利益而牺牲其他国家利益从而纵容侵略的事件称为慕尼黑事件。——译者

[3] 希腊神话中的特洛伊公主,阿波罗向她求爱,赋予她预言能力,后又因求爱不遂而下令不准人们信其预言。——译者

国人的战争时,他们想象这是西班牙内战的扩展,是一场左翼战争,一场诗人和小说家能够成为其中的重要人物的战争。当然,事实根本不是这么一回事。这是一场现代化的战争,打仗的主要是一些技术专家(如飞行员等),而战争的指挥者是那些用自己的灵魂爱国而非表面爱国的人。如此看来,文人毫无用处。战争刚开始时,政府还或多或少遵循"不参战"的原则,直到德军突然入侵法国,政府才开始让人民了解英国曾经参加了西班牙内战,并号召人们参军。接着,左翼文人的主要任务就是批判消极的亡国论,并一直认为英国将赢得这场战争。这年夏天,左翼文人变成了彻底的失败论者,比他们在报刊上发表的文章所表现出的情绪更失望。当英国似乎快要被占领的时候,一个著名的左翼作家想要摧毁民众的斗志,因为他认为如果德国军队遭遇不到抵抗,他们的地面行动就会更加轻松。当时的人们走在路上,眼睁睁地看着德军攻击了苏格兰广场,摧毁了保存在那里的绝大多数人的政治资料。所有这些都是因为普通民众的软弱态度造成的,这些人要么还没有认识到英国正处于危险之中,要么是已经决心要忍耐到最后的毁灭。但是那些曾在西班牙参与战争的左翼文人和演讲家则竭力反抗群众性的失败论。

就个人而言,我认为,消除将战争扩大为全民战争的想法——虽然它也有潜在的过激行为和恐怖成分——是有利于取得最后胜利的,但这会留下一个空洞。没有人知道该想些什么,该做些什么。当年轻的作家面对着虚无的世界,更年轻的作家要么参军了要么因纸张匮乏而读不到书时,难以想象会出现什么新的文学"流派"。而且,文学的经济基础也发生了变化,因为那些最终完全依赖在少数文化环境中成长起来的休闲人群的杂志可能变得越来越少了。《地平线》就是这样一种现代民主化的杂志（将其基本格调与十年前的《标准》相比），即使《地平线》也在困境中挣扎。而另一方面，随着战争爆发以来大众读者越来越多，流行杂志的思想水平已经受到很大限制。但几乎没出现什么好书。小说还在大量出版，但都只表达一些陈旧的思想信念。只有那些精神上死亡的人才能在这样的噩梦中继续写作。那种使得乔伊斯和劳伦斯能在1914—1918年战争中写出他们的最好作品的外部环境已经不存在了（因为当时大家都认为世界最终会恢复正常）。人们怀疑已经存在了几千年的文明几乎无法延续下去了，与此同时，空袭也阻碍连续的思考、写作。我并不是说这是因为肉体的危险。的确，这个时候，每一个伦敦人都至少有一个"指定的避难所"——当时是这么称呼的，但现在看来不大对——但实际的灾难是很少的，即使有，也只集中在市中心和东边的贫民窟。但是交通、通信的无组织性却带来了极大的不便。有时要用很长时间才能买到一点煤，因为停电了；而当我想打电话时，却发现电话线断了；或者在四处游荡，想找一辆公交车——这是一个极其寒冷的冬天，整个伦敦像被冻僵了似的。伦敦的夜生活几乎停止了，但不是因为炸弹，而是因为弹片，这些弹片常常多得数不胜数，使人黄昏后出门很是危险。电影院关门很早，剧院已完全关闭，除了下午偶尔有场演出。只有酒吧还和平时一样多，尽管现在啤酒的价格贵了一些。晚上，当空袭严重时，防空炮弹的声音让人难以工作。这种时候人难以静下心来做任何事，即使写一篇愚蠢的新闻稿也要花上比平时多两倍的时间。

我想知道我刚才的描述是否夸大了空袭的严重性？值得一提的

第二编 战时通信

是：在空袭最严重的时期，据统计，当时仅有15%的伦敦居民在防空洞中过夜。一方面，有些人因为房子被炸弹炸毁不得不来到防空洞，这使防空洞的人数有所增加；但另一方面，因为有些人对空袭已经变得麻木，所以宁愿待在家里而不去防空洞，这又使防空洞的人数有所下降。当能做的都做了，想说的都说了之后，普通百姓对战争的主要印象就变得十分沉稳了。大家共同模糊地意识到：情况不可能变得比现在更糟了，于是生活又回到了原来大家所熟悉的样子。9月的一天，当德国人攻破并放火烧了港口时，我想，看到了那场熊熊大火的人没有几个不觉得这是一个时代的结束。人们似乎觉得我们的社会已经经历的巨大变化总是要在某个时候、某个地方发生的。但令人无限惊奇的是，现在一切又恢复了原样。我现在用我日记中的几段话作为这篇文章的结尾，也希望让你们感受一下当时的气氛：

飞机去了又来，来了又去，每隔几分钟一个来回。这就像在一个东方国家，你以为已经打死了进到蚊帐里的最后一只蚊子，可每当你一关灯，就又有一只开始嗡嗡叫了。……只炸弹掠空而过时发出的声音造成的骚乱就够令人吃惊的了。整个房子都在摇，桌子上的东西嘎嘎作响。为什么在炸弹快落下来时熄灯，似乎没有人知道。……昨天，在牛津大街，从牛津广场一直到大理石拱门，街上完全断绝了交通，只有几个行人。傍晚的阳光笔直地照射在空荡荡的马路上，在无数碎玻璃片上闪闪发光。在约翰·刘易斯店外，有一堆石膏服装模特儿，非常鲜活、栩栩如生，看起来那么像一堆尸体，从稍远处看，真

战时日记

会使人误以为那就是一堆尸体。这就如在巴塞罗那看到的景象一样,只不过那里堆放的是被亵渎了的教堂里的石膏圣人像。……此时常见的情景是:被整齐地扫成一堆的玻璃、碎石头、碎石片,泄漏出的煤气味儿,成群地等在封锁线后的旁观者。……无以名状的人们四处游荡着,他们都是因为延迟爆炸的炸弹从家中被疏散出来的。昨天,两个女孩子在大街上叫住了我,她们长得很漂亮,只是脸上很脏:"先生,你能不能告诉我们,我们在哪儿?"……此外,伦敦大部分地区基本正常,白天每个人都很高兴,似乎从没想过将要到来的夜晚,就像不能预测未来的动物一样,只要在阳光下有一点食物,有栖身之地,就满足了。

西里尔·康诺利和斯蒂芬·斯彭德也向你们致以最好的祝福。祝美国好运!

你真挚的朋友
乔治·奥威尔

致德艾尔沃斯·琼斯[1]

伦敦，1941年4月8日

亲爱的琼斯：

非常感谢你给我写信。[2]有一两个问题我说得也许有点儿不太明确，我现在解释一下你提出的一些疑问，这样我们就能把事情说得更清楚一些了。

第一，"即使美国开始实施大商业计划，调动全部资源所需时间也要大约一年"。你坚持认为，罢工者妨碍了生产。当然如此。但我正想从问题的内部而非表面进行考察。现在是战争时期，国家所需要做出的种种努力，只有通过劳动者和资本家合作才能实现。最终，对劳动者也需像对武装力量一样进行训练。在苏联和集权主义国家，这种情况是很流行的。但是，这个计划要想真正行得通，就需要社会各阶层都同样接受训练，否则社会各阶层间的憎恨和社会矛盾就会层出不穷，并通过罢工和蓄意破坏等各种形式表现出来。从长远的角度看，我认为最难将这一计划付诸实现的将是商人，因为现行体制废除后，失去最多的是他们，而在某种情况下，他们还可能偏爱希特勒。除此之外，他们还将失去经济自由并为之抗争，只要他们还这样做，工运之事就不会断绝。

---

1 一位议院大臣，牧师。
2 在给奥威尔的这封信中，德艾尔沃斯·琼斯请奥威尔再详细阐述一下他在《狮子与独角兽——社会主义与英国天才》中表达的几点意见。

第二，关于战争目标。我当然主张将我们的战争目标公之于众，尽管公开地详细宣布战后重建的细节会带来一定的危险，因为希特勒不但不会遵守诺言，而且也不会因之感到羞耻，我们的战争目标只要一宣布，他就会提出更高的条件，逼你屈从。我在这本书里，反对那种认为只需借助宣传攻势而无须借助军事力量就能实现目标的观点。我提及阿克兰的著作《我们的奋斗》。这本书好像以为，如果我们想要获得公正的和平，那我们只要告诉德国人，他们就会停止进攻。人民代表大会里的那些人，还有普里特，也都在到处散布同样的观点，当然，他们也只是过过嘴瘾罢了。

第三，关于印度的亲希特勒暴动。我认为暴动并非主要是由印度人发起的，我想在印度的英国人肯定也参与了。发动法西斯政变的将军一定会以印度为跳板，恰如佛朗哥以摩洛哥为跳板。当然，在目前的战争阶段，他们之间的相似性不是很大，但是人们总要想想自己的未来。如果法西斯主义强加于英国的赤裸裸的企图都付诸实现的话，我几乎可以肯定地说，我们得动用有色人种的军队了[1]。

第四，关于甘地与和平主义。和平主义者就是需要保护的人群，这句话我也许不该说，尽管事实证明，纯粹的和平主义者，一般都属于中产阶级，生长环境优渥。但作为一种运动，和平主义仅仅出现于人们意识到外来侵略与征服将至的社会环境之中，这却是确凿的事实。也正因此，和平主义运动才总是出现在处于战争状态的国家里（日本也出现过规模浩大的和平主义运动）。政府不能彻底实行"单纯的"和平主义路线，因为在任何情况下，若政府拒绝

---

[1] 指由印度人组成的部队。

动用武力，任何团体甚至任何个人，都愿意使用武力推翻它。和平主义回避政府面对的问题，和平主义者思考问题常常不能设身处地，从控制局面的角度出发，我说他们不负责任，原因即在于此。

20年来，印度政府始终认为甘地能力超群，堪当大任——对此我是有发言权的——因为我曾当过印度皇家警察。大家都承认——常常以玩世不恭的方式——有了甘地，英国人统治印度就容易了，因为他一直反对采取任何可能导致冲突的行动。甘地即使在狱中，也受到了宽待，当他的绝食抗争危及生命时，英国人时不时还会对他做出一些让步，原因就是英国官员担心他饿死，担心他被某些更相信炮弹而不太相信"心灵力量"的人所取代。当然，甘地本人确实非常诚实，他没有意识到英国人正在利用自己，而他本人的诚信，使他总有可用之处。从长远的角度看，他的方法是否能成功，我不敢保证。无论如何，他勿以暴力抗恶的方法，可以防止暴力和各种关系的激化超出一定程度，也更有可能使印度问题最终依靠和平方式解决，人们是可以这样说的，但人们很难相信，这种办法能把英国人赶出印度，手握大权的英国人也肯定不会相信。至于德国要征服英国，甘地给我们的建议肯定会是：让德国统治英国就是，不要与德国作战——实际上，他也确实提出过这样的建议。如果希特勒征服了英国，我想他也会在全国范围内发起一场和平主义运动以阻止激烈的抵抗，英国因此也更易于统治。

谢谢你的来信。

你真挚的

乔治·奥威尔

致《党派评论》

伦敦，1941年4月15日

亲爱的编辑们：

当你们看到上面的日期时，我刚刚收到你们一个月前发出的信，因而我在4月20日之前让你们收到我回信的希望不大。然而，我还是期待这封信能在6月前到你们手上。我将尽力回答你们提出的所有问题，但我要看看在规定的空间内能否完整地回答这些问题，因此我将集中谈谈那些我知道得最多的问题。你们没有提及我上一封信中被检察官删除的部分[1]，所以我认为我可以说得更自由些。

1.近来那些流行报纸的水平和论调是什么？它们发布了多少关于战争进行情况的真实信息？对罢工和劳动问题的报道是否充分？报道了多少国会上的争论？宣传是如何占据核心地位的？这些宣传是不是主要反对德国或最近战争中的反对者、破坏者和坚持强硬政策的沙文主义者？或者说主要是反对法西斯主义者？广播和电影的宣传又是怎样的呢？

流行刊物的论调在去年已经变得让人认不出来了。其中尤其值

---

[1] 英国检察机关通知奥威尔删除4月15日信中一句话，这句话可能暗示说英国对德国跳伞人员用了私刑。

第二编 战时通信

得一提的是《每日镜报》和《周末画刊》（一份发行量巨大的小报，读者主要是军人），比弗布鲁克经营的几家报纸以及《每周印象》《周日印象》和《标准晚报》。除了《每日邮报》和某些周日报纸外，这些似乎就是报界最有影响的报纸了，但它们都变得更关注政治，也更有政治的严肃性了，同时仍保留着自己原来的色彩，用的都是令人触目惊心的大标题，等等。它们发表的一些文章两年前可能会让读者觉得很绝望，《每日镜报》和《标准晚报》引人注目的是其左翼倾向。《标准晚报》是比弗布鲁克经营的三份报纸中最不重要的，而比弗布鲁克显然也不注意它，使其发展方向几乎完全为那些左翼记者的观点左右，只要他们不直接攻击自己的老板，这些记者想说什么就说什么。与敦刻尔克撤退之前相比，这些报纸现在几乎都变左翼了——甚至《时代周刊》也在不停地说要加强中央集权和实现更大的社会平等——并热衷于发现任何直接表达的反动观点，也即过去的法西斯主义出现之前的反动观点，现在你不得不混淆那些周报、月报以及大多数天主教的报纸。所有这些都有洗眼水的作用，但这部分归因于这样一个事实：消费品贸易的衰落已经剥夺了广告商对社论政策的许多权力。这将最终导致报纸企业的破产，并迫使政府接收它们，但目前它们正处于过渡时期，在这一时期，它们受制于新闻记者，而不是广告商，这在短期内将是有用的。

至于消息的准确性，我相信这是现代发生的最真实的战争。当然，人们很少看到敌人的报纸，但在我们的报纸里，确实没有什么堪比那些在1914—1918年间或西班牙内战期间，敌我双方在报纸上彼此报道的可怕的谎言。我相信，广播，特别是在禁止收听外电广播的国家，要想制造影响很大的谎言越来越难。德国人在公开的报纸上已经多次声称击沉了英国海军的军舰，不过就主要事件来看，这似乎不算很大的谎言。当事情变得越来越糟时，我们的政府开始用一种非常笨的方法撒谎，那就是控制消息，盲目乐观，但一般几天后就不得不澄清事实。我通过权威渠道获得的由空军部发布的关于空战的报道基本上是真实的，虽然理所当然添油加醋鼓吹了自己一番。至于其他两个作战机构，我则无话可说了。我怀疑罢工问题是否得到了真实完全的报道。大罢工的消息可能永远不能得到证实，不过我认为你可以接受这个事实，即这里出现了一个很大的趋势，报纸越来越关注劳动者之间的摩擦，对因居住问题、撤退问题、军人家属津贴等问题引起的不满也进行了报道。报纸上关于议会中的争吵的报道大概也不是误传，但报纸对充满死气沉沉的议员的议院越来越不感兴趣，只有大约四家报纸现在还关注它们。

宣传比一年前更加融入我们的生活中了，但并不是非常像人们预想的那样。狂热的爱国主义和憎恨德国的情绪与1914—1918年间发生的一切绝对毫无关系，但它们目前在增长。我想大多数意见认为，我们正在与德国人战斗，而不仅仅是与纳粹分子战斗。范西塔特仇恨德国的小册子《黑色档案》如同热销的蛋糕一样好卖。假装这只是某些中产阶级者特有的现象没有用。在普通人中间，已经出现了一些非常丑恶的表现形式。而且，随着战争的进行，迄今已经没有多少仇恨了，无论如何在这个国家是这样。反法西斯主义，那种在之前的阶段所盛行的思想，至今仍是一种强大的力量。英国人民还从没产生过这种力量。他们的战争斗志更依赖于传统的爱国心，那就是不愿意被外国人统治，遇到危险时又只会无所适从。

我相信，尽管BBC的对外宣传愚不可及，尽管播音员的发音令人难以忍受，但它是非常真实的。人们普遍认为，它比报纸更可靠。电影几乎没受战争的影响，在技术和主题上都是这样。它们还是上演着同一种荒唐的垃圾，当它们确实触到政治时，已比流行的报纸晚了很多年，也比流行的书籍晚了数十年。

2. 有没有人正在写严肃一些的作品？有没有出现上一场战争中《巴比斯》那样的反战文学？在这里我们听说英国作品中出现了一种浪漫主义和逃避主义的倾向。这是真的吗？

就我所知，除了像日记、短篇小品一些断片儿式的作品形式外，就没有什么值得一提的东西了。去年我所读到的最好的小说，是美国的或几年前写的外国小说的译本。其中许多都是反战的产物，但都是片面的、不负责任的那种。根本没有出现堪与1914—1918年间出版的典型战争书籍相提并论的作品。至于那些以不同的方式依赖于对欧洲文明的信念，而且主要依赖于国际工人阶级团结一致的信念的作品，则再也不存在了——法西斯主义已经扼杀了它。没有人再相信，战争可以因双方的工人同时拒战而被阻止。现在，在英国，要有效地反战，就不得不亲希特勒，而没有人思想上有勇气这样做，无论他们是多么忠心耿耿。我不明白为什么不从亲希特勒的角度去写一些好书，这类书至今还没出现过。

我没看出当今文学中的逃避主义倾向，但我相信，如果要出版什么重要作品的话，那它就是逃避主义的，或无论如何是主观主义的。我是通过透视我的思想推断出这个结论的。如果我现在有时间和平静的心情来写一部小说，我想写的应是关于过去的，即1914年之前的一段时间，我认为这段时间是以逃避主义为主流的。

3.正规军的士气如何？有没有更民主的趋势？也就是说，有没有一支像西班牙皇家军队那样的英国军队或者反法西斯军队？

我相信，从作战的意义上说，军队的斗志是高昂的，但他们也有许多不满——遣散费太低，在提升职务时太注重阶级特权；在英国的部队因为长期没有行动而极度厌倦；他们在城镇中的家庭正在被轰炸，而他们却不得不住在泥泞、阴暗的帐篷中度过冬天；为文盲雇佣兵制定的愚蠢的军事制度正被运用在受过良好教育的士兵身上。这基本上仍是一支非政治的英国军队。但现在出现了政治指导的课程及对当地局势的分析课程，这全靠军队的指挥官安排。似乎有了许多言论自由。至于民主趋向，应该说可能比一年前更少了，但如果和五年前相比，可以说进步非常明显。从服务的积极性上来说，官员现在几乎和士兵穿同样的衣服（作战服），其中一些人做家务时也习惯性地穿着这种衣服。在街上向军官敬礼的行为基本上停止了。所有新征募的士兵都得通过一定的检查，要获得升迁，从理论上讲只依据个人的才能，但官方据此声称军队现在完全民主，但人们不应对此太认真。正规军官的体制仍存在，新兵晋升常常靠社会地位，无疑也考虑到政治上的可靠性。但随着战争的进行，所有这些都将逐步得到改变。对人才的需求太大了，所以中产阶级和高收入阶级之间的差距现在太小了，这样，对军队中的低军阶军人来说，他们无论如何也不能停留在某一阶级基础之上。我们现在面临的灾难可以推进民主化的进程，就像一年前佛兰德斯的灾难所造成的那样。

4.我们在最近一期的《论坛报》上读到你一篇有趣的谈国民自卫军的文章。你能给我们谈一谈这一运动的近况吗？温特林厄姆仍是这一运动的幕后推动力吗？这一运动的主体主要是中产阶级或工人阶级吗？当今的民主状况如何？

国民自卫军是英国现存的最反法西斯的力量，同时还是一种令人吃惊的现象，这是一支由高傲自大的极端保守分子领导的人民军队。普通士兵主要是工人阶级，夹杂着力量强大的中产阶级，但实际上，所有的指挥权都由有钱的老年人控制，他们中许多人完全无力胜任这样的工作。国民自卫军开始时只是一支临时性力量，实际上是没有报酬的，在它开始被这样有意识、有目的地组织起来时，一个出身工人阶级的人是没有足够的时间拥有军士以上的头衔的。就在最近，高级职位都被各种退休将军、海军上将所占据。普通士兵大多数年龄在35岁到50岁或20岁以下。军队指挥官以上级别的官员的年龄比军队平均年龄大得多，有的甚至老到70岁。

考虑到这个前提，你可以想象一下：在一支需要1914年前那种阅兵场，需要整齐的队列和行列——虽然不那么整齐——的专制武装力量，和一支专门研究游击战的方法和武器的民主军事力量之间的战争会是什么样的。这场争论从来没有公开政治化，但已经触及组织、军纪和战略的技术方面，当然，所有这些都有政治意义，而双方都有意无意地理解了这一点。战争指挥部一直是非常开放的，也很有效。但我认为，事实上，国民自卫军的高层官员一直坚持反对一种现实主义的战争观点，严格训练中的一切实验和努力都来自下层的推动。温特林厄姆及其一些同僚仍留在国民自卫军的训练学校（刚开始是由非官方的《哨兵画报》周刊创办的，后来被战争指挥部接管），但是温特林厄姆（"人民军"）的思想学校在过去的六个月里已经失去了训练的地方，它，或类似于它的东西，也许会在以后几个月里再找到合适的地方。温特林厄姆极具影响力，因为有成千上万从英国各地来的人在这里经他之手通过了三天的训练。现在，虽然国民自卫军比它刚开始时看上去更像一支正规军队，或者倒不如说，更像是一支预备役的国防部队，但它比自己的一些军官所希望的更民主、更反法西斯。有很多次，人们纷纷传言政府对这支军队的态度很紧张，并有意将其解散，但是至今没有采取任何这样的行动。一个很重要的观点是——这一观点从技术的角度看是绝对必要的，但尚需通过斗争才能得到认同——国民自卫军的士兵在自己家里保存枪支和一些弹药很有必要。这里的军官实际上和士兵都穿统一的制服，这里没有仪仗队。在这里等级森严，看上去并没有什么摩擦。在底层军官中，大家相处都很民主，彼此之间是同志般的关系，完全没有因为等级差别而出现不愉快的事，这在十年前是不可想象的。根据我在一个既有富人也有穷人的住宅区供职的这一段经历来看，总体来说，这里的人的政治面貌都是些传统的爱国主义者，心中都怀有虽然难以界定但却真实的对纳粹的仇恨。在这个伦敦住宅区里，生活着很多犹太人。因此，总的来说，我认为国民自卫军被转变成反动的中产阶级军事力量的危险依然存在。但现在看起来不会发生这样的事。

5.大企业的反应有多明显，多激进（不是指莫里森的法西斯主义者，而是指更坚定、更严肃的大资本力量）？你提到最近几个月丘吉尔政府采取了较"右"的政策，这是不是意味着有组织的企业力量已经开始失去作用了？

我不知道幕后在发生着什么，我只能非常笼统地回答这一问题。也就是说，放任政策下的资本主义在英国已经结束了，并且不可能恢复，除非战争在未来的几个月内结束。中央集权所有制和计划生产注定要到来。所有问题的关键是看谁能上台。最近实施的"右"倾政策意味着我们在受着富人和贵族阶级的统治，而不是由贫民的人民代表控制。他们会运用自己的权力来保持政府的阶级结构，会加强对税制的控制，同时保证他们各自利益的分配，并且会利用革命战争的战略，但不会回到旧的混乱的资本主义模式。在过去的六个月里，这一政策并没给单个儿的商人带来什么自由和更多的利益，而是恰恰相反；但这意味着，除非你是一个好学校的毕业生，否则你很难找到重要的工作。在别的地方我曾说明了我为什么认为这种倾向将会改变，但自去年秋天起就一直是这种趋势。

6.你是否认为贝文和莫里森仍能得到英国工人阶级的支持？还有没有其他在战争进行过程中采取了新立场的工党政客也得到了工人的支持？工会运动仍在继续吗？

我对工业方面的事情所知甚少。但我想说，贝文的确得到了工人阶级的支持，而莫里森可能得不到工人的支持。人们普遍感到，总的来说，工党已经放弃了自己的权利。工党中另一个名望上升的人是克里普斯。如果丘吉尔下台的话，克里普斯和贝文最有可能取而代之，而贝文显然更受欢迎。

7.你怎么解释战争期间保存下来的引人注目的民主和公民

自由？是劳动压力，是英国的传统，还是上层阶级的软弱？

　　英国传统是一个很模糊的概念。但是，我认为这是最为接近的答案。我看上去像是在给自己找一个借口，但是否能让我把注意力转向我最近的一本书《狮子与独角兽》（我相信这本书在美国也能看到）？在这本书中，我指出在英国存在着某种家庭忠诚观念，这种观念超越了阶级（我想，这种观念也使得阶级体制更容易生存），并且控制了政治仇恨的发展。我认为，英国可能发生内战，但是我没有遇见过一个能想到这一点的英国人。同时，人们也不应高估这里思想自由的程度。实际情况是：在英国，人们非常尊重言论自由，但对出版自由却很少关注。在过去的20年间，英国对出版自由进行了很多直接或间接的限制，但并未引起任何人的反抗。这是一个缺少文化素养的国家，人们感到出版物不会起到什么大的作用，因此作家或作家一类的人不值得受到太多的同情。另一方面，英国也不存在那种因怕被盖世太保听到而不敢谈论政治的气氛，这在英国是不可想象的。任何想制造这种气氛的企图不是被有意识的抵抗打破，而是被一般的英国人不知道自己需要什么的事实打破。特别是在工人阶级内部，人们那么习惯性地抱怨政治，以至于他们不知道他们什么时候在抱怨。在可以把失业当作解决问题的方法的地方，人们常常害怕表达"红色"的观点，因为这可能传到旁观者或老板的耳朵里，但是，几乎没有人会担心被警察无意中听见。我相信，在工厂和公共场所都渗透着间谍组织，当然包括军队。但是我怀疑的是，除了向政府提供一些舆论观点，并且偶尔牺牲某个被认为有危险的人外，这些人还能干些什么。一段时间前，一条很愚蠢的法律被通过了，这条法律认为说出任何"可能引起惊慌和绝望"（或产生类似效果的话）的言辞都要受惩罚。我要说的是，已经有一些诉讼就是基于这一法律进行的，但这条法律显然形同虚设，而且大部分老百姓根本就不知道这条法律的存在。你可以在酒吧里或车厢里听到许多违反这一法律的话，因为显然人们在严肃地谈论战争时不可能不说一些可能会引起警觉的话。可能将来某一天还会通过一项法律禁止人们听外国电台的广播，但这永远不会行之有效。

英国的统治阶级以一种狭隘的、有点伪君子式的方式来信仰民主和自由。无论如何，他们相信的都只是法律条文，即使当这些条文不利于他们时，他们有时也会遵守。他们没有显示出发展一种真正的法西斯主义精神的任何迹象。作为战争的结果，任何一种自由都一定会明显衰退下去，但考虑到当前的社会结构和社会气氛，这种衰退必须有一个度，超过了这个度，就不会再继续衰退下去了。英国也许会被法西斯化，或是出于莫名其妙的原因，或是出于国内革命的结果，但我认为旧的统治阶级并不能依靠自己的力量建立起他们自己的真正的极权主义。他们没将这种极权主义置于其他任何基础之上，所以他们都是非常愚蠢的。这主要是因为他们首先不能理解法西斯主义的本质，而我们对此真是一头雾水。

8. 从以上几点来看，在近几个月内，极权主义的战时经济似乎发展得很快——定量供应广泛传播，在某一特定工人阶层中征兵，政府进一步控制商业。这种印象是正确的吗？目前的增长速度是快还是慢？走在街上的人对战时措施的效率感觉如何？在他的日常生活中，他在多大程度上能感受到这些措施所带来的效果？

是的，这件事正在以极快的速度发生，在接下来的几个月中还会加速发展。用不多了久，我们可能都会穿上一样的制服，或参加某种义务劳动，也许还会以公社的形式吃饭。只要各阶级都被平等对待，我相信这不会遭到强烈的反对。当然，有钱人会尖叫——他们现在明显在躲避税制，定量供应也几乎没有影响到他们。但如果当前这种困境真到了令人绝望的地步，他们也会就范。我认为，一般普通老百姓不会介意经济的极权化。而像小工厂主、农民和小店主等，如果他们的生活得到保障，他们也会接受从小资本家到国家雇员的转变，而且不会有多大的抗议。英国人很讨厌盖世太保的想法，许多人反对——其中一些获得了成功——官方的打探和对持不同政见者的迫害，但我不相信经济自由还会有什么吸引力。向集中经济的转变似乎并不像人口迁移、阶级混合、征兵和轰炸的后果那样更大程度地改变人的生活方式，但在工业化的北方，情况也许并非完全这样。在北方，总的来说，人们在更艰苦的条件下更努力地工作着，失业现象实际上停止了。那么，当我们在未来的几个月中开始经历饥荒时，会有什么反应呢？这我无法预言。除了轰炸和某些工种的工人过度工作外，人们不能诚实地说，到目前为止这场战争已经引起了许多艰难困苦。与和平时期的大多数欧洲人相比，这里的人有更多的东西可吃。

9. 左派工党运动现在实现了什么战斗目标？你对这些目标的实现是否持乐观态度？有多乐观？对政府来说，此刻宣布社会主义的战争目标会遇到多大的压力？在战争目标这个问题上，以及在战争胜利后对待德国和欧洲的政策上，丘吉尔政府的工党和保守党成员之间是否存在激烈的分歧？战后的英国社会重建计划有多明确？

因篇幅所限，我这里没法儿把这个问题回答清楚了。但我认为，你可以相信工党本身现在并没有什么真正独立于政府的政策。有些人甚至认为左翼保守党（伊登[1]，也可能是丘吉尔）比工党更有可能采用社会主义政策。人们不断呼吁政府宣布自己的战斗目标，但这些都只是个人行为，而不是工党的官方行动。没有任何迹象表明，政府有什么详细的，哪怕是粗略的战后计划。然而，那种"战后一切都会不同"的想法传播得如此之广，结果当然是，虽然英国的将来也许会比过去差，但重回张伯伦时代的英国是不可能的，即使从技术上讲有这种可能。

10. 你认为大众、工人阶级和中产阶级多多少少会比1940年5月更热情地支持当前政府吗？他们是否在总体上支持战时措施呢？

就政府而言，热情不够，但也并非完全如此。政府得到普遍的支持非同寻常。政府的国内政策使人的期望变成了失望，但并没像以前那些政府那样令人那么失望。丘吉尔的个人威望会在某种程度上被削弱，但与20年来的任何一位前任首相相比，他的追随者仍最多。至于战争，我并不相信会有多大的变化。人们对此已经厌倦了，但除此之外，人们还能期待什么？但只有下一个危机来临时，

---

[1] 伊登（Eden，1897—1977），英国保守党领袖。——译者

人们才能肯定地谈到这一点。这个新危机与一年前的危机相比，不但本质不同，或许还更难以忍受，更让人难以理解。

我希望所说的这些能够回答你的问题。我恐怕这比你所允许的长度还长了点。这里的一切都很好，或者说相当好。昨晚我们遭到了地狱般的轰炸，大火蔓延了整个街区，噼噼啪啪的枪声使人们到半夜仍无法入睡。不过这没什么关系，轰炸的对象主要是戏院和大商店。今天是个美丽的春日，杏树都开花了，邮递员和送牛奶的马车像往常那样来回往返。街道拐角处，仍是那两个总爱凑在一起的胖女人，她们又在邮筒旁聊东家长西家短了。祝你一切好运。

附言（1941年5月15日）

自从我4月15日开始写信以来发生的大事主要有：英国在利比亚和希腊打了胜仗、中东形势总体恶化、伊拉克发生叛乱、斯大林显然准备和希特勒进一步加强合作、达兰准备让德国部队进驻叙利亚。最近两天内，还发生了一件事，就是梅斯神秘现身，这带来了许多快乐和推测，但现在评论还为时过早。

重要的问题是：战争中已发生的灾难性的转折是否会像去年那样，导致民主情绪的进一步高涨？我怕人们一定要说事实可能与此相反。敦刻尔克战役和法国的溃退对公众的观点很有影响，并且带来了许多好处，为什么会这样？原因是这些事情就发生在身边。面临着外敌入侵的直接威胁，成百上千的士兵回家告诉自己的家人他们是怎样地失望。而这时，这些事情正在遥远的地方发生着，在一般人既不知道也不关心的地方发生着——英国的普通工人全然不知苏伊士运河与他们的生活标准有什么关系——而且，假如离开希

第二编　战时通信

腊的军队有话要说，所说的也都是他们在埃及和巴勒斯坦所说的故事。也没人期望希腊战役能是什么重要的事情，它仍然只不过是场灾难。在官方做出任何宣告之前，人们就知道我们有军队在希腊，而且我找不到一个人相信这次远征会成功。换句话说，几乎每个人都觉得干涉别国的事情是我们的职责。人们普遍认为，到目前为止，除非我们有现代化的军队，否则不可能打败在欧洲大陆的德国人，但同时我们又不能令希腊人失望。英国人从不受武力崇拜的影响，也不觉得摆出欧洲大陆人的姿态是无用的。我在任何地方都没发现人们的观点有什么大的变化。在国会关于希腊战役的争论中，以劳合·乔治一类的好胜的在野党分子为首对政府进行了攻击，这样的争论不是什么适当的讨论，很容易被扭曲成对信任投票的要求，总之老说政府是值得信任的——无论如何它是值得的，至少从现在不可能有替代者这个意义上来说是值得的。这在澳大利亚引起的反响，可能会促进战争行为的民主化。这里的人民开始说下一个左翼的推动一定来自美国。例如，据说罗斯福或许会以英国政府就印度问题做出相应的举措作为进一步提供帮助的条件。你比我更有能力判断这是否可能。

空袭在继续。对普通人来说，这是战争的一部分，这就是战争，然而他们的麻木令人吃惊。在最近的伯明翰补缺选举中，一般人的思想中出现了一种可能不会出现在美国报纸上的杂乱，这可能会令你感兴趣。一位持不同政见的保守党人称自己为"报复候选人"，以此来对抗政府的提名者。他宣称我们将集中精力轰炸德国的平民百姓，以此为这里所遭受的一切报仇。卡农·斯图尔特·莫里斯，和平保护联盟的领导人之一，也投了和平主义一票。三位候选人的口号分别是"轰炸柏林","停止战争"以及"让丘吉尔复出"。政府提名者得到大约15 000张选票,另外两个人每人大约1500张。全部票数或许很低,考虑到我们生活的时代因素,我想这些数字也是鼓舞人心的。

乔治·奥威尔

致多萝西·普劳曼[1]

伦敦，1941年6月20日

亲爱的多萝西：

对于马克斯的离世，我不想多说什么。你也知道，对逝者亲人的安慰无济于事。我主要悲痛的是，这场可恶的战争还没结束，他就已经死了。我已经近两年没见过他了。在和平主义这个问题上，我和他分歧很大。尽管我常常以此为憾，但也许你能理解，我内心里并不认为这有多么重要。虽然我和他在很多基本问题上意见不一致，但我常常觉得，这丝毫无损于我们之间的私人感情。这不仅是因为他从来都光明磊落，而且还因为，对有观点的人，只要真诚，他就不会产生什么憎恨的感情。我认为，尽管马克斯和我在所有问题上的意见几乎都不一致，但我至少同意一点：他在生活中绝对是个好人。我非常喜欢他，他对我也一直很好。如果我没记错的话，他是首位发表我作品的英国编辑，那已经是12年前的事了，甚至更早。

另外就是那笔借款的事。那位匿名捐助者[2]通过你们借给我

---

1 多萝西·普劳曼（Dorothy Plowman，1887—1967），马克斯·普劳曼的遗孀。
2 指H.迈尔斯（H. Myers），小说家，奥威尔作品的崇拜者。他第一次见到奥威尔是在1938年夏天，当时他和马克斯及多萝西·普劳曼一同到埃尔兹福德的隔离病房去看望奥威尔。考虑到奥威尔需要到气候温暖的地方去疗养，他通过多萝西·普劳曼以匿名的方式借给奥威尔300英镑。奥威尔总认为这是一笔债务，一直到1946年他仍不知道怎么还掉这笔欠款。

300英镑，希望这笔钱不至于让你夹在中间为难。目前，我根本无法还掉这笔钱，虽然如此，我希望你知道，我从没想过赖账不还。现如今人人挣钱只求勉强糊口，别无其他奢求。环境如噩梦，写书有何用，也写不了什么书，虽然在新闻和广播工作方面我有很多选择，但都只不过是聊以生存罢了。我们几乎是从战争一爆发就来到了伦敦。我们最初住的那所小房子还留着，连同家具一道租出去了，但我们偶尔还能去住一段时间。艾琳在新闻检查部已经工作了一年多，但我一直劝她暂时辞掉这份工作，因为这份工作影响了她的健康。她该好好休息一下，然后再找份相对有益健康、不让人心烦的工作。医生将我的身体状况评为D级，因此我无法参军，但我加入了地方军（还是一个中士）。我有段时间没听说理查德·里兹的消息了，我最后一次收到他的信时，他还在一条运煤船上当机枪手。

艾琳向你致意。请代向皮尔斯[1]和其他每一个人问好。从你的明信片推测，皮尔斯现在应在英国，我希望你保护好他，别让他遇到危险。就生存而言，目前的确是一个极度糟糕的时代，但我认为皮尔斯这个年龄的孩子应该有机会看到更加美好的东西。

你的

埃里克·布莱尔

---

[1] 普劳曼的儿子。

致《党派评论》：艺术和宣传前线

伦敦，1941年7—8月（？）

亲爱的编辑们：

我在谈文学批评。在我们实际生活的世界上，谈论文学批评就和谈论和平一样尴尬无聊。这不是一个和平的时代，也不是一个批评的时代。在过去十年里，在欧洲，比较老式的文学批评——真正有判断力的、一丝不苟的、公正的、把艺术作品看成本身就有价值的批评——几乎没有。

如果我们回顾一下过去十年来的英国文学，与其说回顾文学，不如说回顾流行的文学观点，给我们印象最深的是文学几乎不再是审美的艺术了。文学已被宣传淹没。我并不是说那个时代所写的所有作品都不好。但那个时代的典型作家，像奥登、斯彭德和麦克尼斯，都是教条主义的政治作家，他们当然也有美学意识，但更感兴趣的是主题而非技巧。最活跃的批评几乎都是马克思主义作家的作品，像克里斯托弗·考德威尔、菲利普·亨德森和爱德华·阿普沃德这样的人，在失业几乎都难以成为文学题材的战争时期，他们实际上自然将每一部作品都看得似乎比实际上更差。我对开矿技术了解得不是很多，但是我曾下过很多矿井，我清楚地知道井下的环境让人难以忍受，除非出于各种原因而被迫进去。（很多年前，我在一部名为《通往威根码头之路》的书里描述过这种生活。）英国的大多数矿井都很老了，它们属于大量相对小的矿主，这些矿主常常没有资本让矿井实现现代化,即使他们想这样做也没钱。这不仅意味着他们常常缺乏现代化的机械设备,而且意味着"井底旅行"几乎比工作本身更让人劳累。在比较老的矿井里,从入口到煤层的路程大概有三英里多(一英里是正常的距离),而且在大部分路程中,水平巷道只有不到四英尺高。这表明矿工必须使劲弯腰,甚至有时手脚并用爬过100码左右的距离,接着在井底工作一天,要是矿层很浅就得跪下来工作。如此沉重的体力劳动让一些长期失业后重返工作岗位的人因无法忍受而倒在路边,甚至都无法到达采煤面。除此以外,大部分矿工还不得不住进那些糟糕的茅屋里,而这些茅屋都是在工业革命最恶劣的时期建造的,一般没有浴池,与围绕轻工业区发展起来的新型城镇相比,这里显得阴暗潮湿,当然,工资也很低。在和平年代,当人们还可以选择领取失业救济金时,人们还能忍受这些,但现在每个矿工都意识到:如果自己能逃出矿井(当然这是不允许的),就可以在很卫生的工厂里找份轻松的工作,还能挣到双倍的工资。人们发现已经招募不到足够的矿工了。在过去一段时间里,他们都是被迫应聘的。他们通过抽签来决定谁当矿工,抽中去当矿工被看作是一种灾难(还不如被送到潜水艇里)。被征募的年轻人中包括公立学校的男生,他们曾是罢工的带头人。除了所有其他原因造成的不满外,据说矿主们一方面对矿工们进行爱国主义的说教,一方面挖掘着造成浪费的矿层,留下好的矿层,以待战后煤的需求量再次下降时挖掘。

除了少数有私心的人之外,每一个人都很清楚地意识到:如果不实行矿业的国家化,这些状况就无法得到改善和解决,而公众议论完全准备采取这一步骤。甚至左派的保守党,虽然他们没有直面国有化问题,但也谈到了强制煤矿开采工业合并成更大的联盟。事实上很明显，若工业管理不实行中央集权，那么要筹集实现资源开采现代化的大笔资金就不现实。国有化却会同时解决一些短期问题，因为它将给矿工们带来希望，这必然会使他们自觉抵制因为长期战争而引起的罢工。更不必说，根本就没有迹象表明这些事情要发生。相反，当托洛茨基分子被认为应对这些罢工负责时，在他们身后就响起了一片尖叫声和哭喊声。实际上，在大战前，100个英国人中还没有一个人曾听说过什么托洛茨基分子。事实上，英国的托洛茨基分子的数目大约只有500名，在全日制的矿工之间，他们还不可能有根深蒂固的影响，因为前者对自己小圈子之外的任何人都抱着深深的怀疑态度。

当战争的这个目的接近高潮时，知识分子态度中极端的矛盾性变得更加明显了。即使现在，很多知识分子都宣称不相信会有什么第二战场，虽然很多美国军队就驻扎在这里。但在他们大声呼吁立即开辟第二战场的同时，他们又抗议德国和意大利的轰炸行动，这不仅是因为人员的伤亡，还因为轰炸摧毁了原料工业。我也听到人们几乎用同样的腔调说：我们必须立即开辟第二战场；这已不必要了，因为苏联可以独立击败德国，而且它注定要失败。在他们渴望尽快结束战争的同时，也毫不掩饰地因别人的失败而幸灾乐祸，例如意大利的腐败。他们毫无根据地相信谣言，只要是关于灾难的谣言，他们根本不去辨明真伪。几乎与此同时，人们又同意苏联所提出的关于分割德国以及瓜分数目确切的德国巨额赔偿的建议。他们还会告诉你，希特勒给欧洲民众带来了多少苦难，英国的保守党做了多少好事。还有，在《论坛报》每天收到的短篇故事和诗歌中，我也注意到了这一点——许多左翼分子对战争和军国主义有明显的憎恶态度。人们可以称为官方的左翼观点是：战争是资本主义带来的毫无意义的大屠杀，任何战争都不会有好结果，在战斗中人们首先想到的就是"三十六计，走为上策"，而那些视敌人如挚友，恨军官如毒药的士兵们则是被欺负的奴隶。但红军一卷入战争，整个观点就完全颠倒过来了。不仅战争变为光荣而有目的，而且士兵也都变成了快乐的勇士，他们确实喜欢军队的纪律，而且爱他们的军官，就像狗爱自己的主人一样，恨他们的敌人就像恨恶魔（我收到的故事中一句经常出现的话是："他的心燃烧起复仇的火焰"），而且都是在投出手榴弹的同时喊出这些掷地有声的口号。在对待暴行问题时，出现了一种更神经质的观点：一切苏联报道的暴行都是真的，而英国和美国所报道的一切暴行都是假的。他们对待亚洲的傀儡政府也是如此。他们认为汪精卫是一个卑鄙的卖国贼，而苏巴斯·钱德拉·博斯是一个英勇的解放者。从感情角度讲，左派知识分子甚至认为德国和日本应该被打败，而英国和美国却不该胜利。一旦第二战场开辟成功，就可看到他们改变了态度，对整个事件抱失败论观点，并否认他们两年来一直在呼吁开辟第二战场。

　　表面上看，亲苏感情比以往任何时候都更强烈。现在几乎找不到任何具有明显反苏色彩的作品。反苏书籍其实还是存在的，但几乎都是天主教徒的出版机构出版的，并且反对的角度总是宗教的或坦率的。"托洛茨基主义"这个词一度被运用得非常广泛，现在远比1935—1939年间沉默，却更有效了。斯大林分子们自身在出版物中似乎也没有恢复自己的影响，但除了一般的亲苏分子对知识分子的感情外，一切绥靖主义者，例如 E. H. 卡尔教授，就从对希特勒忠诚转向对斯大林忠诚。这些所谓的知识分子的奴性令人惊讶。我收集的那部在美国几乎掀起一股风暴的电影《衔命莫斯科》，在这

第二编　战时通信

里几乎连一句牢骚都没有就被接受了。同样有意思的是，和平主义者也几乎没有说过任何反苏的话，虽然从感情角度讲他们并不一直都是亲苏的。他们隐而未说的潜台词是：我们用武力来保护我们自己是错误的，而苏联这么做却完全是对的。这是绝对的懦弱：他们不敢嘲笑具有影响力的左翼观点，当然，这些观点比那种来自更大范围内的大众观点更让他们害怕。

然而，我怀疑苏联的和亲苏派的宣传最终将自己打败自己，而且原因极其简单，那就是他们做得太过分了。最近，我有好几次很惊讶地听到普通的工人阶级和中产阶级说"哦，我是苏联人喂养大的！他们好得不能再好了"，或诸如此类的话。人们必须记住：USSR[1]对工人阶级和左翼知识分子而言意义是不同的。前者之所以亲苏，是因为他们觉得苏联是无产阶级国家，是由人民大众执政的国家，而知识分子则至少是部分受到权力崇拜的影响。知识分子对USSR的爱仍与天生的温顺有模糊的联系，今天苏维埃宣传的格调与此明显矛盾。无论如何，英国人最后总是反对这种过度炫耀的宣传。其中最好的一个例子就是蒙哥马利将军，一年前他还是人们崇拜的偶像，可现在就因对他的过度宣传而完全使人失去了兴趣。[2]

---

[1] 苏维埃社会主义共和国联盟的英文缩写，即Union of Soviet Socialist Republics。——译者
[2] 最近流传着一则关于蒙哥马利的故事。艾森豪威尔将军正和国王一起吃午饭。国王问："你和蒙哥马利相处得怎么样？""很好，"艾森豪威尔回答，"只是我有一种感觉，他在追求我的工作。""哦，"国王说，"我恐怕他也在追求着我的工作。"
还有一些类似的故事，所讲的内容可替换成艾森豪威尔或蒙哥马利。例如：三个刚死掉的医生来到天堂大门口。前两个医生中，一个是内科医生，另一个是外科医生，他们被拒绝进入天堂。第三个医生说自己是精神病医生。"请进！"圣彼得立刻说。"我们应该喜欢听从你的专业建议。上帝最近的行为有点奇怪。他认为自己是艾森豪威尔将军（或蒙哥马利将军）。"

战时日记

我想我没有任何新闻了。几个美国士兵曾给我打电话，他们以《党派评论》的读者身份做了自我介绍，听到这个，你会很感兴趣吧？这仍是我和美国士兵们的唯一接触。军队和民众，除了姑娘们之外，都仍旧十分冷漠。我注意到黑人看起来不像白人那么容易结识姑娘们，尽管人人都说自己更喜欢黑人。不久前，一个年轻的美国士兵打电话给我，我让他在我的公寓留宿一晚。他对此很乐意，并说这是他第一次住在一个英国人的家里。我问他，"你在这个国家已经待了多久了？"他回答说："两个月。"接着他又继续告诉我，以前的某一天，一个姑娘在人行道上走近他，挑衅地说："喂，美国佬！"他至今还没见过平常的英国家庭的内部状况。这令我感到很悲哀。即使是处在最佳状态的英国人面对陌生人也不十分好客，但是我想让美国人知道，他们在这个国家受到的冷遇，部分是由于这样的事实，即定量配给不容易获得扩充，几年战争下来，英国人羞于将自己家中的破败景象示人，而电影画面则使得英国人完全相信或是一半相信每一个美国人都生活在有镀铬的鸡尾酒吧的宫殿中，这更使他们不愿让美国人到自己家里来了。

我将把这些东西制成两份副本寄出，一份寄航空邮件，一份寄航海邮件，后者也许更早些到。现在，信件穿越大西洋所花费的时间使人怀疑航空邮件是在乘着气球航行。

乔治·奥威尔

致《党派评论》

伦敦，1941年8月17日

亲爱的编辑们：

你们让我再给你们寄一份伦敦通信，尽管你们让我自由选择写作内容，但你们却补充说，读者也许有兴趣听一些有关二战时英国地方军的事情。我会给你们谈一谈有关英国地方军的事情，只要我的信笺还有余地，但我想，我这次主要谈的主题应是苏联加入战争。这使过去七周内发生的所有事情都相形见绌，而且我想，现在已有可能对英国的观点做一些粗糙的分析了。

英苏联盟

关于英苏联盟，最引人注目之处，就是它没有造成任何国家分裂或带来任何严重的政治反响。的确，希特勒对苏联的入侵让这里的每个人都感到极度震惊。这个同盟于1938年或1939年本是有可能缔结的。这样，经过长期而激烈的争论之后，一边是民众先驱在呐喊，另一边是保守党人在迫切要求搞红色苏联，结果就会产生一次极端的政治危机，可能会导致一次大选，而议会和军队中公然亲纳粹的政党的力量就会增长。但是，一直到1941年6月，斯大林与希特勒相比都只不过是个非常渺小的可怕人物，亲法西斯分子大都不足信，对苏联的进攻发生得如此突然，以至于人们都没有时间来讨论与苏联的联盟有什么好处和坏处。

这个战争的新转折揭示了这样一个事实，那就是现在有许多英国人对苏联并没有什么特别的反应，在他们看来，苏联就像中国或墨西哥一样，仅仅是远方的一个神秘国家，那里曾经发生过一场革命，仅此而已，而这个国家的本质却被人遗忘了。关于肃反的所有丑恶争论、五年计划、乌克兰饥荒等都只是简单地从普通新闻报纸读者的头脑中一掠而过。至于其余的人，有明确的亲苏倾向或反苏倾向的人则被分为几个界限分明的派别，下面就是其中一个重要派别：

富人。真正的资产阶级主观上就是反苏的，不可能变成其他的。很多富有的布尔什维克党人的存在并没有改变这一事实，因为这些人总是属于那些靠股息生活的阶级的颓废第三代。那些属于资本家阶级的人将以复杂的感情看待希特勒对苏维埃的毁灭。但若认为他们正在策划直接的叛乱或认为少数有能力这么做的人有可能夺取国家政权，那就错了。丘吉尔的留任保证了这种事不会发生。

工人阶级。英国工人阶级中所有有头脑的人都或多或少亲苏。苏联对芬兰的战争所引发的震惊再真实不过了，但这基于这样一个事实，当时并没发生什么大的战争，而且它已经被彻底遗忘了！但是，如果认为苏联正处于战争这一事实会激励英国工人阶级做出更大的努力和牺牲，那可能就错了。在过去两年中，但凡罢工和劳资争议都归咎于共产主义者故意制造的麻烦，这样的事他们当然会停手，但共产主义者们除了扩大合法的抗议之外是否还有能力做其他的事就值得怀疑了。共产主义者的不满依然存在，而且对于那些在空袭中卸货的码头工人或那些错过了回家的末班电车的军工厂工人来说，《真理报》上发表的那些表示友爱的消息并不会使他们感觉好受些。从某种意义上说,工人阶级对苏联的忠诚问题很可能表现为这种形式:如果政府有意透露出让苏联人垮台的迹象,那么工人阶级是否会采取行动以迫使政府实行更积极的政策?到那时,我相信人们会发现,尽管对苏维埃联邦的某种忠诚依然存在——只要苏联还是唯一一个假装是工人阶级的国家,这种忠诚就必定存在——工人阶级就不再是进步的力量了。希特勒敢于向苏联开战便是证明。15年前,大概除了日本,没有一个国家可能会发动这样一场战争,因为没人相信普通士兵会用他们的武器来对抗社会主义祖国。但那种忠诚逐渐被苏联政策的民族主义化的自私自利消磨掉。现在,传统的爱国主义力量远比任何一种国际主义或任何关于社会主义祖国的思想更强大,这一事实同样会在战争的战略中有所体现。

英国共产党人。我不必告诉你过去两年内英国共产党人的官方政策的任何转变,但我不敢肯定这里的共产主义知识分子的心态与美国的知识分子的心态是否相同。在英国,受尊敬的共产党员都是工人,但他们数量不多,而且恰恰因为他们既是熟练工又是忠诚的同志,所以他们不可能对"组织"严格地恪守忠诚。从1939年9月到1941年6月,他们似乎并没有明目张胆地参加任何生产怠工,尽管共产党的政策要求他们这么做。但中产阶级共产党员却是另一回事,他们中有正式的和非正式的党的领导人,还得算上很大一部分更年轻的人文知识分子,尤其是在大学里。正如我在其他地方指出的那样,从最通俗的角度讲,这些人的共产主义就等于是传到苏联的民族主义和领袖崇拜。他们目前的重要性在于,随着苏联的参战,他们可以重新恢复在新闻界的影响力,他们在1935—1939年间产生过这种影响力,但在最近两年里却丧失掉了。继最主要的左翼报纸《每日先锋》（发行量大约是140万份）之后，《新闻记事报》也在忙于为不久前被他们宣布为卖国贼的人平反。由丹尼斯·普里特（普里特是工党成员，却总被共产党人称为他们的"地下党员"，显然这是真的）领导的所谓的人民代表大会依然存在，却已经突然改变了政策。如果共产党人可以像1938年那样公开的话，他们会有意无意地散播英国和苏联之间的不和。他们所期望的并不是希特勒的灭亡和欧洲的重建，而是他们被占领的祖国的一场普通意义上的军事胜利，他们会通过尽可能将战争的正义性转移到苏联头上而贬低民意，并不断怀疑英国的可信性。这种事情的危险性不应被低估。而苏联人自己恐怕也掌握了这个国家的处境并会采取相应的行动。如果我们面临一场漫长的战争，那么，在这个国家中存在着对他们的敌意，对他们并没有什么好处。但只要他们获得倾诉的机会，英国的共产党就会被看成是反英苏联盟的力量之一。

天主教徒。据估计，这个国家大约有200万天主教徒，其中很多都是贫穷的爱尔兰劳工。他们投工党的票，但在行动上却无声阻碍着工党的政策。不过他们也没有完全受制于自己的牧师而成为清一色的法西斯分子。中产阶级和上流社会中的天主教徒之所以重要，就在于他们在外交部门和智囊团中人数众多，在新闻界也很有分量，尽管已不如从前。旧式天主教家庭中的天主教徒不太信奉教皇极权，并且一般比那些改变了信仰、和英国共产党有着相同思想的知识分子（罗纳德·诺克斯、阿诺德·伦恩等）更具爱国心。我想，我不需要重复他们过去亲法西斯的活动史。自从战争爆发以来，他们不敢公开支持希特勒，却通过大肆宣传贝当和佛朗哥而间接宣扬法西斯主义。"精神之剑"运动（天主教民主党）的创始

第二编 战时通信

人欣斯利主教，从他的观点来看，他是个彻底的反纳粹分子，但他只代表了部分天主教徒的观点。希特勒一入侵苏联，天主教新闻机构就宣布，我们必须利用这一事件给我们以喘息之机，但"决不和信仰无神论的苏联联合"。更重要的是，当种种迹象表明苏联人正在进行成功的抵抗时，天主教报纸却变得更加反苏了。任何研究过之前十年内天主教文献著作的人都不会怀疑，绝大多数的异教徒和知识分子，哪怕只给他们四分之一的机会，他们也都会站在德国人那边反对苏联人。他们对苏联的恨真是刻骨铭心，连我这样一个反斯大林分子都让他们讨厌，尽管他们的宣传必定是老套的（妇女的民族主义化等），对工人阶级影响甚微。当苏联战役以这种或那种方式得以解决时，也即当希特勒出现在莫斯科或苏联表现出入侵欧洲的迹象时，他们也都会公开站出来支持希特勒，而且，如果一种妥协的和平内有什么值得怀疑的条款，他们肯定冲在前面。如果有什么与贝当政府相符的东西被建立起来，那就不得不多依赖天主教徒。他们是英国的民主制所面临的唯一真正有意识的、有逻辑的、聪明的敌人，轻视他们真是个错误。

各种思想倾向就这些了。我几天前就开始写这封信，从那之后，我越来越强烈地感到，我们对苏联人的帮助还远远不够。而现在最具讽刺意味的是，我们已经对苏联提供了"战争中所缺乏的一切援助"。比弗布鲁克的报纸甚至至今还在重复着这一论调。还有，自苏联加入战争以来，人们对美国的感情也清醒了许多。我确信，丘吉尔—罗斯福的会见造成了极大的失望。丘吉尔去哪里是个官方秘密，但似乎人人皆知，大多数人都期望结果会是美国能加入战争，或至少占领某些太平洋中的战略要点。现在流传着这样一种说法：" 苏联人在打，美国人在谈"。去年流行的一种说法，即"同情献给中国，石油献给日本"，现在又开始被提及了。

国民自卫军

这支武装力量，被称作国民自卫军，是去年春天应安东尼·伊登就德国伞兵成功偷袭荷兰事件发表电台呼吁后组建的。在最初的24小时内就征募了25万名新兵。现在人数已经达到了150万至200万。去年人数有所波动，但总的趋势是增长的。在这个团队的成员里，除了一小部分管理人员和教官来自常规部队外，其余人员全部是兼职的和无偿的。除了训练，国民自卫军恢复了一些诸如巡逻、大楼巡查之类的军队工作，并且承担了一部分空袭预备警报的工作。一般成员每周投入到国民自卫军工作中的时间5小时至25小时不等。由于整个组织都是自愿的，所以无法强制人员到场，但是习惯缺席者常常被登记下来，而且任何时候，消极怠慢者都不会超过10%。在遇到入侵的情况下，国民自卫军必须做到和正规军一样遵守军纪，并将取得一定的报酬，所有的军衔都接受同样的待遇。起初，国民自卫军是一种异类军种，在组织结构上和西班牙早先的民兵颇为相似，但是渐渐地，他们也像常规部队一样被编成部队，组成附属于当地军团的普通小分队。但工厂、铁路、政府机构则不同，它们拥有自己的独立团队，并只对自己所在的区域负责。

国民自卫军的战略思想是建立全民皆兵的纵深防御战线，也就是说建立覆盖整个英国国土，从一个边境到另一个边境的防线！其战术思想并不是要击溃侵略者，而是要在常规部队到达之前拖住侵略者。国民自卫军的目的并不是要参加大规模调动或大范围内的调动。实际上它也可能以连为单位进行管理和训练，何况没有一个小分队能前进或后退到几公里外的地方。他们的责任是在这个国家的任何一片土地上，给予侵略者无数小规模的打击，无论是正面攻击还是后方攻击，直到把敌人赶到海岸线为止。至于怎样能最好地抵制敌人，作战理论主要是随着国外战争局势的变化而变化的。最初的目的只是为了对付敌人的伞兵，但法国和低地国家发生的事引起了第五纵队的极度恐慌，当局明显想把国民自卫军转变成一种辅助性的警察力量。这个方案最后不了了之，因为志愿者只希望打击德国人。(1940年6月，意料中的入侵几乎立刻发生了。)在当时那种混乱的局势下，他们不得不自发组织起来。当他们得到足够的武器和制服时，国民自卫军看起来好歹像士兵了，政府倾向于逐渐把他们变成自由式的步兵。接着德国成功地把自己的装甲部队渡至大洋彼岸的利比亚，国民自卫军的中心就转向反坦克战争。此后，克里特岛的失守表明了降落伞兵和空中部队的威力，国民自卫军随之制定了对抗它们的策略。最后，苏联游击队在德军后方的战斗又使国民自卫军恢复了对游击战术和颠覆行动的重视。所有这些连续性的趋势都反映在数不胜数的文学作品之中，无论是官方的还是非官方的，这些作品都已围绕着国民自卫军发展起来了。

现在，国民自卫军已被视为一支重要的武装力量。它们可以在任何情况下开展短期性的强大防御行动。在空旷的原野，侵略者走不了几公里，在大城镇，侵略者走不了几百米，就会受到一群武装人员的攻击。虽然理论上被占领地区的国民自卫军战士是否愿意勇敢献身和坚持战斗主要依照不同团队的政治形势而变化，但军队的士气绝对可靠。在战场上，要使这样一支武装力量一次连续战斗一两周以上十分困难，而且，如果在英国要延长战斗时间，国民自卫军将可能不同程度地融入正规部队，从而失去其地方性和自愿性。另一个大困难在军官的配备上。虽然在理论上没有等级区别，实际上国民自卫军中的军官配备比正规军队更彻底地建立于阶级基础之上。虽然人们希望防止这些问题，但这很难做到。在各种军队中，来自上层阶级和中产阶级的军人都想担任指挥官的职位——这种情况在初期的西班牙民兵中也发生过，在苏联的游击队中也是这样——而在这种兼职部队中，一个普通的工人可能根本没有足够的时间去做一个排长或团长的日常管理工作。此外，除了夜里值班政府会象征性地发给他们一点津贴、制服及武器外，政府不给他们任何经济援助。如果不能持续发给士兵一点儿津贴，军官是指挥不动军队的。每一个被正式任命的军官每年花费在自己军队上的最小数目是50英镑。实际上，所有这些意味着几乎所有的指挥权都掌握在那些退休的陆军上校手里，因为这些人有私人收入，或者至少是富有的商人。有相当比例的军官老得甚至都没能赶上1914年的战争，更不用提随后发生的一切了。因为战争延长，有必要摆脱近一半的军官。士兵知道战事如何发展，而且，如果有必要，还可能会设计一些办法来选举自己的长官。长官的选举有时在下等兵中进行讨论。但我认为，除了在一些工厂团队外，这一办法从来没有真正实行过。

国民自卫军的人员与最初相比已大相径庭。那些在开头几日内成群结队加入队伍的人，几乎都曾参加过上一次战争，但因太老而无缘此次战争。武器因此分配到了那些多少有些反法西斯，但没受过政治教育的人手中。只有一些有阶级意识的工人以及一些参加过西班牙内战的人还算活跃。左翼像平常一样看不到自己的机会——工党本可以把国民自卫军变成自己的组织，如果他们在开头几天表现积极的话——在左翼阵营里，把国民自卫军说成是法西斯组织成为一种时尚。后来，分配武器时最好控制一些的想法开始消退，而且，一些左翼知识分子也加入国民自卫军了。然而，让大批工党成员加入这支军队从来都不可能。最愿意加入进去的人，总是那些政治理想与丘吉尔一致的人。这场运动中的主要教育力量一直是培训学校，这些学校由汤姆·温特林厄姆、休·斯莱特及其他一些人创办，特别是在头几个月里，在他们被战争指挥部接管之前。他们的教育是纯军事的，但由于坚持采取游击战术，它就具有了革命意义，而且许多听过这种课的人都很好地理解了这一意义。共和党一开始就反对其成员加入国民自卫军，并且发动了一场侮辱温特林厄姆等人的罪恶运动。在最近的几个月里，军事征召令几乎把国民自卫军中20岁到40岁的男兵都招走了，但与此同时17岁左右的工人阶级的男孩子开始加入进来。他们中的大多数人的观点缺乏政治色彩，当被问及为何加入国民自卫军时，他们就说只是想得到一些军事训练，以备今后三年内随时被征召。这反映了这样一个事实，即许多英国人现在几乎还想不到没有战争的时候。在国民自卫军中也有相当多的外国人，在去年的恐慌时期，他们被坚定地排斥在外了。我最初的一份工作就是安慰那些仅因父母都不是英国血统而被拒绝在外的准成员。有一个人就是因为父母中有一人是外国人，且直到1902年还未加入英国国籍才被拒绝的。现在这些观点都已被抛弃。伦敦的国民自卫军中包括苏联人、捷克人、波兰人、印度人、黑人和美国人，然而没有德国人或是意大利人。我不会发誓说国民自卫军中盛行的思想比一年前更"左"倾。它反映了在过去的一年间已改变了的国家的普遍看法，这就像铰链上的一扇门，转来转去。但人们在食堂和门卫室里听到的关于政治的谈论似乎比过去明智多了，现在被迫将在长时间内保持亲密关系的各阶层人中发生的社会动荡也发挥了很大的积极作用。

在这一点上，人们可以预见到国民自卫军的未来。即使不可能发生什么侵略，这一点也应非常明显，即在战争结束之前，它不可能被解散，即使结束时也不可能被解散。如果再出现什么贝当式的和平，或战后再出现什么内战的话，它还会起很大作用。而且，它早已对常规军产生了轻微的政治影响，在积极服务的条件下它的影响还会更大。它第一次走上政治舞台就是因为英国是一个保守国家，这里的人一般都会遵守法律，但它一旦出现，就会引入一种这里从未存在过的政治因素。在某个地方，现在大约有100万英国工人在卧室里有枪，而且从未想过要放弃。其中隐含的可能性是不言而喻的。

我发现，我所写的东西已比我预想的多了许多。我是8月17日开始写这封信的，可是25日才写完。苏联和英国已进军伊朗，每个人都很高兴。我们度过了一个非常好的夏天，人们已在骨子里储存了一些阳光来帮助自己度过冬天。伦敦已经连续四个月没有好空气了。只有东部的部分地区没有受到袭击，整个城市堪称一片废墟，只有圣保罗像完好无损，像一块巨石一样伫立着，但伦敦受到袭击较少的区域已经被打扫得非常干净，使你难以想象这里曾遭受过毁坏。站在我所住的公寓的楼顶环顾四周，我看不到任何炮弹损坏的迹象，除了一些教堂，它们塔尖的中间部分被炸坏了，看上去就像没有尾巴的蜥蜴。没有真正的食物短缺，但缺少主食（肉、熏肉、奶酪和鸡蛋），这在那些不得不在外吃午饭的干重活儿的劳动者，如矿工中，造成了严重的萎靡不振。香烟也在慢慢短缺，当地的啤酒也不够。一些烟草商认为，战争爆发以来，人们所吸的烟草量已增加了40%。工资的增加没能赶上物价的上涨，但另一方面却没有失业。因此，虽然个人工资比以前更低，但家庭收入却趋于增长。衣服相当严格地定量供应，但街上的人群还不至于衣衫褴褛。我常常想在战争的影响下我们到底忍受了多少巨痛，如果人们突然看到三年前的伦敦和现在的伦敦相邻而立，不知他会多么震惊！但这是一个渐进的过程，我们不会注意到任何变化。我很难想象出没有炮火的伦敦天空是什么样子，看到这样的天空悄然而失，我想我应该会难过的。

阿瑟·凯斯特勒，你们或许知道他的作品，他是先锋队中的一员。弗朗茨·博克瑙，《西班牙战场》和《国际共产主义者》的作者，他在去年的大恐慌期间被流放到澳大利亚，现在回到了英国。刘易斯·麦克尼斯和威廉·爱默生在为BBC工作。迪伦·托马斯现在在军队服役。阿瑟·卡尔德·马歇尔已被提拔为军官。汤姆·温特林厄姆辞职一段时间之后再次成为国民自卫军的教官，与此同时，苏联人承认70万伤残人员和军队正沿着22年前他们走过的道路向列宁格勒汇集。我从未想过我应该活着说"祝斯大林同志好运"，但我这样做了。

你永远的

乔治·奥威尔

又及：我必须补充一句，有关那位苏联小说家阿列克谢·托尔斯泰传给英国作家的可怕消息，还有一些挖掘于1914年的残暴故事，这些文章刊登在9月的《地平线》上。那就是使我恐惧的战争的特征，比空袭更可怕。但我希望美国人不会认为这里的人会认真对待这些资料。我所认识的每个人，当听到那个德国人被锁在机枪上的老故事后，都大笑不止。

致《党派评论》

伦敦，1942年1月1日

亲爱的编辑们：

目前，英国的政治没发生什么变化。既然我们可能将面对一个漫长的、令人筋疲力尽的战争，而在这样的战争中，士气将至关重要，因此，这封信我想主要用来讨论某些就在表面下往返奔突的思想潮流。我所提到的某些趋势，可能看起来和目前没什么关系，但我确实认为它们可以预示某些将来发展的情况。

我们在和谁战斗？

这个迟早要回答的问题早在1941年的某个时候就已经开始煽动广大民众了，就在范西塔特的小册子和一家写给难民看的德国日报上（一份温和的左派报纸，发行量大约是六万份）。范西塔特的主题是：不仅纳粹是邪恶的，所有德国人都是邪恶的。我不需要告诉你保守党抓住了这一点有多高兴，并以此作为摆脱"我们正和法西斯战斗"这一概念的途径。但最近有一条消息，说"好的德国人都是死去的人"，这条消息采取了相当阴险的形式，等于重新鼓动人们驱逐难民。奥地利的君主主义拥护者已经与德国的左翼分子矛盾重重，他们控诉后者是伪装的泛日耳曼主义者。这使保守党很高兴，因为他们一直想巧妙地引导自己的两个敌人，即德国和社会主义到达同一个地方。现在达到了这一地步，即任何把自己描述成反法西斯者的人都会被怀疑成是德国拥护者。但这一问题被一个事实弄得更复杂了，那就是顽固派这一边已经拥有了一定的权力。范西塔特虽然写得很差，但他仍是一个比大多数对手更有背景、更有能力的人。他一直坚持激进分子竭尽全力要掩饰的两个事实。一个是：纳粹哲学大多并不新颖，而仅仅只是大日耳曼主义思想的延续；另一个是：英国如果没有一支军队，就不可能会有一个欧洲政策。激进分子不再承认德国民众支持希特勒，而保守党也承认，如果我们要赢得这场战争，我们就应该放弃对这一阶层的控制。有关争论在几家报纸的相关专栏中已经延续了四个月或更长时间，其中有一份报纸之所以一直谈论这一话题，很明显就是将此作为一种吸引难民和一般"红色"人士的手段。然而，没有人发表任何关于德国的种族理论，这是自1914—1918年以来战争宣传的一大进步。

普通的劳动人民看起来或是不憎恨德国人或是不能将德国人和纳粹区别开来。在可怕的空袭时期，到处都有反德国的强烈感情，但这种感情已经逐渐消失了。"野蛮人"这一称呼这次在劳动阶级中并未流行。他们叫德国人"德国佬"，这种叫法可能包含着轻微的低俗意味，但并非不友好。一切灾难的责任都被推到希特勒身上，他们对希特勒的责骂甚至比对上次战争中德国皇帝的责骂还要厉害。每次空袭之后总会听到人们在说"他昨晚又来了"，"他"指的就是希特勒。意大利人一般被称作"意大利佬"，这个称呼比"南欧人"稍微礼貌些，并且没有任何反对他们的普遍情绪，也没有反对日本的情绪。从报纸上的照片判断，那些战时代替男子从事农业劳动的妇女已准备与在农场服役的意大利犯人谈恋爱了。至于那些据说要与我们作战的较小的国家，没人记住哪个是哪个了。一年前忙着为芬兰人织长筒袜的妇女们，现在正忙着为苏联人织同样的袜子，但并没有什么不适感。所有这些思想混乱给人带来的主要印象就是：对无论如何不想被外人统治的人民来说，缺乏明确的战争目的，或者说对敌人缺乏任何明确的精神印象，都无关紧要。

我们的同盟国

不管身居高位的人们中间会发生什么事，苏联的影响已经促使亲苏感情形成了一张巨大的网。在与普通的工人阶级和中产阶级人士谈论战争问题时，你不可能不被这种感情所感动。但普通人对苏联的热情，是不能和他们对苏联政治体系不感兴趣联系起来的。总之，所发生的一切都表明苏联已经开始受人尊敬。一面巨大的斧子和镰刀旗每天飘扬在伦敦最大的商店——塞尔弗里奇商店的上空。英国共产党人并没有造成我预想中的那么大的摩擦。在标语和公开声明中，他们已经变得圆滑而老练，并且不遗余力地支持丘吉尔。但是，虽然他们也许由于与苏联结盟而在人数上增加了，但他们的政治影响似乎并没有随之增加。令人惊奇的是，普通人并不能理解莫斯科和英国共产党之间有什么联系，或者说甚至不理解英国共产党的政策已经由于苏联卷入战争而改变了。每个人都感到兴高采烈的是：德国人没能夺取莫斯科，但没有人从中看出为什么要去注意帕姆·杜特及其同伙可能会说什么话。实际上，这种态度是合情合理的，但在这种态度背后，隐含着民众对理论政治缺乏兴趣的现象，而这是意义深远的。对《工人日报》的禁令还没有撤销。在它被查禁之后，立即又出现了一种非法印制的工厂报，但却被视而不见。现在，它正以《英国工人报》的名义毫无阻碍地在街上售卖。

但它已不再是日报了,并且失去了自己的大部分读者。在新闻界中比较重要的领域,英国共产党的影响正在恢复。

亲美情绪并没有相应增长——相反,如果要说有什么变化的话,倒是有所下降了。的确,每个人都预料到了日本和美国会加入战争,而德国对苏联的入侵却令人大吃一惊。但我们的新联盟却只将普通的、文化水平低的中产阶级中存在着的强烈的反美情绪完全显露了出来。英国人对于美国人的文化感情是复杂的,但却可以相当精确地被定义出来。在中产阶级中,那些不反美的人是社会地位低下的技术人员(类似于无线电工程师)和年轻的知识分子。大约直到1930年,几乎所有"有教养"的人都厌恶美国,美国被看作是造成英国和欧洲粗俗化的始作俑者。这种态度的消失可能与拉丁语和希腊语不再是学校的主干课程有关。年轻的知识分子不再反对美国语言,并且倾向于对美国怀有一种色情狂般的态度,他们相信美国比英国更富有、更强大。当然,恰恰正是这点激发了普通的爱国中产阶级的嫉妒。我认识一些一听到美国新闻就自动关掉收音机的人,而且最陈腐的英国电影总能得到中产阶级的支持,因为这正是能让他们远离美国声音的一种解脱方式。美国人被认为是好自夸、无教养的人,是拜金主义者,同时也被怀疑要密谋继承大英帝国。生意场上对美国人也有嫉妒,这在贸易中表现得特别强烈,且在租赁协议中也有所表现。工人阶级的态度就大不相同了。英国的工人阶级在真正与美国人接触后几乎都不喜欢他们,但他们却没有预先形成的文化上的仇视。在大城镇里,通过电影院这一传媒介质,人们的说话方式越来越美国化。

我们不能肯定英国人对外国人的仇视是否正因英国生活着大量

的外国人而消失。我想应该是这样的，但许多人不同意我的观点。毫无疑问的是，在1940年夏天，工人阶级对外国人的怀疑有助于使难民收容成为可能。那时我和无数的人交谈过，除了"左"倾知识分子，我找不到一个认为这有什么错的人。保守派们在追赶着难民，因为他们大部分是社会党人，工人阶级的反应是："他们来这儿想干吗？"而造成这种情况的根本原因，是对这些被认为抢了英国人的饭碗的外国人的愤恨，这是早期遗留下来的看法。在战争开始的前几年里，主要是对贸易联盟的抗议阻止了德国犹太难民的大量涌入。最近英国人已经变得越来越友好了，这一方面是因为不再有工作机会的争夺了，但我想主要还应归功于个人之间的接触。驻扎在这里的大批外国军队和这里的人民相处得似乎出人意料的好，特别是波兰军队，他们和女孩子的交往尤为成功。另一方面，仍然存在着一定的反犹太主义。人们总是不断地提起这个问题，这虽然并不是暴力方面的，但宣传得太多就足以让人感到不安了。犹太人据说逃避服军役，是黑市上最坏的犯罪者，等等等等。我曾听到过这一类的谈话，甚至那些可能一辈子都没见过犹太人的乡村居民也这样说。但没有人真想对犹太人采取什么行动，而认为犹太人应该对战争负责的想法，好像也从未抓住过广大民众的心，尽管德国电台竭尽全力想达到这一目的。

失败主义者和德国宣传机构

张伯伦式的绥靖思想并不是像报纸一直在向我们保证的那样"死亡了"，而是深深地隐藏起来了。但还存在着另一种右翼失败主义者派别，这很容易通过周报《真理报》研究出来。《真理报》

曾有一段奇特的历史,并且无疑是一份非常有影响力的报纸。在过去的一段时间内,它是一份不涉及政治、只报道事实的报纸,尤其以搜集并揭发官吏或知名人士的丑事闻名(如曝光专利药物欺诈等),这样,它理所当然地被遍布大英帝国的每一个俱乐部和军团的膳食厅所接受。据我所知,它仍保持着与以前相同的发行量,但近来它已开始涉及一些明确的政治和经济问题,并且变成了最坏的那种右翼保守主义思想的根据地。例如,欧内斯特·本爵士每周都在上面发表文章。它不仅反对工党,而且以一种很谨慎的方式反对丘吉尔,反对苏联,更明显的是反对美国。它反对以海军基地来交换美国驱逐舰,其他仅剩的反对者就是右翼保守党和共产主义者了。它所提倡的战略是避开纠缠不清的联盟,置身于欧洲之外,集中于海上和空中的自我防卫。这种战略的明显逻辑是尽可能早地达成妥协性的和平。《真理报》上刊登的银行和保险公司的广告数量可以表明有多少人认为这种战略多么好。最近议会中出现的问题暴露出这样一个事实:《真理报》在一定程度上受保守党操纵。

左翼失败主义与此则大不相同,且更加有趣。一两个较小的政党(例如英国无政府主义者,在德国入侵苏联之后,出版了一本恐怖而有力的反苏小册子——《苏联的真相》),这本小册子遵循着一条意为"革命失败者"的道路。独立工党鼓吹等同于《党派评论》所提出的"十项提案"那种有水分的版本,但用的术语都非常模糊,它从没有清楚地表示它是否"支持"战争。不过真正有趣的发展是法西斯主义与和平主义越来越重叠难分,两者在某种程度上都和左翼极端主义部分相同。年轻人的态度比那些在1935—1939年间鼓吹战争而当战争开始时又愤怒的《新政治家》的精英更有意义。

据我所知，很大一部分年轻知识分子是反战的——当然，这并不妨碍他们为海陆空三军服务——他们不相信任何"保卫民主"的话，他们喜爱德国胜过英国，他们也感觉不到我们这些年龄大一些的人对法西斯的恐惧。苏联的参战并没有改变这一切，虽然他们中的大多数人只口头上支持苏联。与彻头彻尾、两面三刀的和平主义者在一起，你会遇到更多奇怪的人和现象，他们以拒绝暴力始，却以拥护希特勒终。他们的反犹太意识非常强烈，虽然在报纸上他们的态度有所克制。不过并没有很多英国和平主义者拥有知识分子的勇气去考虑自己思想的根源，既然对"和平主义者就是客观的亲法西斯主义者"这一指控的指责并没有真正的答案，所以几乎所有的和平主义文学都是辩证的——换言之，就是专门避免尴尬问题。举个例子，在战争初期，由米德尔顿·默里主编的和平主义者月刊《艾德菲》在封面上赞扬德国是一个与"有钱有势"的英国作战的社会主义国家，这或多或少将德国与苏联等同起来了。希特勒入侵苏联使这类想法变得毫无意义。在随后出版的第五期和第六期里，这份月刊上演了一出令人惊奇的好戏，那就是没提及苏德战争。《艾德菲》还有一两次参与了轻度侮辱犹太人的活动。也是由米德尔顿·默里主编的《和平新闻》沿袭了自己出于不同的、彼此矛盾的原因而反战的老传统，此一时是因为暴力是罪恶的，彼一时是因为和平将"保护大英帝国"等等。

在过去的几年里，一直存在着一种趋势，即法西斯主义者和货币改革者都为同一家报纸写文章，只是最近和平主义者也加入到他们的阵营之中。现在我面前就有这样一份小型的反战报《现代》，其撰稿人包括贝德福德公爵、亚历山大·康福特、朱利安·西蒙斯和休·罗斯·威廉森。亚历山大·康福特是一个"纯粹"的甘受侮辱的流派中的和平主义者。贝德福德公爵数年来一直是道格拉斯信用运动[1]的主要支持者之一，也是一个虔诚的英国国教徒、一个和平主义者或接近和平主义者，同时还是一个大地主。在战争刚开始的前几个月里（那时他是塔维斯托克侯爵），他主动去了都柏林，从德国大使馆获得或试图获得和平条约的草案。最近他出版了一本小册子，强调不可能赢得战争，并将希特勒描述成一个被误解的人，说他那良好的信仰从未真正被检验过。朱利安·西蒙斯以一种模糊的法西斯腔调写作，但也引用了列宁的话。休·罗斯·威廉森有一段时间一直和法西斯运动搅和在一起，但也参与了威廉·乔伊斯（"哈哈"先生）加入的分裂派别。就在战争之前，他和其他一些人组织了一个新的法西斯政党，自称人民政党，贝德福德公爵是其中一员。人民政党显然一事无成，威廉森在战争的第一阶段竭尽全力想将共产主义者和穆斯林联合起来。从这里你就能看到一些我所谓的法西斯主义与和平主义重叠的例子。

有趣的是，反战观点的每一部分都有德国广播宣传中的一部分，宛如分配的任务。自战争爆发以来，除了通过无线电进行宣传外，德国人几乎没在英国进行过任何直接的宣传。他们最著名的广播电台，实际上也是仅有的几个可以说在一定程度上一直有人收听

---

[1] 社会信用运动是根据 C. H. 道格拉斯少校的理论创立的，这一理论认为，繁荣只有通过改革当前货币制度才能实现。1942年10月，戈勒姆·芒森给《党派评论》写信，纠正了奥威尔关于社会信用运动和法西斯关系的观点，奥威尔在回信中写道："如果我给人造成的印象是：社会债权人都是亲法西斯主义者，那么，我要说声对不起。当然，哈格雷夫及其团体现在不再控制《新英国周报》了。我很高兴听说他们已经开除了贝德福德公爵，我很抱歉不知道这一点，而我本应该知道这一点。"

的电台,就是威廉·乔伊斯的电台。毋庸置疑,这些广播常常非常不真实,但他们或多或少是那种负责任的电台,在认真传递信息,都是在播报新闻而不是进行直接的宣传。但除此之外,德国还保留了四个伪造的"自由"电台,即实际上是在德国运作的,却假装是在英国非法运作。其中最有名的就是"新英国"广播电台,在战争初期,保守党常常借助背面涂有黏胶的图片来宣传它。这些电台的一般标题就是《未经审查的新闻》,或是《政府隐瞒我们的事》。他们装出一种悲观主义、消息灵通的样子,似乎有人深入内部知道了内情,或探察出大量的船运损失等等。他们鼓吹罢免丘吉尔,惴惴不安地谈论共产主义者的危险,同时也表示反美。乔伊斯的电台反美语调尤为强烈。说美国人在租赁协议上欺骗了我们,又逐渐吞并了帝国,等等等等。比"新英国"电台更有趣的是"工人的挑战"电台,这一电台采取的是一条炽热的革命主义路线,它的文章所用的都是诸如《踢走丘吉尔》这样的标题,它是由真正的英国工人用了许多不宜刊印出的语言播出的。我们要推翻腐败的资本主义政府,因为它要将我们出卖给敌人,我们要建立一个真正的社会主义政府,它将拯救英雄的红军,带领我们战胜法西斯。(这个德国电台总是毫不犹豫地谈论"纳粹主义的威胁""恐怖的盖世太保"等。)"工人的挑战"电台不是完全的失败论者。它所主张的路线可能都属于马后炮,因为红军早已做了,但是它鼓吹说,只要我们能通过罢工、暴动、蓄意破坏军工厂等来"推翻资本主义",我们就能拯救我们自己。

另外两个"自由"电台是"基督徒和平运动"(和平主义)电台和"苏格兰"(苏格兰民族主义)电台。

你们可以看出，德国宣传的种种腔调是如何与一种现存的或无论如何是一种潜在的失败主义者组织相对应的。"哈哈"先生和"新英国"电台针对的是反美的中产阶级，粗略地谈着那些阅读《真理报》的人，以及遭受战争痛苦的商业利益方。"工人的挑战"电台的目标对准了一般的共产主义者和"左"倾极端主义者。"基督徒和平运动"电台针对的是教区的一般教民。然而，我不想让人以为德国的宣传此时产生了很大影响。毫无疑问，它们几乎已经彻底失败了，尤其是在最近的18个月里。从各种已经发生的事来看，自战争爆发以来，德国人对英国国内的情况并不很了解，他们的很多宣传即使有人在收听，也会因为简单的心理失误而失败，而任何真正了解英国的人都不会犯这种错误。但各种失败主义的论调依然存在，有时候可能还会壮大。在我以上所说的话中，我似乎提到了那些太不重要，因此不值一提的人或派别，但在我们生活的这个充满血污的世界里，人们绝不会知道有哪个默默无闻的人或哪种半疯狂的理论不会变得重要起来。我确实注意到知识分子中有一种趋势，尤其是那些比较年轻的知识分子，他们倾向于向法西斯妥协，这是值得人们注意的事。傀儡式知识分子的出现是近两年才有的一大现象。以前我们都常常猜想，是法西斯自身暴露出可怕的样子，不会有哪一个有思想的人会与之有关；我们还猜想，法西斯分子一有机会就会消灭知识阶层。当我们看到法国发生的一切时，我们知道这些猜测全都错了。维希地区的人和德国人都发现，保持现存的"法国文化"的外表非常容易。许多知识分子准备投奔德国人，而德国人也正准备利用他们，甚至当他们"堕落"时也是这

第二编 战时通信

样。此时,德里厄·拉罗谢尔[1]正在编《新法兰西评论》,庞德正在罗马电台反犹太人,塞利纳[2]在巴黎是珍贵的展品,或至少他的书是。所有这些都统一在文化布尔什维主义的领导之下,但他们也被当作对付英国和美国知识分子的有用之牌。如果德国人到了英国,类似的事情也会发生,而且我想我至少能列出那些会投降者的初步名单。

这里没有多少消息。文化战线一切都很安静。纸张的缺乏似乎有利于短篇小说的出现,这些短篇小说都很好,而且很可能会带回"长篇小说",这是在英国从来没有受到过公正对待的小说形式。在前面的一封信里,我错误地告诉你,迪伦·托马斯在军队里。他因为体检不合格没去参军,现在正为BBC和情报部工作。几乎每一个过去的作家现在都是这样,我们中的大多数人将迅速恢复正常。

食物状况和以前一样。圣诞节我们有布丁吃,但比平常白了点。烟叶供应状况已恢复正常,但火柴很短缺。他们又在往啤酒里掺水了,这是重整军备以来的第三次了。空袭的消失使得灯火管制区渐渐放松起来。仍有人在管道站睡觉,但每个站只有几个人。被拆除房子的地下室用砖砌了起来,用作防火的蓄水池。它们看起来

---

[1] 德里厄·拉罗谢尔(Drieu la Rochelle,1893—1945),法国作家。第一次世界大战中曾入伍并负伤。1923年起为《新法兰西评论》撰稿,1934年发表著作《法西斯社会主义》,公开站在法西斯一边。二战爆发后与德国占领者合作,出任《新法兰西评论》杂志社社长。法国解放数月后自杀。——译者

[2] 费迪南·塞利纳(Ferdinand Celine,1894—1961),法国小说家、医生,20世纪最有影响的作家之一,代表作有《茫茫黑夜漫游》《一座城堡到另一座城堡》《北方》等。与普鲁斯特齐名。——译者

就像罗马的浴室,这样一来就给废墟增添了比以前更壮观的外观。空袭的停止造成了一些古怪的结果。在空袭最严重的时期,他们着手拟订了宏伟的方案,推平废弃的地面建成操场,用炸弹残骸铺设操场的表面。但现在这一切都不得不中途停止,因为没有更多的炸弹残骸了。

你最好的,你永远的

乔治·奥威尔

致《党派评论》：英国的危机

伦敦，1942年5月8日

亲爱的编辑们：

我上次给你写信的时候，远东的一些事情已经开始出错了，但政治上尚未出现什么变化。现在，我可以相当确定地说，我们正处于政治危机的边缘，而我在过去的两年里一直预料到这会发生。形势非常复杂，我敢说，甚至在我这封信到达你手里之前，还会发生很多事情证明我的预测是错误的，但我还是要尽最大努力来分析一下。

基本的事实是：人们现在已经厌倦了，而且准备采取和敦刻尔克时一样的激进政策。不同的是：现在在斯塔福德·克里普斯，他们拥有，或者说他们想在那里拥有一个具有潜力的领导。我并不是说有许多人在高叫着引进社会主义，而只是想说，国家的民众想得到在当前的资本主义经济体制下得不到，但愿意不惜一切代价得到的东西。例如，在我看来，没有几个人急切地感到有工业国有化的必要，但是如果官方告诉他们：若不接受工业的国有化，就不可能实现战争期间的高效率生产，那么除了少数利益相关的人之外，其他所有的人都会眼睛也不眨地接受。事实是，名义上的而非实质的"社会主义运动"，并不是行之有效的、有号召力的呐喊。对大多数人来说，"社会主义"仅仅是指那些没有信誉的议会工党。这个时代的特征之一，就是普遍憎恶所有的老政党。但人们想要的是什么呢？我可以说他们明确想要的是进一步的社会平等，是一个完全没有腐败的政治领导，是一项积极进取的战争计划和与苏联更紧密的联盟。但在试图预言哪一种政治发展可能实现之前，我们必须先考虑这些愿望得以实现的背景。

社会平等

战争从两个方面非常明显地从根本上向英国人揭示了他们所处社会的阶级本质。首先，有一个明白无误的事实：一切真正的实权都取决于阶级特权。你只有属于几个特定派别中的一种后才能拥有某一特定的工作，而如果你做不到这一点，你就不得不被解雇，随后，来自其他那些派别的人将会接替你；一切就这样继续着。在繁荣时期，可能没人会注意到这一点，可一旦灾患来临，便显而易见了。其次，为了缓解战争带来的困苦，每人每年可以得到两千多英镑进行调节。至于政府用何种方法来逃避食品的定量供应，我不想在此算一笔细账让你伤脑筋，但你可以通过这些现象有所了解：普通人不得不吃他们不喜欢的东西，同时也失去了很多以前惯用的奢侈品；有钱人大概除了葡萄酒、水果和糖之外什么都不缺。黑市交易很活跃，你可以几乎不受食品定量供应的影响，而且不用触犯法律。同时还有非法的汽油买卖以及十分明显的、普遍存在的对所得税的逃避。这些都受到了关注，却安然无事，原因在于，当金钱和政权或多或少地共存时，对这一切采取严厉措施的意愿便不复存在了。只举一个例子，食品大臣不顾高层人士的诸多反对意见，最终将通过限制旅馆或饭店中每顿饭的消费金额来削减"奢侈餐饮"的开支。然而，在这项法律尚未通过之前，人们就已经想出了逃避的

第二编 战时通信

方式，而且近乎公开地在报纸上进行讨论。

战争还引起了其他紧张情况，但与黑市交易或士兵对愚蠢的军官命令他们清洗防毒面具所造成的嫉恨相比，这些情况都还不那么明显。其中之一是：相对于军工厂工人的高薪，武装力量（军队无论如何是这样）因薪水微薄而产生的愤慨情绪日益增长。如果想通过提高士兵的收入使之达到军火工人的水平来解决这个问题，结果无非就是通货膨胀或劳动力从战争生产转移到物质消费。唯一真正的补救方法是同样减少平民工人的工资，而这只有通过全面大幅度削减收入才能被接受——简而言之，就是实行"战时共产主义"。除了一般意义的阶级斗争外，在中产阶级中还存在外国人无法深切认识到的嫉妒。如果你用BBC的口音交谈，你就能得到一个无产者得不到的工作，但除非你身属上流社会，否则你几乎不可能超越某一顶峰。到处都有有能力的人感到自己被有世家地位的无能傻瓜所压制。与此紧密相关的是一种被压迫的感觉。在最近20年里，我们在英国都有这样的感觉：如果你有头脑，他们（上流社会）肯定不会让你担任任何真正的要职。在投资资本时期，我们像脂肪层一样生产出垄断官方和军方权力的庞大的保守派，他们对知识分子有本能的憎恨。这种因素在英国可能比在美国这样的"新"国家更为重要。这意味着我们的军事弱点不仅仅是资本主义国家固有的弱点。在英国，当你发现一个有才华的人担任着一个确实有权威的职位时，那常常是因为他恰巧出身于一个贵族家庭（例如丘吉尔、克里普斯、蒙巴顿），即使如此，他也只是在危难时刻，在其他人不愿承担责任时才能取得这个位置。除了贵族，那些被称作"聪明人"的人都不能掌握实权，这一点他们也是知道的。当然，上层社

251

会中也有"聪明人",但从根本上来说这是一个阶级问题,中产阶级与上层阶级之间的问题。

政治领导

3—4月的官方声明说"丘吉尔仍然稳固掌握着政权",这是一个错误。丘吉尔的位置非常不稳。一直到新加坡陷落,我们还可以确切地说大多数人拥护丘吉尔却不支持他的政府部门。但在最近几个月中,他的声望已经急剧下降,右翼的英国保守党也在反对他(总而言之,英国保守党一直以来都讨厌丘吉尔,尽管他们不得不长期保持沉默),比弗布鲁克在筹划某种我无法完全理解的计划,但其目的肯定是想自己上台。我不指望丘吉尔还能长期执掌大权,但他是否要被比弗布鲁克、克里普斯或诸如约翰·安德森代替,现在仍是一个谜。

法国沦陷后,几乎每一个反纳粹的人都支持丘吉尔,原因是没有其他什么人,即没有一个众所周知能够既掌政权同时又不会向纳粹投降的人。有人说,我们应该在1940年建立社会主义政府,这种说法毫无根据:建立这样的政府的基础可能存在,但却不是领导力量。工党成了空壳,激进分子是失败主义者,共产主义者也成了纳粹的有力支持者,而且在左翼阵营也找不到一个能真正赢得全国人民尊重的人。在随后的几个月里,英国需要的是坚韧,而丘吉尔多的就是坚韧。然而,现在形势已经改变了。战略形势可能比1940还好,但大多数人却不这样认为,他们厌恶失败,而他们认为其中一些失败是不必要的,他们意识到,尽管有丘吉尔的演说,但掌权的仍是那老一派的人,什么也没有真正改变,这一点使他们逐渐绝望了。丘吉尔上台以来，政府第一次开始在特别选举中失败。在最近的五次这样的选举中，它已经失败了三次，而在没失败的两次中，它的一个竞争对手是反战者，另一人则被视为失败主义者。所有这几次选举投票率都极低，有一次竟跌至只有24%的选民的最低纪录（大多数战时投票的比率都相当低，但是得排除此时人口大规模流动的因素）。最明显的是人们对老党派失去了信心，而当时享有极高声望的克里普斯的出现也是一个新因素。就在一切都不堪收拾之际，他获得名不副实的荣耀，一身光芒地从苏联回国了。人们此时此刻早已忘了苏德之战爆发的环境，而是盛赞克里普斯促使苏联加入了我们的阵营。然而，他也利用了自己早年的政治生涯，且从未背叛过自己的政治观点。人们有理由认为，当时由于他没有控制政党机器，所以他并没有意识到自己的个人地位是多么显赫。他要是通过向他开通的渠道直接号召大众，那么在当时当地他就很可能迫使政府采取更为激进的政策，尤其是在慷慨处理印度殖民地这一问题上。相反，他犯了一个错误，他加入了政府，而同样糟糕的是，他竟出访印度并提出了明显会被拒绝的条件。就我所了解的有关克里普斯—尼赫鲁谈判的一点儿内幕，我无法在此发表。总之，这个故事太复杂了，我没法儿在这样长的信中写出来。重要的是，这次失败给克里普斯的信誉带来多大的损失。最有兴趣挖掘谈判内幕的是那些印度国大党中的亲日派以及右翼保守党员。当时，哈利法克斯在纽约的演讲在这里被解释为一种践踏尽可能多的印度人的努力，无疑，这使克里普斯和尼赫鲁之间的和解更加困难。与此同时，反对方也在竭尽全力做出类似的努力。结果是，克里普斯的声誉毁于印度而不是国内——或者说，如果其声誉被毁的话，那也是因为他进入了政府，而不是因为德里谈判失败。

至于克里普斯是大家都在考虑的人，还是一个半被遗忘的人，我还无法给你一个值得参考的意见。他是一个谜，一个政治上很不稳定的人。那些认识他的人只是一致认为他本人是诚实的。他的地位纯粹建立在公众对他的信任之上，因为他多少将工党机器变成了自己的敌人；保守党仅仅是暂时支持他，因为他们想利用他来对付丘吉尔和比弗布鲁克，并幻想把他变成另一个像阿特利一样温顺的猫；一些工厂的工人倾向于怀疑他（我听到有人说他"太像莫斯利了"，意思是太像"走向人民"的家庭男人了）；英国共产党憎恨他，因为疑心他反斯大林。比弗布鲁克显然已经开始准备攻击克里普斯了，他的报纸正利用克里普斯过去所发表过的反斯大林言论大造舆论。我注意到，根据德国人的电台判断，他们宁愿看到克里普斯执政掌权，如果这样能除掉丘吉尔的话。他们可能是这样推算的：克里普斯由于没有政党撑腰，将很快被右翼的保守党踢开，从而让位于约翰·安德森爵士、伦敦德里大臣或类似的人。我还不能十分肯定地说克里普斯不只是个被公众寄予厚望的二流人物，一种由普遍不满所吹出来的泡沫。但是无论如何，他从莫斯科返回时，人们谈论他的方式表明他很重要。

战争策略

人们在无休止地谈论着开辟第二战场，赞成者和反对者可根据他们的政治立场粗略地划为不同派别。据说许多说法都极度无知，但是，甚至没有什么军事常识的人也能够看出，在过去的几个月里，无用的防御行为已经使我们损失了一支军队，这支军队若能

第二编 战时通信

在某处集合起来并发动进攻，可能早已有所斩获。在宏伟战略，有时甚至在战术和武器方面，大众舆论经常会显得超前于所谓的专家。我自己也不知道开辟第二战场是否可行，因为我不了解航运的真实情况；对于后者，我所知道的唯一线索是，在过去一年中，食物供应状况依旧未有任何改进。官方的政策似乎不赞成开辟第二战场的想法，但那可能只是一种军事欺骗。右翼报纸就我们对德国的空袭大做文章，还建议我们可以通过采取连续不断的突然袭击，把德国的百万大军围困于欧洲海岸线上。后者完全是废话，因为当夜间时间缩短时，突袭根本起不了什么作用，根据我们自己的亲身经历，这里没有几个人相信轰炸能够解决一切问题。一般来说，大众总是有攻击思想的，并且当政府通过违背国际公约（如奥兰、叙利亚、马达加斯加）来表明对战争的重视态度时，他们往往很高兴。尽管如此，袭击西班牙或西班牙属摩洛哥（我觉得这是最有希望开辟第二战场的地区）的想法极少被人提及。所有的观察家一致认为，军队，即普通士兵和大批初级军官，都被过度忽视了。但海军和英国皇家空军似乎不存在这样的尴尬。突击部队和降落伞兵等特种部队很容易招募到新兵。一本抨击保守政策的匿名小册子最近销量很高，士兵们最喜爱的报纸《每日镜报》也登载了这则消息，而这份报纸因为批评了一些高层指挥官，几乎被禁止发行了好几周。另一方面，那种过去常常在战争早期出现、抱怨军队艰难生活的小册子似乎了无踪影。也许最有代表性和重要的是现在这个广为流传的故事：上级之所以坚决反对使用俯冲炸弹，真正的原因是制造俯冲炸弹很便宜，因此不能带来丰厚利润。这个故事是真是假我一无所知，但我记录下了许多人相信它这个事实。在几天前丘吉尔的演讲中，他提及德军可能使用毒气，这被理解为对毒气战即将开始的警告。一般的观点是："我希望我们先一步使用毒气。"在我看来，人们的态度似乎越来越强硬，尽管存在着普遍的不满情绪和缺少积极的战争目标的情况。现在很难估计街上的人有多关心新加坡的灾难。在我看来，工人阶级对德国战舰从布雷斯特[1]逃脱似乎更耿耿于怀。普遍的观点似乎是：德国人是真正的敌人，报纸竭力想煽动起英国人对于日本人暴行的仇恨，现在看来失败了。我的观点是：只要德国人还在战场，英国人民就会继续战斗，但是如果德国被击败了，他们就不会继续进行抵抗日本的战斗了，除非能制定出一个真实而明智的战斗目标。

苏联同盟

在以前的信中，我已经提到亲苏情绪在迅速增长。然而却很难确定这种感情能达到什么地步。一位托洛茨基分子最近告诉我：他认为苏联人通过自己成功的抵抗，已经赢回了他们因希特勒—斯大林协约和芬兰战争而丧失的信誉。但我认为并不是这样。事实是：苏联已经赢得了前所未有的支持者，但以前很多盲目的追随者已经变得谨慎了。在这方面，人们注意到公开的言论和私人言论之间存在着一道鸿沟。在公众场合，没人说一个反对苏联的字，但在私下里，除了人们经常遇到的"幻灭的"斯大林主义者，我注意到在有思想的人们中存在着一种怀疑态度，特别是在关于第二战场的谈论中更能看出这一点。激进分子的官方态度是：如果我们开辟第二战

---

[1] 法国西部港口城市，是重要的海军基地。——译者

场，苏联将非常感激我们，以至最终将成为我们的同志。事实上，事先没有明确的协议就开辟第二战场，只会给苏联一个获得单方面和平的机会；因为如果我们成功地将德国人从他们的领土上赶出去，他们还有什么理由继续战斗呢？左翼报纸所支持的另一种理论是：我们战斗得越多，在处理战后事务时我们应有的发言权也就越多。这又是一个幻想！

签署和平条约的人就是一直最强大的人，通常是指那些能设法避免战争的人（比如第一次世界大战中的美国）。在公开出版物上很少找到这样的言论，但却很容易被个人接受。我想人们都不会完全忘记苏德协议，人们害怕再次被骗，这是人们渴望更亲密联盟的原因却也有很多对苏联的吹嘘是出于感情，这些吹嘘是因为无知，也是因为受到了那些完全反社会主义却又看到红军是一支受欢迎的队伍的人的蒙蔽。我必须收回我在以前的信中对比弗布鲁克报业的赞扬。比弗布鲁克报业给自己的记者一年多的自由支配时间，在这段时间里，他们中的一些人在启蒙大众方面做了很多有益的工作，之后，比弗布鲁克又开始扬起它的鞭子，组织它的队伍致力于攻击丘吉尔，尤其是更直接攻击克里普斯。与此同时，他还反对燃料配额制、汽油配额制以及其他对私人资本的限制。他比斯大林主义者还像斯大林主义者。大多数右翼报纸都采用更谨慎的路线，赞扬"伟大的苏联人民"（称其历史价值与拿破仑平等，等等），而对苏联体制的本质却保持沉默。"国际主义"最终是在无线电台上进行的。莫洛托夫关于德国暴行的演讲以白皮书的形式发行了，但为了遵从某个人的意志（我不知道是斯大林的还是国王的），该书的封面上省略了皇家武器。尽管对共产主义还有些模糊的敌意，但人们总的来说还是对苏联抱有善意的。他们很希望与苏联共同宣布一个战争目标,保持亲密的战略合作关系。我想很多人意识到,在绥靖主义者仍多少大权在握时,要想与苏联建立坚固的联盟很困难,但更少有人理解政治上的相对落后是另一个困难。

革命或灾难

好了,这就是我看到的一切。在我看来,我们似乎回到了敦刻尔克大撤退之后出现但没有被好好利用的"革命形势"。从那时一直到最近,人们的思想必然在这些方面获得了一些进步:

我们不能以现有的社会经济结构赢得这场战争。

只有公众意识有了迅速发展,这个结构才会改变。

能促进公众意识发展的只有军事灾难。

再多一个灾难我们就会输掉战争。

在这样的环境下,我们所能做的就是"支持"战争,即支持丘吉尔,并希望一夜之间一切都得以实现——也就是说,纯粹的战争必然性、走向集中经济的必然性和更平等的生活标准将会迫使政体逐渐走向"左"倾,并允许最坏的反动分子成为他们的工具。没有人会认为英国统治阶级因为存在就合理,但他们可以被推到这样一种地位,即他们在位只对纳粹有利。在那样的情况下,就可以操纵国民反对他们,并且可能稍用暴力或不用暴力就能把他们推翻。在摆脱这种毫无希望的"改良主义"策略之前,我们应该记住英国实际上在欧洲大陆的射程之内。革命性的失败主义,或其他任何类似的东西,在我们的地理形势中毫无意义。如果在我们的军队中出现严重分裂,哪怕只有一个礼拜,纳粹就会出现,在那之后,就没人谈论革命了。

第二编　战时通信

在某些程度上，事情按我的预料发生了。人毕竟能够辨别出一场世界革命战争的概况。英国已被迫和苏联、中国结盟，被迫恢复阿比西尼亚，被迫与中东国家制定相当慷慨的条约。重要的是，因为需要建立强大的空军，阶级体制已经遭到了严重的破坏。远东的失败一直在消灭着帝国主义的旧概念。但当没有革命党和左翼领导者出现时，在我们从来没有攀登并且也许永远不可能攀登的阶梯上出现了一个大间隙。克里普斯的出现也许可能也许不可能改变这一切。我想，如果有什么事有待改变的话，那么肯定要出现一个新的政党，而旧政党的明显垮台则会加速它的出现。如果克里普斯再不离开政坛，他可能会很快丧失自己的荣誉。但现在，他处在特别孤立的地位上，他是把任何一种新运动付诸实际的最合适人选。如果他失败了，上帝将通过丘吉尔来拯救我们。

我想，这次我又像平常一样写得太多了。我们这里的日常生活并没有发生多大的变化。全国人民几周前还在烤着他们的面包。下个月基本的汽油配给制也将终止，这从理论上意味着私人将不再能拥有汽车。新消费税很可怕。现在花一个先令才能买到十根香烟，10便士才能买到一品脱最便宜的啤酒（而在1936年，大约只要4便士就能买一品脱）。每个人的工作时间似乎越来越长。当我们一次次在周与周之间的时间缝隙从脸盆里抬起头来时，会惊奇地发现，地球仍在绕着太阳转。一天，我在公园里看到了番红花；又一天，我看到了盛开的梨花；再过一天，可能就看到了山楂花。似乎人们就是通过一条条战争的消息，获得了对这些东西的模糊印象。

你永远的朋友

乔治·奥威尔

致《党派评论》

伦敦，1942年8月29日

亲爱的编辑们：

我在写这封信时就几乎肯定，信会被一系列事件占据和淹没。我们仍像三个月以前一样处于冷酷无情的危机之中。克里普斯在政坛上仍然让人不可理解，他渐渐在左翼中失去了威信，但仍有很多人相信，拥护他的人在等待着他离开政府并宣布一项新的革命政策的那一刻。这种已经存在的发展是明确朝着反动方向的。除我之外，还有很多人都已经注意到周围的保守主义在增加，这是一种反对给战争披上反法西斯色彩的力量，是想全部遮掩过去两年的伪激进主义。印度事件撕下了许多人的面具，包括罗瑟米尔勋爵的。这似乎违背了一条原则，那就是说，任何一个政体，在处于危难之际，往往会走上极"左"的路线，因为人们很难说刚刚过去的半年是成功的。但已经发生的这种或那种事情看起来已经使那些顽固分子对自己越来越有信心了。

有一些小的政治事件要记录一下。理查德·阿克兰的相当激进的"前进派"（一种基督教社会主义）已经和普里斯特利的不那么激进的"1941年委员会"合并，这一运动被标榜为"共和"[1]。我相

---

[1] "1941年委员会"是由一群左翼政治评论家、政治家和一些显要名人在1941年年初创立的。J. B. 普里斯特利是一个小说家，因1940年的广播节目而成为全国性的知名人物，

（转下页注）

第二编　战时通信

信这一合并是有些违背阿克兰意愿的。现在汤姆·温特林厄姆——一个有用的政客——也加入进来了。但是，虽然他们已经赢得了选举的候补席位，我却并不相信这些人值得重视。托洛茨基主义最终是因一份威胁要控告它的周报——《社会主义的呼喊》——才成为报纸新闻的。我相信这份报纸仍在发行，虽然面临被查禁的危险。我设法弄到了一份这样的报纸——很一般，但不是一份差劲的报纸。负责这份报纸的团体据说有500人之多。罗瑟米尔报业在追踪报道托洛茨基分子方面相当活跃。《周日画刊》抨击托洛茨基主义所用的词语几乎和共产主义者所用的完全一样。《周日画刊》是所有声名狼藉的报纸中最声名狼藉的（谋杀、歌女的大腿和英国国旗），它所属的报业集团在战争之前比其他所有报纸都更崇拜法西斯主义，甚至迟至1939年早先的几个月还把希特勒描述成一位高贵的绅士。《工人日报》曾被查禁，并将于9月7日复刊。要在印度提高对共产主义报纸的控制，这是必然的结果。此时的共产主义文学主要关心的是要求开辟第二战场，但也出版了很多小册子攻击所有的下院议员，无论他们属于什么党派，只要反政府就会受到这些文学作品的攻击。反托洛茨基分子的小册子现在也出版了，并且几乎同西班牙内战时期这样的小册子一模一样，但在说谎方面走得更远了。印度事件在这里引起了一些骚动，但没有一个人希望那样，因

（接上页注）

他成了这一运动的领袖，虽然奥威尔和很多人一样将这一组织称为"普里斯特利委员会"。这个组织的目的就是对联合政府施加压力，通过出版物和游行来支持当时左翼的政治和经济改革。后来委员会的内部产生了冲突，并最终导致了它的解体，其剩余力量在1942年7月与"前进派"联合，成立了一个新的政党——共和党。

为所有的大报都密谋歪曲过它，这个国家的印度知识分子专门反对那些看起来最有可能帮助他们的报纸。范西塔特在书中、小册子和通讯专栏、每月评论上大肆叫嚣，制造矛盾。"独立的"候选人当中有一些是明目张胆的骗子，他们公然违背民意在全国范围内游说，争取选民。他们中有几人具有明显的法西斯色彩。然而，尚无任何迹象表明法西斯群众运动正在出现。

对我来说，这差不多就是所有的政治消息了。在过去的一段时间里，我心里一直在想，你们可能对这个国家发生的一些微小的社会变化有兴趣——或许有人称之为战争的机械后果。几乎所有东西的价格都被控制了，而且控制得相当低，这也导致了奢侈品的黑市交易价格下降，但这对士气的危害或许比上次出现的无耻的牟取暴利的行为造成的要小得多。有趣的是：食物控制是否会影响公众的生命健康以及它们正在怎样改变人们的饮食习惯。那些只拥有固定的低额收入的人群——老年救济金就是一个极端的例子——现在正处于经济窘境之中，付给军人妻子的抚恤金本就够寒酸的了，但总的来说，工人阶级的购买力已经有了很大增长。在我自己看来，普通民众的营养状况比以前已经有了很大改观。但与此相悖的是肺结核病患者数量的增长。其原因虽然十分复杂，但一定跟某种方面的营养不良有关。虽然没有什么对比标准而得不到准确的结论，但我还是忍不住想到：伦敦人的状况比以前好多了，也更活跃了，人们也很少看到肥胖的人了。战前的英国工人阶级，即使当他们享有高薪时，我们也可以想象他们的饮食是多么不健康，食物定量控制迫使他们不得不重吃粗茶淡饭。比如，因为成人牛奶定量标准是每周三品脱，战后的牛奶消费实际上倒是明显增长了，听到这一消息真觉得奇怪。最为惊人的消费量下滑发生在糖、茶方面。战前，不少英国人每周要吃好几磅糖。根据英国标准，两盎司的茶叶定量是非常可怜的，即使因为小孩子不喝茶而使这种状况有所缓和，也依然如此。在配给时代，永远烧煮着的茶壶成为英国人生活的支柱之一，而且，虽然我自己也想喝茶，但我毫不怀疑没有茶我们会过得更好。大麦面包也是一种改善，虽然工人们一般不喜欢它。

战争和随之而来的进口终止让我们回归天然食物，那就是燕麦、鲜鱼、牛奶、土豆、青菜和苹果等健康但略显单调的食品，我无法确定我们现在能生产多少我们自己所吃的食物，但应占订单的60%到70%。战争以来，英国已另外开垦了600万英亩耕地，整个英国共有耕地900万英亩。战后英国必然应成为一个农业国家，因为，不管战争如何结束，由于印度、澳大利亚等国实现了工业化，英国的许多市场都消失了。在这种情况下，我们将不得不回归我们祖先那样的食物，这些年的战争也许是一种不错的准备。事实是，数十万计在城市出生而因战略撤退在农村长大的孩子，可能有助于我们更容易回归农业生活方式。

服装的定量供应现在已经开始在一般衣衫褴褛的市民中产生影响了。我曾希望它能强化阶级差异，因为这是一个完全不民主的标准，很难影响到本来就吃穿不愁的殷实家庭。还有，定量只能规定你所能买的衣服数量，而与价格毫无关系。因此，你会用同量的配给券买上百元的貂皮大衣和30先令的雨衣，然而，现在人们所看到的褴褛的衣服不是军服而是人们的便服。正如一些男人所言，晚礼服实际上已经消失了。在妇女们中间，灯芯绒裤和露腿裤的数量在增加。目前还没出现人们所谓的服装革命，但这可能要归功于减少布匹浪费的纯粹必要性吧。例如，贸易委员会的工匠们就遇到了这样的问题，就是要控制裤脚的下脚料，但贸易委员会已经表示反对人人都穿战服。布匹的质量也在下降，虽然不像我想的那么严重。化妆品减少了，香烟不再用防水和防油的外包装而改为纸包装或散装，书写纸越来越像卫生纸，同时卫生纸也与锡纸变得差不多了。陶器有点物以稀为贵的味道，并成为一种邪恶的硬件设施，一种你希望在监狱里看到的东西，但现在正在生产。所有不被控制的物品，比如家具、亚麻制品、钟表、工具，都攀升到极高的价格。现在，基本的汽油定量控制使街上的私车非常少见了。在农村，很多人正在谈论着"马饰品"。在伦敦，午夜之后，除了偶尔有一辆"的士"之外，就没有其他交通工具了。

你在某人家里吃饭，就只能睡在那里。生活在空袭与火警中的人已经习惯走到哪儿就睡在哪儿了。燃料短缺问题至今还没被人察觉，但1月就不会这样了。在过去的很长时间内，煤矿主们一直成功地阻挠着燃料定量控制的实行，据说今年冬天我们会有25万吨燃煤的亏空。各处的建筑物都变得破烂不堪，这不仅仅是由空袭造成的，更主要是因为缺乏维修，墙上的灰浆也都脱落了，窗户也只是用帆布、木板七拼八凑地补起来的，废弃不用的商店在每条街上都能看到，伦敦的权力之争演变成了家园的满目疮痍，美丽但破败的房屋不再有人居住，变成了一堆不惹人注意的瓦砾。另一方面，公园的维护却因用废铁取代栅栏而得到改善。一般来说，这些栅栏都从花园移到了广场，但在有些地方，有钱有势的人设法保住了自己的栏杆，并要外人莫入。一般说来，哪儿有钱，哪儿就有栅栏。

战争爆发以来，时常提醒人们英国的事情已经发生变化的是美

第二编 战时通信

国杂志的登陆，那一幅幅表面光滑、迷乱却绚丽缤纷的广告诱惑着你把钱花在垃圾上。战前的英国广告显然不如美国的广告丰富和繁荣，但它们的精神氛围是相似的，满目的整版广告让人有一种重新步入1939年的感觉，现在的期刊向广告让步的程度之大与以前向广告屈服的程度之小恰成正比，但广告的总体数量降低了，政府广告不断出现在商业广告上。到处都有数不清的空空如也的广告牌。在地铁隧道车站，你可以看到一种有趣的变化进程，商业广告的牌子越来越小（其中有些只有大约一英尺到两英尺大），官方广告正稳步取代它们。然而这只反映了国内贸易的衰退，并不表明形势有任何深刻的变化。这个时代出现了一个与众不同的特征，就是为那些不存在的产品做广告。举一个恰当的例子，大写的"钢铁"这个词下面配着一幅令人难忘的坦克照片，照片下面有一小段文字，谈的是收集打捞废弃钢铁的重要性，在最下面则用小字注明："热罗伊兹铁补剂"战后与战前一样打折销售。这从一个侧面解释了最近由《大众观察报》报道并能由我的经验知识所证实的一个奇特的事实，即很多工厂的工人实际上都害怕战争结束，因为他们预感到一切都会迅速退回到老样子，300万失业工人又会出现，等等。有人认为，无论发生什么，旧式资本主义都注定要存在，我们面临的更大危险是被强制劳动，而不是失业。这种思想还不为群众所知，他们只有一种模糊的概念，即"事情会有所不同"。战争以来变化最少的广告似乎是剧院和专利药品广告。某些药品买不到，但英国人却一点也没忘记自己对服药的传统热情，阿司匹林、咖啡因的消费量都无可置疑地增加了，所有药店无一例外都在销售阿司匹林，各种各样的新专业药店开张，其中一家名叫布利茨，其招牌上写着"药到病除"。

　　我似乎又在对你们说这些微不足道的小事了，但我们生活习惯的这些细微变化都表现出一种倾向，那就是生活方式更加公平，对进口奢侈品更加依赖，如果英国变成了一个社会主义国家，那么在流通困难时期，这些变化就是很重要的。我们似乎缺少了社会主义者和资本主义者在和平时代都曾竭尽全力反复灌输的消费者精神，而我们也逐渐适应了以前可能觉得难以忍受的条件。社会主义的传入肯定意味着在刚开始的几年生活标准会有所下降，但这或许也不错。

　　但是，当然，如果没有结构上的变化，我们衣食上的变化就没有什么意义。因为上一次战争中出现的事情现在又都出现了。所以食品严重短缺，物价猛涨，农业复苏，妇女大量涌入工业，行业协会成员数量不断攀高，政府对私生活的干涉增多，对官员的需求增多使原有阶级构成受到震动。但并没有出现真正的权力转移，在1919年，我们就曾以闪电般的速度恢复到正常状态。我无法相信这次还会旧戏重演，但我也不能说我发现了不能重演的铁证。现在，在我看来，防备这一情况出现的唯一保证存在于人们所谓的形势机械论。旧式资本主义无法赢得战争，过去三年中发生的事件表明我们不可能发展出一种对法西斯的本土化的表述。因此，现在就像两年前一样，人们可以用"或者……要么……"的形式预测将来：我们或者引进社会主义，要么就失去这场战争。一个让人觉得奇怪，或许可以说令人不安的事实是：在1940年做出这种预测与现在做出这种预测同样容易，基本的形势几乎没有什么变化。两年来我们一直待在燃烧的甲板上，不知为何，火药库却始终没有爆炸。

第二编 战时通信

现在街上到处都是美国士兵。他们总是板着很不满意的脸。我不知道这和美国人的正常表情相比有多大的差距，但起码和英国人的表情不同：后者的面孔总是驯良的、茫然的、忧心忡忡的。在国民自卫军中，我们接到命令，向官员敬礼时要一丝不苟，我恐怕自己做不到这一点，他们似乎也没指望我那么做。我相信一些地方城镇几乎已被美军接管了。已经出现了嫉恨情绪，迟早会因收入不同而发生一些事情。一个美国人所得的收入是一个英国人所得收入的五倍，这对女孩子也有影响，工人阶级的女孩子们从一个活人的嘴里听到自己在电影里曾那么熟悉的口音可能会觉得毛骨悚然。我想这里的外国驻军不会抱怨当地妇女对待他们的方式。波兰人已经帮助我们解决了一些出生率问题。

你永远的

乔治·奥威尔

致《泰晤士报》编辑[1]

伦敦，1942年10月12日

尊敬的阁下：

英国政府做出决定，将要报复德国战俘[2]，而到现在为止，却还几乎没引起任何反对意见。请允许我就此谈一两点个人意见。

就我们这些普通的观察者来看，德国人虐待英国战俘，我们就给德国战俘戴上脚镣手铐回应德国人，性质都是一样的，实际上就等于把我们降到了与敌人同样低的水平上了。回顾一下过去十年的历史，我们就能看得清清楚楚，民主和法西斯主义之间无疑一直存在着巨大的道德差异，但若我们采取睚眦必报、以牙还牙的策略，那就如同简单地一笔抹杀了这一区别。而且，我们永远不会比我们的敌人更加残忍。就如意大利电台最近播报过的，法西斯主义的基本原则就是：你打瞎我一只眼，我就打瞎你两只眼；你打掉我一颗牙，我就打得你满口无牙。在有些人看来，或根据一部分民众的意见，听到这种意味深远的话后我们应该退一步。将来会发生什么，这不难预测。我们的行动必将促使德国人给更多的英国战俘戴上脚镣手铐，我们接着再给更多轴心国[3]的战俘戴上脚镣手铐，这样恶

---

[1] 《泰晤士报》没公开发表这封信。——译者

[2] 这一年的8月，英国和加拿大联合发动了对迪佩地区的短时间进攻。德国人声称英国人虐待俘虏，在进攻中捆住了德国战俘的手，所以，作为报复，他们也将给一些英国战俘戴上手铐脚镣。随后，英国政府也宣布，准备给同样数量的德国战俘戴上脚镣手铐。

[3] 二战期间，德国、意大利、日本三国结成轴心国三国联盟。

性循环，不断延续，最后双方所有的战俘都要戴上脚镣手铐。事实上，我们当然不愿意首先采取这一步骤，并且可以宣布，我们现在就停止给战俘戴脚镣手铐，几乎可以肯定，这一定会使戴脚镣手铐的英国战俘远远多于轴心国的战俘。如果我们步德国人的后尘，就会显得既残暴野蛮又色厉内荏，这只会损害我们的名声，对敌人并不会构成什么威胁。

我认为，针对德国人的这一行动，我们应该文明地回答说："你们宣布要让数以千计的英国战俘戴上手铐脚镣，借口只是我们在迪佩战役中临时将几十余名德国战俘捆了起来，这种虚伪让人厌恶，原因是：第一，你们在过去十年间做的这种事数不胜数；第二，军队抓到俘虏后，都得以某种方式确保他们不跑掉，直到把他们安全转移为止。战俘在这种情况下双手被捆绑，与战俘在拘留所里无助地被戴上脚镣手铐，就完全是两码事了。我们现在没办法阻止你们虐待我们的战俘，但我们可能会记住这一切，待和平到来时再和你们算清这笔账，但无须担心我们会以其人之道还治其人之身。你们最近的所作所为，只证明了我们有别。"

从目前的情况看，这种答复似乎并不十分令人满意，但三个月后再回过头来看看，我们就会发现，这种做法比我们目前采取的行动要好。采取进一步报复是一种蠢行，尚能保持清醒头脑的人应对这种行为进行抗议，这是责任。

你真挚的

乔治·奥威尔

致乔治·沃德柯克

伦敦，1942年12月2日

亲爱的沃德柯克：

非常抱歉，我无法早点抽出时间给你回信，这些天电台里的事实在太多，我一直忙着对《党派评论》上的争论做出回应。在我受到攻击时，我常常不得不这样做——尽管如此，我仍希望不要伤害到任何一方。

你说，你给BBC做节目，他们没给你任何报酬，还说当初收到去电台做节目的邀请时还曾怀疑这是"一个陷阱"。读到这里，我忍不住发笑。事实上，邀请你是玛尔克的主意。从某种意义上说，那次特别节目是我们每月一次的私人疯狂行为。只要能有500个听众，我就会感到吃惊。无论怎么说，以什么广播节目去争取印度公众都是徒劳，因为他们就没有收音机，尤其是没有短波收音机，而收听我们的节目需要这个。凭着我们那些设备，实际上我们只能为学生广播，尽管如此，学生们除了听听新闻或音乐（虽然政治形势已经如此恶化）外，并不听其他任何节目。

很抱歉，我所说的那段话，即"从财政上讲有利可图"引起了你的不满——我并非指向你或其他什么人，而只是指文学上敲诈勒索的全过程，这些你知道，我也知道。

至于电台广播的道德观，总的来说，就是自甘为英国统治阶级所用。围绕这些问题争论几乎毫无意义。实际上主要就是这样一

第二编　战时通信

个问题：若不首先完成自己的革命，你觉得是首先打倒纳粹更重要呢，还是觉得这样打倒纳粹没有任何意义？但是，以上帝的名义起誓，不要以为我不知道他们在如何利用我。我顺便要说的是：个人不可能完全置身于战争之外，通过在BBC这类机构内的工作，在某种较小的程度上，我或许可以去除掉它的一点臭味。我不知我是否能长期从事这种工作，但只要我在这里，哪怕就一会儿，我觉得，与我不在的时候相比，也应该把我们的宣传办得稍稍不那么令人恶心。我正计划将我们所做的关于印度的一些广播节目编成书[1]出版。如果此法可行，你就能够从书中看出，我们的广播节目尽管与其他所有的广播节目大同小异，但并不是像人们所想的那么差劲。为了能对此有个正确评价，你也应该和我一样，与轴心国和同盟国的宣传保持密切联系，到那时，你就不会认为空中电波传播的尽是可呕之物了。我认为我们这个小角落还是相当纯洁干净的。

你的

乔治·奥威尔

---

[1] 该书于1943年以《对印度的谈话》为名出版，奥威尔编。

致《党派评论》

伦敦，1943年1月3日

亲爱的编辑们：

从我给你们写第一封信至今正好两年了。我写第一封信时，语气堪称咄咄逼人，当时我们正处于孤注一掷的尴尬境地，而且一场政治剧变似乎已经迫在眉睫。而我开始写这封信时，军事形势虽然已经有了极大的好转，却是前所未有的黑暗。你们自己曾将我在今年5月写的倒数第二封信冠以"英国的危机"的题头，不过，那次危机已经结束了，反动势力轻而易举就投降了。丘吉尔再次稳坐钓鱼台，克里普斯已经放弃了他的机会，也没有其他左翼领导者出现，也没有急进运动发生，更为重要的是，在西部战争结束之前，人们很难看到革命形势会再次出现。我们曾经有过两个机遇：敦刻尔克和新加坡，但我们一个也没抓住。在试图预言由此带来的后果之前，让我先大概描述一下我眼中的总体趋势。

虽然个人事件并没有像人们所想的那样整齐划一地穿插其中，但这样的统治对在胜利时向"左"倒，失败时向"右"倒的两边倒政府很适用。远东战线崩溃，克里普斯被安排接管政府，这是克里普斯对印度的使命（这样安排的目的，就是为了保证这个政府不被人接受，但对这个国家的人民的感情至少是个让步）。美国在太平洋战争中的胜利，德国没能成功抵达亚历山大——印度议会领导人被逮捕。英国在埃及的胜利，美国对北非的入侵——与达兰勾结，

第二编　战时通信

向佛朗哥献媚。但在这整整一年里——实际上我在以前的信中也曾提到过——显而易见，顽固保守派的力量在稳定增长，并且越来越多的人自觉地接受共产主义，而共产主义只是在需要鼓舞士气时有用，现在则可以抛弃。克里普斯突如其来的劫掠，不过象征了在这个地区无处不在的一种发展进程。除了普遍"右"倾之外，还有另外两种似乎很重要的发展，一个是关于第二战场的讨论，这一讨论在7月前后达到顶峰，之后就比以前呈现出一种更明朗的政治色彩。北非战役使关于第二战场的喧嚷暂时安静了下来，但在这以前的几个月里，这种论争已不再是一场军事论争，而成了亲苏派和反苏派之间的争斗。另一个发展是随着美国人对英国政策控制的加强而出现的一种反美情绪。我认为，人们对美国的基本态度在近几个月已经发生了变化，我过一会儿再重新回到这个问题上来。与此同时，我们越来越怀疑，我们可能都低估了资本主义的力量，而且右翼分子可能最终独立地赢得战争的胜利，无须求助于任何激进的改革，这对任何思考这一问题的人来说都会感到沮丧。关于"战后"的各种冷言冷语十分普遍，而1940年的那种"我们都身在其中"的思想已经逐渐消失了。在最近几周，最大的政治话题一直是"贝弗里奇[1]社会安全报告"。人们似乎觉得，这个非常适中的改革措施几乎好得不真实了。除了极少数不感兴趣的人之外，每个人都赞成贝弗里奇——包括几年前还会将这一计划视作准法西斯计划而加以抛弃的左翼报纸——同时，没人相信贝弗里奇的计划会被实际采

---

[1] 威廉·贝弗里奇（William Beveridge，1879—1963），英国经济学家，二战期间曾制定英国战后福利国家蓝图，提出包括医疗、失业、老年和死亡的社会保险计划，著有《失业：一个工业问题》《自由社会的充分就业》等。——译者

纳。通常的观点是:"他们"(政府)将假装接受贝弗里奇的报告,然后随便把它一扔了事。一种软弱无能的感觉越来越明显了,这从参加投票的人越来越少可以看出。最近一次公开的大规模游行,是那些要求在今年夏天开辟第二战场的人举行的。没有什么反对达兰协议的游行,虽然大家对此普遍不满;也没有针对印度事件的游行,虽然民众的感情是亲议会的。极端左翼分子仍然倾向于做失败主义者,涉及苏联前线时例外。在非洲战役的每一阶段,极端左翼的报纸都几乎不可救药地对任何事件都进行悲观主义的解释。我认为不值一提的是:左翼报纸所支持的军事专家都是失败论者,当他们的悲观预言被证明错误时,他们的名誉却没有受到什么损害,这与右翼所支持的快乐的乐观主义者一样。然而,这部分是出于嫉妒和"对立思想":现在没有几个人真正相信德国会胜利。至于过去三年间的真正教训——右翼比左翼更有勇气和能力——却没有人敢于面对。

现在说说英美关系。在前一封信中,我曾想非常简短地指出这个国家中存在的各种亲美和反美的感情潮流。从那时起,对美国的仇恨情绪就一直明显滋长,现在这种情绪扩展到了人文知识分子这类原先亲美的人群中了。重要的是,我们要认识到:在大约15年间,英国与大部分国家的不同之处就在于它没有值得一谈的民族主义知识分子。一般英国知识分子都是反英国的,虽然他们主要崇拜苏联,但也倾向于将美国看成不仅比英国效率更高、更现代化,而且比英国更真正民主的国家。在1935—1939年间,左翼知识分子对诸多美国报纸津津乐道的反法西斯的滑稽表演迷恋到了令人吃惊的地步。现在还存在着这样一种趋势,就是从文化上靠拢美国,声称美国语言优越，甚至说连美语的发音都比英语好。然而，这种态度正在改变，特别是当人们逐渐了解到美国是潜在的帝国主义者，而且政治上远远落后于英国时更是如此。今天人们最爱说的格言是：张伯伦绥靖德国，丘吉尔绥靖美国。实际上，非常明显，英国的统治阶级一直得到美国武器的支援，并借此可以得到一种除此之外就无法获得的愉快而更有生气的新生活。现在只要出现任何一种反动举动，人们都指责美国，甚至过了头。例如，就连消息非常灵通的人都相信达兰的工作在我们不知道的情况下已被美国人"阴谋改变"了，虽然事实上英国政府也秘密参与了此事。

在工人阶级间也普遍存在着反美情绪，原因就是美国士兵的出现，而且，我相信，在美国士兵们中间也存在着强烈的反英情绪。我在这儿也只能根据二手资料和证据来谈，因为几乎不可能与美国士兵接触。他们在街上随处可见，但是他们不去一般的鸡尾酒吧或者酒店，即使是在他们经常去的酒吧或者酒店，他们也经常是跟自己人聚在一起。如果有谁和他们搭话，他们也是极少搭理。与美国士兵有接触的美国公民们也说，除了对食物、气候的正常抱怨外，士兵们还抱怨受到不友好的对待，娱乐得自己出钱，英国的肮脏、守旧以及普遍的贫穷也令他们厌恶。当然，从美国文明的舒适中突然一下子被送到已受了三年的战争伤害，各种生活必需品都匮乏，且多雨、烟雾缭绕的英国中部小镇，的确不是一件令人愉快的事。然而，我怀疑的是，即使是在和平年代，一般的美国人是否认为英国是可以忍受的。文化的差异根深蒂固，或许水火不容，而且美国人对英国有一种最深层的鄙视，就像一般教养很低的英国人鄙视拉丁人种一样。和美国军队有接触的人都说美国军人都认为这是"他们的"战争,一切战斗都是他们进行的,英国士兵除了逃跑什么都不会做,等等。美国士兵和当地居民接触之少令人震惊。第一支美国军队到达这里大概已有八个多月了,但是我从来没见过一个美国士兵和一个英国士兵在一起。军官们之间的接触也是很偶尔的,士兵们则根本就不接触。美国士兵刚开始留给妇女们的好印象已经消失殆尽了,他们都是和那些妓女或是类似妓女的人在一起,英国的大部分地区都有类似的情况反映。然而,据说驻扎在苏格兰的美国士兵和当地居民的关系处理得比较好,那里的居民肯定比英格兰居民友好。另外,人们对美国黑人的印象比对美国白人要好。

如果你问人们为什么不喜欢美国人,你首先得到的答案一定是说美国士兵太爱吹牛了,然后他们会说他们对美国士兵的报酬和食物严重不满。他们发现,一个美国士兵一天可以得到10先令(包括薪水和所得税),这意味着整个美国军队在财产上属于中产阶级,而且属于中产阶级中相当高的那一类。就拿食物来说吧,我不敢设想人们会因为美国士兵的伙食比一般市民好而抱怨,因为英国军队的伙食也很好,但供应给他们的只是食物的原料,而美国军队享用的却是那些为孩子们准备好的食物,以及那些明显浪费航运空间的奢侈品。他们喝的啤酒都是从美国进口的,因为他们喝不惯英国啤酒。人们微带尖刻地指出:运这些东西漂洋过海的水手应该被淹死。你也可以想一想围绕下面这些事实会产生多大的嫉妒——美国军官们垄断了所有的出租车,喝光了所有的威士忌,而且把那些装修过的房子的租金提高到了一个空前的高度。人们常常抱怨说:"我不介意他们是否在打仗,但不要只是说空话。"这句话说得是过了点,但事实确实是这样。如果美国军队加入到欧洲战场中去,这

第二编 战时通信

种观点就会改变很多。在这场虚伪的战争中，我们和美国的关系与我们同欧洲的关系同样重要，这是显而易见的。

更好的宣传方式能否改变这种情况还无法确定。我想指出的是，刚从美国回来，或者知道美国一些情况的人，特别是加拿大人，都关心英美关系，并且都非常渴望英国在战争中付出的努力在美国被大肆宣传。然而，英国的宣传问题比大部分人所认识的要复杂得多。举个例子来说，从政治上来讲，他们需要讨好包括看不起英国的统治者。因此，德国人就不能合理地说英国的战斗是靠殖民地的军队来打的，但人们认为这比激怒澳大利亚人好，而澳大利亚人对大英帝国的态度很一般，而且在文化上仇视英国。这种左右为难的状况一直在不断地以新的形式出现。至于美国，一些政治宣传家实际上坚持认为：对美国人来说反英更好，因为这样就可以使他们对自己有一个很好的感觉，并且能够鼓舞士气。另一些宣传家却备受困扰，因为我们英国人在美国被描述成哈利法克斯勋爵一样的人——恐怕他被当成英国人的典型。我听得最多的话是："我们为什么不从威根或布拉德福德送几个工人到美国去，向美国人表明我们一般都是他们这样的体面人？"在我看来这纯粹是自作多情。当然，将哈利法克斯当成英国人的代表，与把他当成美国红色印第安人酋长的代表，在道理上是完全一样的，但各个民族的普通人彼此一见到对方就应互相喜爱的理论却从来没经我们的经验证实。各个地方的普通老百姓都有排外心理，因为他们不能适应外国的食物和外国的习惯。坚持左翼观点对此也不会有什么影响，这是我在西班牙内战中难忘的一个事实。英国人对苏联的普遍好感，在一定程度上是因为有极少数的英国人曾经见过苏联人。只有当一个人以文化仇视的错综复杂的心理环顾所有英语语言国家之后，他才会发现说同一种语言并不能保证友谊的长久。

不管发生什么，英国都不会再走法国的老路，而且英美日益恶劣的关系在战争结束之前没什么意义。但是，如果就像大家所期盼的那样，德国在将来某个时间（或者是1943年，或者是1944年）被打败，随后我们还要再花两年多的时间打败日本，这就可能会对一些事情产生直接的影响。在那种情况下，与日本的战争就很容易被描述成"一场美国的战争"，这是"犹太战争"的另一种似乎更合理的不同说法。英国大众根深蒂固的观念是——希特勒是敌人，而且你可以经常听到士兵们说："只要消灭了德国佬，我们就可以打包回家了。"这并不是说他们真打算这样做，或者说他们能够这样做，而且我认为实际上大部分人的观念都会停留在战争状态，除非那时苏联人又改变了立场。但是，当德国人被打败时，"我们在为谁作战"这个问题注定要以一种更尖锐的形式出现。这个国家中存在着一种亲日因素，这种因素非常聪明地利用了民众的厌战情绪。从普通得不能再普通的人的观点来看，远东战争是一场为橡胶公司和美国人发起的战争，在那种背景下，美国的不得人心或许是重要的。英国的统治阶级从未说明过自己真正的战争目的，因为这是难以启齿的，而且事件一旦恶化，英国就将被迫采取革命策略。因此，一直存在着这样的可能性，即在这个过程中使战争民主化而又不失去战争。然而，现在形势开始变化了，美国的百万富翁和他们的英国帮凶打算强加给我们的沉闷世界立刻开始形成了。大多数的英国人民不想要这样一个世界，当纳粹退出历史舞台后，他们也许会公开提出相当严厉的批评。他们所希望的世界，根据他们脑子里形成的概念，是由英国和苏联的密切联盟所控制的欧洲统一体。从感情上讲，世界上大多数人更希望与苏联结盟而不是美国。可以想象形成这种情形的普遍原因就是反对美国。在对达兰事件的反应中就表现出了这种联盟的迹象。然而，就算希特勒被打倒，欧洲陷入一片混乱，我仍不知道是否会出现什么领导人或政党能对这些趋势做出回应。此时一切都在暗中，反动派在各处都加紧了控制。但人们至少可以预见在哪一点上激进的变革会再次成为可能。

现在没有多少新消息。另一个法西斯党已经成立，即英国民族党。它的一般成员都是反布尔什维克者、反大商业者。这些人不知从哪儿弄来一些钱，但却仿佛没有一个严肃的目标。这些"共和"的人争吵了，分裂了，但他们的主要组织还在不断取得进展。有迹象表明，英国国教内左翼派的力量得到了进一步的增长，而几年前就已经出现了这种倾向。正如人们所预料到的，这些核心不是出现在"现代主义者"之间，而是出现于教堂中那些极端教条的"右翼"分子，即英国天主教徒之中。《教堂时代》是一份多少有点官方色彩的报纸，在乡村教区有很大的发行量，它在过去的几年间一直是一家温和的左翼报纸，政治上非常聪明。自达兰事件以来，一部分罗马天主教报纸已经非常明显地带有亲法西斯色彩了。在整个法西斯问题上，天主教知识分子们中间明显有分裂，他们往往以自己以前回避时采用的方式公开地互相攻击。反犹太情绪依然存在，但没有迹象表明这种情绪在增长。我们的食物与过去一样。圣诞节的布丁，我想是海运来的，与去年的布丁颜色几无二样。现在这样的价格和税收使人难以度日了。在漫长的工作之后就是预警，就是国民自卫军的训练，就是……人们的空闲时间似乎越来越少了，尤其是现在，旅游本身就是又慢又不舒服。祝1943年好运。

乔治·奥威尔

致《党派评论》

伦敦，1943年5月下旬（？）

亲爱的编辑们：

我是在第三国际分裂之后，在这个事件的所有影响变得明朗之前开始写这封信的。当然，这一事件在英国造成的直接后果很容易预测。很显然，共产主义者将采取新的行动和工党联合（这一计划已经被工党拒绝过），显然，他们将会获知，他们必须解散而且只能以个人的名义行动，显然，一旦他们参加了工党，他们将试图采取有组织的行动，而不管他们以前做过什么承诺。他们真正的兴趣是试图预言英国共产党的分裂所可能产生的长期影响。

权衡一下各种可能性，我认为苏联的姿态只有表面价值，也就是说，斯大林真正的目的是和美国及英国建立更加密切的联系，而不只是像他的追随者喜欢相信的那样欺骗中产阶级。但这毕竟不会改变英国共产主义者的行为。因为，在过去15年间，他们对莫斯科的屈从毕竟没建立于任何真正的权威之上。即使他们选择不服从，英国的共产主义者也不应该被枪毙或放逐。据我所知，近年来他们没有从莫斯科得到任何援助。而且苏联人得体、适度地表明：看不起他们。他们的服从取决于革命的神秘，这一服从逐渐自动转变为一种对苏联的民族主义式的忠诚。英国的左翼知识分子之所以崇拜斯大林，是因为他们虽然失去了自己的爱国主义和宗教信仰，但没失去对神和祖国的需要。我一直坚持认为：如果德国赢了，他们中的许多人就会转而对希特勒效忠。只要共产主义仅仅意味着进一步增加苏联外交部的利益，那么就很难看到第三国际的灭亡会有什么影响。即使没有中央组织来传达命令，人们也几乎一眼就能看出需要什么政策。

然而，人们已经开始思考这一事件对工人阶级的影响了，他们与处于党派上层的拿薪金的雇佣者情况不同。向这些人公开宣称国际主义已经寿终正寝的影响很大，尽管事实上它已成了一种幽灵。如果再过一段时间英国共产党开始把自己想成一个独立的政党，那么，即使在第三国际的中央委员会之中，也会出现可能还会加深的隔阂。在这里，人们必须考虑自欺欺人的影响。甚至长期的共产主义者也不会承认他们是苏联政府的代理人，因此在接到莫斯科的指令之前，也并不必然能看出来需要什么行动。这样，只要法国和苏联的军事联盟协议签订下来，那么法国和英国共产党显然肯定都会爱国的。但是据我了解，他们当中的一部分人可能不理解这一点。或者在苏联和德国签订协议之后，一些领导人将会拒绝接受反战路线，并且在他们的反抗被原谅之前，他们不得不做一些笨拙的表演。在接下来的几个月内，这一政党的两个主要宣传人员对纳粹的世界观变得极端同情，这明显使其他人感到沮丧。分裂阵线存在于被灭绝的知识分子之间，像帕姆·杜特和贸易工会的成员，如普里特和汉宁顿。在他们从事这一工作多年之后，除了歌颂苏联之外，他们谁也想不到还会有别的什么工作，但是，如果苏联放弃了对他们的领导，那么，关于什么是做好这一工作的最好方式，他们之间可能存在着分歧。总而言之，我可以预料，第三国际的分裂会带来可以理解的后果，但不会直接产生影响。我敢说，再过六个月，或者更多，英国共产党将一如往常地前进，但之后就会出现分裂，它或者逐渐消失，或者在更新潮的领导人的领导下发展成一个更松懈的、更少亲苏色彩的组织。

还有一个更大的谜团，那就是为什么第三国际会解散。如果我说的是正确的，并且苏联人这样做是为了激发信心，那么人们就一定会推测英国和美国的领导人需要它解散，或者要求以解散第三国际作为开辟第二战场的代价之一。但在英国，在过去的12年间，无论如何没有多少迹象表明统治阶级一直都非常反对英国共产党的存在。即使在人民代表大会期间，他们也表现出惊人的忍耐。从1935年以来，它一直得到这个或那个派别的资本主义报纸的强有力的支持。一件难以确定的事是：共产主义者的钱是从哪儿来的。他们的钱不可能全是从他们公开的支持者那里得到的，他们说什么也没从莫斯科得到，这一点我相信。事实是他们不时得到富有的英国人的"帮助"，这些英国人看到这一组织作为活跃的社会主义者的一个陷阱是非常有价值的。例如，据说比弗布鲁克——这一说法或对或错——在过去的一两年间就曾支持过英国共产党。这一说法无论是作为谣言还是作为事实，都同样重要。当人想一想过去20年的历史时，就很难不感到共产国际一直是工人阶级最坏的敌人。然而，上流社会毫无疑问乐于见到它消失——这一事实我记录下来了，但无法迅速得到解释。

在过去的几个月里，另一个重要的政治发展是共和党，即理查德·阿克兰爵士的政党在持续壮大。在以前的几封信里，我已提到过这一点，但低估了它的重要性。现在它是一种受人重视的运动，当然也是被其他所有类似的政党仇恨的运动。

第二编 战时通信

阿克兰的计划，在很多小册子和宣传单中几乎是以孩子般的语言提出来的，它可以被描述成一种没有阶级战争，重视道德而不是重视经济动机的社会主义；它要求一切主要资源国有化，要求印度直接独立（而不是被统治的状态）；要求原材料在那些"拥有"和"没有"的国家间分配，对落后地区进行国际化的支援，同时，从各国抽人组成联合部队，尽可能保证战后的和平。总而言之，这个计划的激烈程度并不亚于极端主义的左派，但它有一些值得注意的不同寻常的特征，因为它们解释了"共和党"在过去的几个月所取得的进步。

首先，整个阶级斗争思想体系支离破碎了。尽管一切财产所有者将被剥夺财产，他们仍然可以得到部分补偿——实际上，中产阶级可以得到一份小额的生活保障费，而不是被解雇。无产阶级专政思想尤为人们所指责：中产阶级和工人阶级将联合而不是彼此斗争。第一，这个党的文学作品主要就是为了战胜中产阶级，包括技术中产阶级和小产业所有者（包括农民、店主等）。第二，这个计划的经济方面强调增加生产，而不是平等消费。第三，这一计划将努力将爱国精神和国际思想综合起来。重点在于沿用英国传统和用我们自己的方式行事。很明显，议会将以其现有的形式被保存下来，而且绝不会反对君主政体。第四，共和党并不把自己描述成"社会主义者"，并且小心谨慎地避开了马克思主义的术语。它宣称自己愿意与其他任何目标充分相似的政党合作（与工党合作的标准是工党应当打破竞选休战）。第五，或许也是其中最重要的一点——共和党的宣传带有一种强烈的道德色彩。英国国教的牧师成为这场运动的先锋，虽然天主教徒似乎反对这一运动。

这个运动是否有未来，我现在还不能肯定，但自从我给你写信以来，它的成长是非常引人注目的。阿克兰的候选人正在全国进行竞选战斗。尽管他们目前为止只赢得了两个席位，但他们已赢得了转而反对政府候选人的众多投票人，而这或许是最重要的，共和党出现在哪里，哪里的投票率似乎就会上升。独立工党一直远远地在同共和党调情，但其他左派政党则充满敌意，或许是害怕。人们一般的批评是，共和党只是由于竞选休战才取得进步——也就是说，因为工党就是工党。另外，据说这个党派的成员全部是中产阶级。阿克兰本人则宣称，在工厂里，尤其是在军队中，自己有很多追随者。共产主义者，当然了，早为共和党贴上了法西斯的标签。现在，共产主义者与保守派正在竞选中通力合作。

我粗略概括的这个计划既有煽动的因素也有乌托邦因素，但它比其他任何比较陈旧的左派政党都更好地描述了军队力量之间的实际平衡。如果出现另一次革命局面，或是通过军事灾难或是在战争结束之时，它可能有机会得到权力。一些认识阿克兰的人说他有一种"暴君情结"，如果他看到这一运动的发展超出了自己的控制，他宁愿迅速分裂它，也不愿与他人分享权力。我不相信会是这样，但同时我也不相信阿克兰本人能够发动一场全国性的运动。他不是一个足够有力的人物，在任何方面他都不可能成为一个人民所需要的人。尽管他有农民和贵族的背景（他是第15代男爵），有作为国民公仆所需的礼仪和外表，但他的行为方式却是一种典型的上层阶级方式。在英国，要想成为受欢迎的领导人，成为绅士是最大的不利，比如说丘吉尔就不是一个绅士。克里普斯是一个绅士，为了弥补这一"不足"，他表现出自己著名的"朴素"。这种甘地的特征，是阿克兰所忽略了的,尽管他有宗教和道德倾向。我认为我们应该认真关注这次运动。它可能发展成我们所有人都一直在希望的社会主义党,或者变成一种邪恶的东西:它已经拥有一些令人怀疑的追随者了。

最后再简单谈一谈反犹太主义问题,这件事尚不能提升到"问题"的高度。在上一封信中我曾说这个问题并不会越来越多,但我现在则持相反的态度。既是一个危险信号,同时也是一个安全措施的问题是:每个人都意识到了这个问题,报纸上也在不断讨论。

尽管英国的犹太人在社会上总是被轻视,而且在一些职业上被排斥(比如,我就怀疑一个犹太人能否在海军中担任船长一职),但反犹太主义主要是工人阶级的事情,在爱尔兰工人中这一点最为强烈。在国民自卫军——这一组织是由社会各阶层组成的——的三年中,在一个住着许多犹太人的街区,我曾大致了解了一下工人阶级的反犹太情绪。我的经验是:中产阶级会嘲笑犹太人并在某种程度上歧视他们,只有在工人中你才能发现对犹太人的充分看法,他们认为犹太民族是一个狡诈险恶的民族,他们靠剥削异教徒生活。毕竟,在过去的十年中,若听到一个工人说"哦,我想,希特勒把犹太人全部赶走真是做了一件好事"的确可怕,但我就听到不少人这样说,而且不止一次。这些人似乎从未意识到:希特勒除了没将"犹太人全部赶出去"外,其他的一切全对犹太人做了,屠杀、放逐等,这一切他们都没注意到。然而,人们反对犹太人是因为他是一个犹太人呢,还是只把他当成一个外国人,这倒值得怀疑。这其中不包括什么宗教方面的考虑。英国的犹太人,那些严格意义上属于正统派犹太教徒,但在习惯上已完全英国化了的犹太人,比欧洲的难民所受的歧视还稍微少一点，后者可能30年来从未接近过犹太教堂。事实上，一些人反对犹太人只是因为他们是德国人。

但是，现在反犹太主义也正在以某些不同的形式在中产阶级中蔓延。人们通常的说话模式是："当然，我不希望你认为我是反犹太主义者，但是"，接下来就是列举一系列犹太人的罪行。犹太人被指责逃避服兵役、违反食品法律、排队时插队等等。更加有思想的人则指出，犹太难民只是把这个国家作为一个暂时的收容所，而没有向这个国家表现出任何忠诚。客观地说，这种说法是正确的，一些难民不得体的行为几乎让人难以相信。（例如，在法国战争期间，有人偶尔听到一个德国犹太女人在说："这些英国警察不如我们的秘密警察聪明。"）很明显，这类争论带有合理的偏见。人们如此讨厌犹太人，以至于不愿意想起他们曾经遭受的苦难。当你提起在德国和波兰发生的恐怖事件，所得到的回答总是"那当然是可怕的，但是"，接下来就是列举一系列熟悉的罪行。不是所有的知识分子都能避免发生这样的事情。在这里，借口常常是：避难者都是"小资产阶级"；因此，对犹太人的指责就可以在可敬的伪装下继续存在。和平主义者和其他反对战争的人有时候发现自己也被迫成为反犹太主义者。

人们不应该夸大这类事情的危险。首先，现在英国的反犹太主义者可能少于30年前。在那个时代的二流小说中，你很容易发现，"犹太人是卑劣的人或玩乐的工具"这种说法远比现在普遍得多。1934年以来，"犹太人笑话"已经从舞台上、收音机里、剧本里消失了。其次，人们已经充分意识到了反犹太主义的流行，并开始有意识地努力抵抗它。但是这种现象仍然存在，也许这是不可避免的精神战争之一。它没有采取暴力方式，但我对这一事实并无什么特殊的印象。当然，没人希望看到屠杀或将上年纪的犹太教授扔进粪坑；但是，在英国无论如何存在着一些小的犯罪或暴力。这里所流行的比较温和的反犹太主义虽然采取了一种间接的方式，但同样维持着它的残酷性，因为它让人们将目光从整个难民问题和残存的对欧洲幸存犹太人命运的冷漠转移开来。当广播员开始谈华沙的少数民族聚居区的时候，你会关掉无线电的开关，因为两天前一个肥胖的犹太女人在公共汽车上占了你的位置；这就是现今人们的思维方式。

以上就是我所听到的全部有关政治的消息。生活仍一如既往地按照以前的方式继续。我没到注意到我们的食物有任何不同，但是食品的状况通常被认为变得比以前糟。在出人意料的地方，战争仍在连续不断地进行。在很长一段时间里，剃须刀刀片一片难求，但现在则是鞋刷难得了。人们正在用最劣质的纸张和最小的字体印刷书籍，这样的书看起来使眼睛非常劳累。有些人正穿着木头鞋底的鞋子。在伦敦，酗酒者的数量令人担忧。美国士兵似乎与当地居民相处融洽，也许已经更适应当地的气候了，等等。空袭仍在持续，但程度减轻多了。我注意到，人们现在对德国人深表同情，因为现在是他们在遭受空袭——这是1940年以来的一个变化，当时的人们看着自己的房子在身边坍塌，他们想看到柏林从地图上消失。

乔治·奥威尔

致阿莱克斯·康福特

伦敦，1943年7月11日（？）

亲爱的康福特：

非常感谢你寄来的《新道路》[1]，我们在《论坛报》上进行了一场争论[2]，我对你恐怕是太粗暴了，但你自己对别人也说不上礼貌，你对别人的问题往往只进行政治上的或是伦理上的回答。若将你的稿件作为一首诗来看，它确实非常优秀，但在与我谈论这篇稿子时，很多人并没有注意到这一点。我想不会有人注意到你的诗节是一韵贯之的。现在的文学欣赏界实在让人无法恭维。那种风格的作品，你应该写得稍长些，就像《判断的眼光》那种作品。我相信，现在的人们也许会重新欣赏那种作品。

就《新道路》中所收集的诗歌而言，数量之多和总体水平之高深深打动了我。其中的作者有一半我以前不认识。至于阿拉贡[3]和其他作家，你说他们为了取得复苏效果可以摧毁文学和国民生活，我仔细考虑了你的说法，认为你可能是对的，但是依我看，这类复苏似乎就只是要反对什么，也即反对外国压迫，而要实现更高的目

---

1 指《新道路：欧洲艺术与文学发展的新趋势》，是1943—1949年间不定期出版的诗歌散文选集，康福特参与了最初两期的编辑工作。

2 康福特曾以笔名在《论坛报》上发表了一封《一个美国游客的信》，对奥威尔进行批评，奥威尔则进行了答辩。

3 路易斯·阿拉贡（Louis Aragon, 1897—1982），法国诗人、小说家，早期倡导超现实主义，曾是法国共产党党员，主要作品有诗集《欢乐的火焰》和长篇小说《共产党员》。

第二编　战时通信

标,最终只能通过军事手段,彻底推翻这种压迫,我猜测,在难以理解的信仰支配下,尽管人们或许能接受这种摧毁,但这种信仰本身最终会自我崩溃。在我看来,让人厌恶透顶的事,实际上似乎是希望"讲和",这就意味着又回到了1939年,甚至1914年。我为菲尔登[1]关于印度的一本书写了一篇长文,寄给了《地平线》杂志,里面阐述了这一观点,但康诺利是否发表这篇文章,我并无把握。

我准备去找福尔斯特,请他在对印度广播每月一次的谈书节目中谈谈《新道路》,还有最新出版的那期《新作品》。如果他这个月做不了,那他下个月可能就会做。这样做对你书的销量不会有什么价值,但可以稍微提升你的知名度。你应该让人把你的书带到印度一些,在艾哈迈德·阿里这类人中间有一些人喜欢这种书,而目前他们求书若渴。我们曾把许多现代诗借助广播介绍到印度,他们正以汉语实况广播的方式向中国介绍这些作品。我们还把一些广播稿印成小册子在印度出售,每册几个安那[2]。这种事或许有点用处,但由于官方的懒惰和阻碍,做这种事非常困难。我注意到你那里有一首坦比姆徒[3]的诗。如果你的出版物还想继续办下去,你应另外找些印度人为你写文章。有几个印度人极有才华,他们自认为受人歧视,没人愿意出版他们的作品,因此非常苦恼。从某种角度来看,想方设法推动欧洲与亚洲之间正常的文化交流非常有价值。人

---

1 莱昂内尔·菲尔登(Lionel Fielden),生于1896年,作家,1935年去了印度,1935—1940年间任印度广播电台(即后来的全印度广播公司)的审查官,1940年回到BBC,任印度新闻方面的编辑。

2 印度、缅甸和巴基斯坦等国以前使用的一种辅币,等于十六分之一卢比。

3 坦比姆徒(Tambimuttu),斯里兰卡诗人,1935—1951年间创办并出版了《伦敦诗坛》。

们已经进行过一些类似的努力，但其中十分之九都是浪费劳动力，他们只是时不时地出版一些小册子，或者广播上一段，或者提供一些人们甘愿接受的东西，这些都比政客的50次演讲效果好得多。近两年来，威廉·燕卜荪[1]竭尽全力游说他们在对中国的广播中用上些更睿智的材料，我认为，这的确取得了成功，但程度很小。每当想到他那种人，我就对你所谈到的BBC的现状倍加恼怒，只有上帝知道，我对那些本质上属于妓院和疯人院里的人所讲的话，才能做出最好的判断。

你真挚的

乔治·奥威尔

1　威廉·燕卜荪（William Empson，1906—1984），英国诗人、批评家，曾在中国生活过。

致勒南·海本斯托尔

伦敦BBC广播大厦，1943年8月24日

亲爱的勒南：

谢谢你的来信。希望你的新职位不是很差劲。在下一次文学节目中，我准备插入你的谈话，但从现在算起，也得等六周——从现在到那时的时间表都排得满满的。

我不知你能否改编一篇短篇小说，我们现在大约每三周做一次小说节目。最初两篇是我自己改编的。我选择的篇目是安纳托利·法朗士[1]的《克兰克比尔》和伊格纳西奥·西洛内[2]的《狐狸》（这些就是半小时的节目内容）。我或许要把改编的工作交给莱昂内尔·菲尔登去做，但他不一定每次都完成。其中最大的困难是挑选出合适的篇目，因为入选的小说作品必须具备以下四个条件：第一，长度基本适中；第二，情节性要强；第三，人物不宜太多；第

---

1 安纳托利·法朗士（Anatole France，1844—1924），法国小说家、文艺评论家，关心社会问题，早年曾加入"为艺术而艺术"的诗歌团体，后逐渐倾向于社会主义，1921年加入法国共产党，同年获得诺贝尔文学奖，主要作品有小说《波纳尔之罪》《当代史话》四卷以及一些历史小说。《克兰克比尔》是短篇小说，主要通过一个卖菜的小贩被警察诬陷的悲惨遭遇，控诉了资本主义制度的阶级偏见和虚伪，小说影射了当时轰动一时的德雷福斯事件。——译者

2 伊格纳西奥·西洛内（Ignazio Silone，1900—1978），意大利作家、政治家，少年时接受宗教教育，后转向左翼，参加了政治斗争，编辑左派杂志，宣传社会主义思想。1921年参与创办了意大利共产党，1930年因与共产国际发生分歧而退出了意大利共产党，其代表作品有长篇小说《面包与酒》等。

四，本土色彩不能太强，因为广播对象是印度人。你清楚了吗？我将给你寄一份手稿当作样本，毫无疑问，你会提高我们的改编水平的。

至于你所说的玩世不恭，如果你干我们这种工作，你也会变得玩世不恭的。不过三个月后我肯定会离开这里了。然后于1944年的某个时间，我又会人模人样地写点严肃的作品，现在我只不过就像被破靴子踩来踩去的一个小橘子。

你的
埃里克

致拉什布鲁克·威廉姆斯 [1]

伦敦BBC广播大厦，1943年9月24日

亲爱的拉什布鲁克·威廉姆斯先生：

与以前我私下与你的谈话一致，我现在想向你提交辞去在BBC职务的报告，如果你能将信转交给相关的部门，我将感激不尽。

我相信，与你谈话时，我已把我辞职的缘由说得一清二楚了，但为防差错，我想还是以纸为媒的好。我认为，我离开BBC，并非因对BBC的政策不认同，更非心怀不满。相反，我在与BBC的整个合作过程中都一直深受宽待，并且拥有很大的自由度。无论在何种情况下，都没任何人迫使我在广播中说过任何违心的话。我愿借此机会向你表示私人的感谢，感谢你对我的工作长期以来的理解和宽容。

我提交辞呈，原因是我内心一直认为，我过去一段时间里所做的工作，既浪费自己的时间，也浪费公众的钱财，但并未产生什么结果。我相信，在当前政治环境下，BBC对印度的宣传几乎是一项不可能完成的任务。这些宣传是否还有继续下去的必要，尚需他人判断；但我本人不希望再在这些事情上浪费自己的时间，倒更愿做一些能产生一些可看出明确效果的新闻工作。我认为重新回到自己原来的日常写作和新闻写作上来，我能发挥更大的作用。

1　BBC东方部主任。

战时日记

  我不知道,在我离开之前,还需多长时间才能得到预通知。《观察家报》披露出了我准备去北非的计划。这必须得到英国陆军部的标准,所以很可能又一次化为泡影。但我之所以说出此事,是因为一旦我去北非的计划获得批准,我就会尽快离开。当然,无论如何,我一定保证提前一些时间把工作安排好。[1]

你真诚的

埃里克·布莱尔

---

1 奥威尔正式离开BBC的时间是1943年11月24日。

致菲利普·拉夫[1]

伦敦，1943年10月14日

亲爱的菲利普·拉夫：

你要我给你提供一份作者名单，我仔细考虑了此事，但我不得不告诉你，在目前情况下约稿很难。似乎没出现什么值得关注的新人，而且人基本上不是在部队里，就是在哪个政府部门正在为写那些公文绞尽脑汁。你说康福特他们要把你折磨死了，对此我很理解，但我不知道你具体联系的是他们中间的哪一个。我认为这些人当中最好的是康福特本人，另外还有亨利·特利斯，艾伦·刘易斯，艾伦·卢克，威廉·罗杰斯，G. S. 弗雷泽，罗伊·福勒[2]和凯瑟琳·勒恩。如果《伦敦诗坛》能送达美国，你或许早已在这本杂志上读过他们的作品了。如果需要，我能获得他们或其他人的地址，但恐怕找不到弗雷泽的地址，我想他很可能正在中东。

在年长一点的人中间，我想你可能知道赫伯特·里德和T. S. 艾略特的地址，还有斯蒂芬·斯彭德和刘易斯·麦克尼斯等，不管怎样，你都可以通过《地平线》杂志与他们取得联系。E. M. 福尔斯特读过《党派评论》了，他非常喜欢这本杂志。如果你们需要，我想他会乐于为你们效劳一二的。

---

1 菲利普·拉夫（Philip Rahv, 1908—1973），美国批评家、编辑，《党派评论》的创办者之一，从1934年起一直担任该刊的编辑。
2 罗伊·福勒（Roy Fuller, 1912—1991），诗人，小说家，后来成为牛津大学诗歌教授。

威廉·燕卜荪偶尔还写些文章。你可以请BBC代转你的信。我不知道你是否认识马克·本纳[1]，他有些作品也很不错。我现在没有他的地址，但是我可以设法找到（如果你想给他写信，可以先把信寄给我，我来转交）。还有杰克·考曼，你可能也看过他的作品，如果你想联系他，可以先把信寄给我，由我代转。或许休·斯莱特也能给你提供一些有趣的稿子。如果你对印度作家有兴趣，我认为你最好选择艾哈迈德·阿里，你若给他写信，也可以寄至BBC驻新德里办事处转交。他可以给你写写印度目前的情况，尤其是印度年轻知识分子的情况，文章会很好的。我知道他一向不知疲倦地工作，他最近刚出了一本书，所以当下他一定有时间写。罗伊·坎普贝尔，你知道的，他原本是一名法西斯主义者，在西班牙内战期间，他曾为佛朗哥打过仗（也就是说，他曾支持过西班牙国王查理一世），但他后来完全转变了立场。他已沉寂了一段时间，但他可能又准备重新动笔了。如果需要，我能弄到他的地址。我无法给你提供更长的名单了，很抱歉，这个地方目前确确实实是文化沙漠。

下月底，我就离开BBC了，如果不出什么意外，我将接任《论坛报》杂志的文学编辑。这项工作或许可以让我有点时间干点自己的事，而在BBC，这绝无可能。借助《党派评论》，我还认识了几位美国士兵，或许你乐意听到这个消息。其中一个叫朱利埃斯·霍洛维茨的小伙子，曾给我带过克莱门特·格林伯格的口信，他们是在部队里认识的；还有一个叫约翰·施罗斯的小伙子，他

---

[1] 马克·本纳于1936年出版了《缺钱的公司：描述一个窃贼的进化》一书，一举成为伦敦文学界名人，二战爆发后不久远走美国，在大学教授社会学。

在《党派评论》上读到过我的"伦敦通信",然后给我打电话,约我出去一块儿喝了点儿;另外还有一个叫哈利·弥尔顿的小伙子,他曾与我西班牙时的战友一起并肩战斗,我想你可能认识他。我不知道加拿大飞行员大卫·马丁是否去过你的办公室,他最近就要结束训练了。他说,如果他去纽约,就到你那儿去,他帮我带口信给你。

你的

乔治·奥威尔

致菲利普·拉夫

伦敦，1943年12月9日

亲爱的拉夫：

非常感谢你的来信。你留意信上的日期了吗？你信上的日期是10月15日，但直到今天早上我才收到。我真不知道该怎么处理邮件。有人说，现在通过海运寄信更快。我想另外再给你们12月号的杂志写点什么。如果你们的刊物变成季刊，并在12月出版第一期，我估算下一期要到1944年3月了。这是不是说我寄过去的任何稿件都要在2月底前到达？因此，我得1月中旬将稿子寄出去。我希望没算错。如果这封信能在预计的时间内到达，你就能进一步明确邮件从这儿到你那儿的时间了。既然邮局目前是这种状态，看起来这些"伦敦通信"根本不可能及时发表。不过，只要"伦敦通信"上署明日期，读者对此应还是有兴趣的，因为它至少描述了写这些信时发生的情况。

当然，你可以重印《地平线》上的文章[1]，我会告诉康诺利，他不会反对，但我不知道要付什么钱。你最好请康诺利办这件事，如果恰好与我相关的话，他会来找我。

---

[1] 指奥威尔为莱昂纳尔·菲尔登的作品《向我的邻居乞讨》写的书评。

第二编 战时通信

德怀特·麦克唐纳[1]给我写信，说他刚开始办另一份评论杂志，向我约稿。我不知道他与《党派评论》之间是否会形成竞争，若是，竞争的程度有多大。但我回了他的信，答应给他写点文化方面的文章，但不会写政治方面的文章，因为我与《党派评论》有约在先，政治方面的文章都交由《党派评论》发表。

我在BBC浪费了两年时间，现在已离开，到《论坛报》做了文学编辑。这是一份左翼色彩的周刊，你以前或许见过它。这份工作让我有了一点空闲时间，但在BBC工作时就没这份清闲。利用这点闲暇，我开始写另一本书[2]，如果没什么干扰的话，我希望几个月后能写完。我还准备将BBC印度部最近出版的广播稿汇编而成的书[3]寄给《党派评论》，或许很值得一评。无论如何，它是英国宣传的一个样本（而且还是一个非常好的样本，因为印度部历来不被看重，却因此得到很多自由），应该还有点价值。

你的

乔治·奥威尔

---

1 德怀特·麦克唐纳（Dwight Macdonald，1906—1982），批评家，出版过不少鼓吹思想行动自由的小册子，曾是《党派评论》的合资者之一，1944—1949年间独力创办并编辑出版《政治家》杂志。

2 指《动物农场》。

3 指奥威尔编辑的《对印度的谈话》。

致《党派评论》

伦敦，1944年1月15日

亲爱的编辑们：

我想此时第二战场开辟的消息已经登出来了。据一般估计，在以后的几个月里，这场战争的德国部分将会结束，之后的大选将会成为国内的热点问题。政治方面没发生什么大的变动。如果我为你们提供一些英国政治舞台上的两大竞争对手，即议会制和君主制的某些背景资料——我在以前的信中想当然地提及过——我想可能会有点用处。但首先我想谈一谈当前形势的发展，因为形势确有发展。

政府的总政策，不论是对内还是对外的，都越来越公开地倾向于右翼，而公众的情感却强烈地倾向于左翼势力，就像1940年的那次一样，但是以一种更失望的方式表达出来。公众对公开承诺的极度厌倦和怀疑，往往会在愤怒中突然爆发出来，就好像将莫斯利从欧洲大陆上放走所引起的争论一样。表面上看，这是一种坏症状的综合体现，就像人们对人身保护令的抗议（顺带说一句，人们更倾向于释放莫斯利，而不是将他监禁），而且大多数的示威游行都是由那些急于将自己的反战活动抛之脑后的共产主义者领导的。但是，现在，尤其是在工人阶级当中，存在着很多真实的情绪，这种情绪总是建立于这样的基础之上，即"他是富人，所以才放了

第二编 战时通信

他"。自1940年起,我们经历了一连串的热月[1],人们能了解基本的形势走向,但只是通过影响他们自己生活的事情来了解的。左翼中没有一个权威的声音告诉他们联合军事政府这样的事情。意大利的政策,或是印度议会领导人被囚这类事情也关系重大。候补选举表明反对政府的票数占大多数,而在某些情况下,选民的投票率却大大上升。自从我上次给你们写信之后,政府只在一场选举中落败(总共选举了大约六次),即使反对派没有分裂,政府也有可能在其他的选举中败北。现在出现了一些新的独立候选人,他们的政策更倾向于分裂反对派,而不是分裂政府的选票。有人认为这些独立候选人是由保守党资助的。

我个人的担心是,战争一结束,保守党将会发动一场旋风战役,以"赢得战争胜利的政党"身份出现,他们让数以百计的年轻英俊的英国皇家空军军官作为候选人,在光天化日之下承诺一切,而一回到办公室就将这些诺言全部抛之脑后。然而,比我更有经验的观察家认为他们做不到这一点。聪明的人们不会再被愚弄了。政府只有保持联盟,才能赢得大选。从理论上来说,这倒使工党处于一个有利的地位,他们可以通过支持政府获得较大的利益,或者独立参选,且有很好的机会获胜。实际上,现在的工党领导人害怕权力,他们肯定要保持联盟,而且不求什么回报,除非他们从以下事情中受到强烈的刺激:在这种情况下,我们将得到一个和目前议会相似的议会,但有一个更强的竞争对手。现在他们对人民阵线已经

---

[1] "热月"是法兰西共和历的11月,相当于公历7月19日至8月17日,法国大革命时期,热月党人于1794年热月第9日,即公历7月27日,推翻了罗伯斯庇尔领导的雅各宾派政府,俗称"热月政变"。——译者

采取了一些试探性的举动，但是面对工党官方的反对和少数左翼党派之间的敌意，他们不会有更进一步的举动。现在唯一有组织的反对派还是共和党，他们已经取得了一些进展（赢得了另外一场候补选举），但他们之间现在仍有一些神秘的内部纷争。对该党的控制权似乎已经在某种程度上从阿克兰手中转移到一个比较邪恶的商人手中，这个商人一直在财政上支持这个党派，并且一些人认为他是带着使该党中立的目的进入该党的。自阿克兰以后，左翼除了贝弗里奇就没有再出现过领袖人物，贝弗里奇已经赢得了一定的声望，并且可能有一定的政治野心。尽管他是个教授而不是一个政治家，但人们认为他就像个政治家一样——一个活跃的、有魅力的小男人，而不是像克里普斯一样，和谁都谈得来，但他更和蔼可亲。其他派别也没出现什么值得一谈的人物。迪斯雷利的青年托利党派是一个不幸的党派，因为除了没有明确的政策外，他们中间还缺乏一个真正有天才的领袖。

亲苏情绪仍很强烈，但在我看来已经冷却下来了。哈尔科夫[1]的审讯使许多人感到失望。甚至由亲苏分子主办的《记事报》上的明显可疑的民意测验也表明，大多数人不想要有报复心的和平，虽然他们希望德国缴械投降。如果他们知道现在所发生的一切，如果有什么强制劳动或者对战争罪犯进行公开审讯的行为发生，我可以想象，他们将会迅速转为反苏派，哪怕第二战场的开辟带来了重大的人员伤亡。我认为，美国军队和当地人之间的关系很好，虽然人们不能说好。在美国的白人部队和有色人种部队之间存在着很强的

1　苏联乌克兰北部城市。——译者

嫉妒心理，报纸对这一问题严密封锁，以至于当发生了强奸案或类似案件时，人们只有通过私人调查才能知道作案的人是美国的有色人种还是白人。报纸仍回避关于内部联盟关系的讨论，这是公开的禁忌。最好的例子是BBC在庆祝红军成立25周年时没有提及托洛茨基，但美国人的敏感甚至比苏联人的敏感还更受人关注。我们仍未用俄语广播——这是应苏联人的要求才这样做的——虽然我们几乎在用其他50种语言进行广播。

好了，现在让我用一两句话概括一下我们以前的制度。

议　会

我在BBC工作的时候，有时不得不去下议院听一些辩论。我上次去下议院已是大约10年前的事了。我对似乎已经发生的堕落非常震惊。整件事现在看来龌龊得无法控制，甚至连看门人的衬衫前襟都是肮脏的。现在看来，值得一提的是，除了他们坐的地方（反对党总是坐在发言者的左边），你分辨不出谁是哪个党派。这是一群衣着灰暗肮脏、长相平庸者的集会。他们几乎以同样的腔调说话，都为同一个笑话而笑。然而我可以说，他们不会像法国的众议员过去那样看待这一群恶棍。其中最令人震惊的是缺席。640名成员中能出席40名已确属非常罕见了。众议院，现在他们所待的地方只能容纳250人，就算是过去的英国下议院，也不能容纳更多的人了。我参加的是克里普斯回来后对印度问题的大讨论。一开始有200多人出席，很快就减到了45人左右。一旦有什么重要的演讲开始，就有人走开，也可能去了酒吧，这似乎已形成了习惯，但一旦出现什么注定要产生笑话的问题或其他任何东西，议院就又挤满了人。这里有一种明显的家庭气氛，每个人都因那些笑话以及非议员很难理解的暗示而大声地笑。绰号被自由使用，粗鲁的政治对手靠喝酒来结交朋友。几乎所有长期拥有权力的议员都会因此而变得腐败。马克斯顿，独立工党的国会议员，20年前是一个极具煽动性的演说家，统治阶级像恨毒药一样恨他，现在他是议院的宠儿；加拉赫，英国共产党的国会议员，也走了同样的道路。最近，我每次在议院都会发现自己也怀着同样的想法——在后来的帝国中罗马上议院依然存在。

我不需要向你指出破坏民主的资本主义的各种特性。但除了这些，除了代表制度威望的下降，为什么一个有能力的人依靠自己的方式很难进入英国议会，这是有其特殊原因的。首先，过时的选举体制大体上有利于保守党。在农村偏远地区，代表名额过于充足，农民选举的对象都是由地主告知的；而在工业地区，代表名额不足，保守党总是赢得比整个选举允许他们获得的份额比例高得多的席位。其次，除了政党提名的候选人外，很少有可能选举他人。在保守党，只有那些有足够的钱保住自己地位的人才能获得党内稳固的地位，他们捐钱给当地的慈善机构等，他们无疑还要按约定的数目支付政党基金。工党的候选人往往是因为温顺才被选上的。相当比例的工党国会议员往往是那些老的贸易工会的官员，他们的席位是作为抚恤金分给他们的。自然地，这些人比那些具有独立思想，常使用诸如"下次选举时我们不会再支持你"之类的话来威胁别人的保守党和国会议员更毫无保留地顺从政党机器。实际上，候选人若不顺从自己的政党机器，他是不可能赢得选举的，除非当地的居民有什么特殊的理由崇拜他本人。但是政党体制已经破坏了地方的政治基础。没有几个国会议员与选举居民保持着任何联系，哪怕住在当地也是如此，许多人直到开始第一次选举战时才看到自己的选区。此时，议会的代表性比平时更少，因为，由于战争，实际上有成千累万的人已经丧失了选举权。从1939年以来，不再实行选民登记制度，这意味着25岁以下的人和变更了居住地的人不能参加选举。从实用的目的考虑，军队中的人也没有了选举权。总的来说，丧失了选举权的人都是那些会投票反对政府的人。若补充说英国选举的总机制没有什么肮脏的行为——没有恐吓、没有故意计算错选票、没直接接受贿赂、投票保密——这种说法是公平的。

人们普遍感到议会已失去了价值。选举团也意识到自己已控制不住自己的国会议员，国会议员们也意识到指导事务的不是他们。所有重大的决定，无论是开战，还是开辟第二战场，在哪里开辟、可以与哪些力量结成联盟，都是由内阁来决定的，内阁总是先采取行动，然后再宣布一些既成事实的事情。理论上讲，议会有权力推翻政府，只要它愿意，但政党机器常常可以阻止这一点。一般的国会议员，甚至政府中一个不起眼的人物，对正在发生的一切的了解和《时代》的读者差不了多少。任何进步的政策在众议院还会遇到另一种障碍，大家都认为众议院已经失去了权力，但它仍有设置障碍的权力。总的来说，只有两三个被众议院否决的法案能被下议院强行通过并实施。看到所有这一切，每一种政治色彩的人对议院都失去了兴趣，他们将议院称为"谈天商店"。战时无法判断，但在战争前的几十年，选民的参选率一直在下降。60%已经是高比例了。在大城市，许多人不知道国会议员的名字，或不知道自己住在哪个选区。最近一次选举的社会调查显示，许多成年人现在竟不知道英国选举程序的基本常识——例如，不知道投票要保密。

然而，我自己感到，战争期间国会证明了自己存在的合理性，我甚至认为在过去的两三年间，国会的威望略微提高了一些。虽然丧失了许多最初的权力，但它仍保持着批评的权力，实际上它也是仅存的一个人人可以自由发表自己观点的地方——理论上如此，实际上也是如此。除了纯粹的个人谩骂（有些甚至相当极端），在国会中任何评论都是有特权的。当然，政府有躲避尴尬问题的办法，但也不能完全躲避。然而，议会批评的价值不在于直接影响政府，而是直接影响公众舆论。因为在议会里所说的一切不能总是不被报道。报界，甚至《时代》周刊和BBC，可能都倾向于贬低反对党成员的演讲，但不能做得太极端，因为还有议会议事录在，议事录要一字不差地印出议会上的辩论。议事录的实际发行量很小（只有200到300份），但只要想得到它的人得到了，这就足够了，许多政府限制不向公众公布的事情借此为大众所知了。议会的这种批评功能非常值得关注，因为理智上说这是我们有过的最差的议会之一。在政府之外，我认为议会里的能人不会超过30个，但这一小部分人一直设法谈论每一个问题，从俯冲轰炸机到B18型的轰炸机，全在他们的谈论之列。作为立法机关，议会变得相对不重要，它对行政机关的控制还少于对政府的控制。但它依然像未经审的补充材料之于收音机一样起作用——这毕竟是某种值得保留的东西。

君主制

在英国，没有比确认君主主义感情在英国是否依然存在更困难的了。对这一问题的正反两方面的观点都带有主观臆想的色彩。从某个方面看这些都富于幻想色彩。我自己的观点是：保皇主义，就是一般的保皇主义，直到乔治五世去世都一直是英国社会生活中的一个重要因素，只要人们还将乔治五世作为国王来接受（就像维多利亚被称为"女王"），他的影子就会无处不在。他被当作英国民族美德的原父和投影。1935年举行的登基25周年纪念，是人民感情的真正自发的微弱爆发，至少在英国南方是这样。权力阶层为此大吃一惊，选举还因此又额外推迟了一周，而那个可怜的老人，那个肺炎刚治好实际上快要死了的人，在贫民街区之间被来来回回拖着，在这些街上，人们根据自己的立场挂着不同的旗帜，并用粉笔在路上写着"国王万岁，地主下台"的口号。

然而，在我看来，爱德华八世的退位一定给保皇主义以致命一击，使其至今仍未能从这一击中恢复过来。围绕着他的退位发生的争吵一直延续着，影响到现存的不同政治派别，这可从这样一个事实看出来：拥护爱德华声音最响的是丘吉尔、莫斯利和H. G. 威尔斯，但宽泛地讲，富人是反对爱德华的，工人阶级则是同情他的。他曾向失业的矿工许诺将改善他们的利益，这在富人眼里形同犯罪，另一方面，矿工和其他失业者可能会觉得他为一个女人退位太令他们失望了。一些欧洲观察家相信，爱德华被废黜是因为他同纳粹领导者的关系，并且对他这种克伦威尔精神的展现印象特别深刻。但整个事件的纯粹影响可能是削弱了自1880年以来一直被如此谨慎地建立起来的王室尊严感。它使人们理解了国王个人的无能，也表明上层社会大肆渲染的所谓保皇主义感情是假装的。至少我要说，要使王室家族恢复到乔治五世时的辉煌，至少还需要另一个长期统治，实行一种具有某种魅力的君主制。

在非民主社会，国王的作用在于维护国家稳定，并作为社会的基石，这是显而易见的。但是，他也有，或可能有作为危险感情逃避阀的功能。一位法国记者有次对我说：君主制能将英国从法西斯手中拯救出来。他的意思是说，现代人没有鼓声、没有旗帜、没有皇家游行似乎就活不下去，所以他们最好将自己的领袖崇拜寄托于某个没有实权的人。在君主专制时期，权力和荣耀在英国属于同一个人，而真正的权力属于那些不讨人喜欢的、戴圆顶硬礼帽的人，那个坐在金碧辉煌的马车中、左右士兵簇拥的人其实是个蜡像。但无论如何也存在着这样的可能性：尽管存在着这种功能的差异，希特勒或斯大林仍无法攫取权力。总的来说，最成功地避免了法西斯主义的欧洲国家一直实行的是君主制。情况好像是这样的：王室应该理所当然地长期保留，应该理解自己的地位，而不应产生具有强烈政治野心的人物。在英国、低地国家和斯堪的纳维亚，这一点一直得到完美的实现，但在西班牙或罗马尼亚则不是这样。如果你向一般的左翼人士指出这个事实，他会很生气，但只是因为他没有检查自己对斯大林感情的实质。我并不是在为绝对意义上的君主制度辩护，但我认为在我们这样的时代，它可能会产生一种预防效果，并且它肯定比我们现存的所谓贵族统治的危害要少很多。我常常呼吁成立一个工人政府，即商业政府，一个会废除头衔但保留王室的政府。但是，如果保皇思想仍存，这样一种运动将只是一厢情愿，据我判断，这种感情已经被极大地削弱了。有人告诉我，王室成员参观军工厂被看作是浪费时间的宣传，而国王让人在白金汉宫里的所有浴池四周画一条黑线的消息对普及五英寸浴池也没起多大作用。

好了，没有其他新闻了。我恐怕已经写得相当多了。这是个糟糕的冬天，一点都不冷，但浓雾不散，几乎就像我孩提时代著名的"伦敦大雾"。随着战争的进行，灯火管制似乎少了，也没那么可怕了。食物和通常的一样，但酒几乎已经消失了，威士忌只能买一小口，除非你有很有影响力的朋友。几乎每夜都有空袭警报，但几乎没有炸弹。人们更多谈论的是德国人可能要用火箭炮攻击伦敦的消息。就在这种谈论之前不久，一枚400吨重的炸弹被做成一个巨大的滑翔机形状，由德国飞机大队拖着穿过了伦敦。诸如此类的谣言从战争开始就一个接一个，连续不断，并且总有很多人深信不疑，这明显满足了某种含糊的心理需要。

你永远的

乔治·奥威尔

致罗伊·福勒

伦敦，1944年3月7日

亲爱的福勒先生：

收到你的信后，我想办法弄到了一本《时事讽刺短剧选》[1]，并且读了你提及的《弗莱彻》。不得不说，我没看出其中有丝毫的反犹太主义倾向。我猜想，塞德里克·多佛[2]的意思是小说的主人翁是一个犹太人，并且不那么令人佩服。在目前，这或许就可视为反犹太主义了。对此我深感歉意，但你应该知道，我是文学编辑[3]，不可能读完所有送来要评论的书，所以我就不得不相信书评人的评论。当然，如果他以一个反犹太主义者的身份对你进行毫无顾忌的攻击，我当然要仔细核实之后再决定是否发表，但我认为，他只是说了"具有轻微的反犹太主义倾向"等话。你生这么大的气，我很抱歉。尽管如此，我还是得多说一句：根据我的经验，只要提到犹太人，任何文章，不管对犹太人是褒还是贬，都几乎不可能发表，因为怕惹麻烦。

你真诚的

乔治·奥威尔

---

1 丹尼斯·瓦尔·贝克编选，1943年出版。

2 塞德里克·多佛（Cedric Dover），出生于印度加尔各答，是一个昆虫学家，并从事历史学、社会学和政治学方面的写作工作。1944年2月18日，他在《论坛报》上发表了对《时事讽刺短剧选》的评论文章。

3 奥威尔此时是《论坛报》的文学编辑。

致菲利普·拉夫

伦敦，1944年5月1日

亲爱的拉夫：

非常感谢你4月17日的信。我是今天收到这封信的，看来航运邮件的效率已有所提高。我的伦敦通信约在4月17日寄出，这样的话，若新闻检查部不加阻挠，你应该4月底能收到。寄出信后，我才想到信里的一些内容新闻检查部可能不允许发表（当然是由于政策原因，而非安全原因），但我至今都未收到他们不准许这篇伦敦通信出境的通知，所以我想可能没什么问题吧。顺便告诉你，你的来信新闻检察官没有拆检。

我想，戴尔公司的人现在应已收到手稿。[1] 因为你说过，你正与他们打着交道，你是否可以请他们让你看看手稿。我想你会认为这本书稿值得出版，但是书的"中心思想"恐怕现在不太受欢迎。我确实费尽了心思，要在这儿找家出版商，虽然出版商现在都在高喊书稿难求，虽然正常情况下我出书从来没遇到过困难。几周前，一家报纸拒绝发表我的一篇书评，还是经常发表我文章的报纸，理由是：书评具有反斯大林色彩[2]，可笑的是，斯大林主义者倒并没对

---

1 奥威尔把《动物农场》的手稿寄给了纽约的戴尔公司。
2 指奥威尔为哈罗德·拉斯基的著作《信仰、理性和文明》所写的一篇书评。这篇文章本应发表在1944年3月16日的《曼彻斯特晚间新闻报》上，但该报编辑拒发。在1944年11月号《政治家》杂志的编辑评论中，德怀特·麦克唐纳写道："几天前，伦敦的乔治·奥威尔寄来一封信，信里提供了过去两年间英国政治思想'苏联化'的一些证据，

（转下页注）

新闻界施加什么影响。但是斯大林正变得与过去的佛朗哥十分相似，言谈举止中规中矩、彬彬有礼，是众口称誉的假绅士。按照苏联政府的安排，绝大多数苏联宣传品都由一家非常强大的出版机构控制，这个大出版机构不仅出版廉价无聊的小说，也出版恶毒的反左派小册子，以及范西塔特的追随者所写的准法西斯主义作品。

还有一些事与戴尔公司出版我的其他作品有关。我的一些作品实际上已经在美国出版了（书卖得不好）。我的一本关于西班牙内战的书最应该重印，但现在当然最没有希望重印。我不知道美国是否卖企鹅公司出版的书。我以缅甸为题材的小说（《缅甸岁月》）是哈珀公司于1934年出版的，不过现在已被企鹅公司收购，但如果企鹅公司没有横跨大西洋，那么，在我看来，这本书似乎可以在美

（接上页注）

很有趣。'我兴致勃勃地看到，'他在信里说，'5月号的《政治家》杂志发表了一篇拉斯基的《信仰、理性和文明》的书评。我想，如果你看到这本书刚出版时我写的书评，你或许会乐不可支。我是为《曼彻斯特晚间新闻报》写的书评，每两周写一篇。这份报纸是《曼彻斯特报》（人们普遍认为，这是英国唯一讲真话的报纸）办的一家晚报，编辑拒绝发表我这篇书评，很显然是认为文章有反斯大林倾向。如果你看看这篇书评，你就一定会发表它，我以自己自始至终的、朴素的诚实说，这本书不是毒草、不是垃圾。即使对《曼彻斯特晚间新闻报》这类报纸而言，我的评论也还是太尖刻了些。这也能让你知道，在现在的英国哪些文章不能发表。但这并不能归咎于斯大林主义者，虽然目前大家对他们的评价都不太高。编辑不愿刊发任何反对苏联的文章，因为他们害怕会受到亲苏者的反对，也担心苏联政府指责英国新闻界。'奥威尔的文章反对将苏联'明确说成是社会主义国家'，赞扬拉斯基因为意识到'苏联是社会主义运动的发电机'，所以主张'一定要不惜一切代价保护苏联'。奥威尔与拉斯基的分歧在于：拉斯基视而不见'清洗、消灭、少数人的独裁和对批评的压制等等'。奥威尔还批评拉斯基把斯大林统治下的苏联比作早期的基督教会。这种书评对《曼彻斯特晚间新闻报》这类报纸来说实在太刺激了，因为它表明红军的胜利严重误导了英国公众对苏联的看法。"等等。

国重印，因为现在缅甸又像要成为新闻焦点了。我确保版权属于我，但无论如何得想点办法。我想我还有些书有重印的价值，但这些书过于本土化，这是个问题，美国人不一定很感兴趣。尽管如此，今年秋天我仍计划重印一本文学随笔集。我早该如此了，但我想另外再写些文章加进去再出版，因为其他工作一直压得我透不过气来，这些文章一直没写。无论如何，我在今年7月底一定都要写出来，戴尔公司或许会有兴趣出版这本书。我想，如果这本书也同时在这儿出版，应不会有什么障碍。

你的
乔治·奥威尔

致 H. J. 威尔莫特[1]

伦敦，1944年5月18日

亲爱的威尔莫特先生：

非常感谢你的来信。你信中询问英国的集权主义和领袖崇拜等是否有不断上升的趋势，并且举出了这样的事实：在英国和美国，这种情况都不明显。

我不得不说，如果视世界为整体，综合考虑看，我认为这种情绪确实在增长。毫无疑问，希特勒快要完蛋了，但我们代价巨大，其中包括：第一，斯大林的势力增强了；第二，英美百万富翁的势力增强了；第三，戴高乐这类行为卑劣的暴君的势力增强了。所有地方的所有民族运动，即使是那些为抵抗德国占领而发起的运动，也似乎都采取了非民主的方式聚集力量于一个超人般的暴君（希特勒、萨拉查[2]、佛朗哥、甘地、德瓦莱拉[3]等就是例子，虽然情况各不相同）周围，并且采用只问结果不问手段的理论。世界各地的运

---

1 此人身份不明。
2 安东尼奥·德奥利维拉·萨拉查（António de Salazar，1889—1970），1932—1968年间担任葡萄牙总理，是一个独裁者，曾于1926年和1928年两次出任财政部部长，就任总理之后对内实行独裁统治，对外残酷镇压葡萄牙属非洲殖民地的民族独立运动。
3 埃蒙·德瓦莱拉（Eamon de Valera，1882—1975），1959—1973年间担任爱尔兰总统。早年参加过爱尔兰独立运动，1919—1926年间曾担任新芬党主席，后另组共和党，1932—1959年间连续四次出任政府总理。他分别于1937年和1948年于任期内宣布爱尔兰独立和脱离英联邦。

动似乎都在沿着这样的方向发展：聚集一切可以聚集的力量，以便更有效地去"工作"。但由于这些运动的组织方式是非民主方式，所以结果往往是建立某种等级制度。而随之而来的必然是过激的民族主义行为和不相信存在着客观真理的思想倾向，因为暴君总是永远正确的，一切事实都要与他的谈话和预言相吻合。从某种意义上讲，历史已经不存在了，也就是说，不再有能被普遍接受的属于我们自己时代的历史了。只要人们习惯了军事需要，精确的科学就会受到威胁。希特勒可以说发动战争的是犹太人，如果他成功了，这就成了官方的历史。但他不能说二加二等于五，因为，比如发射导弹，二加二就是等于四。但是，如果我所担心的那个世界——由两到三个谁也征服不了谁的超级大国控制的世界——那么，二加二就可能等于五，只要暴君愿意。在我看来，这实际上正是我们前进的方向，尽管这个过程自然可以逆转。

相对而言，英国和美国应该可以作为例外。无论和平主义者等说什么，我们目前都还没趋向集权主义，这是吉兆。正像我在《狮子与独角兽》这本书中所解释的那样，我对英国人民及其能力深信不疑，他们能聚集起自己的力量而又不损害自由。但人们得记住，英国和美国还没经受过真正的考验，他们还不知道被征服、被折磨、被虐待的滋味，而且好兆头正被坏兆头抵消掉。首先，民主衰退，而民众漠不关心。举例来说，在英国，不到26岁的公民现在没有选举权，但你是否意识到，大量处于这个年龄段的人却不曾表示过丝毫不满。其次，着眼于未来，知识分子比普通民众更具有集权主义倾向。总体上看，英国知识分子们反对希特勒，但却以接受斯大林为代价。专政手段、秘密警察、制度化地篡改历史等，他们中的大多数早已完全准备好这样做了，只要这样对"我们"有好处。英国实际上没有法西斯运动，其中的主要原因，是我们的年轻人此刻正在其他地方寻找自己的"元首"。人们难以确定这种情况会不会发生变化，同样难以肯定的是，再过十年，普通百姓会不会像如今这些知识分子那样思考问题？我自然希望他们不会，我甚至确信他们不会，但一旦他们会了，就得付出斗争的代价；如果人们只宣扬凡事皆好，而不去指出灾难的征兆，那么他就只是帮助集权主义离人们更近一点。

你还问：如果我认为世界正向法西斯主义发展，那我为什么还支持战争？这是在两种邪恶之间选择——我认为，战争都是一样的。我很清楚并讨厌英国的帝国主义，但我应支持英国对抗纳粹主义或者日本帝国主义，因为英国的帝国主义还没那么邪恶。同样，我也支持苏联的对德战争，因为我认为苏联不会完全忘记自己的过去，不会完全维持之前的革命思想，所以它表现出比纳粹德国更兴旺的迹象。早在1936年前后，我就开始考虑这个问题，当时战争刚刚爆发，我得出的结论是：我们有充分的理由投入战争，我们要继续努力，使理由更加充分，当然，这需要大家持续不断的批评。

你真诚的

乔治·奥威尔

致 T.S. 艾略特

伦敦，1944年6月28日

亲爱的艾略特：

因为遭遇空袭，我的手稿[1]也被损坏了，所以我一直未寄给你。手稿略微有点折损皱巴，但总体上损坏不严重。

我不知道你能否尽快通知我，法贝尔兄弟出版公司最终怎么决定的。如果他们愿意多看一些我的作品，我得告诉你一个事实：我和戈兰茨[2]公司还签了一个合同，不过这份合同没约定法律义务，也很快就终止了。

如果你读过这部手稿，你就会明白，人们目前还不会普遍接受其主题，但除了在结尾处我愿意做些小改动之外，其他地方我不同意做任何修改。

你真诚的
奥威尔

---

1 指《动物农场》。
2 维克多·戈兰茨（Victor Gollancz，1893—1947），1933—1940年间出版了奥威尔七部作品，其中包括奥威尔的处女作，但后来戈兰茨因为政治原因拒绝出版奥威尔的另两部作品，即《向加泰罗尼亚致敬》和《动物农场》。

致约翰·弥德尔顿·莫利

伦敦，1944年7月14日

亲爱的莫利：

非常感谢你的来信[1]。我手边没你的原信，但《艾德菲》上发表了你的文章，多多少少涉及以下内容：

> 我们一直习惯性地将中日战争与欧洲战争相提并论。但两者本质上不是同一类型的战争。因为普通中国民众都希望中国被征服，那是中国数千年的历史教他们这样做的。但中国会吸融日本，日本会为中国注入动力。印度亦如此。

如果说这不是赞扬和激励日本侵略中国，如果说这不是邀请日本继续侵略中国和印度，我不知道它到底还有其他什么意思。中国1912年以后发生的事，我们似乎无须多说，英国恰在以同样的理由（"那里的人已习惯被征服"）证明我们统治印度的合理性。无论怎么解释，这段话的意思只能是："不要帮助中国人。"

你说有位记者指控你"赞美暴力"，下面谈谈我的看法。最近几年，你写了很多评论文章，我从中得出的印象似乎是：如果暴力

---

1 莫利给奥威尔的信已经找不到了，信中提到的那位记者的身份也无法确定。奥威尔给莫利写了很多信讨论和平主义与苏联问题，这是其中的第一封。

足够残暴，这种暴力你就不再反对。你的意思（或者说我所理解的你的意思）好像是：相较于英国，你更喜欢纳粹，因为至少他们迄今为止一直是胜方。

如果你把书[1]寄来，我自然会关注，但我可能请别人写书评，当然，如果可能，我也会写。工作弄得我精疲力竭，德国鬼子炸毁了我们的家园，让我们流离失所，我们还新添了一个小家伙儿[2]，这些都让我不堪重负。

你的
乔治·奥威尔

1　可能是莫利的《亚当和夏娃》。
2　1944年6月，奥威尔和妻子收养了一个出生才三周的婴儿。

致勒南·海本斯托尔

伦敦，1944年7月17日

亲爱的勒南：

感谢你修改我的书评[1]。我最终还是把那些用苏格兰语写的书送给别人了（这些书不怎么好），但我送给你的书可能还更有趣些，《一个青年艺术家的肖像》，初版，尽管我还没认真读过。我想一定是谁从废纸篓中抢回来的吧。

你反对苏格兰的评论[2]引起了一些反应，我想你应该已经看到了，但这一切都愚蠢透顶，无论怎样，都不值得你回复。其中唯一一句正确的话是："我要唾海本斯托尔先生的眼睛。"我想，作者没有真这么做吧，至少迄今还没有。

艾略特在为英国国会工作，已经很多年了。他至少给《英国同盟者》写过一次稿子，这是在莫斯科出版的一份英国宣传刊物。从他的个人谈话可以判断出，他的一些政治观点已发生了明显改变，尽管他还没公开声明。罗伊·坎普贝尔（我不认识他，但我们有一些共同的朋友）在佛朗哥获胜后仍留在了西班牙，他极其厌恶随后出现的统治，最终变成了一个彻底的反法西斯主义者。他曾受雇做了一段时间的火灾预警员，后来参军，我猜测他目前仍在军队。阿

---

[1] 指奥威尔为雅克·巴曾所著的《浪漫主义和现代利己主义》写的书评，1944年10月17日发表于《论坛报》。

[2] 勒南·海本斯托尔为《苏格兰最佳诗选》写的书评，1944年4月7日发表于《论坛报》。

瑟·布莱恩特是保守党知识分子,他是有名的大炮,在西班牙内战期间,他就这样说过:"在共和党执政的西班牙,常常锯断保守党商人的双腿。"这话让我印象深刻。

我很希望能去看看你,但我没法儿出城。工作太忙,德国炸弹把我的房子炸毁了,又多了一个小家伙儿,我现在的生活密不透风,无丝毫闲暇。你什么时候进城,就来论坛报社看我吧!

你的
埃里克

致利奥纳德·摩尔

伦敦，1944年7月18日

亲爱的摩尔先生：

非常感谢你的来信……

你能否将手上的稿子寄给我？法贝尔公司和卡普公司以同样的理由答复了我。[1] 沃伯格又说想看看这部手稿，还说只要搞到纸就出版，但这个想法要实现太难了。如果这次又心想事不成，我就不再找其他出版商出版这部作品了，这样做实在太浪费时间了，而且毫无结果。我自己印成小册子好了。我几乎都安排好了，而且已找到了经济资助。这本书现在已有一些需求量，我还能运作一两家报纸暗地里做宣传，我敢肯定能收回投资，尽管可能赚不了多少钱。你懂的，印制此书非常重要，如果可能，最好今年就印。

我的家被炸毁了，我想已经告诉过你这事。因此，最可靠的通信地址，还是《论坛报》。

你诚挚的

布莱尔

---

[1] 卡普公司和法贝尔兄弟公司从政治的角度考虑，都拒绝出版《动物农场》。

致约翰·弥德尔顿·莫利

伦敦,1944年7月21日

亲爱的莫利:

没及时回答你的记者来信,深表歉意,现在这封信就权作给你的回信吧。

我没找到文章原出处(我把所有报纸都收起来了),但如果你查阅查阅《艾德菲》合订本,你一定能找到,我想我的引用不会有太大出入。这种观点从主观和客观两方面都是支持日本的,我认同这种观点。除此之外,你还发表了许多其他类似言论,你在赫斯到苏格兰后不久说的那些话就是如此。你觉得你成了我的替罪羊了,但我想你错了,我在已发表的文章中只提过你两次,一次在发表在《地平线》上的文章[1],另一次在《艾德菲》[2]上,我当时为你写了一篇论阿莱克斯·康福特小说的文章。你还以为我不喜欢彻底的和平主义者,这你又错了,尽管我确实认为他们是错的。我反对的和平主义,是一面谴责一种暴力,一面又赞成或回避涉及另一种暴力的和平主义,是那种谨小慎微的和平主义。我的意思是说,你没说清

---

1 指奥威尔为莱昂内尔·菲尔登的著作《向我的邻居乞讨》写的书评。
2 指奥威尔为阿莱克斯·康福特的著作《没有这样的自由》写的书评。

楚自己对苏德战争的态度。我尊重每一个愿意面对不利于自己的处境的人，尽管我非常反对他的观点。

你真挚的
乔治·奥威尔

致《党派评论》

伦敦，1944年7月24日

亲爱的编辑们：

这里几乎没有政治新闻。所有的思潮似乎都在朝同一方向前进，就像我上次给你写信时那样——公众舆论都倾向左翼，而右派因为工党领导人的软弱正乘机巩固自己的力量，较小的左翼党派彼此间吵闹不休。在年终前似乎理所当然应有一场普选，大多数人都猜测工党将独立参加竞选，我却不相信；至少我不相信他们会为赢得选举认真努力。尽管保守派的每一个行动都仍使公众失望，现在却感到有足够的力量来否认应对他们过去犯下的错误负责。许多不能公正地支持张伯伦复权的书和文章在出版，一部分保守党，大概受了比弗布鲁克的资助，出版了一份一周发行三次的报纸（理论上这一组织不能发行新刊物，但他们总有方法规避这条规定），该报纸采取的是强硬的反社会主义路线。

一切政党都在趁机利用苏联深得民心一事展开激烈的竞争。左派以"批评苏联只会有利于保守党"为理由驳斥一切对苏联的批评，但另一方面，保守党似乎是所有人中最亲苏的。从信息服务公司和BBC的观点看，唯有的两个完全不可侵犯的人物是斯大林和佛朗哥。我想，苏联人自己把保守党人视为他们在这个国家里的真正的朋友。可能大有深意的是：苏联新闻界最近对一群极端亲苏的左翼下议院议员进行了尖锐的攻击，因为后者曾暗示飞弹是在西班牙制造的。这些议员中包括 D. N. 普里特——这位公认的"地下共产党人"，他或许也是英国最有影响力的亲苏政治评论家。

共和党继续在补缺选举中获得令人印象深刻的选票，但其成员并没有大的增加，而且似乎越来越少，其政策也越来越不明确。我们甚至不能确定，它还是否像以前宣传的那样，在即将到来的普选中要得到150个席位，或者仅仅与工党候选人做地方性的安排调解。党内的人抱怨该党寄生着那些屈服于中央集权的经济形式，还有预见到自己会从中得到大量好处的中产阶级商人。英国共产党人曾在短期内反对过政府，甚至在一两次选举中与下议院议员合作过，他们对保守党的支持似乎也动摇了。有一些微弱的迹象表明，可能有人在尝试恢复几乎已经绝迹的自由党。否则，我就看不出有什么政治上的发展，即更狭隘意义上的政治发展。

国内问题继续占据着大多数人的注意力。例如印度就几乎已被排斥在新闻之外了。人们争论的主要问题是复员、安置新居及对那些稍微有点远见的人来说比较重要的出生率问题。住房短缺已经很严重，而军人一旦回到家乡，这个问题将会变得更可怕。政府提议用预造的钢制房子来处理这一问题，这种房子凭良心说确实很方便，但如此之小，以至于小到只够有一个孩子的家庭住。从理论上说，这些临时的破烂小屋在三年后就会被废弃，但每个人都认为实际上新房子是不会有的。人们普遍承认我们的出生率不会有望大大增长，除非人们有房子住。在私人财产受尊重的伦敦，大面积重建伦敦也是不可能的，比如，即使花天价也不能使数以万计的土地所有者放弃他们的土地。一般来说，比左翼更关心出生率形势的保守党人同时也在为地主的利益而斗争，并试图通过对工人阶级竭力鼓吹自我牺牲的义务和控制出生率的罪恶来解决这一问题。左派倾向于回避这一问题，一方面是因为"小家庭"观念仍与启蒙教育模糊地联系在一起，一方面是因为他们有点不愿意承认，或无论如何不愿意公开说：出生率的突然上升（如果我们原来的人口数量保持不变，在10年或20年的时间里我们的人口就会激烈上升）意味着生活水平的下降。人们模模糊糊地相信："社会主义"将用某种方法让人们再次多产，并在没有对苏联人生死记录的统计资料进行任何认真检查的情况下，高度赞扬苏联的高出生率。这只是左派习惯上忽略的问题之一，其他问题则与我们和帝国的有色人群的关系，以及英国的繁荣对贸易和外国投资的依赖有关。保守党人更愿意承认这些问题的存在，尽管他们不能提出任何真正的解决办法。几乎所有的英国左翼政党党员，从工党党员到无政府主义者，外表上看都既不想要权力也不渴望权力。保守党人不仅更有勇气，而且不会做出过高的承诺，而在打破他们许过的承诺时又不会有所顾忌。

其他极其不太为人所知的问题是战后劳动力的流动性、战后食物配给制的延续以及对日战争等。我毫不怀疑人们将时刻准备继续战斗，直至打败日本，但他们把摆在自己面前的这些年的战争彻底忘记的能力也是令人惊讶的。在他们的谈话中，"当战争结束的时候"必然是指德国人卷铺盖逃回老家的时候。最近的一次民意调查报告显示，很多人还保持着1918年的思维习惯。每个人都不仅预期复员时会有极大的混乱，而且很快就会重新出现大批人失业的现象。没有人想记住我们还必须在战时生活基本水平上生活好几年，要恢复到和平时期的生产及重新占领已失去的市场，或许和战争本身一样，需要付出同样大的努力。每个人都首先想休息一下。我几乎没听到人们谈论与战争有关的更广泛的话题。我也没发现人们对前面强加给德国的和平表现出普遍的兴趣。在要求一种报复性的和平方面，左派和右派的报纸真是斗得你来我往，不亦乐乎。范西塔特现在是个落后人物了，实际上他在那个时代的比较极端的追随者已经出版了一个小册子，指责他是亲德分子。

苏联正使用"让德国人赔偿"的口号（这也是顽固的保守派在1918年用的口号），他们将任何主张实现宽容的和平或认为宣布合理的和平条款将加速德国崩溃的人都贴上亲德分子的标签。他们，以及其他亲苏分子所支持的和平条款，实际上只是他们已抱怨了20年的《凡尔赛和约》的一种更差劲的翻版。这就是自食恶果，或更确切地说，让别人食恶果。但我还是看不出普通人想要这种东西，如果过去的战争可以作为什么标准的话，那么士兵一回到家就都会变成亲德分子。普通人亲苏，但却不想要苏联人正要求的那种和平，这一事实同样尚无人认识到。左翼记者避免讨论这些问题。苏联政府现在正设法直接干涉英国的出版界。我认为，从纯粹的厌倦和对苏联的无条件支持的本能来讲，大街上行走着的人可能会赞成这种不公平的和平，但这将像上次一样导致亲德反应。

社会有了一定的发展，但大都是沿着我前面提到的方向进行的。晚报（也即专让男人读的报纸）在慢慢恢复。铁路上头等车厢和三等车厢之间的差别越来越大。而两年前这种差别实际上已经消失了。我曾在大约一年前告诉你们商业广告当时很快会消失，但现在它们又出现了，而且比以前更大胆，都明确放在醒目位置。国民自卫军仍像以前一样大量存在，但主要集中在高射炮部队，而且看起来好像已经毫无政治色彩。国民自卫军现在主要是由十六七岁的年轻人组成。比他们稍大一点的年轻男孩都加入了各种士官学校或航空兵学校,甚至年轻女孩子也加入到一种被模糊地称作女子军事学校的统一组织里了。在英国人的生活里,所有这些在一定程度上都是新事物,战争之前,预备军事训练实际上都局限于中产阶级和上层阶级的子弟。一切都变得乱七八糟。按设计应乘10人的车厢现在坐上16人是再普通不过的事情了。乡村也完全变了样,曾经绿油油的牧场变成了金黄的玉米地,即使在最遥远偏僻的地方,也能听到飞机的轰鸣,这已成了正常的背景噪声,甚至淹没了云雀的声音。

文学方面几乎没有什么发展值得一提。在做了九个月的文学编辑后,我为自己缺乏才能和活力感到震惊和恐惧。那些蜂拥而读《新路》《现代》和《伦敦诗人》的人们——如果有什么文学发展,那么这就是发展了——在我看来就像在文明的废墟上蹦来蹦去的跳蚤。尽管纸张短缺,仍出现了无穷无尽的各类选集,还有剪刀加糨糊拼凑成的书以及大量不值一读的出自各种所谓的政治党派和宗教团体的小册子。另一方面,无数的好书却没有出版或出版了却找不到。一直有人在不停地尝试复苏各种地方文学——苏格兰、威尔士,爱尔兰和北爱尔兰的文学。这些文学运动总是具有强烈的民族主义和分裂主义倾向,有时甚至含有强烈的反英情绪,但只要它们在政治上行得通,就可出版。但不同的民族主义据说是可以互相变换的!作为主流的反英情绪在各种各样的报纸上都在推波助澜,伦敦的和平主义知识分子在所有这些报纸上争相登台。还有一些我至今尚无法进行调查的迹象表明,澳大利亚文学最终是搬起石头砸了自己的脚。

战时日记

不再多说了。这是一个愚蠢的夏天,在错误的时间发生了错误的事,出现了错误的结果。在我的生命中,我这是第一次与这个野蛮的城市如此紧密地联系在一起,今年我都听到过布谷鸟的叫声。在尖利的空袭警报"嗡、嗡、嗡"响起时,当这声音越来越近时,你得赶紧从桌子旁逃开,缩紧身子躲在某个炸碎的玻璃碎片到不了的角落。嘣!窗户碎了!轰炸结束了,然后你又得回去做自己该做的事。晚上的地铁站充满了令人恐怖的景象,一堆堆污秽的东西摆放在通道上,一群面孔肮脏黝黑的小孩在站台上不停地四处打闹。两天前,大约是在午夜,我看到一个约5岁大的女孩正在"照顾"她约两岁大的妹妹,小妹妹手里紧紧抓着一个板刷,正在用力刷站台上肮脏的石头,接着就用舌头去舔刷子上的硬毛。我从她手里拿走刷子,告诉年纪较大的女孩,不要让她这样做。但我不得不赶火车,毫无疑问,我坐上火车用不了几分钟,她们就还会继续吃脏东西。这种事到处都在发生。然而,与1940年相比,这种混乱以及由此导致的对孩子的忽视还不算是最严重的。

乔治·奥威尔

致约翰·弥德尔顿·莫利

伦敦，1944年8月5日

亲爱的莫利：

非常感谢你2日的来信。我信中说你"没搞清楚苏德战争的实质"，我的意思是说：据我所知，你在宣扬和平主义时，从未说过苏联人不该保卫自己，我读过你的文章，也都只字未提苏德战争问题。如果我所记不差，《艾德菲》第五期或者第六期在继续讨论德国入侵苏联问题时，甚至根本未提德苏正在开战。在战争开始的前几周，苏联人入侵了波兰，而你文章中的语气，只能让我认为你赞成苏联人的行为。我读过你所有的相关文章，得出的总体印象是——绝非我一个人的推断——你认为苏联人，可能还包括德国人和日本人发动战争是完全正确的，但对英国人和美国人来说，则完全是错误的。我真不明白，你这种观点怎么能符合你所遵守的和平主义原则。如果某一个国家连保卫自己国家的主权都是错的，那么所有国家保卫自己的主权就都是错的。如果只有某一个国家这样做是对的，那么可以说和平主义就是一句空话。

下面再谈谈"谨小慎微的和平主义"这个问题，这又涉及苏联的事情。你在某封信里对我说，苏联与纳粹德国谁能打败谁，在你看来却无关紧要。但是，据我所知，你在自己所发表的文章中，一谈到苏联总是用赞同的语气，你还一直将苏联与英国相比，这非常不利于我们。你说苏联是"唯一真正爱好和平的国家"，你甚至还为其集权主义辩护，说英国也有集权主义，只不过形式隐蔽而已。你也没有义愤填膺反对1936—1939年间苏联进行的令人恐怖的肃反事件，在谈到大规模流放富农这一事件时，你毫无必要地使用了春秋笔法。根据我所读到的你的文章判断，你这些公开的言论与你给我的私人信件中的表述是难以调和的。我产生的印象挥之不去，即你在回避或掩饰与苏联有关的问题，因为它不仅与你所鼓吹的和平主义彼此矛盾，而且若你直言不讳地谈论这些问题，你就会受到知识分子的关注，成为不受欢迎的人。

当然，总的说来，狂热的共产主义者和亲苏分子也是让人尊重的，哪怕他们是错的。但我怀疑苏联在有些事情上犯了严重错误，我认为，对像我这样的人来说，可以用是否愿意批评斯大林来检验知识分子是否诚实。从一个从事文学创作的知识分子的角度看，这是唯一真正的危险。如果一个人参军已经超龄，或者身体状况不符合参军的标准，或者只在知识界讨生活，那么，他说拒服兵役需要勇气啦，或者表达什么自相矛盾的意见，在我看来都毫无意义。这样只会像强硬而傲慢的保守分子那样自找麻烦，谁在乎他们说什么呢？无论出现什么情况，极端强硬而傲慢的保守分子几乎都不会遇到什么障碍。批评苏联才真正需要勇气，英国知识界内，大部分人唯一认同的就是此事。你谈到斯大林及其统治时十分温和，而谈到丘吉尔时却语带谴责，两者稍微比较一下，似乎就足以证明我用"谨小慎微"这个词是正确的。如果你真反对暴力，你至少应该像反对英国一样反对苏联。但反对苏联或许四面树敌，而反对英国就不会，也就是说，你不会在乎我们这样的敌人。

我不赞成和平主义，但我可以通过和平主义者回避的问题来判断他们的真诚度。大多数和平主义者在谈到战争时，都觉得这场战争似乎只是英国和德国之间举行的一场轰炸比赛，根本没有别的国家卷入。勇敢的和平主义者不应只说"英国人不该轰炸德国"，这样的话谁都会说。他应该说："苏联人应该让德国人占领乌克兰；中国人不应保卫自己，反抗日本；欧洲人应该向纳粹臣服；印度人不应想脱离英国。"真正的和平主义者所坚持的主张必须包括上面这些内容，但是，一个人一边这样说，一边又能与知识界的其他人保持良好关系，这很难，因为他们一方面总是回避类似的问题，同时又不停地大喊大叫反对种族灭绝的大轰炸等，这使我觉得自己很难尊重和平主义者。

你真诚的
奥威尔

致约翰·弥德尔顿·莫利

伦敦，1944年8月11日

亲爱的莫利：

感谢你寄来的《和平消息》及你的信。我曾因为不满意你对苏联的态度而批评过你，我得向你深表歉意。我很少看《和平消息》，也不知道你坚持和平路线。我只是根据你以前——如苏联入侵波兰时以及战争之前——的言论，对你进行了连番攻击。毫无疑问，很多和平主义者都把苏联神化了，他们对苏联正在进行的战争一言不发，同时却对其他同盟国的战争付出横加谴责，我推断在这一问题上你和这些人一样，但我错了。我应该不断了解你最新的言论，但我却根据已过时的材料，写了一封几乎可以说是谩骂的信，我对此实感遗憾。目前，写反对斯大林的文章会惹多大的麻烦，我对此心如明镜，我钦佩你有勇气这样做。我对和平主义进行过评价，我至今不认为有错。我始终坚持自己的观点，即和平主义客观上赞成暴力，并且有发展成武力崇拜的趋势。但即使到现在，我仍坚持认为，青年知识分子中的和平主义者之所以坚持这种观点，主要原因在你，而且在我看来，其中一些人似乎已腐败。你的新作《亚当和夏娃》出版以后，是否愿意惠赠我一本？我在主持《论坛报》的栏目，可以宣传一下。我会克服一切困难做好这件事。最后，再次因为对你的错误态度而深深致歉。

你真诚的

乔治·奥威尔

又及：你看没看过我在《论坛报》上主持的专栏？你一定不要以为，因为我"支持"战争，不反对轰炸，所以就赞成进行报复，让德国血债血偿等等。你或许不明白我在说什么，但我认为，杀掉你不恨的人无所谓。我还认为，有些时候，只有通过杀掉或试图杀掉某人，你才能表明爱他。我相信，大多数普通人都是这种感觉，而如果他们对此事有发言权的话，他们愿意在这一点上达成共识。就战争而言，几乎既没有一致的反抗，也没有一致的仇恨。战争，只是不得不做的一项工作而已。

致弗兰克·巴博[1]

伦敦，1944年12月15日

亲爱的巴博先生：

我收到了你12月8日的来信，非常感谢。我能肯定，这就是斯大林的生活，而不是列宁的生活。我是从其他途径听到这个消息的。但当我再次查阅《党派评论》后，我发现与之相关的书显然是指《斯大林传》。这一期的《党派评论》提及三本被回收的书。一本就是《斯大林传》，一本是巴尔麦恩的《劫后余生者》，还有一本是《我的苏联岁月》，作者G. E. R.格德埃曾任《纽约时报》驻莫斯科记者。[2] 我认为英国的托洛茨基分子可以更进一步证实这件事，但我与他们都没联系。

你给巴尔麦恩所做的注释，我很感兴趣。多年来，我虽人微言轻，但一直在竭尽全力地与篡改历史的制度化行为进行斗争，但这种情况并无改变。我一位朋友就要在《世界评论》上发表一篇文

---

1 弗兰克·巴博（Frank Barber, 1917—?），新闻记者，此时是《利兹公民周刊》的助理编辑。
2 1942年3—4月的《党派评论》有一段编者按："对于苏联目前的统治，这三本书要么进行批评，要么表现出明显的敌意。因此，尽管已经公开发布了将要出版这三本书的消息，但它们最后还是先后被禁止出版了。这三本书分别是达布尔代和戴兰公司的《劫后余生者》——苏联外交官亚历山大·巴尔麦恩的回忆录；哈珀公司出版，《纽约时报》驻莫斯科记者G. E. R.格德埃撰写的《我的苏联岁月》；还有托洛茨基的《斯大林传》。"

第二编 战时通信

章[1]，我想你可能会有兴趣。这篇文章揭露了一个苏联的谎言，就是过去为整肃米哈伊洛维奇[2]而编织的谎言。我一位苏联老朋友（我不能说出他的名字）给我写信，谈了一些苏联官方出版的《参考年鉴》（1944）中的内容。年鉴中有"大事年表"，1939年苏德签订条约一事竟没被收录进去！我根据自己在西班牙内战期间的经验，首次注意到历史可由人蓄意篡改。当街上的行人都知道苏联就等于社会主义事业时，你怎能制造不和谐之音。但我相信，借助一些公开发表的事实真相，就可以觉察出已篡改的历史与事实真相之间的差异，而即使是事实真相，也都只是被隐晦曲折地表露出来。

这类事情，有个人能帮帮你，能爆一些趣料，她叫露丝·费茜尔[3]，现住美国。你若想找到她，可通过美国纽约的《政治家》杂志联络。

你真诚的

乔治·奥威尔

---

1 指《米哈伊洛维奇事件真相》，作者是R. V. 埃尔森，发表在1945年1月的《世界评论》上。
2 指德雷加·米哈伊洛维奇（Dragoljub Mihailović, 1893—1946），南斯拉夫爱国者，1941年德国入侵南斯拉夫，南斯拉夫民族主义游击队成立，他是军事领导人。后来与铁托为了争夺游击队的领导权展开了激烈的斗争。1946年遭铁托政权逮捕，并被处死。
3 露丝·费茜尔（Ruth Fischer, 1895—1961），1923—1926年间任德国共产党总书记，后被视为托洛茨基分子，开除出党。她从德国先后逃到法国和美国，撰写了不少政论文章。

致《党派评论》

伦敦，1944年12月

亲爱的编辑们：

自我第一次给你们写信至今已快四年了，中间我有几次也曾对你们说过想写一封信，对以前所写信件进行一番评论。现在看来到合适的时候了。

既然我们已经在表面上赢得了战争，失去了和平，我们就可以以某种确定的观点来看待以前的事件，我不得不承认的第一件事是：无论如何，一直到1942年年底，我对形势的分析都是极端错误的。因为，就我所看到的，其他每个人也都错了，所以我自己的错误是值得评论的。

在那些信里我都试图说出事实，我相信，从这些信中，你们的读者也能获得对任何时刻正在发生的一切的不那么歪曲的认识。当然，其中也有许多错误的预言（例如1941年我预测苏联人会与德国继续合作，1942年预测丘吉尔将下台），许多概括根本没有事实根据，或其事实根据很少，也不时有对个人的恶意的或误导性的评论。例如，我特别后悔在一封信里说朱利安·西蒙斯"以一种模糊的法西斯腔调写作"，这种说法是不公正的，只是我根据一篇自己可能没读懂的文章做出的判断。但这种事很大程度上源自战争所造成的疯狂气氛，源自谎言和误传的迷雾，人只好在这样的环境中工作，并被牵涉到政治新闻记者无法摆脱的、肮脏的、无休止的辩论之中。根据现在流行的低标准，我认为我对于事实的把握还是相当精确的。我的错误出在对不同倾向的相对价值的评价方面。我的大多数错误都源自我在1940年那种绝望的时期做出的政治分析，并且我在这种分析已经被证明是非常明显的错误之后很久还墨守着它。

根本的错误就包含在我在1940年年末写的第一封信里，在那封信中我声明，在重压之下，已很明显的政治反动"不会造成根本的不同"。在大约18个月的时间里，我一遍又一遍地以各种形式重复这一观点。我不仅猜测（那很可能是真的）民众的感情倾向于左翼，而且还认为若不实行民主就不可能赢得战争的胜利。在1940年我写道："我们要么将这场战争转变成一场革命战争，要么就在这场战争中失败。"我发现自己一直到1942年年中还在重复这些话。这就歪曲了我对1942年真实事件的判断，并夸大了这一年政治危机的深度，夸大了克里普斯成为大众欢迎的领袖的可能性，夸大了共和党成为革命党的可能性，夸大了战争使英国社会平衡发展的可能性。但真正麻烦的是我掉进了傲慢不逊的陷阱，我认为"战争与革命密不可分"。我这样认为有一定的理由，但这仍然是个大错误。因为我们毕竟还没有结束战争，除非现象很会骗人，我们还没有引进社会主义。英国正朝着计划经济发展，阶级差距有望缩小，但权力没有任何真正的改变，民主没有任何真正的增加。还是同样那些人占有着所有的财富，霸占着所有最好的工作。美国实际上是世界上最强大的国家，也是最资本主义化的国家。当我们回顾这一两年来对战争的看法时，不论我们是"反对战争"还是"支持战争"，我想我们首先应承认的是我们都错了。

在英美知识界中，宽泛地说，存在着五种对战争的态度：

1. 值得不惜任何代价赢得这场战争，因为再没有比法西斯分子胜利更糟的事了。我们必须支持任何反纳粹的政权。

2. 值得不惜任何代价赢得这场战争，但实际上，只要资本主义还存在，就根本赢不了这场战争。我们必须支持这场战争，同时要努力将之变成一场革命战争。

3. 只要资本主义存在，就不可能赢得战争，但是即使能赢得这场战争，这样的胜利比没有还糟。它只会导致法西斯主义在我们自己的国家确立下来。在支持战争之前我们必须推翻我们自己的政府。

4. 如果我们反击法西斯主义，无论在什么政府领导下，我们自己都将不可避免地变成法西斯主义者。

5. 反抗毫无用处，因为德国人和日本人无论如何都会取胜。

遍布各地的激进分子属于第一类，苏联加入战争后又是斯大林分子占了第一类，而形形色色的托洛茨基分子则属于第二类或第四类。和平主义者属于第四类，并一般将第五类作为附加的观点。第一种说法只是等于说"我不喜欢法西斯主义"，这无法作为政治行动的导向，也无法预测将要发生什么。但其他理论都完全是编造的。我们为自己的生命而战这一事实并没有像我所预言的那样迫使我们成为社会主义者，但也没有驱使我们变成法西斯主义者。根据我的判断，与战争开始时相比，我们离法西斯倒越来越远了。对我来说似乎很重要的是认识到我们一直都错了，并且说出来我们错了。今天的大多数人，当他们的预言被证明是错误的时，他们往往怒气冲冲地声称他们是正确的，他们所讲的都是事实。这样，许多与我同一立场的人，实际上就会宣布革命已经发生了、阶级特权和经济不公平将一去不复返了等等。和平主义者甚至更危言耸听地宣称英国已是一个法西斯国家了，而且与纳粹德国没有什么区别。虽然他们被允许写作这一事实与他们的说法自相矛盾。从各个方面来说，英国都存在着一个唱着"我这样告诉过你"的合唱团，而且对自己过去所犯的错误完全不知羞耻。绥靖者、流行的先锋人物、共产主义者、托洛茨基分子、无政府主义者、和平主义者，都几乎用同一种声调宣称自己的预言是绝无仅有的，除此之外再无其他。特别是在左派阵营，政治思想成为一种不受外界事实干扰的自淫式的幻想。

但还是回到我自己的错误里来。在这里我关心的不是纠正这些错误，而是解释为什么犯这些错误。当我对你说英国正处在激烈的政治变化的边缘，而且已经取得再也无法回头的进步时，我并不是想为了美国公众的利益而粉饰现实，假装笑脸。我一直都在国内出版和发表的书与文章中表达同一种意思，甚至更强烈。下面是一些例子：

"我们只有两个选择：社会主义或者失败。我们必须前进，要么就灭亡。""自由资本主义已经死亡。""英国革命几年前就已爆发了，而且当军队从敦刻尔克大撤退以来就已开始集中力量了。""凭目前英国的社会结构，英国是无法存在下去的。""这场战争，除非我们被打败了，否则将扫除现存的大部分等级特权。""不超过一年，可能甚至不超过六个月，如果我们仍然未被征服，我们将看到一些以前从没出现过的东西出现了，即一场特别具有英国特色的社会主义运动。""英国统治阶级希望得到的最后一件东西是新领土。""法西斯力量与英帝国主义真正失和的原因在于他们都知道自由资本主义正在分崩离析。""这场战争如果再持续一两年,那么大部分的公共学校将被摧毁。""这场战争实际上是希特勒帝国的统一和民主意识增长之间的竞赛。"

等等,等等。我怎么能写下这些东西呢?好吧,在这样的一个事实中,实际上存在着一条线索:那就是我的预言,尤其是对军事事件的预言,从来都绝不出错。回过头来看看我在过去的两年里写的日记和给BBC写的新闻评论,我发现与大量左翼知识分子相比,我常常是很正确的。我的正确至少表现在我不是失败论者,我们毕竟还没有在战争中失败。大多数左翼知识分子,不管他们在报纸上会说什么,他们在1940年都是彻底的失败主义者。在1942年夏天,即战争的转折关头,他们大多数又都写文章宣扬这样的信条:亚历山大港肯定会沦陷,而斯大林格勒不会。我记得我的一位共产主义者同事充满激情地对我说:"我敢向你保证,保证,隆美尔一个月后将出现在开罗。"我一眼就能看出,这个人真正想说的是:"我希望隆美尔在一个月后会出现在开罗。"我自己根本不希望这类事情发生,因此,我能看出坚守埃及的可能性是相当大的。从这个例子你能看出,目前的几乎大多数政治预言都是根据怎样的臆想推理出来的。

我之所以能做出正确的判断,是因为我没有像一般英国知识分子那样仇恨自己的祖国,并且不会因为英国的胜利而失望。但恰好因为同样的原因,在我的头脑中无法形成一幅政治发展的真实画面。我不愿意看到英国被人羞辱或羞辱别人。我希望我们不会被打败,我也希望令我感到羞耻的等级差别和帝国主义者的剥削一去不复返。我过于强调了战争的反法西斯性,夸大了实际上正在发生的社会变化,低估了反动力量的巨大力量。这种无意识的歪曲贯穿于我早期写给你的所有书信之中,虽然最近的信中或许没有这些错误。

就我所能看到的而言,过去多年来的所有政治思想都是以同样的方式表达出来的。人只在未来的结果与他个人的愿望一致的情况下才能预知未来,当可能的未来不符合他们的愿望时,即使最明显不过的事实也会被他们忽略。例如,一直到今年的5月,大部分不怀好意的英国知识分子仍拒绝相信第二战场即将开辟。即使当他们亲眼看见大批装运着枪支和登陆艇的车队源源不断地穿过伦敦驶向港口时,他们仍拒绝承认这一点。人们可以指出无数这样的例子,即只要真理伤害了某些人的骄傲,他们就会坚持最明显的错觉。因此就没有可靠的政治预言。且举一个大家容易辨别的例子:谁预言了1939年的苏德互不侵犯条约?一些悲观的英国保守党倒预言了德国和苏联之间会有某种协议,但预言的是错误的协议,而且提出的原因也是错误的。就我所知,没有一个左翼知识分子,不管是亲苏分子还是恐苏分子,能预言到这类事情。就这件事来说,左翼总的来说没能预料到法西斯力量的崛起,而且甚至当纳粹党即将获得政权的时候他们都没有认识到它是危险的。要理解法西斯的危险,左翼就将不得不承认自身的缺点,而这太痛苦了;因此,他们有意忽视或曲解了全部现象,这导致了灾难性的后果。

我们只能说:只有当人们的愿望可以实现时,他们才会成为相当好的预言家。但真正客观的方法几乎是不可能的,因为每个人都是这种或那种形式的民族主义者。左翼知识分子并不承认自己是民族主义者,因为一般来说,他们都把自己的忠诚转向某个外国,例如苏联，或者以纯粹否定的态度看待自己的祖国，或者仇恨自己的祖国和其统治者。但他们的观点本质上来说仍是民族主义的，因为他们完全是根据权力政治和竞争势力的强弱来思考问题的。无论分析什么情况，他们都不会说："什么是事实？什么是可能性？"但是，"我怎么样才能使自己和其他人明白我的党派在和其他党派的斗争中占了上风了呢？"对一个斯大林主义者来说，斯大林是不可能犯错误的，对一个托洛茨基分子来说，斯大林永远正确同样是不可能的。对一个无政府主义者，或和平主义者、保守党等来说，也是如此。世界的原子化、国与国之间缺乏任何真正的联系，这都使人们很容易坚持自己错误的观点。令人吃惊的是，在自己直接的交往圈子之外，人们甚至不可能发现正在发生什么。例如，就我所知，至今没有一个人能预料到目前这场战争会带来1000万人员伤亡。但人们希望政府和报纸在说谎。对我来说，更坏的是：就连知识分子都藐视客观事实，只要他们的民族主义情绪高涨。最聪明的人往往都能坚持精神分裂症般的信仰，或者忽视明显的事实，或者以巧妙的回答来逃避一些重要的问题，或毫无选择地吞下无根据的传言；他们可以在历史被歪曲时毫不关心。所有这些精神罪恶归根结底都萌芽于民族主义的习惯，而这种习惯本身，我认为是恐惧和机器文明的异常空虚的产物。

我相信我们每个人都可能比现在更客观，但这需要道德努力。人不能逃离他的主观感受，但至少可以知道这些感受是什么并且考虑到它们。我已经尝试过这么做，特别是最近，因此，我觉得在我最近写给你的几封信里，大致是从1942年年中以来的那几封，与以前的信相比，展现了一幅反映伦敦发展的更真实的画面。因为这封信基本上是一篇针对左翼知识分子的演说,因此我想补充的是——不带有任何奉承的成分——从我所看到的那些美国杂志判断,美国的精神环境仍然比英国好得多。

我是三天前开始写这封信的。震惊世界的事件正到处发生着。但在伦敦,没有什么新鲜事。从灯火管制变为半灯火管制并没有带来任何变化,街道仍然漆黑一片。寒冷的天气断断续续地持续着,而且看起来这个冬天燃料的短缺会很严重。人们的脾气变得越来越暴躁,购物成了一件痛苦的事。商店老板把你看得一钱不值,尤其是如果你想买的东西正好在当时供应不足。最近最短缺的货物是梳子和婴儿奶瓶的奶嘴。奶嘴在某些地区实际上一直很难得到,现有的都是用翻新过的橡胶做成的。而与此同时,避孕用具却很多,并且都是用上好的橡胶生产的。威士忌比从前更珍贵,但是马路上的汽车多起来了,因此汽油一定会有点供应不足。国民自卫军已经离开了阵地,火警大量减少。有更多的美国士兵来拜访我,总是以《党派评论》作为开场白。我总是非常高兴接待《党派评论》的读者。我一般待在《论坛报》,若在那里找不到我,可到我家,我的门牌号是CAN3751。

乔治·奥威尔

致《党派评论》

伦敦，1945年1月5日

亲爱的编辑们：

我最近三个月是在法国和德国度过的，但我这封信必须用来谈英国的事情，因为如果我直接触及我在国外看到的任何事情，我的这封信就不得不接受盟国远征军最高统帅部的审查。

即将到来的大选正引起相当大的兴奋，许多工党的支持者看起来真心相信自己的党会赢得选举。丘吉尔的命运被认为取决于早期的一次选举，因为这次的投票率可能很低。数百万计的士兵和其他人，即使不能说被直接剥夺了公民权（例如，士兵可以委托他人代为投票），仍远离家乡，不和当地的政治组织接触。因此而失去的选票将主要是工党的潜在得票。我自始至终都在预言保守党将会以较小的优势取胜，对此我仍坚信不疑，虽然不像以前那样自信，因为形势明显正在向另一方向剧烈发展。甚至可以预料工党可能违反其领袖的意愿而在选举中获胜。在这个时期就职的任何政府都必定会经受一个不令人愉快的时期，左翼政府更是如此。战时控制将不得不持续下去，甚至会更紧张，复员将不可避免地比公众期望的缓慢。复员进程将必然要比预想的要慢。还有煤的问题，这个问题显然非要等到煤矿被收归国有并且经过数年的改革之后才能解决。眼下，任何政府，不论是什么肤色的政府，都将被迫既压制矿工又只得让公众在簌簌发抖中度过整个冬天。还有迫在眉睫的和苏联的摊牌问题，工党的领袖人物无疑认为这个问题是可以避免的，但是公众舆论还没有为此做好准备。首先是印度问题。保守党政府可能有不止一个理由延缓与印度的和解，但自称为社会主义者的政府几乎不敢去做这样的事，而同时不大可能的是，阿特利、莫里森和其他一些人能够提供印度民族主义者愿意接受的任何建议。有些人认为，在这个时期执政的政府不会冒失去民心的风险，因为战争带来的安全和部分繁荣仍将持续，真正困难的时期是在未来的两年之内，那时到处都是因为复员带来的失业问题和住房匮乏的灾难。虽然如此，我仍相信，害怕责任——这一直是重重地压在工党身上的问题——当想到还要再拖着一个已筋疲力尽的国家走过两年战争时光的时候，对责任的恐惧将会更加强烈。而当最后的挣扎开始时，他们会故意不尽力。当然，没人知道保守党这次又设下了什么圈套。选举将或多或少是工党和保守党之间的一次直接斗争。共和党和共产党可能会增加他们的代表，但幅度不会很大，自由党正试图恢复旧有地位，但不太可能成功。自由党在贝弗里奇那里有一大笔资产，但他们不再代表任何有明确的利益或意见的联盟，他们支持几种不同的已经实行的政策。人们认为他们可能会多赢得10个或20个席位，但他们的主要成绩将是在城区分化工党的选票，在乡村地区分化保守党的选票。

我在家只待了一周，而我也不能确定苏联"神话"是否还像过去一样有力量。一个前三个月一直待在英国的优秀观察家告诉我：他认为亲苏情绪正在急剧降温，以前同情苏联的人对苏联的外交政策以及诸如逮捕16个波兰人的事件感到非常失望。当然，报纸也已经不像过去那样谄媚苏联了，但这未必表明大众的情绪有多大改变。我一直坚持认为,在过去十年中,英国的亲苏情绪更多的是出于需要一个外在于英国的天堂,而非真正出于对苏维埃政权有兴趣,而这又不能引证事实进行反驳,即使事实已是众所周知。最近几年,有一件事使我非常震惊,那就是:最最严重的罪行和灾难——大清洗、大驱逐、大屠杀、大饥荒、不经审判的监押、侵略战争、撕毁条约——不仅不能刺激广大民众,而且实际上根本引不起他们的注意,除非它们碰巧适合当时的政治气氛。因此,现在要激起对达豪[1],布痕瓦尔德[2]等地的某些愤恨也是可能的,然而,在战争之前,即使让一般人对这种事产生一星半点儿的兴趣也是不可能的,虽然最最可怕的事实比比皆是,不断涌现。如果你曾参加过1939年的盖洛普[3]民意测验,我想你就会发现大部分,或者至少是很大一部分英国成年人甚至根本没有听说过存在着什么德国集中营。整件事都从他们的意识中悄悄溜走了,因为这并非那时他们所希望听到的东西。对苏联也是一样。如果明天有人证明在北极实际上也存在着苏联人的集中营,并且就像某些观察家所声明的,其中还关押着1800万名囚犯,我不知道这是否能够给公众中的亲苏派留下非常深刻的印象。去年发生的华沙事件几乎没有引起多少人的注意,而我也不明白为什么苏联对波兰的行径现在会突然开始引起民众那么强烈的愤慨。

---

[1] 纳粹德国三大中心集中营之一。1933年3月建于德国巴伐利亚的达豪市附近,为纳粹德国最早建立的集中营。——译者

[2] 位于德意志民主共和国西南部一个村庄,1937—1945年间德国法西斯曾在此设立集中营,残酷屠杀了数万名反法西斯战士。——译者

[3] 盖洛普(Gallup, 1901—1984),美国统计学家,民意抽样调查,即盖洛普民意测验创始人。——译者

然而，公众的舆论可能正因为其他原因开始改变。对工人阶级的观念可能略有影响的是：英国和苏联之间的接触和联系最近比以前更多了。从我所听到的来看，在东德被红军解放出来的英国囚犯经常会带回一些反苏的报道，去过阿尔汉格尔的船只上的船员和在苏联工作过一段时间的船员也都带回了一些类似的报道。这里牵涉到的可能是相对的文化水平问题，而工人阶级常常对此非常敏感。在德国，美国士兵对众多苏联苦役犯的态度，以及在被解放的集中营中英美囚犯对他们的苏联囚犯的态度，让我惊讶不已。这并不是说他们对苏联人有敌意，而仅仅是西方产业工人遇到一个斯拉夫农民时立刻感到对方不如自己文明——用西方工人的标准来看，斯拉夫农民的确如此。然而，这种事对广大民众的影响，如果说有什么影响的话，也是相当缓慢的。同时，就我的判断而言，亲苏情绪仍很强烈，并将在大选中成为一种影响因素。许多人说，只有左翼政府才能确立真正可以抵挡苏联侵略欧洲的立场，正像在抵抗德国时不得不接受保守党的领导一样。

情人节我不在英国，但别人告诉我这一天过得很平静——人很多，但没有什么热情，甚至吵闹也比平常少了——就像当时法国的情形。无疑，在两种情况下，部分原因都是缺乏烈酒。欧洲战区战争的结束对任何人都影响甚微。甚至熄灯之后也仍然是一如既往地黑暗，因为只有很少一部分街灯被修复过，而大部分人除了夜幕之外也再没有其他帘幕了。基本的汽油配给制已经恢复了，汽车的价格高得惊人，却还有许多人争相购买。但即使这样，街道相对来说仍是空荡荡的。一些战时的舒适场所，比如英国的饭店和极好的日间托儿所——有工作的母亲可以放心地将孩子放在那里的托儿所——现在将要被拆毁了，或者至少有人说要拆掉它们，已经有人在联名上书提出反对。总的来说，左翼派的观点支持继续实行战时控制，而右翼则玩弄着诸如"不能再搞官僚主义"之类的口号。在我看来，大街上的人们不仅已经完全习惯了一种被计划好的、被控制的生活方式，在这种生活方式下，虽然各种消费品都极少，但大家都是非常公平合理地彼此分享，而且比起过去的生活，他们实际上更喜欢现在的。显然，人们无法证明这些印象，但我一直相信，英国人在战时更快乐，尽管中间有过极其绝望的厌倦。人们常说战争只会带来痛苦，但我怀疑在士兵伤亡人数极少的时候事情是否真的如此，因为他们是在这种情况下为这个国家而战的。在整个战争中真正发生的是：实际的痛苦——不仅是危险和困苦，还有厌烦和思乡——都被推到了大约占人口的10%的武装力量上了，而其他人则享受着安全和社会平等，而他们在过去根本无从体会到这些。当然，还有轰炸、家破人亡、对丈夫和儿子的焦虑、过度的工作和缺乏娱乐，但比起在充满竞争的社会背景中时时萦绕心头的失业恐惧来，这些很可能更容易忍耐了。

因为刚从欧洲大陆回来，我可以用一种新的眼光看英国。我发现有一些东西——比如和平主义的思想习惯、对演讲自由的崇尚、对法律的信仰——在这里设法生存了下来，而在海峡那边，这些似乎已经消失了。但如果非要我指出英国人民在战争中最令我震惊的行为是什么，那我就应指出一点，那就是对一切都反应迟钝。在面对可怕的危险和可贵的政治机遇时，人们仍然保持着无动于衷的态度，除了每天的日常工作、家庭生活、去趟小酒吧、修剪草坪、带回家一点晚餐喝的啤酒，等等等等。在这种半麻醉的状态中，他们

第二编 战时通信

对什么都没有意识。我记得,在最困难的敦刻尔克时期,一天我与一个朋友在公园里散步,我向他指出,人群的举止一点也没有表现出有什么不寻常的事正在发生。与平时完全一样,人们来来回回地推着婴儿车,男孩追着女孩,板球赛也正在进行。他忧郁地说:"只有开始投炸弹的时候,他们才不会这样,那时他们才会惊慌起来。"然而,他们并不惊恐,就像我当时所指出的,即使在炸弹带来的一片混乱中,他们仍保持着他们正常的生活方式,平静得甚至到了令人吃惊的程度,就像威廉·恩普森所说:"海面之下三英尺总是平静的",我认为可以肯定地说,与上一次世界大战相比,这一次人们无论是赞成战争还是反对战争,态度上都更冷淡。确实,拒绝服兵役的人几乎翻了一倍,但我并不认为这很重要,因为,除非一个人甘愿成为一名烈士,否则,他选择拒服兵役并不意味着必须承受恶劣的待遇和社会的放逐,而且拒服兵役者也不难找到一份非军事的职业,拒绝一切国家服务工作的人是极少的。人们必须记住,在上一次大战初期的两年间,有组织的工人运动组织或多或少都是反战的。对于征兵,人们也存在着强烈的反感,到最后,国家的一些地区甚至离革命已不远了。战争刚结束时很多地方都发生了军事政变。这一次没发生这一类的事情,但也没有了1914年那样的疯狂的热情——我当时的年龄已能记得这些——也没有了对敌人的同等程度的恨。这一次——除了报纸的专栏外——人们没把德国人称为野蛮人,没有抢劫德国商店,也没有在海德公园里对所谓的间谍处以私刑,孩子们的画纸上也没有用戴着猪面具的德国人的画像做装饰;但另一方面,与《凡尔赛和约》相比,分解德国和使用受强迫的劳工等建议并未招来更多的抗议之声。与欧洲其他地方发生的情况相比，我认为应该注意到，几乎没有哪个英国人在这场战争中改变了自己的立场，至多有几十个战前有亲法西斯历史的人叛国。战争快结束时，实际上有整整几十万苏联人、波兰人、捷克人或是在为德国而战，或是在为德国组织效力，但其中根本没有英国人或美国人。我们国内的形势也没有向坏的方向发展，或者不如说没有太多的发展。我从来不会预言说：经过大约六年战争，我们不会变成法西斯主义或是社会主义，并且我们国内的自由制度完好无损。我不知道英国人努力生活在这样一种半麻醉状态中算不算一种颓废的标志，就像许多观察家所认为的那样，或从另一方面讲这是不是一种本能的智慧，但当你生活在无穷无尽的恐怖和灾难之中，而又无法抵抗时，这可能是一种最好的态度。如果战争继续下去，可能我们都不得不发展这种态度，在我看来，在不久的将来，这就是一种可能的发展。

我理解，随着战争的结束，你们将重新调整你们的外国撰稿人，因此，这封信将是我四年前开始的这一特别系列专栏的最后一封信了。来点什么结束语在我看来似无必要，因为上一期我已经写过一些了，而这些话最好只说一次。我只是想在结束时告诉你们和你们的读者写这些信给我带来了多大的快乐。在许多为了消磨战争年月而进行的疯狂活动中，只有撰写这些信给我带来了神奇、舒畅的奇妙感觉。最后，我认为你们都会同意我应对新闻检查部门说一句赞美的话，他们几乎毫不干涉地让这些信到达你们手里。

祝福你们。

乔治·奥威尔

致罗杰·赛恩赫斯[1]

巴黎，1945年3月17日

亲爱的罗杰：

非常感谢你的来信和惠寄《向加泰罗尼亚致敬》。我并没把此书送给安德烈·梅尔劳科斯，他目前不在巴黎，而是送给了琼斯·罗维拉，我在西班牙部队时，他是我的指挥官之一，我有一次到朋友家，我们又相遇了。

我不知道《动物农场》是否确定出版了。如果还没真正付印，我还想再修改一下里面的一个词。在第八章（我想应在第八章）里，风车被炸之后，我是这样写的："所有动物，包括拿破仑，无不大惊失色。"我想把这个句子改成："所有动物，除拿破仑外，无不大惊失色。"如果书已开印，就不再费心了，但我想这样改对J. S.[2]或许更公平些，因为德国进攻苏联时，他确实没离开莫斯科。

希望弗雷德[3]能好好地度个长假。我知道，人要真正恢复自己的力量，需要很长时间。我一直在设法到克勒根住上几天，但总是拖而未决。我4月底回英国。

你的

乔治

---

1 出版《向加泰罗尼亚致敬》和《狮子与独角兽》两书的塞克与沃伯格出版公司的一个经理。

2 指约瑟夫·斯大林。

3 指塞克与沃伯格出版公司的F. J. 沃伯格。

致安东尼·鲍威尔[1]

巴黎，1945年4月13日

亲爱的安东尼：

我上周还在伦敦，那时我就想与你取得联系，但没如愿，我不知你是否通过其他途径听说了最近发生的事情。艾琳去世了。非常突然，非常出人预料。3月29日她做了一次手术，本以为不会有什么危险，但却突然去世了。我远在巴黎，根本无法发现其中到底哪儿出了错，实际上或许谁都没错。我没看到对此事的最后调查结果，也不想看了，因为无论如何人死不可复生，但我认为事故发生的原因是麻醉剂。细思极恐，因为近五年她一直微恙不断，不但要过苦日子，工作也是超负荷，现在情况刚有好转，她却撒手人寰！唯一让我稍微好受一点的，就是我觉得她死前没太受罪，也没忍受死亡的恐惧。她确实希望做手术会治好病。她在去世前一小时肯定还在写信，我在她的信里找到了这一封，信没写完，她显然想在手术后再接着写。她越来越疼爱理查德了，甚至已安排好了理查德的抚养问题，但在这个节骨眼儿上，她却离世了，让人伤心欲绝。让我高兴的是，理查德非常健康，我们现在仍在抚养他。他现在与他的舅妈[2]一起住。他舅妈和我住同一个社区，她自己也有一个孩

---

1 安东尼·鲍威尔（Anthony Powell，1905—2000），小说家。自1936年起与奥威尔开始通信，1941年两人才第一次见面，两人的友谊维持一生。
2 即格温，艾琳·布莱尔的寡嫂，一位医生。

子。我想尽快找到一个保姆，请她长期照看理查德。一旦找到保姆和房子，我就带孩子回乡下，因为我不希望他在伦敦学会走路。我现在正想把他尽快安顿好，随后即回此地，因为我在家里感觉很不舒服，我觉得自己更喜欢来回不停地奔波操劳。我最近在德国待了几天，现在刚回来，打算在这儿再多待两周。

我给你写信，其中一个原因，就是想问问你是否知道马尔克姆·马杰里奇的地址。他不在巴黎，我不知道怎样才能联系上他。我隐约听说，他卷进了某种争论，伍德豪斯[1]也卷入了此事，但我不知究竟是怎么一回事。信件往返大约需要两周，但按上面的地址可以找到我。

你的
乔治

---

[1] 伍德豪斯（Wodehouse，1881—1975），英国小说家、剧作家，1955年加入美国国籍。

致莉迪娅·杰克逊[1]

巴黎，1945年5月11日

亲爱的莉迪娅：

我刚刚几乎同时收到了你和帕特的信；我不准备再把房子租出去了，因为我想暂时把它留下来，这样我偶尔可以到那里度度周末。尽管如此，我还是要给你安排一下。我要么在夏天将房子再借给你住一个月，具体时间你定；要么你就在这儿一直住下去，条件是我随时可来住上一周左右。不管是其中哪一种情况，我都分文不收你的。我约在5月25日前后回到伦敦，到时我们再做进一步安排。只要你提前告诉我，在6月、7月或其他任何时间，你都可以住。目前在乡下找住处似乎不太可能。正是因此，我想保留这所房子，便于理查德时不时能来呼吸几天乡村空气。艾琳和我都不愿他在伦敦学走路，但现在看似乎只能如此了，因此我得继续保留伦敦的住处。

格温说你借了她的冰箱。是不是该还回去了？她要喂孩子，夏天要好几个月，得保存好牛奶，防止变酸，没冰箱很难做到这一点。

艾琳去世后，我就直接来到了这儿。我得让工作填满我的时

---

1 莉迪娅·杰克逊（Lydia Jackson），作家，1899年生于苏联，1925年到英国。1934年在伦敦大学与艾琳·布莱尔相遇，遂成好友。奥威尔信中提到的帕特是莉迪娅·杰克逊的一个朋友，她们一起住在奥威尔在沃灵顿的小房子里。

间，这样感觉会稍好一些。德国遭到了可怕的破坏，远远超出英国人的理解程度。但我的德国之行算得上很有趣。我还希望能到奥地利也旅行一番，然后再回英国，时间在本周末。我收到了关于理查德的信，看来理查德状况很好，11个月大时，他的体重已比出生时增加了两倍。后面要做的，就是给他找个保姆，而目前这似乎不太可能。我不知道这封信到你手里需要多长时间——有时只需四天，有时约需三周——但如果在我回去之前你能收到这封信，而你又想去住沃灵顿的房子，那你尽管去住好了。希望见到二位。

你的
乔治

致 F. J. 沃伯格

伦敦，1945年6月13日

亲爱的弗雷德：

感谢你12日的来信。图书海报[1]我尽快寄给你。

至于小说合同，我收到两份合同时正在法国，其中一份合同我没签，另一份合同我划掉了其中的职权范围，当时我可能没详细解释为什么这样做。首先，合同中提到的小说过去不存在，现在仍不存在。第二，我和戈兰茨还有份合同，这也是个问题。按照这份合同的条款，我得把接下来的两部小说的首次出版权给戈兰茨，但我不打算守约，因为他没遵守合约，文本上没有，精神上也没有。我想保留自己的权利，这就需要将有些事情跟摩尔先生说清楚，但他不理解。我曾把《动物农场》给过戈兰茨，当然，我事先就知道他会拒绝。他一再坚持，我才把这本书稿给了他。他甚至在拒绝出版《动物农场》后，还拒绝承认享有我这两本小说的首次出版权，认为小说篇幅太短。看来，符合他首次出版标准的作品还得有标准的篇幅。自那之后，我想让摩尔到戈兰茨那儿问问原因，问问他所谓的"标准篇幅"究竟是多长。摩尔没明白我的意思，只是说按照出版业的标准，标准篇幅大约是70 000个单词，65 000个单词是最低限度。在这之后，我决定，再写后面两部小说时，要尽可能不少于

---

1 为《动物农场》所做的海报。

65 000个单词，这样我就能从他的合同中脱身了。也正因此，我不想与你签那种出版普通小说的合同，否则戈兰茨就有理由说我欺骗他了。如果你愿意，我们可另签一份文本不同的合同，但你要知道，除了为特殊目的而写的书之外，我无论如何都会把我的所有作品交由你出版。

我觉得可赠书的评论家名单无须再增加什么人了。我认为，若你能专门安排人送书是最好的，因为你办公室里的人比我更适合做这种事。你是否已定下出版日期？

维克多·塞吉[1]现在还不愿将他的回忆录跨洋寄来，因为他好像担心书稿会在路上丢失或被扣留。我已经给他写信了，建议他把书稿复制一份。

我可以接受你的建议，6月19日与你共进午餐。在那之前，我还会给你打电话的。

你的

乔治

---

[1] 维克多·塞吉（Victor Serge, 1890—1947），父母是苏联人，他本人为法国人所收养，是苏联革命党人中最具文学才华的。1933年，他被诬为托洛茨基分子，流放到西伯利亚。获释后，他去了西班牙，内战期间担任西班牙马克思主义者统一工人党驻巴黎联络人。他于1941年定居墨西哥，潦倒至死。

致《论坛报》编辑[1]

伦敦，1945年6月

读了你们评论莫斯科审判16个波兰人的事件[2]的文章，我有些失望。你们的这篇评论暗示说：波兰人是罪有应得，因为他们做了一些错事。

在审判进行过程中，我就认为：从技术层面看，被告确实有罪。但他们到底犯了什么罪呢？很明显，他们只是在外来势力占领自己的国家时，做了一些常人都会觉得正当的事，如尽力保存部分军事力量，与外界保持联络，发动颠覆行动，时不时杀几个人，等等。换句话说，他们被指控的罪行就是：试图保持自己国家的独立，反对非选举产生的傀儡政府，仍然遵从那时全世界都承认的政权——苏联除外。在德国占领波兰期间，德国人也应同样指控他们，因为他们犯了同样的罪。

若说波兰人争取独立的斗争只是"客观上"帮助了纳粹德国，那就错了。许多行动"客观上"都帮助了德国人，但左翼人士并未

---

[1] 这封信本已经排好了版，但后来并未发表，在这封信的校样上有奥威尔亲笔写的一条注释："因为《论坛报》改变了态度，该信被撤了下来。"

[2] 英国当时发起的波兰地下团体领导人会议，讨论雅尔塔会议上有关波兰组成各党联合政府方案的实施问题。他们计划预备会议在莫斯科举行，第二次会议在伦敦举行，但在波兰人刚抵达莫斯科时，他们就被苏联逮捕，并对他们进行了审判。

反对。我们随手举个例子,民族解放阵线[1]也尽力保存自己的军事实力,他们也杀过同盟国的士兵——比如英国的,他们采取行动也不遵从大众公认的合法政府的命令,但这又能如何呢?我们都没反对他们的行动,如果16个民族解放阵线的领导人现在都被带到英国并判有罪,长期监禁,我们都应真心反对。

既要反对波兰人,又要支持希腊人,并非不可能,但只有一种情况,即确立政治伦理的双标,一个标准针对苏联,另一个标准针对世界其他国家。16个波兰人去莫斯科之前,新闻媒体称他们为政治代表,说莫斯科召集他们是去谈判新政府组成问题的。他们被捕后,所有这些说他们是政治代表的内容,都从英国报纸上撤下来了。要让民众接受这种双重标准,就必须得进行新闻检查,这就是个典型案例。这样的例子还有一些,消息灵通人士多有知晓。我们只举一个例子:英国各色各样的发言人都宣称苏联的内部清洗实属正当,因为苏联没出过什么"卖国贼";同时,有消息披露说,大批苏联军队,其中还包括几位将军,都转变立场,替德国打仗了,这些内幕消息,编辑都谨慎地隐瞒了。掩盖真相的动机各不相同,有些动机可敬,但若长此以往,将损害社会主义运动的根基。

我在给你们写的专栏文章中不止一次说:即使你要批评苏联的行动,也千万别摆出道德优越的架子。与资本主义政府相比,他们的行为坏不到哪里去,而且事实上他们的结果往往还更好一些。我

---

1 1941年在希腊建立。刚开始时,几乎全民参与,是真正的民族抵抗运动。到1942年年初,人们发现,组织者实际上是希腊共产党。后来希腊又成立了一支全国性的游击队,与德国人作战,但不知为何,他们也跟民族解放阵线打了起来。英国人1945年返回希腊后,他们也莫名其妙地与民族解放阵线打了起来。

们也不太可能告诉苏联统治者，说我们反对他们，借以改变他们的行为。所有问题都出在苏联神话对英国社会主义运动的影响。目前，我们离公开使用伦理双标就差一步了。我们一边高喊：大批流放、集中营、强制劳动、压制言论自由等皆是骇人之罪，一边又声明，如果出自苏联或其"卫星国"之手，这些事情就没什么关系了。我们会根据需要，篡改相关消息，删除让人不快的事实，以使新闻更符合我们的标准。如果不管苏联犯了什么罪都能得到宽宥，那就根本无法逐步建设好健康的社会主义运动。现在，凡反对苏联的话，皆不受欢迎，对此我最清楚不过了。这是怎么回事呢？我今年42岁了，我记得，现在说反对苏联的话危险，过去则说拥护苏联的话危险。的确，我是老了，老得都能看到工人阶级听众在讥讽利用社会主义这个词的资产阶级代言人了。这曾为时尚，今已成明日黄花，我们不能奢望社会主义会一直好下去，除非他们肯改正自身的错误。这是因为，在过去的百年间，只有极少的团体和独立的个体愿意面对这样一个不受人待见的事实：社会主义运动始终存在。

乔治·奥威尔

致利奥纳德·摩尔

伦敦，1945年7月3日

亲爱的摩尔先生：

我就合同问题与沃伯格谈了一次。我答应以后所有的作品都交给他出版，他对此非常满意，经审定被认为特殊的书（如"图画中的英国"系列丛书），则可交给其他出版社出版。他并不要求一定要签订严谨且可靠的合同，但他显然更喜欢事情办完后再与人签合同。

与戈兰茨才有真麻烦。我手头有一份合同，要我将后面要写的两本书交给戈兰茨出版，看来他还想继续履行这份合同，但他拒绝把《动物农场》作为这两本书中的一本。同时，我坦率承认，如果我们解除这份合同，我更加不愿意把另一本书也交给他了。我们两人没有任何私人矛盾，他对我也非常大方，当他人都不愿出版我的书时，他出版了。他出或不出你的书，皆出于政治原因，但他本人的政治观点又不断变化，与这种出版商合作，显然让人不愉快。比如，我在写《动物农场》时，就已知这本书很难出版，这才不得不交给戈兰茨，这就浪费了更多时间。根据他过去一两年内出版的一些书可断定，这种事还会一而再，再而三地发生。我不知自己现在还能不能写出戈兰茨愿意出版的东西。例如，我最近开始写一本新小说了[1]。因为写作之外，我还有许多其他工作要做，1947年前能

---

1 指《一九八四》。

不能写完，我没把握。但我绝对有把握的是：戈兰茨届时绝对会拒绝出版这本书，除非他的政治态度又变了。他会说：他不在乎小说表达什么观点，但把小说送给这一个出版商，而非另一个出版商，这种安排总不怎么好。譬如，那本写西班牙内战的书，几乎可以说是我最得意的作品，如交给戈兰茨公司出版，销量可能会更大一些，因为当时戈兰茨公司的读者中知道我的比较多。在沃伯格那里则不是这样。他不喜欢宣传，但无论如何，我们的观点十分接近，所以我们之间不会有重大分歧。我猜测，按照戈兰茨的观点，我也不是好人。他之所以将我列入作者名单，只表明他能不时出版一部他和他的朋友都意见一致的书。依我看，如果他同意，最好能取消我们之间的合同。如果他不同意，我则希望双方严格按合同条款落实，即：合同约定的是另两部小说，这样我肯定就能与沃伯格谈妥了。就此，你或许能与戈兰茨沟通一下。如果你愿意，你可以引用我刚才说的这段话。

我几天前遇到了W. J. 特纳[1]，我问他"图画中的英国"丛书的情况，他说埃德蒙·布伦登[2]正在写丛书中的另一部，两本书到时一起出版。我说，既然他们一年前就拿到了我的书稿，他们应该先付我一笔钱。我们谈好的预付款是50英镑，我建议他立刻就给我25英镑。他说这应该不会有人反对。我告诉他，你也乐意给他们写

---

[1] W. J. 特纳（W. J. Turner, 1889—1946），诗人、小说家和音乐批评家，偶尔做做新闻和出版方面的工作。他曾约请奥威尔为柯林斯出版有限公司出版的"图画中的英国"系列丛书提供稿件，并曾担任《旁观者》杂志的文学编辑。

[2] 埃德蒙·布伦登（Edmund Blunden, 1896—1974），英国诗人、著名编辑，1931—1943年间担任牛津大学英国文学评议员和指导老师。

点什么,而且说不定你已在写了。

哈密斯·汉密尔顿给我写信,说哈珀公司希望多出版我的作品。我告诉他,我有些散文书稿,如果戴尔公司拒绝出版,倒可以拿给哈珀公司看看,尽管我认为他们对这本书不太会有兴趣。

你真挚的

埃里克·布莱尔

致《党派评论》

伦敦，1945年8月15日（？）

亲爱的编辑们：

我一直推迟到今天才开始写这封信，我希望能有一些确定无疑的征兆来表明工党到底准备做什么。但时至今日一切尚不明了：我也只能就总体局势进行评论了。为了看清楚工党面临的处境，我们必须考虑一下它取得胜利的背景。

流行的说法是：所有我们为之奋斗的目标都失败了，但在我看来这明显是夸大其词。经历六年的战争之后，我们还可以有秩序地举行一次大选，撵走一个几乎具有独裁权力的领袖，这本身就说明我们通过赢得战争而获得了些什么。但总的前景仍是够黑暗的。西欧处于饥饿的边缘。整个东欧都存在着苏联强加的所谓"来自上面的革命"，这种革命可能会给贫农带来好处，但却预先扼杀了实现民主社会主义的各种可能性。在这两个地区之间，存在着在各个经济领域造成深不可测的鸿沟的障碍。德国已经被破坏到这个国家的人民难以想象的程度，它遭到的劫掠比《凡尔赛和约》之后更厉害，大约有200万德国人被迫逃离家园。到处是难以形容的混乱——人混杂而居，住宅、桥梁、铁路遭到破坏，煤矿被暴雨冲毁，各种生活必需品奇缺，即使现有的物资也缺乏运输工具。在远东，成百上千的人——如果报道属实的话——被原子弹炸成碎片，苏联也正准备在中国这块肥肉上咬一口。在印度、巴勒斯坦、波斯、埃及和其他国家,一些普通英国人闻所未闻的问题正在白热化。

英国自己的情况也不容乐观。我们已经失去了大部分市场和海外投资,1200万吨海运的货物沉落海底,我们的大部分工业已被无望地废弃,连年处于这种情况之下,煤矿也连年减产,生产的煤根本不够用。摆在我们目前的最大任务是为抵抗来自美国的强大竞争而重建我们的工业、恢复我们的市场,与此同时,我们还不得不建造数以百万计的房屋,维持超出我们承受范围的武装力量以保证我们不稳定的石油供应。我想,没有一个人会奢望未来几年是轻松的。但总的来说,人们投工党的票是因为他们相信左翼政府意味着家庭补助、更多的养老金、带澡堂的房子等,而并非出于任何国际性的考虑。他们期待工党政府能使他们更有安全感,而且几年后能使他们生活得更舒适,还有,当前局势的主要危险在于这样一个事实:英国人从未理解到他们经济繁荣的源泉在英国之外。造成这一点的主要原因就是工党本身的狭隘眼光。

我已经写过竞选的问题,我不想重复自己说过的话。但我必须重新强调两点。一、并非所有的人都同意我的观点,但这是我从伦敦选民中得到的印象——选举是在国内问题基础上的一次战争。甚至亲苏分子的感受都处于次要地位。二、选票的实际数量不是很大。回过头来看看我给你们的上一封信,我发现在几点上我错了,首先错在预言保守党会赢得选举。但据我所知,其他所有人也都错了,甚至当盖洛普民意测验都表明将有约46%的选民投工党的票时,左翼报刊还预言选举会出现僵局。英国选举制度的不正常往往会有利于保守党,每个人都猜想现在依然会如此。事实上,这次恰恰相反，结果公布时每个人都惊得不知所措。但我也曾错误地认为工党领袖会从政权竞争中退出，从此心不在焉地参加竞选。这是一场名副其实的战争，只要参加，就得全身心地、严肃地投入。每个对此感兴趣的人都能看出驱逐保守党的唯一机会是投工党的票，其他小党派均被忽视了。共产党提名的20个候选人只得了10万张票，共和党的票数也同样糟。我认为选举中产生的民主传统相当好。保守党试图将整个选举变成一种全民投票，但这只引起人们的反感，虽然大众似乎对此不感兴趣，但他们还是走到了投票站，而且，事实证明，他们在最后一分钟投了丘吉尔的反对票。但我们不能认为这种左翼倾向意味着英国正处于革命边缘。尽管军队中存在着强烈的不满情绪，在我看来整个国家的情绪与1940年或1942年相比似乎更少有革命倾向，也更少有乌托邦色彩，甚至更缺少希望。在所有的选票中，至多有50%的选票是直接投给社会主义的，另有10%的选票是投给对某些核心企业实行国有化政策的。

工党政府可以说意味着商业，只有它们彻底实行：一、将土地，煤矿，铁路，公用事业和银行收归国有；二、给印度直接自治地位（这是最基本的）；三、消除政府、军队和外交部中的官僚主义行为等措施，才能防止右翼的蓄意破坏。我们可以看到的迹象是大使的全方位交换、印度部的取消，以及议会重组之后与上议院之间的明争暗斗。如果这些不会发生，我们可以肯定地说不会出现真正激进的经济变革。但政府的成功或失败并不完全依赖于它完成自己诺言的意愿。它还必须在较短的时间内将公众舆论导向纠正过来，而这在很大程度上意味着它要和自己过去的宣传做斗争。

左翼政党的弱点在于不能说出将来的前景到底如何。当你要表示反对，并且要努力赢得人们支持一种新经济和政治计划时，你的任务就是让人们产生不满情绪，并且几乎必定要告诉他们，若引进新经济计划，将给他们带来物质意义上的丰富。你可能不会告诉他们——这可能是真的——他们不会直接得到什么利益，也就是说，只有等到20年后，这才会变成现实。例如，左翼从来没有警告过英国人，实行社会主义意味着生活水平的严重下降。几乎所有的左翼分子，从工党成员到托洛茨基分子都会说这样的事就等于政治自杀。然而，在我看来，这可能是真的，至少在英国这样的国家是如此，因为英国人的一部分生活就是靠剥削有色人种获得的。要继续剥削他们就必然与社会主义的精神背道而驰，而不剥削他们就必然要导致一个困难的重建时期，而在这样的时期，我们的生活水准必将灾难性地降低。这个问题总是不断以这种或那种形式出现，而且，除了少数到欧洲以外的地方旅游过的人之外，我从未遇到过一个愿意面对这一问题的英国社会主义者。最为老生常谈的回答是：解放印度和其他殖民地不会给我们带来任何损失，因为他们的发展非常迅速，他们的购买能力在不断增加，这对我们只会有好处——这些想法都对，但却忽视了其中的过渡时期，而这才是事情的关键。有色人种本身也不会被这种轻易的回答所欺骗，实际上，他们倾向于认为英国的繁荣主要取决于资本主义的剥削，而实际上并不完全如此。当贝弗里奇报告第一次发表的时候，在关于印度方面的消息公报中，它的调子不得不缓和下来。它的危险在于可能会引起严重的愤恨情绪，印度人最可能的反应是："他们是在牺牲我们的利益而让自己舒服。"

同样，英国人还没有充分认识到战争的灾难以及整个世界的贫穷化。我认为他们认识到了工业的恢复将是一件重大的工作，包括长期的配给制和工作"方向"问题，但却没有充分认识到欧洲的经济荒芜一定要对自身的经济带来很坏的影响。令人极其关注的是，将德国变成一个人满为患的乡村贫民窟的建议竟很少有人反对。在展望未来时，人们是以重新分配国家收入的眼光来看的，根本就不反思收入本身取决于世界的条件。有人将贝弗里奇计划——包括延长学生离校的年龄等——扔到他们的鼻子底下，却没有人告诉他们，在将来相当长的时间内，我们并不能对我们的生活方式有任何改变。在选举期间的工党会议上，在提问期间我有时试着问这样的问题："工党对印度的政策是什么？"我总得到这样敷衍搪塞的回答："当然，工党对印度人民渴望独立的愿望是完全同情的。"随后就无下文了，无论是发言人还是观众对此都毫无兴趣。在整个选举过程中，我想我没听到一个工党的发言人自发提到过印度问题，他们甚至连欧洲都不提，除非是为了进行蛊惑人心的宣传，以及故意引人入歧途地说：左翼政府能够与苏联达成相互理解。我们很容易看出对国内事务的这种乐观态度以及对国外条件的忽视包含着什么危险。麻烦会以各种各样的方式泛滥成灾，主要表现在印度或殖民地方面，为了防止被占领的德国人挨饿而进一步削减我们自己的供给需要、劳动力的流动、房子重建行动中不可避免的混乱和失败等等。此刻最大的需要便是使人们意识到正在发生什么，以及为什么发生，并说服他们相信社会主义是一种更好的生活，但对我们来说并不必要，虽然在其初级阶段，这是一种更舒适的生活。我毫不怀疑，只要以正确的方式告诉他们这些，他们一定会接受的，但现在没人准备这样做。

第二编 战时通信

截至目前,我们在外交政策上还没有重新定位的明确迹象。工党政府比保守党政府更没有理由去支持不受欢迎的君主或独裁者,但它也不能不顾英国的战略利益。我认为,就像在选举中允许公众所假设的那样,假设工党领袖会比保守党更屈服于苏联是一个错误;在最初的几个月过后,情况可能会是另一种样子。他们中的大多数——如拉斯基,则是一个例外——对苏维埃体制不抱任何幻想。他们陷入东、西方的社会主义概念之间的意识形态之争中了,而保守党则没有;如果他们选择支持苏联,公众舆论则会支持他们,而保守党反对苏联的动机则总是被人怀疑。在不久的将来,问题产生的一个根源是巴勒斯坦。工党和左翼的大多数人都非常愿意支持犹太人反对阿拉伯人,这主要是因为在英国只能听到与犹太人有关的事件。很少有英国人意识到巴勒斯坦问题在一定程度上也是一个有色人种的问题,而一个印度民族主义者很可能站在阿拉伯人一边。至于国际政策的长期方面,它们主要受地理位置的影响。英国还没有强大到能单枪匹马与苏联或美国竞争的地步,它有三个选择。一是延续目前的政策,默认"利益划分",并尽可能维护帝国的完整;二是明确走美国路线;三是解放印度,断绝与之在主权领土上的联系,并将西欧国家以及它们在非洲的领土组成一个坚强的政治组织。各种各样的观察家,包括科学家都向我保证第三种选择在技术上是可行的,而且这样一个政治组织会比美国或苏联都要强大。但对我来说这似乎只是一个梦。在英国与法国这两个最重要的国家,离心力也是非常强大的。

尽管有我以上所总结的危险和困难,这个新政府的起点还是非常高的,除非政府遭受一次较大的分裂,否则工党稳固的执政地位将至少持续五年,甚至可能更长。它的一个重要对手——保守党引人怀疑,党内思想崩溃。而且,此时执政的人不再是1929年那伙容易被收买的怯懦者了。与几乎所有的英国人一样,我不太了解阿特利。某个确实认识他的人告诉我,他事实上似乎是一个毫无色彩的人——他属于二号人物中的一个,他之所以步入领导阶层,只是因为别的某个人死了或辞职了,并且是依靠自己的勤劳和圆滑保住职位。他显然没有现在的政治家所需的吸引力,日报的漫画家们也觉得在他身上根本找不出一些突出的特征(如丘吉尔的雪茄,卓别林的雨伞,劳合·乔治的头发)来把他画成漫画人物。但是政府中的其他一些高官:贝温、莫里森、格林伍德、克里普斯、安奈林·巴万,都比他们在保守党中的对手更坚定、更有能力,丘吉尔一直倾向于使周围都是自己人。议院的组成已经发生了很大变化。第一次大多数工党成员不是来自经济团体中的官员,而是来自各选区的党派人士。在390名工党成员中,大约90人是经济部门的官员,另外40个都是这种或那种无产阶级。其余的大多是中产阶级,包括相当多的工厂经理、医生、律师和记者。有工作有职业的中产阶级现在大都"左"倾了,他们的选票将左右选举结果。我们很难相信这个政府会像1929年和1923年那样可耻地倒台。用五年时间度过最糟糕的时期已经够长的了。天知道政府是否准备严肃地引入社会主义,但如果是,我认为不会有什么东西可以阻止它。

昨天午饭时间,我在弗利特大街时,听到了日本投降的消息。大街上一片欢呼声,楼上办公室的人立刻开始急切地撕碎旧报纸往窗外扔。其他人也有相同的想法,结果,在我乘巴士所经过的大约两英里长的路上,几乎可以说下了场碎报纸雨,碎片落下时在阳光下闪光，而散落在人行道上的碎片已深及脚踝。这使我很恼怒。在英国，你连印书的纸都得不到，但做这种事似乎有足够的纸。顺便提一下，英国战争指挥部自己所用的纸比整个图书贸易用的还多。

日本的迅速投降似乎已经改变了人们对于原子弹的看法。一开始，与我谈及此事的人或我在大街上听到谈起它的每一个人，都只是害怕它。现在他们开始觉得能在两天内结束战争的武器还有其他一些意义。有很多人猜测"苏联是否也已拥有这种武器"，也有一些地方要求英美应将制造这种炸弹的秘密交给苏联，这似乎过于信任苏联人了。

乔治·奥威尔

致赫伯特·里德

伦敦，1945年8月18日

亲爱的里德：

感谢你的来信。你说喜欢《动物农场》[1]，我很高兴。如果你能在8月底回到伦敦，你回来后我们也许可以尽快见一面，我们谈谈保卫自由委员会[2]的事。乔治·伍德柯克[3]邀我担任副主席，我已答应，但并不很积极，因为我确实不很擅长这种事，而且我也不清楚怎样才能做好这份工作。我9月10日左右外出度假，但度假回来就不离开伦敦了。

3月我痛失爱妻。你是否见过她，我已不记得。这是我的人生中一段疼痛的历史。我知道她不想死（她死于一次手术）。如果她想死，这样的结果或许还算好。我当时恰在法国，不在她身边，事后才回来。我的小儿子已15个月大了。他一直很健康，可说是幸运。我找到了一位好保姆，照顾我们俩的生活。我在朱罗岛租了个

---

1 1945年8月17日，塞克和沃伯格公司在伦敦出版了《动物农场》，1946年8月26日由哈克特·布雷斯公司在纽约出版。

2 1945年成立，目的是为了处理英国公民自由受到侵犯的事件。该组织参与了无数案件，并且将案件结果都发布了公报。赫伯特·里德是委员会主席，乔治·奥威尔担任副主席，乔治·伍德柯克为秘书长。

3 乔治·伍德柯克（George Woodcock，1912—1995），作家、无政府主义者，1940—1947年间担任《现代》杂志编辑。不列颠哥伦比亚大学英语教授。1959年后担任《加拿大文学》的编辑。他与奥威尔一生友好。

房子，9月去谈一下租金，也再修一修。如果能修好并运过去一些家具（这最难），夏天我就能到那里住了。孩子在那个地方学走路最理想。

勒南·海本斯托尔已经退伍，现任职于BBC。工党既然大选获胜，《论坛报》也要发生一些变化了。安奈林·巴万和施特劳斯就要与《论坛报》正式断绝关系，迈克尔·福特[1]将接手社论委员会。这样的话，他还能继续发挥批评功能，而不总是做政府的喉舌。我休假回来可能还继续主持我的栏目，或类似的东西。我在法国时，我的栏目就停开了，迄今尚未重新开始，巴万担心的是，如果大选前出版《动物农场》，可能会引发一些争吵，从而造成一些麻烦，因为刚开始时确有这种迹象。

希望能够见到你。

你的
乔治

---

[1] 迈克尔·福特（Michael Foot, 1913—2010），政治家、作家和新闻记者，工党中的极左派。

致安索尔女公爵[1]

伦敦，1945年11月15日

亲爱的安索尔女公爵：

刚刚收悉您13日的信。

恐怕我不能当欧洲自由联盟的代言人。我本来只需说我的时间不合适，或者——实话实说——我对南斯拉夫一无所知，就可以轻松推掉，但我乐意直言相告。据我对联盟的了解，我不赞成他们的最终目标。我参加过他们最早的一次（或者最早的之一）公开会议，还就此写了篇小文章，在《论坛报》上发表了，你可能也看到过。当然，你对你的纲领所做的解释，比大多数报纸上漫天撒谎的宣传更真实。我不能与一个根本上保守的团体合作，他们口口声声说要保卫欧洲的民主，却毫不触及英国的帝国主义。依我看，我们只有一致坚持要求英国放弃对印度的不受欢迎的统治，才有资格谴责目前在波兰、南斯拉夫等国发生的罪行。我是左派，因而就得在左派部门工作，尽管我也非常憎恨苏联的集权主义及其在我国造成的恶劣影响。

你真挚的

乔治·奥威尔

---

[1] 安索尔女公爵（Duchess of Atholl，1874—1960），工联主义者，1923—1938年间担任国会议员，1924年成为英国政府中两位女部长之一。西班牙内战期间，她强烈反对佛朗哥，人称"红色女公爵"。她一生为不同的"事业"而斗争。

图书在版编目（CIP）数据

战时日记／（英）乔治·奥威尔著；孙宜学译. —北京：商务印书馆，2023
ISBN 978 - 7 - 100 - 21521 - 3

Ⅰ. ①战⋯　Ⅱ. ①乔⋯ ②孙⋯　Ⅲ. ①日记 — 作品集 — 英国 — 现代　Ⅳ. ①I561.65

中国版本图书馆 CIP 数据核字（2022）第141631号

权利保留，侵权必究。

战 时 日 记

〔英〕乔治·奥威尔　著
孙宜学　译

商 务 印 书 馆 出 版
（北京王府井大街36号　邮政编码 100710）
商 务 印 书 馆 发 行
山西人民印刷有限责任公司印刷
ISBN 978 - 7 - 100 - 21521 - 3

2023年3月第1版	开本 889×1194　1/32
2023年3月第1次印刷	印张 12¼

定价：75.00元